語可書坊

忽然之间

李佩甫 著

作家出版社

一粒麦子，不落在地里，仍旧是一粒。若是落在地里死了，就结出许多子粒来。

——摘自《约翰福音第 12 章》

那城内不用日月光照，因有神的荣耀光照，又有羔羊为城的灯……凡不洁净的、并那行可憎与虚谎之事的，总不得进那城。只有名字写在羔羊生命册上的才得进去。

——摘自《新约·启示录》

第一章

一、会跑的树

　　桐花的气味一直萦绕在童年的记忆里。

　　那年他六岁，六岁是一个可以镌刻时光的年龄，于是他记住了那天晚上的风雨。

　　雨是半夜里下来的。雨在院里的瓦盆上敲出了铜锣的声音，先是"咣，咣"的一滴两滴，而后是墨重的群滴儿，一阵"叭儿叭儿叭儿……"之后，斜着就细下来，细得绵，细得曼润，那湿意一丝儿一丝儿地往木窗上贴，慢慢就甜。

　　于是他闻到了桐花的气味。

　　桐花很淡的，淡出紫，那紫茵茵的，一水一水地往喇叭口上润，润些紫意来，而茎根处却白牙牙的，奶白，那一点点的甜意就在奶嫩处沁着。花开的时候，把桐花从蒂儿上揪下来，他就喜欢吮那一点点的白，小口儿，把那一点点牙白含住，用舌尖尖去品那甜味。那甜意是从树上长出来的，很原始。他心里叫它"娘娘甜"。

　　在雨夜里，他听见桐花在一湿一湿地重。慢慢，喇叭口一垂，那蒂儿就松了，而后一朵一朵炸，炸出一片墨得儿声，墨——得儿，墨——得儿……一忽儿，旋旋缓缓地飘落下来，于是，那甜意就一缕一缕地在重湿里漫散。多好，那桐花！在沉沉的雨夜里，他听见桐花像墨色的乌鸦一样呱呱地坠在地上，散落满地的扑嗒。娘说，乌鸦不好，一身坟气，那是"碰头灾"。头前王豁子家出事那天，他媳妇出门就碰上了乌鸦叫。娘又说，见了乌鸦你要呸它！狠呸，连呸三口！这是躲灾的方法。可是，他还是想到了乌鸦，很甜的乌鸦。

后来他就睡着了，枕着桐花的气味睡着了。

第二天，当他醒来的时候，太阳已经晒住屁股了。他不知道雨是什么时候停的，只觉得木窗上的阳光一霞一霞的。他坐起身来，揉了揉眼，却突然发现父亲的脸色很走样。父亲从来没有这样过。他的身子侧侧歪歪地趔趄着，一脚深一脚浅地来回窜动，一时屋里一时又屋外，像是一只受了伤的兔子，又像是一只夹了翅昏了头的老母鸡。他头摇得像拨浪鼓一样，嘴里呢，哼哼叽叽嘟嘟囔囔的，很像是陡然间谁给他糊上了一嘴驴粪！

父亲反反复复地说着一句话，那句话是他听了很多遍之后才弄明白的。父亲说：

"这得说说……"

"是得说说。"娘说。

说说，什么叫"说说"，说什么呢？

光脚，摇摇地晃出屋门，他发现猪还没喂呢，猪在圈里嗷嗷地叫着，院里的地也没有扫，一只扫把突兀地扔在院子的中央……

就在这时，他重重地"呀"了一声，心里说，树怎么跑了？！

是的，树跑了。一夜风雨之后，他家的桐树跑了。

那棵桐树就栽在离墙很近的院子里，昨天他还尿过，他对着那棵桐树狠狠地撒了一泡！当时被娘发现了，娘骂他是个败家子！娘说，好好的一棵树，它比你还大呢，长了七年了。浇吧，烧死你就安心了，那可是你的学费！

可那桐树居然会跑？！

这棵桐树并没跑远，树跑了一尺，这是至关重要的一尺。有了这一尺，树就长到墙那边去了，是铜锤家一侧的墙里……蓦地，他看见了铜锤。铜锤就在他家院子里的一个石碌上立着，正乜斜着绿豆眼踮踮地往这边看呢。

他看着铜锤铜锤看着他,谁都没有说话。倏尔,铜锤笑了。铜锤一脸油。

铜锤是和他同年出生的。有一天,娘说,这家也太"那个"了,吃"面条"的时候,他刘一刀说那话真噎人哪。他灌了几口猫尿,就站在当院里喷着唾沫星子说:听说你家娃子起了个名叫钢蛋?钢蛋好啊。好,恁叫钢蛋,俺就叫铜锤!恁要是鏊子锅,俺就是铁锅排!你听听?……

院里的地没有扫,满地都是飘落的桐花,桐花一朵一朵地死在地上……

"说说。"

陡然间,朦朦胧胧的,他似乎明白了"说说"的含意。这时候他突然想,树要会说话就好了。让树自己说,多好。

可树不说话。树不会说话。

此后,"说说"像大山一样压在了父亲的身上。父亲是讲究"体面"的人。父亲的"体面"就在他那件干净些的褂子上穿着。出门的时候,他总是把所有的扣子全都扣好,扣得很庄重,像是要出席什么仪式,其实他不过是兜了几个鸡蛋。

他先是用三个鸡蛋在东来的代销点里换了一包烟。拿鸡蛋的时候,娘说:"'白包'吧?'白包'俩鸡蛋。"父亲郑重地说:"'老刀','老刀'。场面上得'老刀'。"于是父亲用手巾兜去了三个鸡蛋,结果三个鸡蛋只换来了十九支香烟。在代销点里,东来吃惊地说:"老姑夫,你吸'老刀'?!"父亲说:"办事呢!求人办事呢。"东来就说:"这不够啊,得三个半鸡蛋。你再给我五分钱吧。"父亲说:"就仨鸡蛋,你看着办吧。"东来皮笑肉不笑地说:"就这吧,就这。"说着,他揭开封包,竟从那盒烟里抽了一支……而后,父亲精心地把那包烟揣起来,径直往大队部去了。

在大队部门口,父亲一脚门里一脚门外,先从兜里掏出烟来,一支支敬过去。屋里有六个人,父亲一下子就敬了六支,而后对支书说:"国豆,有个事,我得给你说说。"

国豆一脸麻子，麻得热烈。国豆说："开会呢，正开会呢。回头再说吧。"

父亲说："那我等吧，我等。"

一直等到黄昏的时候，大队干部们才乱纷纷地从瓦屋里走出来。父亲上前拦住了国豆。父亲巴巴地说："国豆，说说？"

国豆漫不经心地往地上一蹲："说说呗。"

这时，父亲又敬上了一支烟，那是第七支烟。接下去，父亲说了树的事……父亲说："你去看看，真欺负人哪！"

国豆说："尿，不就一棵树吗？"

父亲说："那不是一棵树。"

父亲又说："你去看看，你一看就知道了。那树我栽了七年了，是老德给弄的树秧，老德是厚道人，老德可以作证。"

国豆说："老德能给你作证？"

父亲说："能。他给弄的树秧，还能忘了？"

那支烟很快就吸完了。吸完烟，国豆把烟蒂往地上一按，说："那就这吧，老姑夫，回头说说。"

父亲恳求说："得说说呀！"

国豆一抖上衣，很威严地说："说说。"

天擦黑的时候，父亲又在村口拦住了老德。老德躬身背着一捆草，一闷一闷像口瓮似的走着。父亲拦住他，又给他说了一遍树的事。父亲说："德哥，七年了，那树秧还是你给买的，你不会忘吧？"

老德迟疑了一下，耸了耸肩上的草，而后，他的目光往远处望去，久久才说："树，你说那树……"

父亲提示说："院里的那棵桐树，树秧是你给捎的，一块六毛钱，仨五毛的，两个五分的，那五分的是钢镚儿……"

老德的目光被村子里的炊烟绊住了。远远地，他像是看见了什么，又像是被烙铁烫了眼。老德勾回头，吱吱怔怔地说："树？年后捎的？"

父亲递上一支烟，老刀牌香烟。父亲说："德哥，春头上，是春头上。"

老德把烟夹在耳朵上，又是闷了很久才哑声说："他姑夫，我，

4

记性老不好……"

父亲急了,说:"德哥,你想想,你再好好想想。"

老德闷头往前走了两步,说:"叫我想想。"

天黑下来了,父亲像乌鸦似的在村口的路边上立着,他的两臂像翅膀一样乍开去,喃喃地对着夜空高声自语:"说是树,那能是'树'吗?老天,这就不能说说?!……"突然间,他又像是夹了尾巴的狗一样,掉头就往村里奔去。父亲太痛苦了,奔跑中的父亲就像是一匹不能生育的骡子!

夜墨下来的时候,穗儿奶奶还在院里纺花呢。那时候穗儿奶奶家里有一架老式的木纺车,那是她当媳妇时娘家陪送的嫁妆。那纺车上点着一支线香,飘一线香火头,一支香就足够了,穗儿奶奶纺花时就要这么一点点亮。那亮里一嗡一嗡的,扯出些蜜蜂声儿,一时长出来,一时短回去,诗润润的像是胡琴。穗儿奶奶心静,穗儿奶奶有个好儿子。

这时,父亲一头闯了进来,父亲像口黑锅,一下子就扣在了穗儿奶奶的面前!父亲说:"妗子,纺花呢?"

穗儿奶奶吓了一跳!片刻,她说:"是他姑夫吧?"

这时,父亲往地上一蹲就开始说"树"的事。父亲把"树"前前后后说了一遍,而后说:"妗子,老短哪,这事做得老短。"

纺车一长一短地听着,纺车听得很仔细,很有耐性。一直到接棉穗儿的时候,穗儿奶奶才说:"万选不在家呀,万选在公社呢。"

父亲说:"万选回来了你给他说说。"

穗儿奶奶就说:"我说说。"

接下去,父亲把"树"说给了全村的人。在会计二水家,父亲说:"不够一句呀,这不够一句。"在保管贵田家,父亲说:"贵田,说起来可都是亲戚呀!"在记工员宝灿家,父亲说:"啥是秤,人心总是秤吧?!"在民兵队长秋实家,父亲说:"我又不是头皮薄,我又不是成分高……"在泥瓦匠老槐家,父亲说:"我也不说别的,能这样吗?!……"在煤矿工人广生家,父亲对广生媳妇辣嫂说:"那能是树吗?那不是树啊!"……人们全都客客气气地听着,做出很理解的样子。一包老刀牌香烟，就这样一支一支散去了。

可铜锤家岿然不动，铜锤家一点表示也没有。

有一天，父亲站在院子里，拄着一支粪叉喃喃地说："拼了吧，我跟他拼了！"可到了最后，父亲的头又垂下来了，垂得很无力。

在这三天时间里，他看见父亲在他的眼里一天天倒下。父亲的"脸面"很薄，薄得就像是一张纸。他跟着父亲走了一家又一家，人们都答应了是要"说说"的，结果是谁也没有站出来说，没有一个人说。

树跑了，树就这样跑了。为什么呢？！

在此后的时光里，在人们的言谈话语中，他慢慢地、朦朦胧胧地品出了一些东西，这些东西几乎笼罩了他的整个童年。

在上梁，姓冯的只有他们一家。

这就好比一大片谷子地里长了一株高粱，很孤啊！

"老姑夫"，这就是人们对父亲的称谓。因为父亲是上梁的女婿，他是挑着一副担子入赘的。在村里，从来没有人叫过父亲的名字。在平原的乡野，"老姑夫"是对入赘女婿的专用称呼。这称呼里带有很多调笑、戏谑的成分，那表面的客气里承载着的是彻骨的疏远和轻慢。从血缘上说，从亲情上说，这就是外姓旁人的意思了。

那么，铜锤家又有什么呢？

铜锤他娘是很厉害，很会骂人，一蹦三尺高！动不动就两手拍着屁股，野辣辣的，这他知道。但她不过是一个女人，一个女人敢去撒泼骂人，她凭借的又是什么呢？

那是一刀肉吗？

在童年的很多日子里，他一直认为父亲是败给了一刀肉。

铜锤他爹有一个远近闻名的绰号，叫"刘一刀"。刘一刀原是个屠户，杀猪的。据说他杀猪只一刀，割肉也只一刀，不回刀的。后来他成了镇上供销社的一个食品门市部的主任。说得刻薄一点，其实就是一个卖肉的。一个卖肉的有什么呢？这真叫人弄不明白。但是村里村外，跟他点头的人很多。在镇上的公社里，也常有人请他喝酒，有时候就醉倒在村路上。每每，他骑着那辆瓦亮的"飞鸽"自行车回村来，车把上会摇摇地挂着一刀肉。他常常是车也不下，就那么跨着顺手把那刀肉丢给了国豆……村里人要办什么事，也会把他请去，说：刘主任，还得你下手哇！他就摇摇地去了。他人长得虎熊熊的，腰里常勒着一根布带，那根布带总是露一点布编的绳头儿，在腰间甩甩的，这就是屠户的标志了，而后跳进圈里，"噗"一刀扭头就走，蹲在一旁慢慢吸烟，等那肉净了，他又会从裤腰的布带上摸出一个红章，在嘴上哈一下，又是"噗"的一声，盖一红霞霞的戳。走的时候，主家会让他带去一挂猪下水，也并不带回家去，又是随手丢给了国豆或是谁……

还有什么呢？

有一段时间，他——钢蛋偷偷地在那堵墙上挖了一个小洞，悄悄地去尿那树！一天一泡，他想把那棵树用尿活活烧死！……可最终他还是白尿了，那树却一天天地茁壮成长。

就这样，那棵树在他眼里又长了三年，长了一树的"蚂蚁"。每当他默默地从村街里走过的时候，人们会说：这孩子的眼怎么这么毒哪？后来，村人的态度突然都变得很亲切，每每见了他，就热乎乎地说："钢蛋，吃了吗？""钢蛋，给，哑巴秆，甜着呢。""钢蛋，给块红薯。"……他先是茫然，而后，他渐渐说明白了。人们还是有是非的，人们是在委婉地向父亲表示歉意。在他品味出来的那一刻，他很想哭。

后来，刘一刀把那棵树卖了。卖给了邻村的匠人。

那天，当拿着一杆木尺的邻村匠人来看树的时候，父亲正好不在家。他在，他就在墙根处立着，代表他的父亲默默地望着那树，那树十年了，已成材了。那匠人来到树下，用木尺敲了敲那树，往上瞄了一眼，而后说：

"树聋了。"

刘一刀说："不会吧？好好的树。"

那匠人坚持说："聋了，这树聋了。"

刘一刀一皱眉头："这咋说？"

匠人说："树长聋了，内里糠。你不信，锯开一看就知道了。"

刘一刀说："你说多少钱吧？"

匠人看了看树，再一次说："聋了。五十块钱，不能再多了。"

　　刘一刀说："去屙吧，桐木啥价？你以为我不知道？！"

　　匠人说："我不骗你，刘主任，我敢骗你？这树聋了。"

　　刘一刀不耐烦地说："算，算。你说多少就多少！"

　　这时候，他挺了挺身子，突然说："这是一棵会跑的树。"

　　刘一刀的脸色陡然变了，他瞪着两眼，一步一步地走了过来，到墙根前的时候，他站住了，死死地盯着他。

　　他就那么直起头来看着刘一刀，默默地。

　　片刻，刘一刀突然笑了，说："这孩子真会说话。"

　　是的，正是这棵树给他带来了精神上的早熟。有一棵幼芽在他的心里慢慢地长着，一天天地长成了自己的"父亲"……

二、挂在梁上的点心匣子

　　在他九岁那年，父亲正式交出了家庭"外交"的权力。

　　九年的时光里，娘接连又生下了"四个蛋儿"：铁蛋、狗蛋、瓜蛋、孬蛋。娘说，都是吃货，一群嗷嗷叫的嘴。

　　那时，家里的日子日见困顿。有一段，为了顾住这众多的嘴，父亲曾经偷偷摸摸地重操旧业，担着挑子，手里摇着拨浪鼓，干起了"糟头发换针"的勾当。父亲的挑子里藏着一个玻璃瓶子，那是他的"宝瓶"，那瓶子里装着花花绿绿的糖豆，他就是用那些糖豆去勾人的。可他总共干了没有几次，就被镇上"市管会"的人捉住了。被捉住的那一天，父亲身上被人刷上了糨糊，身前身后都贴着墨写的大字："投机倒把分子！"而后又拉他到四乡里去游街……从此，父亲再也做不起人了。

　　那时候，所谓的"外交"对于一个家庭来说，除了应时应卯地到队里开会、分菜、分粮食之外，也就是亲戚间的相互来往。按平原上的俗话说，就是"串亲戚"。在平原的乡野，"串亲戚"是一种纯民间的交际方式，是乡村文化生活的集中体现，那也是生活状况的夸耀和展示。生娃要展示，娶亲要展示，死人也要展示。在这里，一年一度的"会"是要赶的，婚丧嫁娶是要"问"的，还有一些民间的节日也是要"走"的。

早些年，代表一个家庭出外"行走"自然是父亲。那时候，父亲总是穿着他那件干净些的褂子，手里寡寡地提着一匣点心，有点落寞地行走在乡间的土路上。父亲是一个很爱面子的人，他知道他的"脸面"就提在他的手上。所以，临出门的时候，他嘴里总要嘟囔几句："就一匣。"娘总是还他一句："还能提几匣？你老有？"于是父亲就不再吭声了，而后郁郁地走出门去。

说起来，在村子以外，他们家的亲戚并不算多，经常来往的也只有三四家。两个姨家，一个姑家，一个叔家，那叔叔还是"表"的，算是父亲早年的一个朋友。就这么三四家亲戚，父亲"串"起来，还是觉得吃力。就提那么一匣点心，他的"脸面"实在是太薄了，薄得他站不到人前。终于有一天，四月初八，该去大姨家赶会的时候，刚刚游过街的父亲实在是羞于出门，他抬头看了看房梁，迟疑了片刻，说："钢蛋，你去，你去吧。"

梁头上只剩下一匣点心了。

那时，在平原的乡村，那一匣一匣的点心，并不是让人吃的，人们也舍不得吃，那是专门用来串亲戚的。谁家要是来了亲戚，不管是提了几匣点心，都要挂起来，就挂在屋里的房梁上，等下一次串亲戚的时候再用。在这里，人们甚至不大看重点心的质量，他们更为看重的，却是那装点心的匣子。那匣子是黄色的马粪纸做的，上边盖有一个长方形的纸盖，盖上有封贴，是那种画了红色吉祥图案的贴子。这样的纸匣子挂的时间一长，很容易被点心上的油浸污了。所以，讲究些的人家，会把匣里的点心拿出来，另外用油纸包了，而只把那空了的匣子挂起来，等到来日串亲戚的时候再重新衬封装匣，就像新买的一样。在房梁上，挂了多少点心匣子，那实在是一种体面的象征啊。

九岁，头一次代表家人出门"交际"，他是很兴奋的。娘说："洗洗脚，穿上鞋。"他平时是不大穿鞋的，那天他穿上了鞋。鞋是娘手工做的，穿在脚上有点夹，夹就夹吧。而后，父亲小心翼翼地把那匣点心从房梁上取下来，吹了吹落在上边的灰尘，递到了他的手里。父亲摸了摸他的头，说："去吧。"

临出家门的时候，他发现他的三个弟弟：铁蛋、狗蛋、瓜蛋，嘴里衔着指头正默默地望着他，那眼神儿个个泛绿（那时孬蛋更小，孬蛋还在娘怀里吃奶呢）。他觉得自己突然间就长大了，回身拍了拍弟弟们的脑壳，说："听话。"

可是，当他走上村路的时候，那无形的屈辱一下子就漫上来了。是的，怪不得父亲不愿出门。在村路上，他看到了很多去赶会的村人，他们有骑车的，也有步行的，穿得鲜亮不说，他们手里提着的点心匣子都是一摞一摞。有五匣的，有三匣的，最少也是两匣……特别是他看见了铜锤。铜锤坐在刘一刀那辆"飞鸽"车的后座上，嘎嘎地笑着，"日儿"一下就从他身边过去了。那车把上一边一摞，竟然挂了十匣！而他，手里就提了那么一匣，那是一家人的"脸"哪！

大姨家住在焦庄，八里路。他就那么默默地走着，走得很慢，不跟任何人搭帮。当他走上小桥的时候，他遇上了他人生的第一次危机。那会儿，他一下就蒙了！身上的汗忽一下子全涌了出来。本来，他正甩甩地走着，刚上了小桥，他手里提的那匣点心的扎绳突然就崩断了，那匣点心"啪"一下掉在了地上。论说，掉了也没有太大的干系，重新捆扎起来就是了。可是，他一看就傻眼了，天啊，那匣子里装的竟然不是点心，是驴粪蛋！是的，从那匣子里掉出来的，是八个风干了的驴粪蛋！！……

他一屁股坐下了，就那么在桥头上坐着。他脑门上从来没出过那么多的汗，那汗一豆儿一豆儿地麻在脸上，而后像小溪一样顺着脖子往下淌，身上像是爬满了蚯蚓。他在桥头上坐了很久很久，眼看太阳当顶了，可他还是不知道该怎么办。回去？回去怎么说呢，说点心匣子里装的是"驴粪蛋"？父亲会相信他吗？娘会相信他吗？他第一次单独出门，就遇上了这样的尴尬事……于是，他哭了。

待他哭过之后，他慢慢地蹲下身来，把那八个风干的驴粪蛋一个个拾进了点心匣子，盖上纸盖，先是把那画有红色吉祥图案的封贴儿用手掌一点点地抹平，重新压在匣面上，用结起来的扎绳分外细心地重新捆了一遍。而后，他站起身来，望了望天儿，重重地吸了一口气，重新上路了。

在临上路之前，仿佛是鬼使神差，他脑海里突然涌出了一个奇怪的念头，就是这个念头使他在此后的时光里，对人生有了新的领悟。那时候，他已是乡村小学二年级的学生了。他从衣兜里摸出了一个破铅笔头，小心翼翼地端起匣子，就在这匣"点心"的匣底上，画上了一个"十"字形的记号。他也说不清为什么非要做这样一个记号，可他做了。

眼前就是焦庄了。焦庄是个大村，那"会"也是方圆几十里有名的。远远地，沸腾的嘈杂声就像水一样地漫过来。先是一浪一浪的尿臊气，那是从牲口市上传过来的，臊气里突兀地响起了一声野驴的嘶鸣，那嘶叫声像是一下子把日头钉住了，显得空远而幽长；接着是一坡猪羊的叫喊，那叫声直辣辣乱麻麻的，就像酱缸里跳出来的活蛆！女人们在红红绿绿的布匹市上涌动着，一个个都像是"解放"了裤腰带似的，窜动着一扇一扇的屁股。卖煎包、油馍、胡辣汤的小摊前飘荡着馋人的香气，那香气在炸耳的叫卖声中一赶一赶地拴人的鼻子，油你的心！提着点心匣子的男人都显得格外矜持，在一片香气里一磨一磨地走着，走出很体面的样子，可他们大多穿着半新的、偏开口的裤子，那裤子自然是女人们压箱底的存货，一个个显得档紧……没有人会踩着自己的心走路，惟独他是踩着心走路的。他不光是踩着心，手里还捧着一个火炭！他就这样一刀一刀走进了人群，走进了焦庄的"大会"。就要走进大姨家了，他不知道结果将是如何？！

拐过一个小弯，他突然发现眼前的村路边上齐刷刷地蹲着两排女人，每个女人面前都铺着一个方巾，方巾上摆放着一摞一摞的点心匣子。女人们一个个都换上了鲜亮的衣裳，阳光下像是一片矮化了的高粱！"高粱们"歪着鹅一样的脖子，辫子上的红绳一梢儿一梢儿地动着，眼巴巴地望着来来往往的路人，一声声说："要不要？"

他知道，这些女人是出来卖点心的。大凡亲戚多的人家，收的点心也多，有的就当时提出来卖掉，好换些油盐钱。女人们各自招呼着面前摆放的点心匣子，有的匣已经解了封，拆了盖儿，那是专门亮出来让买主儿看的。本来花一块钱从供销社或是"会"上买来的点心，这里只卖七毛、八毛……看到这些女人的时候，他脑海里"轰"一下就炸了！往下，那一步一步简直是在钉子上挪着走的。有那么一瞬间，他突然想跑，扭头就跑！可他还是忍住了。这时候，他听见卖点心的女人们一声声地叫着："看看吧，新封，新匣。新封，新匣……"就在这一片"新封，新匣"的叫卖声中，有个声音兔儿一样斜着叉出来，那声音是冲他来的："钢蛋，是钢蛋吧？都响午过了，咋才来呢？！"有那么一会儿，他像是被钉住了似的，呆呆地立在村路的中央，脑海里一片空白！他只是紧紧地抱着那匣点心，就像是生怕被人夺走似的……就在这时，耳旁兜头炸了一鞭！一个赶车的吼道："这娃，傻了？！"激灵一下，他听出来了，是表姐在叫他，那是表姐彩彩的声音，表姐也出来卖点心了。那么，她要是……表姐看他愣愣的，一头热汗，就又说："上家吧，快上家吧。"

他是最后一个走进大姨家的客人。当他走进院子的时候，大姨家已经开"席"了。大姨照他头上拍了一下，说："这孩子，怎么这时候才来？"说着，顺手就把那匣"点心"接了过去，放在了堂屋的木柜上，而后牵着他往外走，可他仍痴痴地望着那匣"点心"……院子里摆着俩方木桌，木桌旁已坐满了人。这时候，亲戚们早已吃起来了，大姨把他按坐在一个旧式木桌的桌角旁，说："挤挤，吃吧。"说完就又忙去了。

在大姨家，那顿饭他吃得心惊肉跳！桌上摆放着七七八八的海碗，大多是粉条、焖子、豆腐之类，间或还有几片肥肉油汪汪的！还有馍呢，是包了皮的卷子花馍。这些都是他最爱吃的。要是往常，他喉咙里恨不得跳出一只手！可这会儿，他却一口也吃不下去，只觉得恶心，想呕吐……他就那么眼看着筷子头在他眼前飞舞，亲戚们的嘴唏唏嗦嗦、出出律律的，风卷残云一般，眼看着那海碗一个个空下去了！可他仍在那儿干坐着，一动也不动。一个坐在他身旁的亲戚诧异地看了他一眼，说："吃嘛。"他勾下头不吭，一声也不吭。这时，大姨过来了，关切地问："咋，认生？"他像蚊子样地小声说："不咋。"大姨说："咋不吃呢？"他小声回道："吃了。"大姨"嗯"了一声，摸了摸他的头，就又忙活去了。他的眼像玻璃球一样，就那么一直随着大姨骨碌，大姨走到哪里，他的眼风就跟到哪里。有几次，当大姨走到了那放点心的木柜旁时，他的心一下子就跳到了喉咙眼上，差点一口吐出来！等大姨走开的时候，才又慢慢地咽下去。那心几乎是一血一血地在喉咙眼里蹦，整个食道都是腥的！这样翻来覆去地折腾了几次，他整个人几乎就要虚脱了……老天，那时光是一点一点在针尖尖上挨过去的。

后来，他逃一样地离开了大姨家。在回家的路上，他觉得身子一下子变轻了，身轻如燕！他一跳一跳地走在乡间的土路上，田野的风洗去了身上的热汗，雀儿的叫声使他倍感亲切！当他回望焦庄的时候，他笑了，笑了满眼泪。大姨回送的两个卷子花馍，他吃了一个留了一个，那个香甜是他终生都难以忘怀的！

他还是过了几天惊恐不安的日子。那会儿，每天放学回来，在进门之前，他总要悄悄地问一问铁蛋："大姨来了吗？"铁蛋摇摇头，说："没有哇。""真没来？""真没来。"这样，他才会暗暗地松口气。

本来，事情就这样过去了。那留在心上的划痕虽重了一点，也不过就是一道痕。父亲再也不出门了，一个家庭所有的"外交"都交给了他。因为，他虽然只是一个小学二年级的学生，却已成了家中惟一的识字人。他要面对的事情还有很多……

可大约过了半年，突然有一天，他竟然在秋生家发现了那匣点心！

那天他到秋生家借簸箕，在秋生家的堂屋里，猛一抬头，蓦地就看见了那匣做有记号的点心。那梁上一共挂了五匣，有四匣是捆在一起的，而这匣却是单独的。他没有看错，那记号还在呢，一个歪歪斜斜的"十"字，是他在小桥上用铅笔头写上去的……有那么一刻，他愣了，好一会儿才回过神来。终于，他忍不住笑了。秋生诧异地说："你笑啥？"他脸一绷，说："我没笑。"秋生说："你笑了。"他郑重地说："没笑。"出了秋生家院子,他一连在麦秸窝里翻了三个跟头,大笑不止!

后来,那匣"点心"先是转到了贵田家,接着又转到了二水家,从二水家转到了宝灿家,而后又是方斗家,三春家,麦成家,老乔家……他一直记着那记号,那记号已经刻在了他的心上。不知怎的,他不知不觉地养成了一种看人家梁头的习惯,不管进了谁家,他不由得都要看一看人家的梁头,看看那些挂在梁头上的点心匣子……那就是"体面"吗?一家一家的,就这么提来提去,为着什么呢?

是呀,那些匣子就是乡人的体面。哪怕是"驴粪蛋儿"呢,只要是贴了封装了匣,就可以堂而皇之地挂在梁头上!开初的时候,这念头让他吓了一跳,这念头里包含着一种让人说不清的东西。他害怕了,他是被那堂而皇之的"假"吓住了。

有一次,在三春家,他突兀地"呀"了一声。那会儿,他很想把事情的原委说出来。他想告诉人们,那匣里装的是"驴粪蛋儿"!可他咬了咬牙,还是没有敢说。那"点心"已经转了那么多的人家,封贴也被人多次换过,难道就没有一个人打开看过?!他的直觉告诉他,不能说。

年关的时候,终于有一天,那匣"点心"又转回来了。"点心"是本村的拐子二舅提来的,瘸着一条腿的二舅对父亲说:"他姑夫,这匣点心是马桥他三姑送来的,实话说时候怕是不短了,掂来掂去的,绳儿都快掂散了。你家娃多,让孩儿们吃了吧。"父亲笑了笑说:"你看,这是干啥?都不宽余。"可二舅放下点心就走了。

年三十的晚上,父亲就真的打开了那匣点心,父亲第一次很大度地说:"吃吧。"可父亲的话没有说完脸色就下来了,父亲的脸黑风风的。娘说:"给他拿回去!让他看看。"父亲坐在那里,久久不说话,过了一会儿,他默默地说:"算了,别说了。谁也别再说了。"往下,父亲再没有说什么,他只是把那匣子里装的"驴粪蛋儿"拿出去倒掉了……

第二天早上,他睁开眼,一眼就看见了挂在梁头上的点心匣子,那匣底上是做了记号的。可他知道,这匣是空的……

早晨,站在大雪纷飞的院子里,他突然对弟弟铁蛋说:"有时候,日子是很痛的。"

铁蛋吃惊地望着他，说："哥，你脚上扎蒺藜了？"

三、扎在脚上的十二颗蒺藜

娘是那年腊月里得病的。

在他十二岁那年，娘得了噎食病。那是一种很奇怪的病，不能吃饭，一吃就吐，剩下的只是熬日子了。

娘一病不起，就再也没下过床。开初的时候，她还能喝一点水，喉咙里"鸡儿、鸡儿"的，咽得很艰难。再往下，就连水也灌不进去了。一天一天地，娘慢慢就干了，干成了一张皮，那皮上裂出了一皱儿一皱儿的绷纹，纹儿一炸一炸地张着口，人家说那叫"雪皮"。那时候，娘总是把他们兄弟五个叫到床跟前，看看这个，摸摸那个，最后，娘眼里含着泪细声说："钢蛋儿，你是老大，你可要支事呀！"

他默默地点点头，无话可说。

在最后的日子里，娘只是想放一个屁。娘说，我要是能放一个屁多好！

那天，父亲又一次请来了"乔三针"。"乔三针"也算是村里的中医"先生"，"先生"坐下来先是号了脉，而后平声问："出'虚恭'不出？"父亲愣愣的，不知道该说些什么。"乔三针"急了，粗声说："嗨呀，就是放屁不放？！"娘艰难地摇了摇头。"先生"长叹一声，收了针盒，再没有说什么。一直到出了门，他才对父亲说："挨不了几天了，准备后事吧。"

那时候，一年红薯半年粮，整个村子都是臭烘烘的，屁声不断，净红薯屁。可娘惟一的愿望就是能像常人那样，放个屁。娘说，我咋就不能放个屁呢？娘躺在床上，瘦得皮包骨头，那皮上挂一层干雪似的白屑，一摸就往下掉。这时候娘身上一把力也没有了，眼窝里的那一点点亮光让人看了触目惊心！我的娘啊，那印象像铅一样灌进了他的内心深处。在经过了许多日子后，他才明白，一旦生命到了最后的关口，想放一个屁也很难哪！

娘是七天后去世的。

临死前，娘两眼直直地望着屋顶，而后目光下移，微微地张了张嘴，想喊些什么，可她没喊出来……他一把抓住娘的手，可娘的手已经凉了。

娘死后，父亲就像是傻了一样，他一屁股蹲坐在门槛上，再也站不起来了。是他慌忙跑去叫来了大妗，大妗翻开娘的眼皮看了看，默默地说："人不中了。"此后，大妗牵着他的手，在村里的代销点里赊下了一匹白布。走在路上，大妗诧异地看看他，说："钢蛋，你咋不知道哭哪？"他默默地，就是哭不出来，可他心里哭了。回到家，大妗把他兄弟五个叫了一起，一人头上给他们蒙上了一块白布，而后对他说："钢蛋，你是老大，领着你兄弟'送孝'去吧。"他抬起头来，默默地望着大妗……大妗说："'送孝'就是报丧。去吧，领着你兄弟，一家一家走，进了院子也不用多说，跪下磕个头就是了。记住，挨门磕头，不拉你别站起来……去吧，现在就去。"

于是，他领着兄弟们"送孝"去了。出了门，老三狗蛋笑嘻嘻地说："哥，哭不哭？"他站住了，扭过身来，"啪，啪，啪，啪！"一人脸上扇了一耳光！而后就有哭声传出来了。

挨门去磕头，一家一家磕……这是死的告示，是葬礼前的宣布，是乞讨，是求助，是哀的美敦书？很久之后，他渐渐才明白，那么往地上一跪，就是"投降"。在平原的乡村，"投降"几乎是一门艺术，还是一门最大的艺术。生与死是在无数次"投降"中完成的。有的时候，你不得不"投降"，你必须"投降"。有了这种"投降"的形式，才会有活的内容。就这样，他把村人一个个磕出了家门。只有一家，他没有去，那是离得最近的一家，铜锤家。他不去。

娘的丧事是在村人的帮助下完成的。在葬礼上，作为长子，在老舅的带领下，他继续学习"投降"的艺术。那是"投降"的高级形式——"二十四叩礼"。"二十四叩礼"是一种近乎于宫廷化的表演，是带有礼仪性质的"臣伏"。在乡间,这就是最高级、最雅致的"投降"!那是要他在不同的方位、以不同的姿势磕二十四个头,前后左右地磕,要磕出一个大"回"字。在他磕头的时候,他听见人们在笑他。是的,在葬礼上,人们哄堂大笑,笑他磕得不够标准。人们赞叹的是宝灿,宝灿磕得最为生动!那一进一退、一招一式都叫人羡慕:跪得深刻,起得方正,那腿说锯就锯……那情形不像是在给人送葬,而像是在表演绝活儿!可他不行,他的心已经木了,当他磕完了这二十四个头站起来的时候,他眼前一黑,几乎栽倒在地上。可他还是站住了,只是膝盖处热辣辣的,有血!

他是长子,娘的"牢盆"也是他摔的。"牢盆"上分别钻了五个孔,那叫"子孙孔",是他们弟兄五个分别用剪子尖钻上去的。老五太小,是他把着他的手钻的。娘已经死了,为什么还要摔"牢盆"?什么是"牢盆"?生是"牢",死也是"牢"?钻那些个洞儿,是要漏一点阳光给母亲吗?

而后又是"谢孝"(又叫卸孝)。仍是一家一家地磕头……许多年以后,他仍然记得他跪下来给人磕头的情景。有那么一个时刻,他是从裤裆里看天的!他牢记着他从裤裆里看天的那个时刻,那时刻叫他永世不忘。就在那个时刻里,他的裤裆里猛然升起了一股气,那股气一下子就把他顶起来了,他跪着,可他的心站起来了。

娘在的时候,没有谁觉得她有多么重要,娘一去,家就不像个家了。那时候,父亲曾萌生过再娶的念头。可是,家有五个蛋儿,一群嘴,有谁肯受这种拖累呢?于是,父亲就常常躺在床上一声一声叹。

娘去了,以后就是没有鞋的日子了。

很快,他们这五个蛋儿,鞋一双双都穿烂了,再也没有鞋了。

这年的夏天,割草的时候,他把四个兄弟带到了一片谷地里。在谷地里,他让铁蛋、狗蛋、瓜蛋、孬蛋在他面前站成一排,而后说:"听着,娘去了,没人给你们做鞋了。现在,我给你们一人做一双鞋。"

兄弟四个诧异地望着他,看上去都很高兴。铁蛋说:"哥,你还会做鞋?"

他没有说话，就地坐下，伸开手，亮出了手里抓着的六颗蒺藜。往下，他腿一曲，亮出了他的脚丫子，他用手拍了拍脚丫上的土，说："都看着——"说完这话，"噗、噗、噗"三下，他先是在左脚丫上分别扎上了三颗蒺藜，接着又是"噗、噗、噗"三下，他在右脚丫上也扎上了三颗蒺藜！而后，他站起身来，背起两手，大模大样地在谷地里走了一圈。

四兄弟怔怔地望着他，铁蛋说："这，叫鞋？"

他说："鞋，铁鞋。"

狗蛋说："疼，疼吗？"

他跷起一只脚，让他们看清楚扎在脚上的蒺藜，而后说："开始会疼一点，把脚板磨出来就不疼了。"

接着，他又说："谁要是敢穿，中午加一勺饭。"

于是，四对小脚丫全亮出来了，一个个伸到了他的面前。

他先是拿起铁蛋的脚丫看了看，一只脚给他扎上了一颗蒺藜，铁蛋只是皱了皱眉头，故意说："不疼。"而后又是狗蛋，一抓脚，狗蛋咧了咧嘴想缩回去，他抓住不放，硬是给他扎上了。到了瓜蛋，他一声不吭，只是把脸扭了过去……孬蛋还小，看着孬蛋的小脚丫，他迟疑了片刻，说："孬蛋就算了，孬蛋还小。"可孬蛋却嫩声说："哥，我也要'疼'。"于是，他说："好，孬蛋最听话。"说着，他从衣兜里掏出了两根白布条，把蒺藜裹在了布条里，一边给他拴上了一个。待要站起来的时候，铁蛋突然说："哥，我再要一颗，中午加两勺饭！行吗？"

他没理他，说："站起来，都站起来。站起来走走试试。"

四个蛋儿，一个个"呀、呀"地站了起来，全都侧着脚……他站在一旁说："走啊，得能走才行，看谁最勇敢！"

于是阳光下，这个脚上扎有蒺藜的小队，一侧一歪的，就在谷地里走起来了。

他说："往前看，不要想那疼，你不想它，它就不疼了。"

狗蛋扭过头，说："哥，到啥时候就不扎了？"

他说:"等脚上有'铁'了,就不用再扎了。"

在整个夏天里,"老姑夫"家的孩子们一个个背着草捆,龇牙咧嘴地走在乡间的土路上。尤其让村人们感到诧异的是,他们怎么会一个个都撇歪着脚走路呢?问了,都不说,谁也不说。在上梁,那像是一道奇异的风景。每到黄昏的时候,一个个蛋儿就会从橘红的落日里摇摇地走出来,把身上的草捆一个个卸放在麦场里,而后亮出脚丫,一口一口地往脚上吐唾沫……

四个蛋儿,都在眼巴巴地等那"铁","铁"在哪里呢?!

到了这年的秋天,四个蛋儿已经可以平着脚走路了。他们把老大围起来,一个个说:"哥,这算不算有'铁'了?"

于是,在一个黄昏里,他把他们一齐带到了光溜溜的场地里,用"父亲"的口气说:"坐下。"待他们全坐下之后,他伸出脚来,在他们眼前晃了一遍,说:"摸摸。"他们也就听话地一个个伸手摸了一遍……他问:"硬不硬?"蛋儿们说:"硬。"接着,他伸开手,亮出了手里握着的十二颗蒺藜!让他们一个个都看清楚了,这才把蒺藜一颗一颗地扎在两只脚上,待他全扎上之后,又当着他们的面,紧吸了一口气,一个箭步跳在了石磙上!而后,就那么在石磙上站着,对他们说:"这才叫有'铁'了!"

这时,狗蛋突然惊叫道:"哥,你脚上有血!"

他瞪了他一眼,淡淡地说:"那不是血,那是铁锈。"

脚上扎着十二颗蒺藜,可他硬是在场里给他们演示着走了一大圈。那脚板木是木了一点,可他心里说,有时候,日子就是这么痛。你不能怕痛,你得踩着日子走,一步一步就这么走下去。

四个兄弟全都看着他,看得目瞪口呆!他们再也不问了。他们终于知道了,什么是"铁"……

同时,他还告诉了他们一个绝招:中午的时候,把两只脚放在大路上的车辙里,用那被车碾来碾去的、晒热了的扑腾土埋起来,就用这细面样的热土捂好,盖紧实了,埋上它一两个时辰,好好地蒸一蒸烫一烫,脚就不那么疼了,最主要的是,出"铁"快。

于是，在此后的日子里，冯家的"蛋儿们"时常会放下肩上背着的草捆，坐在大路边上，把两只脚伸到车辙里，用热土盖起来"浴脚"……这是一份难得的快乐！把脚"浴"在热土里的时候，那烫烫的温热，那细面一样的柔软，那沙沙痒痒的滑溜儿，还有脚板上慢慢升起来的一丝丝凉气，闭上眼的时候，使他们有了一种酒样的陶醉。多好啊！"浴脚"。在那些日子里，"浴脚"成了冯家"蛋儿们"的最高级的一份享受。"浴"完之后，他们会同时从热土里拔出脚来，先是晾上一晾，而后，你摸摸我的脚板，我摸摸你的脚板，看到底谁的更硬一些。

这叫比"铁"。

是呀，那"铁"慢慢在生长着，可生长着的"铁"里，不时会长出一两个小刺儿，那是蒺藜上的刺儿，有时候那刺儿就断在了肉里，随着"铁"一起生长，会带来些钻心的小痛。这也不要紧，拔出来就是了。拔的时候，又会生出来一些无名的快乐。你想，在肉里掐呀、掐呀的……终于掐出来一点什么，那小痛一下子就去掉了，酥酥的，麻麻的，多了些小痒，这有多好！

父亲的眼皮塌了。父亲的腰也塌了。没有多少年，仪表堂堂的父亲，竟成了一个罗锅子。自从交出了家庭的"外交"权力之后，对于他的行为，父亲从未说过什么。可是，就在他脚上扎了十二颗蒺藜的那一天，正蹲在灶间烧火的父亲，突然从灶火里跑了出来，异样地叫道："儿子，干啥——哪？"

他竟然用蔑视的目光看了父亲一眼，傲傲地说："走路呢！"

这话说得太突兀！是具有背叛意义的突兀。这就是他的宣告，面对父亲，这是最直接的一次宣告。行走，就是活法，这是我的方式，我"走"我的。

父亲哑了。那是父亲第一次叫他"儿子"，以后父亲再也不这样叫了。

这年的冬天，下第一场雪的时候，也是他试"铁"的时候。他没有穿父亲做的那种木制"呱哒板"，就那么光着脚走出了家门。雪还在纷纷扬扬地下着,大路上一个人也没有,四周一片寂静,那无边无际的雪白就像是一双双"那种鞋"向他飞来!一天的"那种鞋"!那种鞋(后来他知道那叫"网球鞋")秋生家的一个亲戚穿过,白色的,粉白,连鞋带都是白的!人家是城里人,来乡下串亲戚时穿在脚上,一走一弹,让他看见了,还有尼龙袜……他就这么在雪地里走着,一步一步地试那"铁"。初时,脚踩下去的时候,雪很暖,甚至是有点烫,温温的烫。可走下去的时候,却绵绵的,竟还有点弹,是有点弹哪。在脚下,那雪肉肉的,热热的,或者就像是热锅里的豆腐,脚成了一把刀,你割它的时候,那一软一软的感觉叫人很舒服,无比的舒服!再走,脚上就有些泥了。这时,他明白了,雪是怕他这双脚了。雪怕他,那脚已经"铁"出来了,雪沾脚就化,它不敢不化。在大冬天里,他的脚彻底战胜了雪!不疼,真的,一点也不疼了,没有一丝一毫的痛感。只是快乐,那是从脚底板上涌出来的快乐,猫舔一样的快乐!那快乐使他产生了强烈的征服欲,他在雪地里大步跑着,一边跑一边嗷嗷大叫,他的叫喊声在旷野里传得很远!而后,他跨过田野,又一步一步走上了河堤。站在河堤上,他的目光望着远处的飞雪,雪在河的南岸挂起了一道倒卷的飞帘,那雪帘在风中曼舞着。此时此刻,他突然就有了飞翔的感觉,一股热流从脚下涌上来,很烫人啊!

那时候,他庄严地说:会有鞋的。

四、不会叫的蝈蝈笼子

十六岁那年,他终于有了一双鞋。

那鞋是一个叫刘汉香的姑娘送给他的。她这么一送,就送出了她人生的一大遗憾。

刘汉香是村支书国豆的女儿。国豆脸上虽然有些麻子,可国豆女人脸上没有麻子,她不但脸上没麻子,而且是方圆几十里有名的漂亮女人。这女人有个绰号叫"大白桃",另一个说法叫"十里香"。还有人说，妈的，颍河水再好，也就润在了国豆家。操！润了这畦改那畦，一茬一茬润，净好水儿。老不公平啊！

这刘汉香正是"大白桃"生下的娇女儿。

开初的时候，刘汉香只是一个小毛丫头，秧秧的，也看不出什么。可长着长着，一下子就灿烂了。灿烂得一塌糊涂！于是就有人说，这刘汉香是国豆家的"国豆"！

那时，他并不知道有人在悄悄地注意他，他真的不知道。人已穷到了那步田地，是不敢乱看的。即便是在镇上中学上学的时候，他也从不乱看。你看什么看，看也白看，穷人的眼是很节约的。

早在他上中学之前，"老姑夫"家的蛋儿们已经有自己的名字了。那名字是县上来人普查户口时，由一位以工代赈的老私塾先生给起的，那老先生拈了拈胡须，一时文兴大发，信笔写来，在户籍上：老大钢蛋为冯家昌，老二铁蛋为冯家兴，老三狗蛋为冯家运，老四瓜蛋为冯家和，老五孬蛋为冯家福。而后，老先生用小楷毛笔一人给他们写了一个纸片，上边批着他们各自的名字,老先生说："记住,这是'官称'！"

可这些"官称"在村里并没有人叫，人们不习惯这些"少天没日头"的东西，它显得太雅了些。在村里，该什么"蛋儿"还是什么"蛋儿"。只是到了后来，当他们一个个离开村子的时候，这些"官称"才成了他们的名字。

那片高粱地是他命中的一个契机。

那是暑期后的一个下午，他照例背着铺盖卷到镇上中学去报到。秋了，青纱帐已经长起来了，那无边的熟绿从田野里一秧一秧地爬出来，把路罩得很细，走在路上，人像是淹没在那一坡一坡的旺绿里，到处都是秋熟的腥热，到处是孕育中的腻甜，风一溜儿一溜儿地从庄稼棵儿的缝隙里顺过来，脚下的土也仿佛已熟到了老的程度，一乏一乏地碎，就像是坍了身的面瓜。在青纱帐的掩护下，路过玉米地时，他还偷掰了几穗嫩玉米，那时粮食总是不够吃，能啃上几穗玉米，晚饭就省下了。当他揣着几穗偷掰的玉米猫着腰穿过玉米田，来到一片高粱地的地边时，他眼前一亮，突然站住了——

面前有一双鞋!

那是一双"解放鞋"。这种鞋是部队的军人才有资格穿的,还是双新鞋。

那鞋就放在高粱地的地边上,看上去新崭崭的,像是没有下过脚的样子。他两眼望着那鞋,迟疑了一下,心里说,有这样的好事吗?他抬起头来,侧耳细听着高粱地里的动静。高粱就要熟了,铁红的穗头一浪一浪地在风中摇曳,那刀叶沙沙地响着,响得很有规律。风停的时候,就静下来,静得默,静得文气。看来,高粱地里没有人,真没有人。东边是红薯地,西边是玉米田,红薯地里显然没人,玉米田也不像有人的样子,那么……是谁的鞋呢?路人掉下的?也不大像。那鞋整整齐齐地摆放在他面前的地上,就像是专门为他预备的。这么一想,他笑着摇了摇头,不会,世上绝不会有这等好事。他围着那双鞋转了一圈,心里七上八下的,很诱人哪。最后,他禁不住拍了拍脚上的土,把脚伸进那鞋里试了试,他妈的,还正合适呢!

天晴朗朗的,云淡淡走,四周寂无人声,面前有一双鞋……然而,万一呢?万一要是谁脱在这里的,你这边刚要走,那厢又被人叫住了,多丢人哪?!算,算了,不就一双鞋吗?再说,他光脚习惯了,猛一穿鞋,还真有点别扭,挺不舒服的。于是,他把已穿在脚上的鞋重新脱下来,在地边上摆好,这才背着铺盖卷去了。

突然,身后传出了"咯咯——"的笑声!那笑声就像是晴空里的一声霹雳,又像是从布袋里撒出来的一只母鸡,还像是从牛脖子上甩出的一串铃铛,既突兀又脆火!紧接着,又是一声爆豆:"——家昌!"

他的脸"扑棱"就红了,就像是被人当场捉住了似的,心里很"贼"。他对自己说,上当了吧?上狗日的当了。别回头,走,往前走!

谁知,他刚走了没有几步,就听见身后一声断喝:"冯家昌,你站住!"

他站住了,慢慢地扭过头来,也就在一瞥之间,他看到了立在眼前的一抹粉红。在这一抹粉红的后边,是漫无边际的绿色,那绿色正是因了这一抹红色而疯狂,庄稼地里突然就有风了,高粱和玉米都舞动着,那叶子一刀一刀地飘逸!他把头勾下去了。

那是一个女生!

十六岁,是一个充满幻想的年龄,眼前站着一个女生,鲜艳得叫人不敢看。他也就不看了,有汗!

刘汉香跳跳地来到他的面前,笑着说:"家昌,把鞋穿上,那是我送给你的。"

刘汉香,这名字是他熟悉的,可以说非常熟悉。他们在一个教室里坐了六年,而后又一同考上了镇上的中学。然而,人家是支书家的女儿,是国豆家的"国豆",跟他不是一路人。所以,虽然同坐在一个教室里,却坐得陌生,他从未跟她说过话。况且,在中学里,他也是被人耻笑的对象,人家都叫他"赤脚大仙"。

他站在那里,默默地摇了摇头。他不穿,他不会穿的。

刘汉香轻声说:"真的,真是送给你的。这多年,我一直看你打赤脚,你……这鞋是我从我哥那里要来的,我哥复员了。穿上吧。"

他很干脆地说:"我不穿。"

刘汉香说:"你敢!"

他扭头就走,心里说,有什么敢不敢的?

刘汉香气了,跺着脚说:"冯家昌,你听着,你要是敢走,我就喊了——"

他站住了,觉得很好笑。他说:"你喊吧。你喊什么?"

刘汉香怔了片刻,突然说:"我喊——我喊你偷玉米棒子!你试试,我只要喊一声,立马就把你……"

顿时,他明白了,她一直跟着他呢。她是支书家的女儿,她要是真喊了,就真能把他捆起来……他愣愣地站在那里,好半天不说话。

她说:"你穿上。"

他说:"我不穿。"

两人就在那儿僵持着。他本可以抬脚就走的,可怀里那几穗玉米绊住了他。终于,他抬起头来,直直地望着她,说:"你喊吧。"

一语未了,他被震撼了。他是被那光影震撼了。是秋日的阳光照出了一份绝妙。那不是一张脸，那是伏桃的细腻，那是麦黄杏的滋润，那是白菜心上的水嫩，那是石榴籽般的晶莹，那是苹果枝上的嫣红，那是秋光合成的虚幻，那是颍水孕化的潋滟！在秋光里，那如花似玉的脸庞上还汪着一些似有若无的、烟化般的嫩绒绒，那绒儿就像光的影儿，光的露儿，光的芒儿，光的韵儿，光的醅儿，光的会玩魔术的小舅子！那生动啊，叫人恨不得从心里伸出一只手，轻轻地摸上一摸，却又不敢摸，生怕一摸之下就会沁出水来……仅一眼，他就像是被钉住了似的，三魂竟走了七魂！他再也不敢多看了，他想赶快把"心"收回来，可"心"丢了，他找不到了！

　　这时候，刘汉香抢上前来，不管三七二十一，往他跟前一蹲，命令道："抬脚！"

　　就像是鬼使神差一般，他不由自主地把脚抬起来了。抬起来才有些后悔，可刘汉香不允许他后悔，刘汉香抓住他的脚，硬是把鞋给他穿上了，穿了这只又穿那只……而后，她说："走吧。"

　　接着，他们上路了，就那么一前一后地走着。穿着这么一双"解放鞋"，怀里揣着偷来的玉米，他怎么走怎么别扭，那双铁脚就像是被绳子拴住了似的，走起来竟磕磕绊绊的，显得十分滑稽。远远看上去，那情形很像是刘汉香押送的一个"俘虏"！

　　一路上，刘汉香高兴坏了，她时常"咯咯"地笑着，说了很多话。可他，却只说了一句话。快到镇上的时候，他说："真欺负人哪！"

　　刘汉香诧异地说："谁欺负你了？"

　　他再也没有说什么，他什么也不说了，心里长出了一窝茅草！

　　当他们快到学校门口的时候，刘汉香有意地慢下来，渐渐就落在了后边。身后少了一个"押送者"，他才走得稍稍自在了些。可是，在校门口，他又被人围上了。一些背着被褥来校报到的同学，三三两两地凑到他跟前，用十分吃惊的目光望着他："'大仙'，咋，穿上鞋了？"他嘴里"嗯，嗯"着。那些人竟然追着问："乖乖，新鞋？！"他就说："新鞋。"再问："解放鞋？！"他说："解放鞋。"有人很执著地问："哎，你不是说光脚舒服吗？"于是，在一个时辰里，这件事变成了一个奇闻。

整个校园都在奔走相告："大仙"穿鞋了!

当晚,当那些好奇的学生们一起拥到他住的宿舍,看"赤脚大仙"穿鞋的洋相时,他已经把那双"解放鞋"脱掉了,仍是赤着一双大脚。

此后,在很长一段时间里,他一直认为那是一个耻辱。他心里说,你投降了,你又投降了,真是不争气呀,你怎么老是投降呢?!就在那天晚上,他的脚疼了,他的脚踢在了门槛上,竟然麻辣辣的!在痛里他脑海里陡然浮现出了那张脸,那脸就像水盆里的月光,一印一印地晃动着,挥之不去!这是过去从未有过的,他很为自己的行为羞愧。

他再没有穿过那双鞋。

那双鞋后来成了"四个蛋儿"的奢侈品。鞋已上脚,就不好再退了。星期天的时候,他悄悄地把那双鞋夹回了家,扔给了他的兄弟们。"四个蛋儿"抢上前来,全都惊奇地望着那双鞋,你上来摸摸,我上来摸摸。狗蛋强量些,首先发问:"哥,谁穿?!"他瞅了铁蛋一眼,又看看狗蛋、瓜蛋。看过了,又去看蹲在地上的父亲,父亲塌蒙着眼皮,一声不吭。于是,他说:"轮着穿。"结果,"蛋儿们"就轮着穿了。先是铁蛋穿着新鲜了些日子,接着是狗蛋趿拉了几天,而后是瓜蛋。瓜蛋穿着太大,走起来七岁八岁的,他在鞋里塞了些破棉花。轮到孬蛋时,他只是觉着稀罕,就在鞋后跟上挖了两个孔,穿上绳子,用绳子把那鞋绑在脚上走,走起来一拖一拖,就跟划旱船似的……就这么穿来穿去,没过多少日子,那鞋就穿得不成样子了。

不知怎的,那耻辱一直深藏在他的心里,藏得久了,竟然藏出了一点甜意。那就像收藏在内心深处的一个小糖豆,它不断地从心窝里跳出来,在眼前蹦蹦跶跶地诱他。

刘汉香为着什么呢?在他的记忆中,刘汉香是模糊的。有很多年,他脑海里连一点印象都没有。是呀,他们没有同位坐过,也没有说过话,好像原也是小小丫丫的,怎么突然间就大了?还送你一双鞋?!

蓦地,他想起来了,是不是因为那枚图钉?

那时候,他虽然穷得连鞋都穿不上,却非常喜欢打篮球。每天下课后,他总是赤着一双大脚奔跑在篮球场上,因此也就有了"赤脚大仙"

的绰号。镇上中学的篮球场是很简易的，就在校园里的空地上一东一西竖了两根木杆，木杆上钉了块长方形的木板，板上钉了一个铁筐，这就是篮球场了。课后的很多时间，他都是在篮球场上度过的，他是一个篮球迷。篮球场离饭厅近，所以，也总是有很多人围着看。记得有一次跟县上中学的球队打比赛时，他跑着跑着，只听"噗"的一下，脚下一软，他就在场边上蹲下了，就那么蹲着，把一只脚撇着翻过来，发现脚底扎上了一枚图钉！他没在意，只是把图钉从脚上拔下来，往场边上一扔，快步跑去了，还接了一个好球，竟也投中了！就是那会儿，他听到场边上传来一片"呀！呀"的惊呼声。一瞥之中，是一片女生的倩影，那里边有刘汉香吗？

还有什么哪？再没有了，再没有什么了。可人家送你了一双鞋。说是别想了，不要多想，人家可是国豆家的"国豆"！你算是什么东西？！说是不想，可还是忍不住。偶尔，那个"小糖豆"总是从心的深处弹出来，再用心的嘴接住，甜那么一会会儿。

可是，在学校里，两人却谁也不理谁，见了面也不说话。洗碗的时候，你在这个水池，我就到另一个水池，就像仇人一样。这感觉很好啊，无比的好！

学习是更加的勤奋了，人就像鞭子抽着一样，俄语中的"斯巴西巴"总是在嘴头上默默地挂着，还有"打死崔大娘"（达斯采达妮娅），一切都变成了"啾、啾、啾、啾"——那是（一点点、一点点的）蜜一样的甜意。是的，这是一个秘密。秘密使人充实，你心里要是偷偷地藏着一点什么，人就格外得沉静踏实。学得太苦的时候，那"小糖豆"就会及时地跳出来，让你甜一下，把那苦味冲淡。就那么藏着吧，好好藏着。在那个学期里，他的俄语出人意料地得了全校第一！

鞋是穿了，可也不能白穿。不管怎么说，这个人情是欠下了。拿什么还呢？

接下去，他整整用了四个星期天的时间，带领着蛋儿们精心寡意地扎了一个两篷楼的蝈蝈笼子。为扎这个蝈蝈笼子他费了大劲了，先是派蛋儿们到地里四下去寻找那些光滑的、细条儿的高粱秆，这种细条儿的高粱秆一株上只有一节能用，就这一节还得是百里挑一，很难寻的。于是，邻近四乡的高粱地里到处都晃动着蛋儿们的身影，好歹还是找齐了。蝈蝈笼子是他亲手扎的，他谁也不让动，就一个人躲在屋里精心摆弄。每一次开始，他都要先洗洗手，而后再动手去扎那笼子：那"两篷楼"扎的有脊有檐，有廊有厦，门是双扇的，窗是菱形的，那上下两层的门扇还都是能开能关的；特别难为他的是，他在那"两篷楼"里还扎上了一个楼弧梯……等全扎好后，他又逼着蛋儿们上交了十二只会叫的蝈蝈。

那又是一个星期天的下午，他中午连饭都没有吃，就提前从学校里跑出来了。他带着那个蝈蝈笼子，悄悄地躲在了河堤旁的一个槐树林里。一直待到夕阳西下，远远看见刘汉香从大路上走来的时候，他才把那个蝈蝈笼子放在了河堤上的一条小路上……

那是她必走的。

终于，挎着书包的刘汉香走过来了，她一眼就看见了那个蝈蝈笼子。她站住了，就那么看了一会儿，却猛地抬起头来，高声说："你出来吧。"

他没有动。他的心怦怦跳着，可他没动。

刘汉香再一次高声说："出来吧，我看见你了！"

这一次，他没办法了，只好从槐树林里走出来……

刘汉香望着他，说："你扎的？"

他勾着头说："我扎的。"

刘汉香说："送给我的？"

他说："送给你的。"说完，他又汗津津地补了一句："我不想欠你的情……"

刘汉香弯腰把那个蝈蝈笼子拿起来，说："扎得真好！"

他一声不吭，就那么站着。

可刘汉香话锋一转，气呼呼地说："你为啥不穿我给你的鞋？！"

他说："我不能穿。"

她问："为啥？"

28

他说:"我弟兄五个,都没穿鞋。我不能独穿。"

她迟疑了一下,说:"你上中学了呀……"

他干干地说:"那不是理由。"说完,他扭过头,如风一样地跑去了。

身后是一片蝈蝈的叫声,那叫声热麻麻的!

可惜的是,那个蝈蝈笼子先是被迫挂在了一棵枣树上,是国豆家院子里的一棵枣树。因为那十二个蝈蝈一个个都是挑出来的"老油",太吵了,叫得人睡不着觉!后来,一直等到笼子静了的时候,才终于挂在了刘汉香的床头上——

因为那十二个蝈蝈全都死了。

五、人,一个人;手,两只手

暧昧很好,暧昧是一个月昏之夜。

就是那个夜晚,他与她有了暧昧之情。是的,也只能是"暧昧",那是一种糊里糊涂、不清不白的状态。他十六岁了,却什么也不知道,只知道"好",什么叫做"好"呢,一"女"一"子"就是个"好"?

傍晚的时候,老五孬蛋趿拉着那双破解放鞋回来了。他有点神秘地走进院子,来到他跟前有点怪怪地看着他说:"我嘴里有糖。"他没理他。可孬蛋又往他跟前靠了靠,一探舌头,亮出了粘在舌头上的糖块,说:"真的,我嘴里有糖。"他瞪了他一眼,说:"擦擦你的鼻涕!"孬蛋用袖子在鼻子上抹了一把,而后,突然在他面前伸出手来,说:"汉香姐给的。"

老五手里摊着的,是一个小纸蛋儿。

他心里动了一下,从老五手上拿过那个小纸蛋儿,而后说:"玩去吧。"

一直到老五一拖一拖地"猫"出了院子,他才把那个握成一团的小纸蛋儿一点点地摊开,只见上边写着四个字:

槐树林见

去不去呢？他先是有一些迟疑，甚至是有些害怕。国豆脸上的"麻子"一炸一炸地出现在他的脑海里！万一呢……可他还是去了。

出村的时候，他先是听到了一片狗叫声。那狗叫声从一片灰白、一片麻黑里跳出来，"哧溜，哧溜"地窜动着，汪着一声声的暴戾，叫人心慌，叫人头皮发炸！然而，当那叫声近了，却又是"呜呜"的温和，好像在说，是你呀？大赤脚，听出来了。而后就远远地跟着，三三五五，一匹一匹的，像护兵一样。到了村口，就不再送了，汪一束束的绿火，默默地相望着，很通人性的样子，仿佛在说：去吧，大胆些！

槐树林就在村西的河坡下。那是一片几十亩大的护坡林，刚走进去的时候，脚下一焦一焦地响着，那沙沙的声音让人心跳。穿过树的枝杈，头顶上的月光昏昏晦晦的，那月一晕一晕地在云层里走，就像是一块被黄水淹过的西瓜。偶尔，林子会突然地亮起来，亮得你赤裸裸的，无处可藏。在一片灰白中，那一棵棵褐色的树干就像是突然围上来的士兵！当你稍稍定下心来，倏尔就又暗下去了，陡然之间，人就像是掉进了一口盛满糊糊的大锅里，晕腾腾的，一不留心就撞在了树上。脚下的落叶一焦一焦地碎，走到哪里，就有声音传到哪里，鬼麻麻的。走着走着，这里"哧溜"一下，那里"扑哧"一声，心也就跟着一偷一偷地跳，那情形就像是一个第一次出门偷窃的小贼，先先地自己就乱了营。他心里说，你不用怕，你怕什么，是她让你来的。这时候风来了，风搅出了一林子的响动，落叶一旋一旋地哨着，有鸟儿在暗处扇动翅膀，萤火虫一苏一苏地飞，蟋蟀在草丛中跳叫，那蒙昧中的混沌既让人想……又让人惧。

蓦地，在暗中，有手伸过来了，烫烫的。慌乱中，也只拿住了他的一个指头，是食指，就那么牵着走。于是，那指头就像是一瓣蘸了麦芽糖的蒜，或是抹了蜂蜜的大茴，甜甜的，麻麻的，还有一点辣，是心里辣，也不知该怎么，就依了走。脚下磕磕绊绊的，人就像是没了根,前边有呼吸声导着,林子里的空气也湿了,是那种肉肉的湿,沾了女人香气的湿。在一片懵懂里,就慌慌张张地来到了林中的一段渠埂上。那是一条横穿槐树林的引水渠,渠基是土夯的,有半人高,长着蒿草。突然,那手松了,松得很有过程,先是紧着,而后是一含,往下是一节一节地软退……就有话说:"家昌。"

在空气里,人怎就化成了一节手指呢?正晕乎乎这样想着,云像开了似的,夜忽然就亮了,大亮!四周一片水粉样的灿然,那树一棵棵静着,不再像黑暗中那样"贼"了。转过脸,刘汉香就站在他面前,也并不是狐仙什么的,真真的一个人!这晚,她的两条长辫子竟然盘起来了,一个白色的蝴蝶(塑料发卡)十分醒目地偏卡在那头黑发上,水葱儿一样地立在那里,人一下子显得"条儿"了许多;她上身穿着一件白底蓝韵的枣花布衫,下边是偏开口的毛蓝裤子,带襻儿的黑鞋,白丝线袜子,衬得人也素了许多。她丫站在那里,就像是粉灰的夜气里剪出的一个水墨样的倩影儿,婷婷的,玉玉的。她家生活好啊!那脸庞正对着他,两只大眼亮亮的,嘴唇半含着,脸上羞出一片水窝红。那胸脯一起一伏的,就像是两只卧着的兔儿在一探一探地蹦……刘汉香说:"那人要是再不来,我就走了。"

冯家昌一怔,脱口说:"谁?"

刘汉香身子扭了一下,说:"那人。"

这时,刘汉香又说:"你看我头上的卡子好看吗?"

他看了她一眼,说:"卡子?"

刘汉香用手摸了摸那只卡在头上的"白蝴蝶",说:"我哥从北京捎回来的。他复员了。他说是'有机玻璃的',好看吗?"

他随口说:"好看。"

她说:"真的?"

他说:"我骗你干啥?"

接下去就沉默了,仿佛一下子都没了话说。林子里的夜气一岚一岚地漫散着,虫儿在草丛中呢喃,月光又晦下去了,只有人的呼吸声还重着……

这时，刘汉香弯下腰去，在渠埂上铺了两方手帕，先是铺得近了些，而后又稍稍地挪开一点，自己先坐下来，说："坐吧。"

他却没有坐，只是就地在渠埂上蹲下来，离她有四五尺的样子。

夜越来越模糊了，只有那一方蓝格的白手帕还在暗中亮着……她看了他一眼，嗔道："你怎么不坐？坐嘛。"

他说："我蹲习惯了。"

她说："你坐近一点，我都看不见你了。"

他很勉强地往她跟前挪了挪身子，仍是蹲着，含含糊糊地说："我裤子……脏。"

她说："我不。你坐，我就要你坐。"

他心里的火一下就烧起来了。他心里说，坐就坐，我怕什么？这么想着，他终于坐到那方汗巾上去了。

刘汉香说："你听，夜静了，夜一下子就静了。"

是的，夜静了。夜一静，人的呼吸就显得粗了。待冯家昌坐下之后，突然觉得那屁股下坐的不是"汗巾"，而是一座肉做的"火炉"！那还不仅仅是"火炉"，那是"飞毯"，是"迷香"，是"热鏊子"，是"乱麻窝"，是"枣疙儿针"，是蹦进裤裆里的"跳蚤"，是七七八八的虱……只觉得头晕腾腾的，身上汗津津的，裆里热辣辣的。

停了一会儿，刘汉香轻声说："你的脚就不疼吗？"

他头晕，没听清，就问："啥？"

她说："你的脚……"

他说："不疼。磨出来就不疼了。"

她说："你的脚步声跟别人的不一样，只要你一走我就知道，那'狼'人来了。"说着，她忍不住"吃吃"地笑了。

他说："你笑话我呢？"

她忙说："不，不是。你的脚步重吃地，我一听就听出来了。同学多年，你那大茬子步，'咚，咚，咚'的，夯一样，就像是砸在人家……心口上。"夜越来越暗了，她说话的声音也越来越小，小得几乎听不见。

他没话找话说："你笑话我。"

她说:"在学校里,你也不理人……"

他说:"说谁呢?"

她语无伦次地说:"还有谁呢?那个'狠人'。他眼里有人吗?直着来直着走。夏天里不穿鞋,冬天里也不穿鞋,那裂口一道一道的,真让人看不过去……"

他说:"我弟兄五个,我又是老大……"

她又急急地说:"在学校里,我老看你吃那长了毛的红薯。你怎么老是背红薯,就不能带些干粮吗?长了毛的红薯不能吃,有毒!……"

他还是那句话,他说:"我是老大。"

她嗔道:"老大怎么了?老大就不爱惜自己吗?!才不是哪。我哥在家也是老大,他可是……"

这当儿,她突然又说:"哎,我哥要娶媳妇了……"

他说:"噢,娶媳妇?"

她说:"可不。'好儿'都订下了,焦庄的。"

他说:"焦庄的?"

她说:"焦庄的。"

往下,突然就又没话了。那话就像是断了线的念珠,再也穿不到一起了。刘汉香的手抚摸着身边的细草,手指一勾一勾的。冯家昌的身子左半边像是木着,那右半边却又热得发焦,手心有汗,就按在了渠埂上,仿佛要寻些凉,可不知怎么的,一抓一抓,两人的手指就勾在了一起。那一刻,呼吸停了,心跳也停了,只有那勾着的手指,那手指就像是"绞股蓝"一样,缠缠搅搅地腻在了一起。接着,那手,勾来勾去,又像是紧住了的螺丝,一扣一扣地盘绕着……慢慢,两只手也就贴贴地握在一起了。就那么握着,口里竟泛起了一股股的甘甜。那甜就像是在火鏊子上焙着、烤着,一丝丝地烧人的心!究竟要怎样呢?那又是很不清楚的。似乎是要做一点什么了,烤坏了的"心"已经冒烟了。这时候,冯家昌的手像是失去了控制,猛地就从那拧在一起的"螺丝"里退出来,像一个大括号似的,一下子就箍住了刘汉香！刘汉香颤了一下,继而身子蛇动着,猛地扭过脸来,"咚"的一声,两人的头碰在了一起!刘汉香鸟儿一样在他的脸上亲了一下,喃喃地说:"你野。你心真野。"

恍然间,月光从云层里"含"了出来,林子里大亮了。墨色的夜像是被水洗过一样,一切都历历在目!那带着水汽的凉意随着月光泻下来,一漫一漫地湿,叫人心里不由一寒,那"箍"也就松下来了。刘汉香却喘喘软软地靠在了他的肩上,呢呢喃喃地说:"我想给你做双鞋……"

他说:"别,我弟兄五个呢。"

她倚在他的肩上,仍然说:"我要给你做双鞋。"

他说:"你别。我弟兄五个。"

她靠着他的肩歇了一会儿,望着遥遥的月亮,说:"家昌,你还记得上小学时的情景吗?"

他说:"记不得了。"

她说:"怎么就记不得了?你能记住的是什么?"

他说:"我呀?记……"

她说:"就你,想想。"

他想了想,说:"我还能记住的,就是小学一年级的课文……"

她吃惊地说:"真的吗,哪一课?"

他说:"是第一课。"

她说:"呀,你真能记住?我早就忘了。说说,是什么呢?"

他说:"人,一个人;手,两只手。"

她笑了,说:"你的记性真好。就这些吗?"

他说:"就这些。"说着,他重新念了一遍:"第一课:人,一个人;手,两只手。"

她说:"你呀,你呀,还能记住别的吗?比如,我……"

突然,他站起来了。不知为什么,他身上竟有了一股气,这股气竟使他有了神游万里的感觉!站在林子里,他十分突兀地、昂然地高声念道:

"人，一个人；手，两只手！"

她羞羞地说："你的记性真好！"

可他知道，这不是记性好，不是。这跟记忆力没有关系。这八个字里包含着一种东西，一种让他血热的东西！

……后来，当他们离开那片林子的时候，冯家昌突然有些后怕。他心里说，你怎么敢呢？你怎么就敢？她可是国豆家的女儿呀！

是呀，虽然是懵懵懂懂的，有了这第一次，就难免没有第二次。那悬想在心里含着，就像是一枚欲爆未爆的炸弹，总是咝咝地冒着烟！怕是也怕，又不由不想，就像是已吃进肉里的锯，拉一下是疼，拉两下也是疼，那"疼"是何等的快乐！

况且，还有一个馋掉牙的老五。那老五尝到了甜头，就常常趿着那双破解放鞋在村口处立着，只要一看见刘汉香，就近近地贴上去说："汉香姐，有'条儿'吗？'条儿'，我送。我去给你送。"

刘汉香的脸"扑棱"一下就红了……自然的，有糖。

六、藏在谷垛里的红柿

终于还是"爆炸"了。

谷垛，就是那个高高的谷垛。它既是爱的小巢，也是爱的坟墓。

是的，当他被绳子吊起来的时候，他才有些后悔，可后悔已经晚了。

老五，就是那个馋嘴的老五，几乎成了他们的"帮凶"。他起的是穿针引线加推波助澜的作用，利益不过是一块糖。这老五，他的积极是含有"糖分"的。那年，他才七岁，就猴精猴精的，简直是无所不在。就为了那块糖，他胆大包天，一个小小的人儿，竟然闯到了支书国豆的家里！他站在国豆家院门前，拖着那双破解放鞋，流着两筒清水鼻涕，蚊子样儿地说："有人吗？"没人理他，也许是没听见。于是，他提高了声音，用大人的语气说："有人吗？"立时，屋里有人回道："谁呀？"这么说着，大白桃富富态态从屋里走出来了。大白桃站在院子里，朝门外瞅了一眼，又说："谁呀？"这时候，院门轻轻地"吱呀"了一声，一个拖车样的小人儿慢慢地靠进来。大白桃诧异地、有点吃惊地望着他。没等问话，老五就叫了，他不知道该怎么称呼，可他精啊，看她长得又白又富态，就叫："白妗子……"大白桃一听就笑了，说："这孩儿。"老五说："白妗子，有人找汉香姐。"大白桃怔了一下，很警惕地问："谁找俺汉香？"老五就开始撒谎了。老五说："一个过路的。"大白桃说："过路的？！"老五慢慢吞吞地说："一个过路的，骑辆新洋车，那铃可响……"大白桃说："过路的？他找俺汉香干啥？"老五说："一个过路的，骑辆新洋车，那铃可响可响。他说，叫我给汉香姐捎句话……"大白桃又一次吃惊地说："你？捎啥话？！"老五就说："让她去学校里开个啥子会……"这时，大白桃才"噢"了一声，她当然知道，那时候，只有县上的干部或是镇上中学的什么人，才会有新"洋车"骑。大白桃终于信了，她说："俺汉香不在家，汉香去东头学校里推车去了。"这时候，老五就很失望地说："那，白妗子，我走了。"

老五没有吃上糖，仍然不甘心。于是，他"拖、拖、拖"又跑到了村东头的小学校里。在学校里，他终于把刘汉香的去向打听清楚了，原来刘汉香是进城去了。她借了小学校长的自行车，到县城里买布去了。

黄昏的时候，馋嘴老五终于把刘汉香等回来了。他站在村口处，就像是一个"长脖子老更"，一直仰望着那条通往县城的土路。在村口的夕阳里，刘汉香的脸一下子就红了，她跳下车，问："孬蛋，你干啥呢？"

老五大言不惭，说："等你呢。"

刘汉香从兜里掏出了一包糖，笑着说："给。"

老五接过糖却不走，小声说："汉香姐，谷垛里有红柿。"

刘汉香说："红柿？"

老五得意地说："红柿。我藏在那儿的。"

刘汉香不明白，她只是"噢"了一声。

老五接着说："我哥让我告诉你，谷垛里有红柿。"

刘汉香说："是你哥说的？"

老五就继续编谎说："我哥说的，天黑之后，谷垛里有红柿。"

刘汉香又"噢"了一声，说："我知道了。"

老五大人样地吩咐说："条儿呢？你写个条儿。"

刘汉香红着脸说："不用写，我知道了。"

老五不走，老五固执地说："你写个条儿吧，我哥要见你的条儿。"

刘汉香迟疑了片刻，而后，她从衣兜里取出笔来，一时也找不到纸，慌忙之中，干脆就在老五的手心上写下了两个字：谷垛。

就这样，在天黑之后，他朝着由老五一手导演的"陷阱"一步步走去……

秋场上，高高地堆着一个长方形的谷垛。就在这个谷垛里，隐着一条侧身可以摸过的通道。那通道是老五一个人偷挖的，大约有四五米长。在通道的尽头，是一个垫了麦草的、可以容下两个人的小窝铺。在窝铺上方，有一个伸手可探的小窠臼，这里正是老五隐藏秘密的地方。就是这个小窠臼里，藏着八个溇了的红柿。

那是一个没有语言的夜晚。在谷垛里，当他和她的目光撞在一起的时候，谷垛外正月白风清，谷垛里却一片漆黑，热麻麻的……没有话了，一个字也没有。两人顿时都乱了分寸，只觉得汗像雨一样淋下来，身上游走着无数条水蚯蚓。那嘴儿，手儿，舌儿，忙得一塌糊涂！身上的各个部位都齐声鸣叫，就像是一支乱了营的军队，军、师、旅、团全都摸错了方向，只管在黑暗中无序地汹涌、奔突、起伏、跳荡！在汗水的潺湿里，谷草的清香和拌着青春的腥香，把一个小小的窝铺搅和成了一锅肉做的米饭！那幸福含在腥香里，含在一片晕晕乎乎的莽动里，含在一丝豁出去的惊恐不安里。那幸福是多么湿润，多么的、多么的"呀呀"，一触一触的"呀呀"，水做的"呀呀"！疯了，在这样的时刻，人是很容易疯的，人说疯就疯！人一旦躲起来的时候，两个人就是一盘磨了，一盘完整的磨，一男一女就可以磨出整个世界……管他天南地北，管他神神鬼鬼，管他白豆黑豆黄豆绿豆还是国豆，去死吧，死也值了！

……沙沙的，突然就有了一线亮光！

那亮光是从通道口泻进来的，显然是有人拿开了挡在垛口的草捆。一念之间，家昌僵住了。那寒意从心里陡然生出，倏尔就到了头发梢儿上，他的头发一根根直立起来，身上的汗尽收，人吓成了一个木桩子……只听见外边有人在喊，那是铜锤的声音："出来吧，吊你半天了！"

这时候，他才看见了藏在窠里的红柿，那是八个滗了的红柿！在黑暗中，红柿艳艳的，就像是一丛勾魂的鬼火！

一切都太晚了。当冯家昌从谷垛里走出来的时候，连月光都成了他的敌人。那是一个被霜打了的秋夜，秋场是凉的，月光是凉的，人心也是凉的。月光下，他已无处可藏！披着外衣的国豆直直地矗在那里，在他身后，站着几个村里的基干民兵！

支书刘国豆大约是气疯了，他没有想到"癞蛤蟆敢吃天鹅肉"！他脸上的麻点一个个地炸出来，就像是一张翻转了又烧焦了的石榴皮，又像是一块被鸟弹打花了的黑铁！他矗在那里，牙咬得嘣嘣响，久久之后，才咽了一口唾沫，从牙缝里挤出了两个字："——绳他！"

那是最为残酷的一刻，那些基干民兵，那些二十郎当岁的二愣子，那些平时在眼里偷"噙"过刘汉香多少次的主儿，一个个都把仇恨集中到了他的身上。他们姑且认为是"一朵鲜花插在了牛粪上"，他是多么的"牛粪"！于是，揪头的，绊腿的，掏黑心锤的，一个个都下了狠手！拧胳膊的时候，就像是在田野里掰玉米棒子——咔嚓、咔嚓响！顷刻间，他就被捆成了一个人做的肉粽！

这时，告密者铜锤，胖得石磙样的铜锤，龇着他的大门牙，连着朝他脸上吐了三口唾沫："呸！呸！——呸！"他说："狗日的，你也真敢？你也配？！"

再后，他就被吊在了场边的那棵老榆树上。这时候，他就成了一架"活秋千"。那些"基干"们一个个轮番"秋"上来荡他！这一刻，他们是多么的勇敢哪！一个个虎狼般地冲上来，揪着他的头发，踩着他的肚子，捏着他的骨头，一次次地冲锋着荡出去，又歪歪斜斜地"秋"回来……他像个陀螺一样在空中旋转着，一次又一次地撞在树干上！

可是，他并不觉得太疼，他已经麻木得没有痛感了。他只是觉得屈辱，觉得没脸见人，在这个村子里，他还有脸见人吗？！

片刻，他的父亲被人叫来了。老姑夫像落叶一样刮进了场院。他哆哆嗦嗦地站在国豆的面前，惊恐地说："咋啦？老天爷，这是咋啦？！"

这时，支书国豆已变得异常的平静，他说："老姑夫，再不要说你单门独户了，你都欺负到我头上来了……"

老姑夫求道："国豆哇，娃子小不懂事，你就饶他一回吧。"

国豆说："这是骑在我头上拉屎！这是揪住我的眉毛打转转儿！我就是再瞎，也不能不问了。你说咋办吧？"

老姑夫说："国豆哇，不看僧面看佛面。你那老姐姐走得早，娃们不成器……你，该打打，该骂骂……"

国豆摇摇头，说："太嚣张！我咽不下这口气……在这村里，没有一个人敢对我这样。老姑夫，我眼里不揉沙子。"

老姑夫结结巴巴地说："那你说……咋办？"

立时，国豆脸上雾上了一层黑气！那黑气团团地罩在他的脸上，填满了他的每一个麻坑。久久之后，他说："我也不要别的，裁他的腿——叫他站着出来，爬着回去！"

这时候，场上静下来了。没有人开口，没有人说一句话。父亲风糠一样地站在那里，俄顷，他双腿一曲跪下来了，就跪在国豆的面前。他跪在那里，说："国豆，裁我吧，是我教子无方。娃的路长，给娃留条腿，他还要走路呢。"

国豆鼻子里重重地"哼"了一声，那是极为蔑视的一声。正是有了这一"哼"，才使"基干"们一个个兴奋不已，蠢蠢欲动，有人说，斧子呢？去拿斧子！

夜岚在谷场上弥漫着，那游动的夜气越来越重了。吊在树上的冯家昌开始发抖，他的心已寒到了极点，那不由自主的抖动连带着"筛"下了一片落叶！

也就在这时候，大白桃出现了。她悄没声地从谷垛后边走出来，说："你来。"

这声音自然是国豆熟悉的。当别人还在发愣时，国豆已扭过头去，有点不耐烦地说:"干啥呢?!"

"你来。"大白桃更不耐烦,说完,她扭身回到谷垛后边去了。

国豆迟疑了一下,终于,他慢慢地、像拖车一样、一步一步地朝谷垛走去……

没有人知道谷垛后边究竟发生了什么事情。刘汉香也一直没有出来。很久很久之后,当国豆再次晃出来的时候,他的大身量竟然驼下来了,步履也有些踉跄,他站在灰蒙蒙的谷场上,有些仓促地咳嗽了一声,说:"放了他。"

后半夜,谷场上就剩下他们父子二人了。这时候,夜织得更密更稠了,稠得对面看不清人的脸。父亲是一直跪着的,父亲已跪了那么久,终于,他站起身来说了一句话。父亲的话像是从天上传下来的,父亲说:"家昌,你走吧,走得越远越好。"

可是,他知道,他当然知道,是刘汉香救了他。

第二章

一、写在地上的"枪眼"

那就叫"城市"吗?

当眼前出现一片灯火的时候,他问自己,这就是城市?!

坐在一列闷罐子车上,走走停停的,咣当了大半个夜,把月亮都"咣当"碎了的时候,冯家昌终于看到了连成片的灯光!那灯光像海一样广阔(其实,他并没有见过海),亮着一汪儿一汪儿的金子一般的芒儿……然后就是一声彻底的、气喘吁吁的"——咣——当",只听带兵的连长说:"到了。"

他就是在这一声刺耳的"咣当"声中进入城市的。这声音就像是一枚钉子,突兀地把他"钉"进了城市。

冯家昌当兵了。

他是从学校直接入伍的。按说,像他这样的人,是不该当兵的。他犯过黄色错误不是?那年月,仅"政审"这一关就很难通过。况且,一个村的"公章",就在国豆的裤腰上拴着……可他居然当了,还是特招的文化兵。对此,整个上梁都觉得意外。人们说,狗日的,他凭什么?!

在新兵连里,当他站在军区大操场上踢"正步"的时候,他一眼就看见了那个东西。准确地说,那不是"东西",那是一种象征。那"象征"就穿在胡连长的身上,那叫"四个兜"。小个子胡连长穿着这"四个兜"的军服,精神抖擞地站在他们的面前,撑出了一种让人不得不服气的"兜威"!

"四个兜"——这将是冯家昌的第一个人生目标。

这个目标并不是他自己定的,是支书刘国豆给他定的。当他离开上梁的时候,村支书刘国豆把他叫到了大队部。国豆板着他那张麻脸,足足看了他一袋烟的工夫,而后说:"狗日的,便宜你了。好好干吧。你记住,穿上'四个兜',闺女就是你的了。"下边的话,国豆没有说,似乎也不用再说。

这像是一种恩赐,也是威胁。国豆家的"国豆",上梁一枝花呀!能随随便便地就嫁给你吗?!

可这会儿,他还只是个兵呢,是新兵蛋子。"四个兜"离他太遥远了,简直是遥不可及。老天爷,他什么时候才能穿上"四个兜"呢?!

穿上"四个兜",这就意味着他进入了干部的行列,是国家的人了。"国家"是什么?!"国家"就是城市的入场券,就是一个一个的官阶,就是漫无边际的"全包"……这"标尺"定得太高了!有一阵子,他有些灰心。他不知道该怎么做才好,军营里有那么多的小伙,看上去一个比一个精明,一个比一个壮实,一个比一个能干,谁也不比谁少个鼻子多个眼,他凭什么呢?

老这么想,他就犯错误了。一天,接近中午的时候,由于他在队列里踢"正步"时神情恍惚,被小个子胡连长当众叫了出来,罚他"单独操练"。在军营里,新兵最害怕"单练",丢人不说,那惩罚也是很要命的!于是,中午时分,一个偌大的操场上就剩下冯家昌一个兵了……太阳在头顶上高高地照着,就像是顶着一架火鏊子,人的影子小得像只跟屁虫,操场太大,四周寂无人声,汗已经把人腌透了,两眼就像是在汗锅里熬着、蒸着、煮着,你甚至不敢低头,一低头眼珠子似乎就要掉出来!可小个子连长站在操场边的树下,一手扇着军帽,不时地连珠炮一般地对他发出一连串的口令:"向左——转!……向右——转!……向后——转!……向前三步——走!……向前五步——走！一、二、一！左、右、左！……正步——走！……正步——走！……正步——走！……"他就这么喊着，喊着，一直到把他喊昏为止。那最后一声，几乎是从太阳的强光里射出来的，那么的刺目，那么的锐利："立——正！"就这么一声，冯家昌一头栽倒在地上，晕过去了。

等他醒过来的时候，小个子连长正背着两手，围着他一圈儿一圈儿转呢。见他醒了，连长脸一绷，照他屁股上踢了一脚："狗日的虫，我训不死你！"接着，他胸脯一挺，又厉声喝道："冯家昌！"

冯家昌摇摇晃晃地从地上爬起来，说："到——"

小个子连长又围着他前前后后地转了一圈，那眼像锥子一样剜着他，说："狗日的虫——刁！"

冯家昌不理解连长的意思，他就那么站着不动。

小个子连长说："一天到晚，俩眼儿贼不溜丢的，说说，刁尿个啥？！"

冯家昌不语。

小个子连长说："狗日的虫——眼刁！你以为我吃不透你？嗯？！想到茄子棵里去了吧？不就识俩字吗？！"

小个子连长背着两手，走来走去的，又说："——野心不小啊？！"

冯家昌站在那儿，像是一下子被剥光了似的……可他仍是一言不发。

小个子连长说："说说吧，有钢用在刀刃上，晾晾你那一肚子花花肠子！"

片刻，小个子连长突然发令："立——正！向右看齐——向前看！回答问题，哪县的？"

冯家昌立正站好，说："平县。"

小个子连长说："岗上岗下？"

冯家昌说："岗上。"

小个子连长说："家里有'箩'吗？"

冯家昌迟疑了一下，说："……没有。"

小个子连长说："有'磨'吗？"

冯家昌说："一扇。"

小个子连长说："家里几根棍？"

冯家昌吞吞吐吐地说："五根。"

"你是顶门的？"小个子连长问。

冯家昌的脸"腾"一下就红了。

过了一会儿，小个子连长的口气松下来了，他说："不说？不说也罢。想'进步'也不是坏事。既然有想法，我告诉你一个绝招。你听好了，两个字：忍住。"

小个子连长说完，扭头就走。他走了几步又折回头来，拍了拍他身上的军服："告诉你，为这'四个兜'，我忍了七年，小拇指断了一节！"说着，他伸出光秃秃的小指，在空中亮了一下，扭头大步走去。

操场上突然有风了，那风凉凉的，一下子就吹到冯家昌心里去了。那两个字很好，那两个字使他顿开茅塞！他也许什么都怕，惟独不怕这两个字，一个农民的儿子，怎么会害怕这两个字呢？这两个字正是他的强项。他心里说，那就先把刘汉香放在一边，既然是想也白想，你还想她干什么？好好当你的兵吧。

忍住！

从此，冯家昌觉得与小个子连长的关系一下子近了许多，甚至有一种从骨子眼里冒出来的默契。他从未主动去接近过连长，可他们是心里近。小个子连长看见他的时候，那目光也不再像以前那样严厉了，这里边有一种说不出来的东西，就像是两个筛子换了底，谁都知道谁了。他们是用目光交流的，远远地就那么相互看上一眼，他就知道连长的意思了。"单训"之后，他的心一下子就定了，再不胡想八想了。那两个字就像是电源，一下子就把他跟连长的关系接通了，他有了一个精神上的"知己"。他知道这一切都是不能说的。在班里，他一句话也不说。他忍住。

当然，也有忍不住的时候。

在冯家昌眼里，城市是什么？城市就是颜色——女人的颜色。那马路，就是让城市女人走的，只有她们才能走出那种一"橐儿"一"橐儿"的、带"钩儿"的声音；那自行车，就是让城市女人骑的，只有她们才能"日奔儿"出那种"铃儿、铃儿"的飘逸；那一街一街的商店、一座一座的红楼房，也都是让城市女人们进的，只有她们才能"韵儿、韵儿"地袭出那一抹一抹的热烘烘的雪花膏味；连灯光都像是专门为城市女人设置的，城市女人在灯光下走的时候，那光线就成了带颜色的雨，那"雨儿"五光十色，一缕一缕地亮！

城市就是让乡下男人自卑的地方啊！

当兵的，尤其是新兵，练的就是"摸爬滚打"，这也没什么。最难熬的，是趴在地上端着步枪练瞄准。那一趴就是大半天，人就像壁虎一样整个贴在地上，趴着趴着，就"趴"出问题来了。军区的大操场正临着一条马路，马路上，常有女人"橐、橐"地从路上走过。那都是些城市里的女人，走得很有些姿态。一个一个的，像过电影又像是走"画儿"，也有的本就是首长们的家属，艳艳地从大院里扭出去或是走回来，那"丁零零、丁零零"的车铃声，就像是带了电的钩子，又像是演出前的报幕，还像是弹棉花的弓——腿很白呀！慢慢、慢慢地，就把他们的目光吸过去了。你想啊，一准的二十郎当岁，青春勃发，又整晌整晌地趴在地上，就是神仙也会走神儿呀，那是不容你不看的。看了，渐渐地，就会有一个部位凸起来，那也是不由自主的。于是，人就变成了一把锥子，一个硬木楔，或是一根淬了火的棍子，那种疼痛是难以想象的！就这样，趴着，趴着，就有人把屁股撅起来了。这种掀起屁股的动作是有传染性的，常常的，一个持卧姿瞄准的新兵排，就成了一个不断地掀动屁股的"青蛙排"了……对这种锥心的疼痛，冯家昌更有体验。在入伍前，他是偷食过"禁果"的。那个藏在谷垛里的夜晚，丝丝缕缕地映现在他的眼前，这时候人就成了一团火，而那个部位，就成了烧红了的烙铁！在这种时候，他就特想刘汉香，他身下的土地也就成了"刘汉香"，他是多么的想刘汉香啊，那引而不发的"扳机"就是刘汉香的奶子吗？！而眼前的诱惑又时时地吸着他，这就有了比较，他总是在悬想中拿刘汉香和城市的女人作比较。在比较中，那诱惑就更加地如火如荼！他对自己说，忍住啊，你要忍住。

可他又怎么忍得住呢？

——真疼！

没有当过兵的人是体会不到这份罪的。冯家昌所在的新兵连七班，就有人偷偷地哭过。那是被排长训过的一个兵，一个绰号叫"大嘴"的新兵。在卧倒瞄准时，"大嘴"的屁股欠起的次数多了一点儿，被排长发现了，一脚跺在了屁股上："趴好！——什么姿势？！""大嘴"哭了，像杀猪一样地哇哇叫！排长说："没出息！你哭什么？""大嘴"不说，他没法说。排长没有经验，排长军校毕业，年轻气盛，排长追着问："还哭哪？说说，你是咋回事？！""大嘴"嘟嘟哝哝、文不对题地说："我，我渴。我想，喝点水。"排长说："渴？脱了军装，回家去喝，喝够！"

于是，一个伟大的"发明"诞生了。

这是对付"渴"的一种办法，也是一个由"忍"字打头的创新。在新兵连七班，冯家昌的创造发明很快就得到了全班战士的认可，是一种私密性的认可。就这么一个没有大言语的人，他一下子就解决了大家的痛苦。冯家昌并没有给大家说什么，这种事是只能做不能说的。他仅仅是带了一个好头儿，在卧倒瞄准时，他的身子就像是粘在地上一样，一动也不动。无论趴多长时间，他的卧姿都是最正确的！为此，他曾经受到过小个子连长的口头表扬。这就不由得使同班的战士们犯疑，这家伙是咋回事？

收操的时候，终于有人发现，在他的身下，有一个洞儿！

很快，一个秘密被破译了。

是的，在他卧倒的那片地上，挖了一个洞儿……这时候，有人拍拍他的肩膀，说："老兄，你行。你真行。"他笑笑，什么也不说。

接下去，先是在新兵连七班，而后是整个新兵连，在数天之内，全都完成了卧姿瞄准的正确性：卧倒在地，两腿分开，三点成一线……不管趴多久，不管眼前有没有女人走过，那卧姿是整齐划一的！半月后，当首长们前来检查的时候，新兵连的训练课目得到了满意的认可。首长说：很好！

当新兵训练将要结束的时候，一天晚上，小个子连长把他带到了操场上。这是连长第一次把他单独叫出来，两人就这么一前一后地走着。路灯离他们有些远，夜灰蒙蒙的，当他们来到操场东边的时候，天空中泻下一片月光，小个子连长停下来了，有意无意地说："我也是平县的，老乡啊。"冯家昌说："我知道。"小个子连长说："——狗日的虫！"冯家昌笑了。而后，他再也没有说什么，只是意味深长地看了冯家昌一眼。接下去，他往前走了两步，拿出手电筒，像画弧一样在地上照了一圈，照出了地上的一个一个的小洞洞儿，而后问："这是什么？"

冯家昌立正站好，正色回道："枪眼。"

小个子连长笑了，他说："枪眼？"

冯家昌说："枪眼。"

小个子连长点了点头，说："你是一个兵了。"

片刻，小个子连长问："三个月了，有啥想法？"

冯家昌说："没有想法。"

小个子连长望了望天上的月光，那月光很暧昧。他再一次点了点头，说："记住，要会忍。忍住！"

二、立正，稍息，向右看齐

六个月后，冯家昌当班长了，军区独立团一连四班的班长，军衔为上士。

那时候，小个子胡连长刚刚升职为营长。当他离开连队的时候，他对冯家昌说："我再告诉你一个绝招，这是当兵的第二个绝招：吃苦。"

冯家昌笑了。

胡营长斥道："你笑什么？"

冯家昌绷起脸来，很严肃地说："我没笑。"可他心里说，锤子，都是农家孩子，还不知道吃苦吗？

胡营长说:"——狗日的虫!"

这时候,冯家昌跟小个子老乡说话已经很随意了,他说:"营长,你可以带'箩'了。"

胡营长笑了,说:"箩儿?"

冯家昌说:"你家那'箩',细面的?"

胡营长大笑,一挥手说:"嗨,不就是个'箩儿'嘛,粗面细面一样用。十年了,我等了整整十年……"

接着,胡营长看了他一眼,意味深长地说:"不要轻看那两个字。记住,苦是吃的,冲上去,死吃!"

很快,冯家昌就发现,胡营长说的那两个字并不简单。在这里,"吃苦"是一种态度,甚至可以说是一门艺术,是极限的艺术。你想啊,连队里大多是农村兵,都是穷人家的孩子,操,谁怕吃苦?!况且,那正是一个学习雷锋的年代。早晨,每当起床号响起来的时候,那些在乡下长大的兵们一个个就饿虎一般冲出去了:有抢着挑水的,有抢着扫地的,有抢着喂猪的(可惜连里只有两头猪),有抢着帮炊事班切菜的,还有跑到连部去给指导员端洗脸水又被通信员指着鼻子骂出来的……老天!

在这种情况下,冯家昌知道,就是吃苦,也得动动心思了。

于是,在滴水成冰的季节里,冯家昌开始跑步了。每天早晨,四点半钟,冯家昌就一个人偷偷地爬起来,到操场上去跑步。跑步的时候,他只穿单衣单裤。那操场很大,冯家昌每次都跑十圈,这十圈相当于五公里路。五公里跑下来,身上就热了。而后,冯家昌再悄悄地踅回班里,戴上棉帽,穿上棉衣棉裤,去写黑板报。

那时候天苍苍的,四周还灰蒙蒙一片,他就已经把黑板报写好了。那黑板连同支架都是他在营部借的。那本是一块坏了的黑板,就扔在营部的房后,是他趁星期天的时间修好的。而后自己用省下的津贴买了一小罐黑漆,重新油了一遍,这才悄没声地拉到了连里。从那天早上起,他就自觉自愿地成了连里的专职报道员了。

按照连里的规定,司号员一般五点半起床,六点钟吹起床号。在他吹起床号之前,正是连长和指导员轮番跑出去撒尿的时间。而在这个时间里,也就是冯家昌蹲在那儿写黑板报的时候。那时,他的黑板报已写有三分之二了,就见连长和指导员夹着尿"呲呲溜溜"地先后跑出来……开始他们不大注意,有一泡尿急着,也就从他身边蹿过去了,可一天一天地,就见这么一个战士蹲在雪窝里写黑板,滴水成冰的季节呀!五更里,也就是一天最寒的时候,就那么捏着一小节粉笔,一字一字地写,那手还是手吗?心里就有些过意不去了。于是,一天早上,连长硬夹住了那泡尿,站在他身边看了一会儿,说:"四班长!"冯家昌立时站起身来,直朔朔地说:"到!——"连长没话说了,连长说:"好,好。"接着是指导员,指导员掩着怀,看得更仔细一些,他看看"报头"再看看一个个标题,而后才说:"四班长。"冯家昌又是"刷"地一个立正:"到!——"指导员就多说了一个字,指导员说:"不错,不错。"话是很少的,可那印象种下了。特别是指导员,他先后在全连大会上,表扬了冯家昌两次!

刚开始的时候,对于这个黑板报,连里的战士们并没有太大的兴趣。路过的时候,有人会站到跟前瞥上两眼,也有的根本就不看。不就是粉笔字嘛!可是,渐渐地,看的人就多了。因为黑板报上会不时地出现一些人的名字,如:"某某某"学雷锋办了什么好事,"某某某"拾金不昧,"某某"带病参加训练等等。这样一来,人们就开始关注这个黑板报了。是呀,当名字出现在黑板上的时候,虽说你嘴上不吭,可心里会"美"上那么一小会儿,那是一种品德的展览哪!

就这样,在无形之中,冯家昌在连里一下子就"凸"出来了。名字上了"板报",当然是高兴的。可上黑板报的并不是一个人,那标题和名字是时常更换的,于是受到表扬的人就越来越多。自然,凡是上过黑板的人,在心里都记住了他,那由喜悦而产生的感激之情也自然而然地集中到了他一个人身上。"板报"抬高了他的知名度,"板报"也强化了亲和力。于是,年轻轻的,就有人叫他"老冯"了。有人说:"老冯,一手好字啊!"

"表扬"的力量是无穷的。于是乎,凡是评"五好战士"的时候,人们都异口同声地说:"老冯,老冯。"

人嘛,一旦"凸"出来,就成了橡子了。"露头橡子",自然会遭人嫉妒。也有人不服气,说:"真会讨巧啊,屎,不就写几个字吗?!"有一天,当冯家昌又蹲在那儿写黑板报的时候,三班长"王大嘴"来到了他的跟前。"王大嘴"在连里是有名的大块头,个大肩宽喉咙粗,一顿能吃八个蒸馍,也就是在新兵训练时曾伤了"尘根"的那位。他仗着力气大,从来就不把冯家昌放在眼里。这会儿,他蹲下身来,对着冯家昌的耳朵说:"——老冯,不会叫的狗咬人哪!"冯家昌扭过头来,看了他一眼,还是忍住了。他什么也没有说,只是笑了笑。"王大嘴"站起身来,故意大声说:

"操,是骡子是马,牵出来遛遛?!"

冯家昌还是一笔一笔地往黑板上写字,他只装作没有听见。可他的"心"听见了,听得真真白白!

"遛遛就遛遛。"在此后的日子里,冯家昌一直等待着这个机会。

机会终于来了。那正是大练兵时期,部队时兴"突击拉练"。常常夜半时分,正睡得迷迷糊糊的,紧急集合的号声一响,三十秒钟之内,部队就拉出去。走的还净是山路,一走就是几百里!到了这时候,冯家昌那双用蒺藜扎出来的铁脚就派上用场了。有一段时间,由于他办黑板报很积极,连长也真就把他当"秀才兵"对待了,这里边当然也含有一丝轻视的成分,认为他"拉练"肯定不行,就把他编在了"收容班"。可是,在部队将要走完行程的时候,他的行为一下子震惊了全团!

就在那条崎岖的山路上,作为"收容班"班长的冯家昌,身上竟然背了九支步枪!远远看去,那简直就不像是一个人,那是一个行走着的"柴火捆",是一个活动中的"枪排架",是一匹耸动在山间的"骆驼"!九支步枪啊,那几乎是一个班的装备,他就这么驮着,一步一步地走在行军队伍中……夕阳西下,在蜿蜒的盘山道上,不时地有团里的战士指着冯家昌说:"靠,骆驼!骆驼!"

长途拉练,是比脚力、比耐力的时候,也就真应了那句话:"是骡子是马拉出来遛遛！"到了这时候，冯家昌是豁出去了，他也是知道累的，他的脊梁也不是铁做的，他背上已经磨出了一道道的血棱子，那沉甸甸的疼痛在一次次的摩擦中变成了一只只蜇人的活马蜂。他一边走一边在心里说，日你妈，我看你能有多疼？！好在他有一双铁脚，那双从不打泡的铁脚就一步一步地踩着那痛走下去，走下去！他的眼里只有一个目标，那就是扛着机枪的三班长"王大嘴"……"王大嘴"虽然力气大，却是个"肉脚"，长途拉练，他又扛着一挺机枪，走着走着就落在后边了。冯家昌知道"王大嘴"心里并不服气，也就不执意去超他，就死跟在他的后边，一步一步像赶"驴"一样，撵着他走！这样一来，就听见"王大嘴"像猪一样地喘着粗气，一路呼哧着，直到宿营地的时候，他把"王大嘴"逼成了一堆烂泥！

那天，接近目的地时，冯家昌有意地落在了全连的最后边。他是想给那八个落后的战士一点点体面……再说，他本就是"收容班"的班长嘛。可是，当他来到全连战士面前的时候，在连长的带领下，全连官兵向他行了注目礼！

九支步枪……那一刻，他有点想哭。

不过，也正是冯家昌的"骆驼行为"，给拉练中的警卫一连赢得了荣誉，在那次拉练中，一连没有一个掉队的。

这件事居然惊动了随队采访的军报记者。军报的记者是讲究"构思"的，那人灵机一动，把扛机枪的"王大嘴"也构思进去了。军报记者为了增强宣传效果，在拍照的时候，竟临时又给"王大嘴"加了一挺机枪。就这样，一张半真半假的照片"构思"出来了：在长长的拉练队伍里，一个是身背九支步枪的冯家昌，一个是扛着两挺机枪的王大柱，在夕阳的霞辉里，"昂昂"地走在拉练的队伍中……这张照片后来登在了报纸上，题目就叫：《走在拉练队伍里的"军械库"》！

上了军报了，这自然是件好事，可在连里却舆论哗然！对于冯家昌的行为，不管怎么说人们还是承认的，说那总还是真的吧。九支步枪，你背背试试？！对"王大嘴"可就不同了，说啥怪话的都有。有的说："尿，那是假的，日哄人的！"有的说："那狗日的，明明是掉队了，头昂得鹅样儿,还上了军报?呸!"有的说:"吹吧,飞机上挂尿壶——光剩下个'嘴'了!"

"王大嘴"听了这话,自然心里很不舒服。于是,他就到处去给人解释,说那事不是他要"日"的,他本不想"日",是军报的记者非让他"日"……他就这么解释来解释去,结果是"道儿"越描越黑,越解释越解释不清楚,反而闹得沸沸扬扬,从连里到营里,谁都知道他上军报的事迹是"构思"出来的……"王大嘴"心里委屈,曾经当着指导员的面哭了好几次……为此,指导员很严肃地在全连大会上讲了一次,说这件事,事关全连的荣誉,任何人不准再议论了。他说:"有人说,王八编笊篱?你编一个试试?!"

可是从此以后,"王大嘴"在连里的威信一落千丈,评先进的时候,再也没人投他的票了。于是,"王大嘴"就一次次地对人说:"日死他亲娘,那个张记者,是他让我'日'的呀!我说我不'日',他非让我'日'!一'日'竟'日'出事来了……"有人在旁边说:"'照',那是个'照',你咋'日'起来了?"他就又重复说:"日死他亲娘,是我想'日'的吗?!"

那年的秋天,树叶黄的时候,冯家昌又干出了一件惊人的壮举。夏天里,他独自一人趁午休的时间,在驻地附近的黄河滩里开出了一小片荒地。那荒地有半亩大,种的是南瓜。伏天里,他每天中午往返十多里,往那块地里挑粪,把肩上都磨出了一个大血痂子!南瓜开花的时候,他就像守寡多年的老娘打发闺女一样,一朵一朵地小心侍候:在天气最热的时候,他每个中午都在南瓜地里守着,趴在地上看那花一点一点地长,生怕有一丁点的闪失。后来,他怕地块太小,万一不授粉怎么办?在那些日子里,他竟急出了一嘴的燎泡!无奈之下,他又专门跑去借了人家一箱蜜蜂,花终于坐"果"了,从指头肚儿大的时候,他就精心寡意地守着、护着,长得再大些,他又给每个瓜都做了一个草圈垫儿。夜里正睡着,一听见下雨了,就驴一样地翻出去,深一脚浅一脚往河滩里跑,那时光真难挨呀!……终于,熬到了秋天,那南瓜居然就丰收了,拉了满满的两大架子车!当南瓜拉到炊事班的时候，老司务长愣愣的，说："这，这是……"冯家昌说："南瓜，河滩里种的。"老司务长说："你种的？"他说："我种的。"老司务长拍拍他说："兄弟，你帮了我大忙了！我找连长，让他给你记功！"冯家昌说："不用，不用。"

当天晚上，全连就喝上了南瓜汤……于是，连里的"大肚汉"们对冯家昌的"南瓜事迹"赞不绝口，说："看看人家老冯，'先进'一下，拉回来两大车南瓜，干的可都是人事啊！"

就在冯家昌的威望越来越高的时候，突然有消息传来，连里分了一个"提干"的指标。这消息让他大喜过望，不管怎么说，他当兵已当到了第四个年头，"苦"也吃得差不多了，他在连里又是公认的"先进"……那"板报"已出到了一百期！到了最关紧的那些天，眼看就板上钉钉了：他"表"已经填过了，连里报的是他，营里报的也是他，甚至都已经有人嚷嚷着让他请客了……然而，到了团里，批下来的却是"王大嘴"！

就这样，一纸命令下来，"王大嘴"，也就是王大柱同志，成了连里的正排级司务长——一下子就"四个兜"了。

会叫的狗也咬人哪！

就在冯家昌蹲在河滩里种南瓜的时候，三班长"王大嘴"也常常独自一人跑到河滩里去溜达。有时候也喊两嗓子，不过是"立正、稍息……"而已。当时，连里曾有人说他是吃饱了撑的，还有人说他是神经蛋！可是，就是这么一个"立正，稍息，向右看齐……"竟然成全了他？！

冯家昌像是挨了一记闷棒！人也像是傻了一样，躺在铺上一句话也不说。自当兵以来，四个年头了，他一封信也没往家寄过……他不是不想写，他太想写了，有那么一阵，他想刘汉香都快想疯了！可他一直"忍"着呢，咬牙"忍"着，他"忍"得是多么艰难哪！本想着，这次要是能穿上"四个兜"，他就体体面面地回去，气气派派地跟刘汉香结婚，可结果却是一场梦！

当天夜里，他真就做梦了，梦见了刘汉香……裤头子湿得一塌糊涂！梦醒时，他哭了，用被子包着头，哭了整整一夜。

为这件事，小个子营长专门到连里看了他一次。营长告诉他说，他已经找过团长了，团长有团长的道理。那"王大嘴"的"四个兜"的确不是"照"出来的，他是作为"口令干部"提干的。团长说，一个团队，"口令"是非常重要的，"口令"就是军人的魂魄，军人的胆。一嗓子喊出去，能让千万人凝神，能把一个团队的激情调动起来，哪怕他是一个傻瓜，也要留下来。当然，当然了，团长是从军报上知道"王大嘴"的，扛着两挺机枪的"王大嘴"……而后才知道了他的大嗓门。于是，在全团集合的时候，团长曾让"王大嘴"喊过几次口令。这么说，"王大嘴"是因祸得福了。可有人说："那一'照'十分重要！"

最后，胡营长拍拍他说："——狗日的虫！不要泄气。"

还能说什么呢？他无话可说。这时候，他突然明白了一个道理，人的命运并不是你自己可以决定的。人生有无数个"偶然"，那"必然"是由无数个"偶然"组成的。你要做的，只能是尽到自己的努力，至于结果，只有听天由命了。

当胡营长离开的时候，他说："我还有一个绝招。当兵的第三个绝招，你想知道吗？"

三、长在纸上的心

家里来信了。

信是馋嘴老五写的，老五的铅笔字歪歪斜斜。老五在信上说："哥，听说你在部队成天吃白馍？啥时候，也把我们日弄出去吧……"

这封信他看了三遍，看得他心酸。他是老大，四年了，他没往家寄过一分钱。开初是一月六块钱的津贴，后来涨到八块、十块、十二块……他一分钱也没寄过，那钱他都用在"进步"上了。家里还有老爹，四个弟弟，他们的日子是怎么过的？

往下，如果不能提干，他就只有复员了。一想起要复员，他就头皮发麻！回去，怎么回去？你还有脸回去吗？！村支书刘国豆的话再一次响在他的耳畔："穿上'四个兜'，闺女就是你的了……"

他看着信，信上那两个字是很扎眼的："日弄"。这是他们乡间的土话。是动词，是极富有想象力的概括，很积极呢。那字面的意思就是"弄日"啊！是丫站在地面上，在想象中与太阳做爱。这真是创造性与想象力的大胆结合，是这块土地上生长出来的最有高度的假说，简直就是对"日"宣战！然而，在字背里，它又有着无穷无尽的含意……你去想吧，要多复杂就有多复杂，要多深刻就有多深刻，要多昂扬就有多昂扬，它既是手段也是目的，既可阳奉又可阴违，是形象思维中最富有实践性与浪漫色彩的大词！

看着，他笑了，是苦笑。他觉得背上很沉。弟兄五个，他是老大呀！无论如何，他得先把自己"日弄"出去，然后……

星期天的时候，他去找了小个子营长。人熬到了营职，就可以带家眷了。营长就住在军区家属院里，一室一厅的小单元，那墙雪洞一样。一进门，他就看见了营长家的"笋"。营长家的女人也的确姓罗，叫罗二妞，胖胖的，也是小个儿。在"笋"给他倒水的时候，他偷偷地瞥了一眼，心里说，一脸的黑面星儿，这"笋"也不细呀。"笋"却很热情，"笋"说："听娃他爸说，你是上梁的？"他就说："是啊，嫂子。""笋"说："呀呀，俺是大罗庄的，离俺那黑儿可近……"营长白了女人一眼："胡喳喳个啥？去去去！"于是，女人就躲进里屋去了。见了他，胡营长并不热情，也不多说什么，只说："来了，坐。"

那时，他已知道营长喜欢喝二两小酒，就带了一小瓶"宝丰"，一包花生米。花生米就摊在桌上，酒倒在两个小盅里，这时候营长收了报纸，说："咋的，喝两盅？"他说："喝两盅。"两人就闷闷地喝。在这里，只有营长是真喝，一杯一杯地喝。冯家昌却是舔，一杯一杯地舔，酒沾到舌头上，辣那么一下子，喝到了还只是原来的那一杯……喝了一会儿，营长抬起头，突然说："我知道你不想复员。"冯家昌也不说什么，只是笑了笑，笑得很苦。往下就又喝，营长说："喝。"他也说："喝。"营长喝一杯，冯家昌舔一下，接着再给营长倒上，又喝了一会儿，营长说："家里五根棍？"他说："那是。"营长说："没有一片笤？"冯家昌说："那是。"胡营长再喝一盅，说："不容易呀！我知道你不容易……"冯家昌眼红红的，说："我真是没脸回去了……"胡营长说："狗日的虫，不要那么悲观，东山日头一大垛哪！"

后来，出门的时候，他吞吞吐吐地对营长说："营长，你说那啥……"

营长笑了，营长说："急了？"

冯家昌不好意思地说："我不是急，我是……"

营长说："当兵的第三个绝招？"

营长说："当你一无所有的时候，你还有一样东西可交，你把它交出来就是了。"

冯家昌诧异地问："啥？"

营长说："心。你把心交出来。"

冯家昌愣愣地望着营长，好半天回不过劲来，他结结巴巴地说："这……咋、咋个交法呢？"

营长笑而不答。一直到分手的时候，营长拍拍他说："记住，要交心。"

交心，他当然愿意。他太愿意了。把心交给谁？当然是组织。一个农家孩子，你不依靠组织依靠谁呢？这他知道。可是，要是具体说，就不是那么简单了。是一片一片地交，还是一页一页地交，怎么交？这又是很费思量的。

那个夜晚他想了很多，他一遍一遍地告诫自己，交心，要交心……后来，在梦里，他看见自己双手捧着一颗心飘飘忽忽地向台上走去。那心红鲜鲜的，一蹦一蹦地跳着，就像是一枚刚刚摘下的大红桃！突然之间，那心就裂开了，它居然变成了一牙儿一牙儿的西瓜，水嫩嫩沙淋淋的红瓤西瓜……这时候，他竟然想到了苍蝇。他心里说，万一有蝇子怎么办？得找一个纱罩把"心"罩上。于是他就到处去找纱罩……在梦里，他想，心是不能馊的，心一馊就没人要了。

那时候，边境线上很不平静，总有一些事情……于是"备战"的消息越来越紧。有一段，有消息说，上边要挑选一批优秀战士上前线。

连里就让战士们写决心书。这显然是一次交心的机会，冯家昌自然不会放过，于是他就写了一封血书。那血书是他咬破中指蘸着血写的，写着写着血凝了，他就再咬，再咬！也不过是把一些剖心的话落在一张红猩猩的纸上……那时候，他是真的愿意上前线，愿意轰轰烈烈地报效国家，并没有私念在里边。可血书交上去后，就再也没有回音了。

他当然知道，"心"也是可以"谈"的，谈谈也很起作用。可是，他不知道该怎么谈。公开地找连长、指导员"谈"，太招眼，人家会说你有什么想法。私下里，他又不知道找谁合适。有一段时间，晚饭后，他总是揣着自己那颗忐忑不安的"心"，在连部门口扭来转去的……曾经被连里通信员撞上好几次。通信员问：四班长，有事吗？他赶忙说：没事，没事，我看有信没有。最终还是没有"送"进去。

不知哪一天，他突然就开了窍了。他试着给营长写了一份"思想汇报"。开始的时候，也就写一些思想上、认识上的变化，偶尔抄一抄报纸上的"豪言壮语"……渐渐，也就把连队的一些情况和看法加进去了。这样写了几次，也没见营长有什么表示，甚至不知道营长到底看没看，他心里有些沮丧。可是有一天，指导员发牢骚说："操，营长真是神了，屁大一点事，连厕所里写的骂人话他都知道！"这时候，冯家昌心里"突、突"地跳着，嘴上不说，心里却什么都明白，他写在纸上的东西，营长都看了。

此后，他就更着意地在纸上交"心"。夜深人静的时候，笔在纸上沙沙地走，那是一种很"匍匐"的走法，就像是又一次的"臣伏"。在这样的时刻，他的"心"交得就不是那么彻底了。用什么样的句子，怎样表述，那都是事先考虑再三的。那"心"先就是洗过的，他先在脑海里净一遍，再用文字筛一遍，把那些杂质、把那些拿不出门的东西先滤下来……这是一个完整的"漂洗"过程，是在呈现中的"漂洗"，呈上去的自然都是些独特的、有建设性的、光光堂堂的东西。

他的字本就写得很好，有骨有肉的，再加上书写上的诚恳，倾吐上的认真，这就有了更多的忠贞。料想不到的是，人在纸上说话时，就显得更为亲切，更为贴己。在这里，纸成了一张铺开了的床铺，字成了摊在床上的灵魂,那就像是一个脱光了的灵魂在纸面上跳舞,开初似还有一些羞涩,有一些忸怩,可真脱了也就脱了,这样的舞蹈一下子就有了奉献意味。在某种意义上说,形式突然成就了内容,让一个人看的东西,本来就有一定的私密性,那"交"的方式也就有了从量到质的变化。一次次的,这样一种纯个体的"呈送"方式,就像是心上伸出来的一只手,通过"触摸"和"试探",点点滴滴地交融着一种可让人品味的同道(或同谋)之感……然而,使冯家昌始料不及的是,"交心"的过程,其实是一个让人细致、让人周密的过程,也是一种在漂洗中钝化、在漂洗中成熟的过程。一个不断地在"心"上上光打蜡的人,怎么能不坚硬呢?由于书写的私密,他的话反倒越来越少了,脸上的表情也越来越僵硬,在连里,人们开始自觉自愿地叫他"老冯"了。

私下里,他也常常质问自己,你是"锥子"吗?你要真是一把"锥子",就不用着急。可他能不急吗?不过,终于有一天他发现,这种书面的"交心"方式,一纸一纸飞出去,到了一定的时候,真是可以当炮弹使的!

五个月后,一纸命令下来,他做了营部的文书。

走的那天,连里给他开了欢送会。在会上,连长竟然也称他"老冯"了。连长说:"老冯,到了营里,要多替咱一连说说话。"他站起来,郑重地给各位敬了一个军礼。他说:"连长放心,我啥时候都是一连的兵。"

就像人们说的那样,功夫不负有"心"人……突然之间,他的机会来了。

他在营里仅当了七个月零十四天的文书,就被军区的一个副参谋长看中了。那天,军区的廖副参谋长下基层检查战备情况,在团长的陪同下到了他们一营。首长们白天一天都在看训练,到了晚饭后,才开始听营里的汇报。不料,营长的汇报刚开了个头,突然就停电了,会议室里一团漆黑!这像是上苍赐给他的一个机会,就在两三秒钟之间,只听"嚓"的一声,文书冯家昌划着了第一根火柴,接着他随手从兜里掏出了一个蜡头，点着后放在了廖副参谋长的面前；而后，他又掏出了第二个蜡头，点着后放在了团长的面前；第三个蜡头，放在了桌子的中间……再后，他从容不迫地退出了会议室，大约一分钟之后，两盏雪亮的汽灯放在了会议桌上！

这时，会议室里一片沉默。只见廖副参谋长抬起头来，目光像刀片一样刮在他的脸上。那只是一瞬间，而后，副参谋长的眼就闭上了……一直到营长汇报完工作的时候，满头白发的副参谋长才缓缓地睁开眼来。一屋人都在静静地等待着廖副参谋长的指示，可廖副参谋长什么也没有说，他就那么昂昂地坐着，片刻，他突然伸手一指："喂，小鬼，你叫什么名字？"

此时，一屋人都愣愣的，四下望去，不知道副参谋长在叫谁。

廖副参谋长再一次喊道："坐在后边的，那个那个那个……小鬼，叫什么名字啊？"

这时候，营长说话了，营长叫道："文书——"

冯家昌精神抖擞地站起身来，应声回道："到。"接着，他上前一步，对着廖副参谋长敬了一个礼，说："报告首长，独立团一营文书冯家昌！"

廖副参谋长目不转睛地盯着他看了一会儿，说："多大了？"

冯家昌又是一个立正，回道："二十二岁。"

廖副参谋长问："几年兵？"

冯家昌回道："四年。"

廖副参谋长点点头，又问："读过书吗？"

冯家昌说："——十年。"

廖副参谋长说："噢，还是个秀才哪。"

接下去，决定他命运的时刻到了，廖副参谋长扭头看了看坐在他身边的团长，说："这个人我要了。"

那天夜里散会以后，送走了军区首长。营长坐在会议室里，默然地、久久地打量着冯家昌……营长坐着，冯家昌就那么一直站着。营长不说话，他也不说话。最后，营长摇摇地站起身来，走到他跟前，重重地拍了拍他，说："机关不比连队，能说的都给你说了，好自为之吧。"

冯家昌立正站在那里，一时间，眼里泪花花的……

营长看了他一眼，含意丰富地说："狗日的虫！"

四、红楼的"影子"

那天早晨，他是军区大院里第一个起床的人。

四点钟，他轻手轻脚地走进了那栋爬满藤萝的小楼。小楼很旧，古色古香的，窗棂上的花纹很奇特，每一扇门都很重，漆也是那种沉沉的红色，那气势是含在建筑内核里的。表面上看虽是一栋旧楼，可骨子里却透着庄重和威严，这里就是司令部办公的地方。

在楼道里，红木地板发出的响声吓了他一跳！他就像是走进了一个不该他走进的地方，心怦怦跳着，脚步再一次放轻，贼一样地来到了廖副参谋长办公室的门前。钥匙是头一天晚上给他的，他小心翼翼地开了门，有好大一会儿，他就那么默默地在门口站着，片刻，他绷紧全身，试验着对着那扇门行了一个军礼，觉得不够标准又行了一个……没人，整个楼道都静静的。

在暗中，他一步一步地走进了廖副参谋长的办公室。那张黑色的大办公桌漆光凌厉，像卧虎一样立在他的眼前。慌乱之间，他回手在墙上摸到了开关，"嗒"一声灯亮了，他长长地嘘了一口气，一切都变得温和多了。这时候，他看见办公桌后边的墙上挂着一条横幅，横幅上写的是岳飞的《满江红》，那一笔狂草汪洋恣肆，很有些风骨，看来是廖副参谋长的手书了。那办公桌上的台灯竟是一枚小炮弹壳做的，近了看，上边居然还有"USA"的字样，十分的别致……往下，他就不敢再多看了。他知道他是干什么的，这时候他慌忙从军用挎包里掏出他早已准备好的擦布，从卫生间里打来一盆水开始擦窗户上的玻璃，擦完了玻璃就接着擦靠在墙边上的立柜，擦门，擦桌椅……擦那张办公桌的时候，是他神经最为紧张的时候，桌上放着每一件东西：文件、纸、笔、书籍等，他都事先默记住原来的摆放位置，等擦干净后再重新一一归位；办公桌上还压着一个厚厚的玻璃板，玻璃板下压着几张军人的合影，那都是些旧日的照片，有一张还是一九三八年在"抗大"照的，凭感觉，他知道这些照片是非常珍贵的，这就是资历。所以，擦这块玻璃板的时候，他格外的小心，把手里的擦布拧了又拧，用湿的擦一遍之后，再用干的擦两遍，生怕滴上一丁点儿的水渍。而后，他拿起笤帚扫了屋里的地，扫完地他又蹲下身来，再用湿擦布把地板重新擦了一遍，最后，他光着两只脚，一步步退着把他的脚印擦掉，站在了门口……

这时候，他看了看装在挎包里的一只小马蹄表，才刚刚五点过十分。看时间还早，他就一不做二不休，把整个小楼（包括楼上楼下的卫生间）全都清扫了一遍！那时他还不会用拖把，他不知道放在厕所里的拖把是怎么用的，拿了拿就又放下了。所以，整个楼道，他都是蹲着一片一片用湿布擦完的……结果是腰很疼。

可是，他没有想到的是，到任的第一天，他就犯错误了，那是很严重的错误！

上午八点半，刚上班不久，司令部的周主任就把他叫去了。周主任叫他的时候，语气很轻，他只是说："小冯，你来一下。"然而，等关上门，周主任的脸色一下就变了，那张长方脸像带霜的石夯一样矗在他的面前！他看着他，冷峻的目光里仿佛是含着一个冰做的大钩子，就那么久久地凝视着他。而后，突然说："你想干什么？！"

冯家昌心里一寒，陡地耸了一下身子，就那么直直地站着，紧绷着一个"立正"的姿态……

周主任严厉地说："——我告诉你，你现在还不是廖副参谋长的秘书。你的转干手续还没办，只是借调。你还有六个月的试用期，在这六个月内，随时都有可能，啊……"

这时候，冯家昌心里凉到了冰点！可他知道，他不能辩解也不能问，只有老老实实地听着。

往下，周主任厉声说："你去机要室干什么？那机要室是你可以随便进的吗？！念你初到，年轻，我就不批评你了。记住，这是机关！不该你问的，不要问。不该你听的，不要听。不该你做的，不要做。有些事情，不该你干的你干了，就是越位！机要室是一级保密单位，除了机要员，任何人不准进！我再提醒你一点，这里有这么多的秘书，哪个首长没有秘书？又不是你一个，在机关里，还是不要那么招摇吧……"

接下去，周主任又说："秘书是什么？秘书就是首长的影子。在生活上，你就是首长的保姆。在工作上，你就是首长的记事本。在安全上，你就是首长的贴身警卫。在一些场合，不需要你出现，绝不要出现。需要你的时候，你又必须站在你的位置上……"

在周主任训话的整个过程中，冯家昌两眼含泪，一直恭恭敬敬地默立着……最后，周主任看了他一眼，说："去吧。"

可是，当冯家昌敬礼后，刚要转身离开，却又被周主任叫住了。周主任缓声说："年轻人，在机关里，我送你两个字：内敛。"

回到宿舍后，冯家昌专门查了字典。他明白了周主任的意思，那是要他把自己"收"起来，要他约束自己，要他"藏"。这既是善意的提醒，也可以说是警告。

这真是当头一棒！在上班的第一天，冯家昌就领会到了"机关"的含意。他发现即使在上班的时间，小楼里也是很静的，如果楼道里传来了脚步声，那一定是某一位首长进来了。余下的时间，秘书们走路都是悄悄的，静得有些做作。如果仔细观察，只有一样是斑斓的，那就是秘书们的眼神，那真是千姿百态呀！特别是那不经意的一瞥，有的像虎，有的似猫，有的鹰，有的豹，有的狗，有的蛇……而那眼神一旦转向人的时候，就像突然之间安上了一道滤光的闸门，就都成了一湖静水了，纹丝不动，波澜不惊。可是，在上班的第一天里，他还是隐隐地感觉到了什么，那是什么呢？琢磨了很久，他想出来了，那叫"侧目而视"。是的，他从人们扫过的眼风里读到了这四个字。他真应该感谢周主任。如果不是周主任把他叫去，他根本看不出来如此微妙的玄机！那些含意是从安上了"滤光闸门"的眼神缝隙里一丝儿一丝儿飘漏出来的：有轻蔑？有嘲笑？有讥讽？有敌视？有防范？……顿时，他出了一身的冷汗。

他要跟的廖副参谋长，倒是给了他一些安慰。再一次见面，他发现，廖副参谋长并不像他想象中的那样严厉。在私下里，这是一个很慈祥的小老头。在办公室里，老人笑眯眯地望着他，说："愿意跟我吗？"他绷紧身子，立正站好，回道："愿意。"老人点点头，和蔼地说："不要那么紧张。我又不是老虎。在我这里，你随便一点，该干什么就干什么。"冯家昌再一次立正，说："首长还有什么要求？"廖副参谋长怔了一下，大咧咧地说："要求？没什么要求。熟了你就知道了，有空的时候，陪我下去转转。"说到这里，老人很随便地问："会下象棋吗？"冯家昌说："会一点。"老人说："好，好，闲了下一盘。他们都说我的棋臭。其实我的棋一点也不臭，就是下得慢了些……"接下去，老人转过身，突然问："你看我这幅字写得怎么样？"冯家昌抬起头来，望着墙上挂的那幅《满江红》，他沉吟了一会儿，说："好。有风骨。很大器。"这时候，廖副参谋长"噢"了一声，摆了摆手，没再说什么。过了片刻，就在冯家昌正要出门倒水的时候，廖副参谋长突然说："等等，我有一个要求。"冯家昌立时转过身来立正站好，绷紧身上的每一个细胞，等待着廖副参谋长的指示。廖副参谋长望着他，伸出一个指头，很严肃地说："我只有一个要求：对我，要说实话。"

在小楼里，除了廖副参谋长，冯家昌最先接触到的就是侯秘书了。侯秘书只比他大四岁，小个儿，人胖胖乎乎、白白净净的，长得也娃气，看上去面善。久了才知道，在机关里，平时人们一般都叫他小侯，或是侯秘书；然而私下里，他还有个挺有意思的绰号，叫做"小佛脸儿"。"小佛脸儿"算是赵副政委的秘书，跟他住在一个寝室里。那天晚上，两人第一次见面，侯秘书显得很热情。使冯家昌恐慌不安的是，这位已是连级干部的侯秘书竟然亲自跑到茶炉上给他打了一盆热水！接着，他操着一口四川话说："烫烫脚，烫烫脚。脚上有些味，还有些味（穴位），唧个、唧个'涌泉穴'，好好烫一烫，格老子，好舒服哟。"可是呢，到了第二天晚上，这侯秘书的话陡然就少了，人也显得生分了许多。就此，他发现，纵是像"小佛脸儿"这样面善的人，眼神里也时常飘动着鹿一样的机警!

面对突如其来的"警惕"和"防范",冯家昌一时无所适从。他不知道该怎么做才好,去给人解释吗?没有人会相信你。况且,初来乍到,到处去串门,只怕更会招致人们的非议。那么,惟一能做的就是"交心",他只有再一次把"心"交出来,不管有没有人要……一天,半夜时分,冯家昌突然从铺上坐起来,说:"侯秘书,能跟你说几句话吗?"

侯秘书从对面的铺上扭过头来,瞟了他一眼,淡淡地说:"没看几点了?摆个啥子龙门阵嘛。"

这时候,还未开口,冯家昌眼里的泪就哗哗地流下来了,他满脸是泪,痛哭流涕地说:"侯秘书,我看你是个好人,我想给你说说心里话……"

其实,侯秘书也没有睡,他一直在忙活着一件让人看不出名堂的事体。他的桌头上总是放着一些削好的竹签子,他把那些竹签一节一节地削成火柴棍大小,有的略长一些,有的稍短一些,有的是尖头,有的却是圆头,而后一小捆一小捆地用皮筋扎起来,一闲下来,他就拿出一块细纱布打磨这些小竹签,直到把那些小竹签打磨得像针一样光滑为止……也不知究竟干什么用的。这个侯秘书手小如女人,心细也如女人,就在冯家昌跟他说话时,他正用棉球蘸着酒精一点一点往指头上擦呢。听了这些动心的话,他扭起身来,用探究的目光望着冯家昌,说:"你哭个啥子嘛。"

冯家昌双腿盘在那里流着泪,自言自语地说:"侯秘书,老哥,我是个农家孩子,吃红薯叶长大的,长到十六岁还没穿过鞋呢。过去,我从没在机关里待过,也没见过什么世面……我要是有哪点做得不周全,你就多包涵吧。"

听他这么一说,侯秘书那张"小佛脸儿"渐渐就有了些温情。接下去,冯家昌一五一十地交出了自己的老底,他把自己的出身、家庭情况,以及在连队里四年来的状况全都倒给了这位来自四川的侯秘书……侯秘书一直静静地听着,从不插话。可听到后来,侯秘书突然从床上跳下来了，他什么也没有说，只是拿起军用茶缸，给冯家昌倒了一杯水。第二天早上，侯秘书突然笑了，说："我晓得了，你就是那个扛了九支步枪的家伙！"

两天后，趁着晚上没人的时候，两人躺在床上，侯秘书对冯家昌说："小冯，看你是个实在人，唧个就说说。在机关里，干秘书这一行，是不能突出个人的。你是为首长服务的，这里惟一要维护、要突出的只能是首长。你要切记这一点。在这里，有的时候，多说一句话、多走半步路，都会铸成终生难以弥补的大错！记住，干好你分内的事就行了，尤其不要去做'面子活'。在你来之前，曾经退回去的那两个人，都是因为太招摇了……这叫不成熟，是被人瞧不起的。你想，在小楼里当秘书，都是百里、千里挑一选出来的，没有哪一个是笨蛋！而且，能决定你命运的，不是任何人，就是首长。我实话告诉你，在秘书行里，有大志向的人多了！这可是一个藏龙卧虎的地方啊！……"

夜静静的，可冯家昌心里却翻江倒海！躺在铺上听着"小佛脸儿"的教诲，他的两眼睁得大大的，身上的每一个细胞都绷得紧紧的，这是一次多么难得的学习机会呀，他要张开所有的毛孔去吸收"养分"……一直聊到了半夜时分，冯家昌由衷地说："侯秘书，老哥，俗话说：听君一席话，胜读十年书。我得跟你好好学呢！"

不料，侯秘书却摇摇头说："唧个跟我学？那你就错了。我已经说过了，这是一个藏龙卧虎的地方……"

冯家昌直直地望着侯秘书……

这时候，只见侯秘书突然坐起身来，咕咕咚咚地喝了半茶缸水，而后说："'小楼三绝'你听说过吗？"

冯家昌一怔，摇摇头说："没有。"

说到"小楼三绝"，侯秘书那张"小佛脸儿"一下子就灿烂了。他探身向前，压低声音说："机关里谁都知道。我告诉你，这里可是人才济济呀！这第一绝，是冷松，冷秘书，他是跟司令员的。此人是个天才！唧个是没的比了，上知天文，下知地理，号称'军区第一书虫'。此人读书之多是罕见的！像《毛选》四卷，马、恩、列、斯，《三十六计》

及历史上有名的战例，人家都倒背如流！尤其是记忆力，简直是神了。军区所属各单位的电话号码，啷个张口就来，凡见过一面的，第二次见面啷个必定能叫出名字，啷个跟司令员下去，从不做记录，回来就是一篇大文章！据说，北京几次要调他，司令员就是不放。只是，此人也有些小毛病，为人太傲太冷，目中无人。有人说，冷秘书眼眶太高，军级以下不瞄，这当然是笑话了。不过，他是一号的秘书，大才子，也就没人多管闲事了……"

冯家昌听了，只觉得自己一点点地小下去了……

接着，侯秘书说："这第二绝，是姜丰天，姜秘书，他是跟参谋长的。此人是鬼才！他最绝的一点，人称'地球仪'。可以说整个世界烂熟于心！不夸张的，一点也不夸张。在人家眼里，地球不过是一张打成了格格的纸。真的，真的。不管什么样的地图、地形图，啷个用比例尺一量，就知道误差有多少！军区所有的'沙盘'，都是人家测定的……此人还有一绝，号称'顺风耳'。尤其是炮弹的弹着点，一听呼啸声就知道射程多远，口径多大，命中率有多高……炮兵最服他，一听说'老耳'来了就格外的小心。不过，此人的烟瘾太大，看上去黄皮寡瘦的，也不太讲卫生，他的床上总是堆得乱七八糟的，全都是些图纸啦、书啦……"

冯家昌简直听怔了，就那么傻傻地望着侯秘书……待侯秘书伸手去抓茶缸的时候，才猛然醒悟，赶忙跳下床去，抢着给他倒了一缸水。

侯秘书喝了水后，又接着说："这第三绝，是上官云，他跟电影里的上官云珠只差一个字，上官秘书，他是跟左政委的。此人是怪才！上官秘书善弈，棋下得绝好。整个军区系统没有人能下过他的。他还有一手绝活，速记功夫全军区第一！军区不管开什么重大会议，他都是必须到场的秘书。表面上看，他的字就像是'鬼画符'，你根本看不出他写的是什么。但是，当他整理出来的时候，你就会发现，无论会场上有多少人发言，无论谁说了什么，哪怕是首长在会上哼了一声，他都一字不漏。所以，他在军区被人称为'活机要'……只是，此人口风太紧，什么事也别想从他嘴里打听出来。要是往下说，能人多了，还有第四、第五等等。有一个参谋，绰号叫做'标尺'，你听听这名号！我就不多说了……"

这时候，冯家昌终于问："侯秘书，你呢，你也有绝活吧？说说你的……"

侯秘书很谦虚地笑了笑说："我有个啥子绝活嘛，我是个猪脑壳。差得太远了，不办事，不办事的。"

冯家昌探身朝桌上看了一眼，说："老哥，桌上那些竹签是干什么用的？我一直不敢问，这只怕……"

侯秘书朝桌上看了一眼，说："这算什么，雕虫小技而已。给你说了也没关系的。桌上那些竹签，短些的是牙签，赵政委的牙不好，饭后剔牙用的；那长些的，一头裹了药棉的，是掏耳朵用的，政委有这点嗜好，睡不着的时候，让我给他打打耳，掏一掏耳朵……"说到这里侯秘书又笑了笑。

突然之间，电话铃响了，而且只响了一声……只见侯秘书迅速穿好衣服，又极快地整理了一下军容，随口说："我出去一下。"说完，就"腾腾腾"地走出去了。

天这么晚了，干什么呢？可冯家昌心里明白，这是不能问的。"小佛脸儿"也不是一个简单的人物啊……于是，他默默地对自己说，看来，纵是做好一个"影子"也不容易呀！学吧，你就好好学吧。

五、布菜的方法

一个月后，冯家昌终于知道什么叫"秘书"了。

在这个世界上，有一种最辛苦的职业，那就是秘书。秘书首先要丢掉的，就是自己。你不能有"自己"，你甚至不能拥有时间。正像周主任告诉他的那样，你只是一个影子。就是影子，也仍然不是你自己的，是首长的。

进了大院，冯家昌就像是走在冰上，每一步都十分的小心谨慎。

在连队的时候，他时时要求进步，曾千方百计地"与众不同"，可这里却恰恰相反，你必须把自己折叠起来，把自己所有的念头化为乌有，韬光养晦。

好在同寝室有一个"小佛脸儿"。通过一次次的"交心"，侯秘书对他的态度有了很大的转变，两人很快就成了心换心的朋友了。于是，"小佛脸儿"就成了他一步步走进机关的"竹竿"。

"小佛脸儿"很知心地告诉他说：走路时，你必须走在后边，快一步都不行。拉车门时，你又必须得抢在前边，慢一拍都不行，万一动作慢了，车框碰了首长的头，这就是错误。首长记不住的，你得记住；首长忘了的，你得记住；首长吩咐的事情，你得记住；首长没有吩咐的，你也要记住。有些事情记住了，并不是要用的，也许根本没有什么用，但你可以综合分析，它提供给你的是一种分析的能力。首长的身体状况，尤其要清楚，比如身上有几块伤疤，哪次战役落下的，有哪些不适的地方，都要记牢，在私下里（记住，必须是私下里）随时提醒首长注意身体。另外，首长的特点，首长的嗜好，首长的习惯动作，你都要尽快摸清楚，以免出现误差。比如，首长伸出手来，明明是要老花镜的，你递上去的却是毛巾，这就是错误。首长休息了，你不能休息，你得整理记录，思考一天的情况，备首长随时查询。你得记住首长所有的家人，你还得记住首长所有的亲戚，万一哪天有人给首长打电话，你得清楚他的来龙去脉，然后再决定是否向首长汇报。首长的讲话稿是你写的，但又必须体现首长讲话的语气和风格，有些生僻的字，你必须事先告诉首长，以免闹出什么笑话来。在首长身边，大块时间是没有的，大块时间你必须跟着首长，所以你就得见缝插针，熟悉各方面的材料，既要及时了解上边的政策，又要知道下边的情况，在这方面，首长的性格不同，要求也不同，你必须摸透首长的脾气……你还要记住所有军区首长的声音，当然，上边首长的声音你更要记住，首长的声音都是有些特征的，其实很好记，关键是你要多留心。比如一号、二号、三号首长的电话，是不能有丝毫迟疑的，无论多晚，都要立即通报！做秘书是代表首长的，出得门去，你既不要轻看下边的人，也不要畏惧上边的人，要晓得自重。最后一点是要切记的，你跟了哪个首长，就是哪个首长的人了，不管跟对还是跟错，都永远不要背叛首长。假如你背叛了一次，所有的人都不会再信任你了……

在军区大院里，"小佛脸儿"是一个很平和的人，说话绵绵的，略带一点他四川老家的尾音，但冯家昌听他说话，总有一种"于无声处听惊雷"的效果！

突然有一天，冯家昌终于看到了"小佛脸儿"的绝活。那是一个极难遇的机会。那天，从北京的总部来了一位首长。当晚，军区首长全都参加了宴请活动。接风宴会是在军区小餐厅里举行的，一共开了两桌，首长们一桌，秘书们一桌。冯家昌自借调军区后，是第一次参加这种高规格的活动，也只能奉陪末座了。说起来，那让人眼中一亮的绝活，倒也算不上什么了不得的大本领，那仅仅是一种细致，一种让人看了眼晕的准确，可细致一旦到了极限的时候，你就不能不惊讶了。

那晚，侯秘书对付的是一条鱼。冯家昌曾在课文上读到过"庖丁解牛"，可他从来没有听说过"解鱼"。侯秘书"解鱼"的方法堪称一绝！那是菜过五味、酒至半酣的时候，厨师上来了一条鱼。那是一条约有三斤重的黄河鲤鱼，鱼上来的时候还是半活的，嘴张着尾巴动着……这时，只听赵副政委轻轻地咳嗽了一声，其实，早在赵副政委咳嗽之前，侯秘书就已站起来了，他先是在一旁的水盆里净了手，倏尔之间手里就有了两支竹签，待副政委咳声一落，他已站在了首长们的桌旁。这一切都是在无声无息间完成的。接下去，"小佛脸儿"粲然一笑，伸出两支竹签，似行云流水一般在鱼身上划了一道，那一道划得极为细腻、飘逸，"哧——"的一声，犹如细瓷拨弦儿一般动听，带出来的只是些许的热气；而后又是"哧——哧——"两声，仿佛是银针飞舞，倏尔就扯出了两缕细白的气线！这是平着的左右两道，这两道从头到尾，那竹签像剑锋一样环回到怀里，在舞动中轻轻地那么一收，鱼还是完完整整的一条鱼！接下去，那竹签极快地一拨一挑一撩，鱼就像活了一般，轻巧如戏地翻了一个身儿。此时，侯秘书左手的竹签停在鱼鳃上，右手的竹签再次扬起，扯丝一般在鱼身上快速绷出了一条条细线，跟着是左右平着"嚓、嚓"两声，待你再看，那鱼仍还是完完整整的一条鱼！就此也不过是几秒钟的时间，侯秘书退后一步，待主客喝过了鱼头酒，这才又伸出竹签，两手轻送至鱼头处，仿佛闪电般地左右一弯，又蜻蜓点水般地那么一挑，就此把两只饱饱的鱼眼送到主客的碟子里！继而，他就那么轻轻地一拨一分，那鱼肉就一块块地退到了盘子的两边，而盘子的中心就只有鱼头和完完整整的鱼骨、鱼刺了！……尤其让人赞叹不已的是，那些鱼身上的细小刺刺儿，不知他是怎么分出来的！那些一线一线藏在肉层里的细刺儿，在鱼肉分成一份份放入小碟的时候，盘子边上会落下一层雪白如花的小刺片儿，那就像是一幅天然的图案！真是精妙啊，侯秘书虽然是小试竹签，却给客人留下了很难磨灭的记忆！在一片赞叹声里，只听司令员大声说："好一个猴子，喝一杯！"

宴会散了之后，"小佛脸儿"由于心里高兴，话就多了，说着说着竟说漏了嘴，泄露了不少的"天机"。他说："小冯，你说这世上什么最重要？"

冯家昌当然要请教他了。冯家昌说："老兄，连司令员都佩服你，我还能说什么？你说，我听你说。"

"小佛脸儿"说："方法，方法最重要。人生如戏，人生如棋，'走'的都是一种方法，或者叫做技艺。这就跟布菜一样，看似雕虫小技，却包含着常人看不出的大道理。不知你听说过没有，当年，十八兵团打太原的时候，我方由徐帅亲自指挥，把整个太原城围得铁桶一般，那真是一场血流成河的硬仗啊！对方，山西军阀阎锡山也下了死守的命令，并放出话来，言'和'者杀！还亲自命人做好了一口棺材，扬言要与太原共存亡！然而，仗打到一半的时候，阎锡山突然接到了南京的一封电报，要他火速赶往南京参加一个军事会议。于是，这个阎老西把将领们召集在一起，当众念了这封电报。而后，他很平静地说，南京会议，少则三五天，多则五七天我就回来了，太原的战事，就暂时交给各位了……你想，仗已经打到了这种地步，将领们对他的话自然是将信将疑，不过，阎锡山下边的话，立时解除了将领们的疑惑。他说，会期不长，来去匆匆，这次桂卿就不去了，拜托各位替我照看她……阎老西此言一出，众将领的心也就安了。在山西，谁都知道，这位名叫桂卿的女人，是阎锡山最钟爱的一个堂妹，她一生都跟着阎锡山，阎锡山无论走到哪里都带着她。如果阎锡山要逃跑的话，是不会撇下这个女人的。可是，格老子的，不管阎锡山多么狡猾，还是有人看出'桥'了。临上飞机的时候，有人突然发现，他竟然带走了他那位五台籍的厨师！既然会期'匆匆'他带厨师干什么？！这说明，他不会再回来了！那时候，太原已经成了一座死城，而阎锡山逃跑时为了稳定军心，丢下了他最钟爱的女人，却只带走了跟随他多年的厨师……你知道这是为什么？！"

冯家昌怔怔地望着"小佛脸儿"，心说，这人面相如此之"娃"，怎么越看"水"越"深"呢？他摇了摇头，赶忙说："我洗耳恭听，我是洗耳恭听啊！"

"小佛脸儿"说："阎锡山一生酷爱面食。山西的面食种类很多，像刀削面、猫耳朵、揪片儿、拨鱼等等，可他最喜欢吃的，是一种叫做'油麦面栲栳'的面食。据说，这种面是在青石块上推出来的，做工极其复杂考究，一般的厨师是做不出来的。而阎锡山那位五台籍的厨师，是做面食的顶尖级高手，特别是他有一套做'油麦面栲栳'的绝活儿！离了他，就再也吃不上了……你想，那时太原已成了死城一座，不日将城破人亡，瓦砾一片！从死城里带出一人，他带走的是什么？绝活儿。是绝活儿！女人可以再有，而会此绝活儿的却只有一人耳……"

冯家昌望着"小佛脸儿"，笑了。

"小佛脸儿"也跟着笑了。

冯家昌说："我明白了。"

"小佛脸儿"说："你不明白……"

突然，冯家昌忍不住问："那鱼，疼吗？"

"小佛脸儿"不由得怔了一下，淡淡说："手快。"

接下去，"小佛脸儿"像是兴犹未尽，或许是技痒难耐，突然跳起身来，说："老弟，坐起，坐起。"

冯家昌赶忙坐起身来，诧异地望着他。

这时候，"小佛脸儿"拉开抽屉，从里边拿出了一个黑乎乎的袖珍小包，那小包是皮制的，看上去很旧。他从包里掏出了一些细小棍棍儿，而后把那些小棍棍儿样的东西一串一串地摆在了桌上，说："选一种吧。老弟，今天我让你也享受享受。"

冯家昌凑上去看了，只见那些小细棍棍儿样的东西分红、黄、绿三种颜色，也不知是干什么用的，就不解地问："这是……"

"小佛脸儿"说："这是'打耳'用的工具。一共有三种，这一种是竹的，不是一般的竹子，是那种弹性特别好的竹子做的。这种，是铜的，红铜做的，里边还加了金呢，铜里加了金就软了。那一种是玉的，绿绵玉，据说产自缅甸，贵着呢……你选一种。"

冯家昌趴上去细细看了，却又见那些小棍棍儿样的东西，有很多不同的细处，那细处千差万别，竟都不一样：有的有尖儿，有的带弯儿，有的是片儿，有的还带着钩儿，有的是勺状……他疑疑惑惑地说："这……打耳？"

"小佛脸儿"说："打耳。"

冯家昌怯怯地问："怎么打？打不坏吧？"

"小佛脸儿"说："啥子话嘛！你坐起，坐起就是了。竹的弹，铜的玄，玉的绵。说吧，用哪一种？"

冯家昌仍是疑疑惑惑的，他坐好身子，说："随便，哪种都行。"

于是，"小佛脸儿"说："你坐好了，别动。"接着，不知他使用的是什么方法，冯家昌先是觉得耳朵上趴了一只"蚂蚁"，很小的"蚂蚁"；继而是两只、三只、四只、五只……突地，就是一群"蚂蚁"！那"蚂蚁"一蜇一蜇地向四处爬去，爬出了一个一个的痛点，那痛锐而不坚，深而不厉，像是群起攻之，一时间就觉得那痛点渐渐连成了一片，麻杀杀的，好一个舒服！

片刻，那痛点忽而就卸了，仿佛间又捉来了"虱子"，肥肥的"虱子"，一匹、两匹、三匹……操，又是一群"虱子"？！那"虱子"肉肉的，一片一片爬，爬出一点一点的小痒。那痒儿，初来麦芒芒儿的，细品，又像是谁在用小擀面杖在推碾那"虱子"做成的"肉滚"，一滑儿一滑儿地软进，软里透痒，痒里透酥，酥里透叮，尤其是那"肉滚"里的一叮！一肉一灸，一肉一灸，哈，扎煞煞的！再进，又像是耳里旋走着一队"小芝麻人儿"，那"小芝麻人儿"一巷一巷走，小肉脚儿轧轧的，一尖一轧，一尖一轧，渐渐就往深处碾，往深处推，哐，呀呀，简直给人以说不出的美妙！

这时，只听得"扑嘟"一声，先是耳朵里一凉，像是有风进来了，风鼓鼓的一满，紧着又是一空！往下是小凉，一点一点凉，软软软……倏尔就化了，像是化成了羽毛做成的掸子，一个极小的羽毛掸子，这好像就不是在耳上了，这是在心上"掸"，那羽毛轻烟一样旋转着，仿佛一朵花贴着你的心在慢慢开，慢慢开……开了又合了，合了又开，花开得极软，极润，诗曼曼的，那个熨帖呀，竟不是语言可以诉说的！往下，秃噜，就什么也没有了，那个静啊，就像是在云中飘！飘啊，飘啊，飘啊……仿佛在梦里，仿佛在仙境，仿佛在蓬莱之乡云游，身上麻麻的，散散的，松松的，似醉非醉，似仙非仙，伸伸伸伸伸，展展展展……只想一个展！长空万里，天哪，飘到哪里去了呢？！

正在如痴如醉之际，听得耳边一声唤："好了，怎么样？"

冯家昌慢慢睁开两眼，长长地嘘了一口气，说："服了，我真服了！"

"小佛脸儿"说："别看这一个小小的耳朵，上边有七十九个穴位呢，晓得吗？"

冯家昌说："七十九个穴位？有这么多？！"

"小佛脸儿"突然说："困觉，困觉。"接着，他打了一个大大的哈欠。

冯家昌说："老哥，怪不道赵副政委那么喜欢你呀……"

人一谈得入了巷，就开始胡说了。"小佛脸儿"嘴一松，竟笑着说："不是政委喜欢我，是政委的耳朵喜欢我。"

冯家昌也笑着说："耳朵，不就是一盘菜嘛。"

"小佛脸儿"一怔，说："菜？"

冯家昌说："——菜。侯哥，你是个布菜的高手啊！"

"小佛脸儿"沉默了片刻,脸一绷,突然说:"不能这么说,这玩笑开不得。不说了,不说了。困觉,困觉。"

这时,冯家昌却缠着他说:"老哥,这一手,你是跟谁学的?教教我吧。"

"小佛脸儿"又打了一个哈欠,说:"老弟,不瞒你说,这一手,是我爷爷传给我的。你学这干什么?再说,这也不是一时半会儿就能学会的,以后再说吧。"说着,"啪"的一声,他把灯拉灭了。

关了灯,月光从窗外照进来,冯家昌反而睡不着了。月光如水,心里却很热,他觉得"机关"就像是一个套子,一下子就把他套住了。在这里,满眼看去,竟藏着那么多的"武林高手"!相比之下,他显得是多么笨哪,简直是大笨蛋一个!如果没有"杀手锏",是很难从套子里挣脱出来的。怎么办呢?

第二天早上,"小佛脸儿"一觉醒来,就急急地对冯家昌说:"咱个夜里多喝了两杯,没胡说什么吧?"

冯家昌肯定地说:"你什么也没说。"

六、舞场上的"羊"

那是刘参谋吗?

他有点不大相信。

联欢晚会上,刘参谋正在跟一位漂亮的女子跳舞。那女子身材高挑,气度不凡,公主一样地在舞场上旋转着,可以说是整个联欢会上最引人注目的一位女子了;刘参谋也是一米八的大个子,浓眉大眼,仪表堂堂,两人配合默契,进进退退的,舞姿十分优雅……

冯家昌在一个角落里坐着,他是奉命来参加这个军民联欢会的。他不会跳舞,也就默默地坐在一个角落里,看别人跳。他的目光注视着舞场上的刘参谋,心想人跟人真是不能相比呀。刘参谋只比他大五岁,可现在人家已经是副团了。冯家昌来的时间短,跟刘参谋并不太熟,对他的情况知道的也少,只知道他叫刘广灿,在军营里有一个很特别的绰号"标尺"。因为他人长得帅,还评过一次操练标兵,人家就叫他"标尺",仅此而已。

然而,正当他暗暗羡慕刘参谋的时候,冯家昌突然听到了一个女子的声音——

她说:"你好,我叫李冬冬。"

冬冬,这两个字是不是有些锐利呢?

当然,不是声音,那声音偏甜。是感觉上的锐利,那是"城市"的感觉。它怎么就像是那枚"钉子",钢钢的,一下子就钉在了他的耳鼓上。是的,当那个城市姑娘出现在他面前的时候,冯家昌的确有些茫然。他甚至有些慌张,赶忙站起身来,就那么"立正"站着,像面对首长一样,看上去十分的僵硬。

那姑娘个子不高,微微地笑着,浑身上下带着来自城市的健康和鲜活。她一弹一弹地向他走来,大大方方地伸出一只手,说:"请你跳个舞,可以吗?"

冯家昌四下看了看,当着这么多的人,这姑娘径直走到了他的面前,一时间让冯家昌很难适应。冯家昌不由得舔了一下嘴唇,嘴唇很干,他有些慌乱地说:"我不会。"

不料,只听那姑娘说:"我教你。"

冯家昌孤零零地站在那里,头上竟然冒汗了,他嗫嗫地说:"我,真的不会。"

那姑娘歪着头,调皮地一笑,说:"怕什么,我教你嘛。"

冯家昌再一次四下望去,只见有几对男女牵牵拉拉地下了舞池……倏尔,他看见坐在一旁的周主任正在给他使眼色,那意思是:上呀,上!

冯家昌还是有些怵,他再一次地舔了舔嘴唇,说:"我真的不会。"

这时候,那姑娘回身看了看她的同伴们,再一次伸出手来,笑着说:"来吧,来吧,我教你。不然,我多没面子呀?"

冯家昌抬头看了那姑娘一眼,对方的目光给了他很多的鼓励。她小声说:"你别怕,你怕什么呢?"

于是,冯家昌就像是一只待售的"羊",被人牵拉着拽到了"市场"上。在舞池里,他一直有一种"羊"的感觉,他被人牵拉着,一步一步地向前走,那走也硬,仿佛出操一般!旁边,刘参谋和那位漂亮女子在不停地旋转着,那优美的舞姿更让冯家昌羞愧。可李冬冬却一直在安慰他,说:"你抬起头,踩着点走,就这样,一二三,二二三,一二三,二二三……慢慢就好了。"可"羊"怎么也觉不出"好"来,他走得抵抵牾牾、架架势势的,一时想着脚下,一时又忘了上边;想着脚下时,身子很僵;看着上边,就又忘了脚下,两条腿一叉一叉的,一不小心就踩在了对方的脚上!他羞涩地说:"你看,我不会,真的不会。"她说:"没关系,没关系。"……走着走着,身上的汗就下来了。冯家昌心里骂自己,你怎么这么窝囊?!李冬冬却不然,她小小巧巧的,一旋一旋地走,看上去既热情又大方。她拽着他,就像是一匹火红色的小狐狸拉着一辆没有方向感的拖车,虽歪歪斜斜的,倒也从容啊。在冯家昌的手里,对方却成了一片飘着的羽毛,火一样的羽毛,那轻盈,那快捷,那无声的干练,都使他惊诧不已!一时就更显出了他自己的笨拙。尤其是那双眼睛,明亮亮的,像火炭一样烧着他,烧得他浑身上下热辣辣的。往下,就这么走着、走着,在李冬冬的导引下,倒也慢慢走出了一些"点"感觉……李冬冬也不时地鼓励他说:"好,很好。我说你行嘛。就这样,好的,就这样……"

跳第二支舞曲的时候,他已经可以踏着"点"走了。她问他:"军区的?"他说:"是。"她问:"司令部的?"他说:"是。"她歪着头说:"我是纺织厂团委的,我叫李冬冬。你呢,你叫什么?"他一边在心里数着"点、点、点;一、二、三……"一边说:"我姓冯,叫冯家昌。"她笑了,说:"二马?"他说:"嗯嗯,二马。"她看了他一眼,说:"家是农村的?"冯家昌还了一眼,说:"农村的。"李冬冬说:"我没有别的意思……"冯家昌笑了,干干地说:"一头高粱花子?"李冬冬说:"不,不,朴实。是朴实。"冯家昌机智地说:"这里有城里人吗?查一查,最多三代,都是农民……"李冬冬说:"是吗?"冯家昌反问道:"你说呢?"李冬冬说:"有道理。要这么说,我爷爷也是农民。我老家是湖北的……"冯家昌说:"九头鸟?"……就这么说着说着,李冬冬突然说:"呀,真好。"他不明白这"真好"是什么意思?"好"什么呢?心里一慌,"啪",又踏到了人家的脚上!没等他开口,李冬冬先笑了,一串葡萄般的笑声!她说:"你是个日本鬼子,踩得真疼。踩吧踩吧你踩吧……"

其实,冯家昌并不知道这联欢会是怎么一回事,他只是作为"任务"来完成的。联欢会是部队与地方搞的一次联谊活动,这活动本身是"政治"的,也是带有玫瑰色彩的。纺织厂来的全是女工,部队是一色的"和尚",名单是周主任亲自定的……于是,一场联欢之后,冯家昌还在鼓里蒙着呢,就已经成了联欢会上的"成果"了。

两天后,周主任把冯家昌叫到了他的办公室。周主任从办公桌里拿出了一张表格,推到了他的面前,说:"拿去填一下,尽快给我送来。"冯家昌眼前一亮,心里怦怦跳着,他知道那是一张"提干表",是他梦寐以求的东西!在伸手之前,他的心先颤了一下,尔后,他两腿并直,给周主任敬了一个礼,说:"谢谢首长关心!"

这时候,周主任默默地望着他,脸上带着少见的和气,笑着说:"联欢会你参加了吧?"

冯家昌绷紧身子,应声说:"参加了。"

周主任说:"怎么样啊?那个李冬冬,印象不错吧?"

冯家昌嗫嗫的,不知道该怎么说……

周主任看着他说:"军民一家嘛。作为联欢会上的成果,已经把你报上去了……多接触接触。"

冯家昌抬起头来,看了看那张"提干表"……

周主任望着他:"有一个问题,我需要落实一下。你在家订过婚吗?"

犹如天崩地裂一般,"訇"的一声,冯家昌觉得他的头发一根根竖了起来!可他仅仅沉默了一秒钟的时间,立刻说:"没有。"

周主任说:"好,那就好。你去吧。"

转过身来,冯家昌拿着那张表格一步一步地朝门口走去……那大约有七步远，每走一步，冯家昌都有可能扭过头来，他也想扭过头来，可他的牙关很紧，也不知道该说些什么，假如说了，结果如何呢？于是，他就那么硬着头皮走出去了。

当他走到门口的时候，只听周主任以命令的口吻说："冬冬不错，你们好好聊聊。"

一回到宿舍，冯家昌就看到了"小佛脸儿"那高深莫测的笑容。"小佛脸儿"笑着说："老弟，肥猪拱门，双喜临门哪！"

冯家昌说："哪有的事。"

"小佛脸儿"说："格老子的，还瞒我不成？"

冯家昌说："不是瞒你。老哥，我敢瞒你吗？表是给我了，说是要往上报，还不知上头批不批哪……"

"小佛脸儿"说："批是肯定会批的。你知道那女的是谁吗？"

冯家昌脑海里一片混乱，就说："女，女的？"

"小佛脸儿"说："你也不用瞒了。我告诉你，在联欢会上，请你跳舞的那个姑娘，你猜猜她是谁？"

冯家昌有些紧张地问："谁？"

"小佛脸儿"说："她叫李冬冬，是周主任老婆的亲外甥女……"接着，"小佛脸儿"又说，"你别看周主任那么严肃，在家怕老婆是有名的。老弟呀，这可是个千载难逢的机会。娶了她，你就是城里人了！"

这时，冯家昌沉默了片刻，他下意识地伸出手来，在军衣兜里摸索了一会儿，掏出烟来，那是首长的烟（烟是备用的。当首长兜里没烟时，他才会掏出来）。他这是平生第一次吸首长的烟。他把烟叼在嘴上，又给"小佛脸儿"递了一支，他知道"小佛脸儿"从不吸烟，就说："吸一支，你一定要吸一支。"

"小佛脸儿"接过烟，闻了闻说："好，要是喜烟，我就吸。"

冯家昌什么也不说，只是默默地把烟点上，默默地吸着……就在这时，他看见"小佛脸儿"的眼珠扑棱了一下，那眼风似乎瞟到了床铺上。也就是那么一瞟，让他扫到了。"小佛脸儿"自然明白，他说："一双鞋，邮局寄来的。"

冯家昌说："鞋？"

"鞋，你的。""小佛脸儿"说，"我去邮局，顺便就给你捎回来了。"

冯家昌只是"哦"了一声，那"哦"是勉强做出来的平声……

"还有一双鞋垫。""小佛脸儿"补充道，"花鞋垫。"

冯家昌没有再去看那鞋，也没有看那鞋垫，他又"哦"了一声，那一声很淡，很无所谓。就在这一瞬间，他突然发现，他的心硬了，他的心硬得钢钢响！……可以说，几个月来，他一直在向"小佛脸儿"学习，学习"微笑"，学习"柔软"，学习机关里的"文明"。可是，学着学着，他的心却硬了。

很突兀的，"小佛脸儿"说："家里还有一个？"

冯家昌紧吸了一口烟，呛了，他咳嗽了两声，说："啥？"

"小佛脸儿"说："你常说的，'筝'。"

冯家昌心里顿了一下，说："没有。"

"小佛脸儿"说："应该没有吧？"

冯家昌说："真没有。那鞋……是一个亲戚，亲戚做的。"

"小佛脸儿"拍拍他，一字一顿地说："没有就好。老弟，没有就好。"

夜里，躺在床上，冯家昌哭了，是他的心哭了。泪水在心上泡着，泡出了一股一股的牛屎饼花的味道。还有月光，带干草味的月光。但，那就是泪吗？那不过是一泡亏了心的热尿！当着周主任，他说出的那两个字，就像是铅化了的秤砣，一下子压在了他的心上。他觉得他是把自己卖了，那么快就把自己卖了。就像是一只赶到"集市"上的羊，人家摸了摸，问卖不卖，他说卖、卖。他也可以不卖的，是不是呢？可既然牵出来了，为什么不卖？卖不过是一种获取的方式。其实，卖什么了？你什么也没有卖。你"订"了吗？没有"订"，真的没有"订"。要是大器些，那也不算是"订"。你恨那个国豆，狗日的国豆，你恨他！他给了你多少屈辱？！而她，对你好你是知道的。你也知道她对你好……但是，你下边还有四个"蛋儿"，只有你"日弄"了，他们才能一个一个地"日弄"。你要是不硬下心来，冯家有出头之日吗？！

然而，一个纤纤的人影却总在眼前晃。那是一种气味吗？每当脑海里出现刘汉香这三个字的时候，总有一种淡淡的香味笼罩着他。是草香？是槐花的气味？还是谷垛里的腥……况且，还有三个字呢，这三个字是你亲手写给她的！在连续四年的时间里，你一次次地把这三个字写在奖状的背面，你想说你不是写给她的，你可以不承认，可你确确实实是写给她的呀！到了这份儿上，他真是有些后悔，后悔不该写那三个字，那三个字就像是钉子一样，把他钉得死死的。一想到这里，他的心就成了一块黑板，他很想把那三个字擦掉，可他每擦一次，就又出现一次，再擦，还有……那是一只蝴蝶吗？那蝴蝶旋旋绕绕的，总是在心上飞，一触一触地飞，一灸一灸地飞，落下的时候，竟是一只发卡。白色的有机玻璃发卡，是刘汉香的哥哥从北京给她带回来的。他看见那只发卡活龙活现地"叮"在了他的心上！好在心已沙化，那泪一滴一滴落在心上，心却在冒烟，泪在心上化成了一股一股的狼烟，呲呲的！于是，心硬硬地说：对不起了。

　　没有几日，就有电话打过来了。冯家昌拿起电话一听，竟是李冬冬的声音。李冬冬在电话里操着柔曼的普通话说："喂，冯秘书在吗？"冯家昌说："我是小冯，你哪一位？"李冬冬笑着说："二马，这么快就把我忘了？"冯家昌马上说："噢，是你呀。你好。"李冬冬顿了一下，轻声说："星期天有空吗？"冯家昌也顿了一下，马上说："有啊，有。"李冬冬说："我姑姑家有台120相机，你会照相吗？"冯家昌立刻就说："会，我会。"李冬冬格格地笑了，她的笑声就像是一串葡萄做成的珠子，四下乱滚……很诱人哪。

　　其实，冯家昌并不会照相。他想，他得学呢，赶快学！

第三章

一、茄子，茄子！

老姑夫家又出事了。

在太阳错午的时候，老姑夫家的三个蛋儿，被人用绳绑着，穿成一串，解到了公社派出所的门前。人是邻近的铁留村解来的，那会儿派出所还没上班，就让他们在门前蹲着。铁留的治保主任已先一趟见过所长了，说是事儿虽然不大，但性质恶劣，要是往上说，就是"破坏生产罪"了。所长一句话，绳了。

于是就绳了。

这事本是老五引起的。老五最小，可老五跑了。剩下的这三个蛋儿，就让人捆在了派出所的门前。起因是很小的，那天中午，放学后，老五孬蛋撺掇说："河那边有个园子。"老三狗蛋说："这时候了，菜园里有啥？"老五说："有茄子！"老三说："就茄子？"老五说："快罢园了，就茄子。可大，一个就饱了。"老四瓜蛋不想去，老四说："茄子啥吃头呢？孜辣辣的，棉花套子样。"老五就说："看你那胆儿！你不去算了。那茄子，一个照一个，可大。"老二铁蛋一直没有吭声，可他们肚里都咕噜噜的。老三也不想吃茄子，就说："叫你侦察侦察，操，你侦察的啥呢？！"老五很委屈，老五说："本来……可看得太紧了。"这时，老二说："园里有人吗？"老五兴冲冲地说："一老头，是个聋子。中午的时候，有一会儿，就回去了。"老三仍嘟哝说："你侦察的啥？弄半天，是个茄子。"就这么嘟嘟哝哝的，还是去了。过了河湾，趴在堤上看了一会儿，觉得没有人了，就溜进了铁留的园子，果然有茄子，也果然大……就一人摘了两个，饿了，啃得急，竟忘了四周的动静。这时候，老五刚好到沟下撒尿去了，听到喊声的时候，他提上裤子就跑……余下的三个蛋儿，一嘴的茄子，就让人捉住了。

到了这份儿上，他们才知道，那茄子不是一般的茄子，那是特意留下的茄子种，是来年当种子用的！一个村的茄子种，都让他们狗日的啃了，所以吃起来特别的"套子"，特别的"孜辣"！于是，每人挨了几破鞋，就被送到公社来了。

老五是跑了，可老五并没跑远，就悄悄地啃着。待他看见，他的三个哥，被人捆着往公社送的时候，他这才慌。于是"瓦窜"着往回跑，跑着找人去了。可找谁呢？爹也不在家，爹背了些破铜烂铁，去县城里换锅去了，也不知啥时候才能回来。想来想去，只有去找刘汉香了。

也巧了，刘汉香刚好在家。刘汉香高中毕业后，没学上了，心里闷闷的。本来，她是可以到县城里做事的，可她没有去，暂时还在家里窝着。当老五找到刘汉香的时候，"哇"的一声，哭起来了。刘汉香看他光着脊梁，一脸黑灰一脸的汗，那泪道子把脸冲得花斑狗似的，就忙说："蛋儿，别哭，别哭。怎么了？到底怎么了？"

老五吓坏了，一把鼻涕一把泪的，只是哭……

刘汉香就在他跟前蹲下来，给他擦了把脸，轻声安慰他说："蛋儿，你别怕，到底怎么了？你给姐说。"

老五勾着头，嘴一瘪一瘪的，小声说："……犯法了。"

刘汉香吃了一惊，忙问："谁犯法了？犯啥法了？"

老五说："我哥……他仨，都犯法了，让人绳到公社去了。"

刘汉香又是一惊，问："为啥？你给我说清楚，因为啥？"

老五的声音更低了，他蚊样地说："偷，偷了人家的茄子……"

刘汉香说："你再说一遍，偷什么了？"

老五说："茄子。"

刘汉香追问说:"就偷了茄子?"

老五说:"就茄子。"

到了这时,刘汉香才松了一口气,她摸了一下老五的头,爱抚地说:"这孩子,吓我一跳!你给姐说说,怎么就想起偷茄子了?"

老五说:"饿。"

刘汉香说:"你,中午吃饭了吗?"

老五摇了摇头。

刘汉香皱了一下眉头,说:"怎么就不做饭呢?"

老五说:"锅漏了。"

刘汉香说:"锅漏了?锅怎么就漏了?"

老五就告状说:"老二跟老三打架,砖头砸进去了……"

刘汉香叹了一声,含含糊糊地问:"你……爹呢?"

老五说:"进城换锅去了。"

刘汉香又叹了一声,摸着他的头说:"给姐说,常吃不上饭吗?"

老五嘴就一瘪一瘪的,又哭起来了。

刘汉香就说:"别怕,没事,没事了。我现在就到公社去,把他们领回来……"说着,刘汉香先是给老五拿了一个馍,让他先吃着,扭过身就到村里找父亲去了。她知道,父亲跟派出所所长的关系一向很好。

在大队部,刘汉香跟父亲说了这事,而后就说:"……偷了几个茄子,也没什么大不了的,你去说说,让他们回来吧。"国豆看了女儿一眼,对女儿,他一向是言听计从的,可这事,他不想办,他恨那一窝"狗杂种"!他说:"这事我不管,谁让他偷人家茄子呢。"刘汉香气了,说:"你是支书,你不管谁管?几个孩子,都上了绳了,你能看着不管吗?"国豆恼了,说:"咋跟你爸说话呢?叫我说,绳他不亏,谁让他去偷人家呢!"刘汉香站在那里,急得泪都快下来了,她说:"爸,我求你了,你去吧。"这时,国豆有些软了,可他还是不想去,他说:"你别管了。不就几个茄子吗?顶多捆一绳,日骂几句,日头一落,人就放回来了。"刘汉香直直地看着父亲,说:"你不去？！"刘国豆就愤愤地说："王八蛋！实说吧，这一家也不是什么好东西！……"可话说了，又顶不住女儿的目光，就接着说，"你没看我忙着的吗？我正忙着呢。"刘汉香眼里的泪"哗"地就下来了，她叹了一声，说："你不去我去。爸，我再求你这一次，你给我写个条儿。"刘国豆看了看女儿，他知道女儿的脾性，这是个九头牛也拉不回的主儿！于是，他嘴里骂骂咧咧的，勾下头，翻了翻抽屉，磨磨蹭蹭的，从里边扯出一张纸来，在舌头上湿了一下，扯出二指宽的条子，匆匆地在上面写了几行字，很不情愿地说："给老胡。"

　　刘汉香拿了条儿，又借了辆自行车，带着老五，骑上就到公社去了。在路上，老五用手揽着刘汉香的腰，悄悄地说："汉香姐，你比妈还亲呢。"刘汉香心里一酸，说："这孩儿，净瞎说。"

　　进了公社大院，就见三个蛋儿在树下拴着，脖上挂着咬了几口的茄子。老二还行，老二眼红着，总算没哭。老三、老四一个个吓得脸色蜡黄，泪流满面，连声求告说："饶了俺吧。大叔大爷，饶了俺吧……"这时候，纸牌子也已经写好了，靠树放着，叫做"破坏生产犯"，就准备让他们挂上去游街呢！刘汉香慌忙扎了车子，几步抢上前来，对铁留的人说："先等等！"说着，她快步走进了所长办公室。

　　所长老胡在一把破藤椅里靠着。他国字脸，大胡子，人胖，汗多，就大敞着怀，"肉展"一样把身量摊开去。他中午刚喝了些小酒儿，这会儿还晕晕的，正泡了一缸醒酒的酽茶，滋滋润润地喝着，见刘汉香进来了，就慌忙把两条腿从办公桌上拿下来，笑着说："哟，这可是喜从天降。大侄女，哪阵风把你给吹来了？！坐坐坐。"刘汉香把那张写了字的条子往所长面前一放，说："胡叔，你也不上家去了？我爸让我来领人呢。"胡所长放下手里的大茶缸子，往纸条上瞟了一眼，也没拿起来看，就说："忙啊，成天瞎忙。你来就是了，还要那条儿干啥？领人？领谁呀？"刘汉香往门外指了指，"俺村的几个孩子……"胡所长顿了一下，说："你也来得晚了点，都处理过了。"刘汉香急了，问："咋处理的？"胡所长很严肃地说："这事可大可小，往大处说，就是破坏生产，是犯了法了！往小说呢，几个毛孩子，偷了茄子种，我让他们绳了，拉出去游游街算尿了！"刘汉香就急急地说："胡叔，你把他们放了吧，别让他们游街。都是孩子，游了街，还咋见人呢？！"胡所长咂了咂嘴，似有些为难，说："这、这、这，咋不早点来？都处理过了呀……"刘汉香说："胡叔，老胡叔，你发句话，别让他们游街。千万千万！……"

这时候，只听"咣"的一声，院里有人喊道："所长，锣找来了！走吧？"

刘汉香盯着胡所长，说："胡叔，不就是几个茄子吗，就算是茄子种，能值几个钱？要是需要茄子种，我去给他们找，这还不行吗？！"胡所长迟疑了一下，朝门外喊了一嗓："慌尿个啥？先等等！"接下来，胡所长呆呆地望着刘汉香，一个女娃，那鲜艳是很润人的。况且，刘汉香一声声说："胡叔，你把人放了吧？……"胡所长又咂了咂嘴，从兜里摸出了一根烟点上，吸着，睁睁眼，又闭了闭眼，终于说："你爸写了条儿，大侄女你又亲自来了。人，我放。"刘汉香马上说："谢谢胡叔！"可胡所长接着又说："有个事，你爸给你说了吗？"刘汉香就问："啥事？"胡所长说："你老叔给你保了个媒，是县局的苏股长，咋样啊？"刘汉香脸慢慢就红了，沁红，她顿了一下，说："我现在还不想谈这事，等等再说吧。"老胡就说，"大侄女，那可是个好人哪！一百层的好人！说不定哪天就提副局了。"刘汉香笑了笑说："你看，我也没说他是坏人……"老胡说："那好，你回去跟家里好好商量商量，商量好了给我个准信儿，我还等着喝这杯喜酒呢。"刘汉香红着脸笑了笑，没再说什么。正是求人的时候，她能说什么呢？

终于，胡所长晃晃地从屋里走出来，对铁留的人说："把人放了吧。"铁留的治保主任是个大个儿，酒糟鼻子，他手里掂一锣，正兴冲冲的，一下子就愣了。他怔怔地望着所长，说："老胡，鸡巴哩，不是说好了吗？"老胡说："茄子！我说放人就放人！鸡巴哩，说来说去，不就几个茄子吗？捆也捆了，绳也绳了，你还想咋？！"铁留的治保主任不服，往所长身后瞥了一眼，说："……那不是茄子，那是茄子种，是种子！你也说了，这是搞破坏！"所长大喝一声："看啥看？那是我大侄女！我说了不算咋的？放人！……"这时，刘汉香赶忙说："我就是上梁的。你要茄子种，我赔给你就是了。要多少，我赔多少，保证不耽误你明年种。"铁留的治保主任一连"噢"了几声，再也不说什么了。

　　刘汉香走上前去，一一给蛋儿们解了绳子，再看那小手脖儿，一个个都勒出了青紫色的绳痕！解了绳，刘汉香低声吩咐说："走吧，快走。"待蛋儿们勾着头溜溜地往外走时，刘汉香这才折回身来，再一次谢了所长。胡所长笑着说："回去让你爹好好熊他们一顿！狗日的，净不干好事！"接着，他又说："大侄女，我说那事，你可记住啊？！"

　　蛋儿们大约是吓坏了，出了公社大院，一个个像是破了胆的兔子，撒丫子就跑……刘汉香骑着车，整整追了半条街才赶上他们。刘汉香喊一声："都给我站住！"蛋儿们这才不跑了，一个个喘着，脸黄黄的。刘汉香把车子一拐，说："跟我走。"于是，蛋儿们就乖乖地跟着她走。一边走着，刘汉香一边轻声说："听着，以后再不要这样了，多不好啊！……"蛋儿们短了理，也都老老实实地听着。拐过了一个街口，来到一个临街的饭铺前，刘汉香把车子一扎，说："来吧，都来。"说着，就从兜里掏出钱来，给四个蛋儿一人要了一碗胡辣汤，一盘荷叶包子，又一一端在紧靠路边的木桌上，而后说："吃吧。"

　　蛋儿们先是在那儿站着，眼里馋馋，心里仍怯怯，竟没人敢坐。最后，还是那馋嘴的老五抢先坐了，他们也就一一跟着坐了，开初还有些忸怩，待拿了筷子，就埋下头去，狼吃！刘汉香望着他们，怕他们不好意思，就说："你们慢慢吃，我先走了。"

　　不料，刘汉香刚要走，老五却扭过头来，热热切切地叫了一声："姐，汉香姐！你你你，别走……"

　　刘汉香扭过头来，诧异地说："怎么了？钱我已经付过了。吃吧，你们慢慢吃。"

　　老五放下筷子，蹭蹭地、小偷样地顺过来，一个小人儿，眼巴巴地望着她说："姐，你能……晚些……要是铁留的再碰上了……"

　　刘汉香明白了，说："他敢？！放心吃吧。我不走，我就在这儿候着。"

　　日夕了，残阳斜斜地照在镇街上，照出了一片橘色的灿烂。天边，那西烧一抹一抹地推着那半个沉沉红日。刘汉香静静地立在那里，一身都是金灿灿的霞辉。蛋儿们吃着、吃着，不由得勾过头去看她，看着看着，竟有泪下来了，那泪就着胡辣汤一口口地喝下去……是呀，此时此刻，在蛋儿们的眼里，她就像是一幅画，一幅美丽的、母性的画！

　　刘汉香也仿佛在想着什么，一丝笑意在嘴角上扯动着。那目光锥锥的、痴痴的，神思在夕阳的霞辉里飞扬，像是飘了很远很远……

二、女人的宣言

　　这是一个"母鸡打鸣"的早晨。

　　贵田家的母鸡"涝抱"了，一天到晚"咯咯咯"乱叫。"涝抱"是乡间的土话，是说母鸡不下蛋，变态了，动不动学公鸡声，还光想做窝，那大约是鸡们的爱情故事。可贵田家女人不管这些，只恨它不下蛋，就满院子追着打它。待抓住了鸡的翅膀，一边打骂着："贱，我叫你贱！"一边提到河边上，把它扔到河里浸它！据说，把它扔在河水里浸一浸，鸡就"改"了。于是,那天早上，一河都是"咯咯咯咯"的叫声！

　　就是这样的一个早晨，刘汉香挎着一个小包袱，走过长长的村街，一步跨进了那个破旧的院落。那时候，村街里静静的，路人不多，槐树下，也只有一个老女人在推碾。这老女人是瘸子长明的后娶，本就是个碎嘴，有个绰号叫"小广播"。她躬着杆子腿，身子前倾着，一圈一圈围着碾盘转。推过来，忽地眼前一亮！那老女人心里说，这不是汉香吗？怎么就……就什么呢，她一时也说不清楚，就觉得有些异样。后来，她拍着腿对人说，她把辫子剪了，辫子都剪了呀！

　　当刘汉香走进院子的时候，老姑夫家的蛋儿们正一个个捧着老海碗喝糊糊呢。骤然，那"哧溜"声停下来了，一鼓儿一鼓儿的小眼儿从碗沿上翻出去，呆呆地望着她。独老五机灵些，这狗日的，他把碗一推，欢欢地叫道："汉香姐！"

刘汉香站在院子里，脸先是红了一下，布红，透了底的红。接着，她抬起头来，望着蛋儿们，停了一会儿，深深地吸了口气，低声但又清晰地纠正说："——叫嫂。"

蛋儿们的眼一下子就亮了，那突如其来的惊喜犹如炸窝的热雀，四下纷飞！一只只海碗落在了地上，手也像没地方放了似的，就一个个傻傻地笑着。还是老五孬蛋抢先叫道："嫂，嫂！"

当刘汉香的目光望过去的时候，老三狗蛋舔了一下嘴唇，说："嫂。"

老四瓜蛋自己先羞了，腼腆地轻声说："嫂。"

老二铁蛋头勾得低低的，嗯哼了一声……

这时候，刘汉香摆了摆手，说："孬蛋，你过来。"

老五喜坏了。他颠颠地跑到了刘汉香跟前，刘汉香怜惜地摸了一下他的头，接着，蹲下身来，解开了她随身带来的包袱，从里边一双一双地往外掏，她一连掏出了五双鞋，五双黑面白底的布鞋。她把最小的那双给孬蛋穿上，说："小弟，合脚吗？"孬蛋弹了一下舌儿，说："正得。"而后，她依次叫着蛋儿们的名字，一双双都给他们穿在脚上……一直到了最后，她才掂着那双鞋来到了老姑夫的跟前，她把鞋放在老人面前的地上，静静地说："爹，一个家，不能没有女人。我这就算过来了。"

老姑夫蹲在那里，两只手仍是傻傻地捧着那只海碗，一句话也不说。过了片刻，他抬起头来，竟然满脸都是泪水！那老泪浸在皱折里，纵横交错，一行行地流淌着……他呜咽着说："孩子，实在是……委屈你了。"

刘汉香静静地说："这是我愿的。"

陡然间，院子亮了。男人们也有了生气。在这个破旧的院落里，仿佛飞来了一道霞光，雀儿跳着，房顶上的衰草弹弹地活了，那狼拉了一般的柴火垛顷刻间整装了许多，门框上那早已褪了色的旧红仿佛就洇了些鲜艳，连撂荒在窗台旁的老镰也有了些许的生动，门楣上方，

"军属光荣"的牌子一时间就分外醒目。院子已很久不扫了,脏还是脏,但脏里蕴润着热热的气息。是啊,女人当院一站,一切都活泛了。

上午,刘汉香领着蛋儿们打扫了院落,拾掇了屋子。她顶着一块乡下女人常用的蓝布格格汗巾,像统帅一样屋里屋外地忙活着,指挥蛋儿们扫去了一处处的陈年老灰……这会儿,蛋儿们一个个都成了叫喳喳的麻雀,那欢愉是可以想见的!老五说:"嫂,梁上也扫吗?"刘汉香说:"扫。"老四说:"嫂,木桌要动吗?"刘汉香说:"动。先抬到西边去。"老三说:"嫂,这床缺一腿。是老五蹦断的……"老五说:"胡说!哪是我蹦断的?"刘汉香说:"没事,掉个个儿,朝里放,回头用砖支上。"老二铁蛋力大,是干活最多的,可他大多时间不说什么,就看刘汉香的眼色,刘汉香的眼风扫到哪里,他的手就伸到哪里……

老姑夫家有四间草房,一个灶屋。在那四间草房里,有三间是通的;单隔的那一间,本是冬日里存放柴火和粮食的地方,现在刘汉香把它收拾出来,半间放柴草粮食(所谓的粮食已经没有多少了,只有半瓮玉米糁子,半瓮红薯干面,一堆红薯),这半间就成了她住的地方。一时没有床,就在地上铺了些谷草,一张席,搭了一个地铺。当一切都归置好的时候,已时近中午了。这时,刘汉香先是烧了一大锅热水,让蛋儿们一个个洗手洗脸,洗了还要一个个伸出手来让她检查一遍,没洗好的,她就在他们手上轻轻地打一下,让他们再洗。蛋儿们一个个脸洗得红堂堂的,很久了,才干净了这么一回!

自刘汉香进门之后,老姑夫就成了一台没轴的老磨。人就像是喜傻了一样,他就那么屋里屋外地跟着转,"磨"得也很不成个样子,处处都想插一手,可插手的时候,又总是碍了谁的事。蛋儿们呢,就像是旧军队有了可以拥戴的新领袖,鼻子里哼哼的,全然不把他放在眼里……他就那么转着转着,看自己实在是无用,就喜喜地转到村街上去了。

阳光很好。老姑夫晕晕腾腾地在村街上走着,他很想给人说点什么,可他的眼被喜泪腌了,看什么都模模糊糊的。有一只狗在墙根处卧着,他弯着腰凑上前去,说:"东升,是东升吗?"那狗哼了一声,他说:"娘那脚,咋成大洋驴了?"往下,他又低了低身子,说:"是广才?"

这时候,只听身后有人说:"老姑夫,你那眼也忒瞎了,那是广才家的狗!"

老姑夫笑了,说:"你看这眼,你看这眼。"说着,他磨过身来,循声说:"豆腐家,别走,我赊你二斤豆腐!"

豆腐家说:"老姑夫,太阳从西边出来了?!"

老姑夫说:"正事,这可是正事。我赊你二斤豆腐。"

豆腐家担着挑子,一边走一边说:"老姑夫,你嘴松了?你就是再松,我也没豆腐了,磨了一盘豆腐,都给董村了。董村有'好'。"

老姑夫嘴里嘟哝说:"这人,也不问问啥事,说走就走。"老人在阳光下蹲了一会儿,阳光暖霞霞的,晒得人身上发懒。可过路的人却很少,就是有一个半个,也是匆匆忙忙,并不想跟他多说什么。终于,有个骑车的过来了,他喊道:"哎,哎,老马。是马眼镜吧?哎,别走,你听我说呀……"可等他站起来的时候,那人骑车过去了,竟是个外路人。

而后,他佝偻着身子,就这么一磨一磨的,又来到了代销点的门前。饭场早散了,代销点总是有人的。进去的时候,他的腰稍稍直了些,先是用袖子沾了沾眼,这才说:"东来,赊挂鞭!"东来眨了眨眼,迟疑了好一会儿才说:"老姑夫,你不发烧吧?"这时候,趴在柜台前跟东来聊天的两个老汉"吞儿"声笑了。老姑夫也不介意,就说:"这孩,啥话。"东来用讥讽的口吻说:"不发烧啊?哼,我还以为你有病呢。不年不节的,你放的哪门子炮啊?!"老姑夫说:"正事,这可是正事。你给我拿挂鞭!"东来本该问一问的,为什么要"鞭"?可东来就是不问。东来说:"要挂火鞭,是不是?"老姑夫就说:"对了,拿挂火鞭!"东来鄙夷地说:"鞭是有,你带钱了吗?"老姑夫说:"我先赊你一挂,秋后算账。"东来说:"那不行,我不赊账。"老姑夫直了直腰,说:"东来,别人赊得,我为啥赊不得?我会赖你一挂鞭吗?!"东来说:"别人是别人,你是你。别的可以赊,'鞭'我不赊。"老姑夫又用袖子沾了沾眼，说："拿吧，赶紧拿吧。别跟你姑夫乱了。"东来却没来由地火了："谁跟你乱了？！要都像你这样，这代销点早就赔光了！"老姑夫怔怔地看着他，说："不赊？"他说："不赊！"

兀地，东来的身子从柜台里探出去，那笑像菊花一样，纹纹道道的，说开就开了。他巴巴地笑着说："哟，汉香来了？汉香是难得到我这小店里来呀！"

刘汉香站在门口，静静地说："火鞭多少钱一挂？"

东来怔了一下，说："你，也要火鞭？"接着就说："有哇，有！"

刘汉香说："多少钱一挂？"

东来回身从柜上拿出了两挂火鞭，说："有五百头的，有一千头的，你要哪一种？叫我说，就一千的吧。"

刘汉香说："我是问多少钱一挂？"

东来很巴结地说："说啥钱哪？不说钱。你轻易不来，拿走吧。"

刘汉香说："多少钱就是多少钱，这是干啥？不说钱我就不要了。"

东来的脸还在"笑"着，却有些吃"味"，就赔着小心地说："你看，要说就算了。再说吧？回头再说。"可他看了看刘汉香，心里一紧，很委屈地说："要不，先记账？记账就行了。一块八，进价是一块八……"

刘汉香没再说什么，她从衣兜里掏出了一个手缝的花钱包，从里边拿出了一张五块的纸票，放在了柜台上，而后说："再称斤盐。"就这么说着，她随手拿起了那挂一千头的火鞭，递到了老姑夫的手里，柔声说："爹，你先回去吧。"

老姑夫拿着那挂火鞭，泪眼模糊，手抖抖的，他什么话也没说，就扭身走出去了。

那一声"爹"把屋里的人都喊愣了！东来大张着嘴，屋里的两个老汉也都大张着嘴，猛然看去，就像是三座哑了的小庙！那眼，陡然间成了死玻璃珠子，一动也不动地白瞪着。有好大一会儿，代销点里鸦雀无声！

刘汉香再一次说："称斤盐。"

东来好半天才醒过神儿来，嘴里喃喃地说："盐，噢盐。"说着，他就像僵了的木偶一样，缓慢地转过身子，拿起秤盘去盐柜里挖盐。挖盐的时候，他的神情十分的恍惚，秤盘吃进盐里，那一声"哧啦"闷塌塌的，就仿佛盐粒腌了心一样！

没有人说什么，再没有人说什么了。代销点哑了……

中午，当那一挂"火鞭"在老姑夫家门前炸响的时候，一个村子都哑了！

那挂鞭是老五孬蛋挑出去放的。老五站在墙头上，趾高气扬地用竹竿挑着那挂火鞭，大声说："嫂，嫂啊！我点了，我可点了！"那一声"嫂"是很脆火的，那一声"嫂"也分外的招摇，那分明是喊给全村人的，听上去操巴巴的！炮响的时候，孩子们哇哇地跑出来了，先是在一片硝烟中"咦咦、呀呀"地张望着……而后，就你挤我搡的，满地去捡那炸飞了的散鞭。

可是，没有多久，女人们的喊声就起了！那带有毒汁的日骂声此起彼伏，就像是满街滚动的驴粪，或是敲碎了的破锣，一蛋蛋儿、一阵阵地在村街上空飘荡："拐，死哪儿去了？！""片，片儿，杀你！没看啥时候了，还不回来！""玲儿，玲！抢孝帽哩？！""二火！钻你娘那屄里了？成天不着个家？！""海，海子，再不回来，剥你的皮！"……那推碾的"小广播"把磨杠一扔，早就不推了，她四下里"串门"去了。是啊，顷刻间，一村人都知道了。刘汉香，那可是上梁的"画儿"呀，那简直就是上梁的"贵妃娘娘"！就这么，这么……啊？眼黑呀，这真让人眼黑！！

女人们还是出来了，"小广播"已把消息散遍了全村。女人们心里有一万个小虫在拱，心痒难耐，就一个个走上村街，从西往东，而后是从东向西，有抱孩子的，有挑水桶的，有拿簸箕的……走过老姑夫家门前的时候，那身子趄趄的，目光探探的，似想"访"出一点什么。初时，还有人不大相信。可有人确乎是看见刘汉香了，真就是汉香啊！一晃，看见的仅是刘汉香的背影，刘汉香在院子里扯了一根长绳，正在给蛋儿们晒被子呢……再走，往东直走，一直走下去，就是支书刘国豆的家。看见那个大门楼的时候，她们的脚步慢了些，也不敢靠得太近，就远远地从路那边磨过去，瞥一眼，再瞥一眼，只见支书家的双扇大门关得紧紧的！

看来看去，人们心里不由犯嘀咕：国豆，他可是支书啊！那是个强人，硬性人，他会"认"吗？他就这样白白"认"了？！

待女人们接连看了两三遭之后，突然之间，刘汉香就从院子里走出来了。她站在院门口，面对着整个村街，面对着一个个借各种理由前来窥探的女人们，脸上仍是静静的，那静里有些凛然，有些傲视，还有些出人意料的"宣告"意味。她腰里束着一个围裙，定定地站在那里，仿佛说，看吧，好好看看吧，这就是我，刘汉香！

女人们突然有些不好意思了。在村街上，女人们讪讪地笑着，说："汉香啊……借、借个簸箕。"

刘汉香笑一笑，说："簸箕？"

那女人手指着，语无伦次地说："锤家，上锤家，簸箕。"

再有女人走过来，又是那一套，说："汉香啊……桶，水桶。"

刘汉香就笑一笑，说："还桶呢？"

那女人就扯扯地说："鱼儿家，桶，还漏，哩哩啦啦的……"

也有夹着孩子的，说："汉香啊，你看看，一点也不争气，拉一裤兜……"

刘汉香就说："去河上呢？"

那女人就慌慌地说："嗯，河上。坐坐。"

女人们一个个走过去了，那"心"上却偷偷地拴上了一头叫驴，一个劲儿地撅嘴。拐过街角，就齐伙伙地聚在一起，叽叽喳喳地议论说："老天哪，啥样的找不来？啥样的不能找？偏偏就去了他家？！""原想着，是云彩眼儿里的命，不知有多高势呢，谁知道，一头栽到了粪池里！""中邪了，这八成是中了邪了！等着瞧吧，要不了三天，一准得跑回去！""可不，汉香是啥人？那是个贵气人，从小在蜜糖罐儿里泡大的，一点屈没受过。那过的是啥日子？这是啥日子……""这闺女呀，真是看不透啊！咋就咋了呢？那国豆能依她？！……""跑是一定要跑的，我要是看不透，把我的眼珠挖出来当尿泡踩！""啥人家呀，一窝光棍，一窝虱！她咋就相中了呢？！"

不久之后，女人们终于打听到了支书的态度。在一次村里的干部会上，当有人提到汉香的时候，支书刘国豆黑着脸咬着牙，一字一顿地说："别提她！她不是我闺女。我没有这样的闺女！从今往后，我跟她断亲了！"

是呀，在上梁，在方圆百里的乡村，刘汉香破了一个例：没有嫁妆，没有聘礼，没有娘家人的陪同，甚至没有男人的认可（男人还在部队当兵呢），她就这么一个人住到婆家去了！

图的什么呢？

三、字门儿与字背儿

那不过是一个字。

刘汉香正是被那个字迷住了。

乡人说，那是个叫人悬心的字，那个字是蒙了"盖头"的。用乡人的土话说，那像是"布袋买毛"，又叫"隔皮断货"。在乡下，"布袋买毛"是日哄人的意思；"隔皮断货"就有点哈乎了，那惟一凭借的，就是信誉和精神，这里边埋着的是一个"痴"。如若不"痴"，人总要想一想的。是啊，千年万年，"心"一旦被网进了那个字里，必然是上不着天下不着地……所以，人们说，她是读书读"瞎"了，那字儿是很毁人的。

刘汉香是决绝的。由于那个字，刘汉香听不进任何人的劝告。

在这个村子里，只有刘汉香是没受过委屈的人。她生下来的时候，国豆已经是支书了。支书的女儿，在一个相对优越的环境中长大，她的心性是很骄傲的，再加上她读了十年的书，正是这些书本使她成了一个敢于铤而走险的人。

大白桃心疼闺女，大白桃为她哭了两天三夜。大白桃说，闺女呀，你还小，你还不晓得这人间世事。日子就是日子，日子长着呢，不是凭你心想的。再等两年不行吗？你就不能再等等，再看看？等他在军队上提了干，你再过去，这多好呢。刘汉香说，不行。我现在就得过去。人是他的了，心也是他的了，看他家那个样儿，我就得现在过去。大白桃说，那是啥样的人家，你吃得了那苦吗？刘汉香说，苦是人吃的，他家的人吃得，我为什么吃不得？大白桃说，闺女呀，百样都随你，就这一样，你再想想吧。你从小没受过一点屈，他家五根棍，一进门都要你来侍候，你是图个啥呢？！她说，我愿意。我心甘情愿。这时候，支书刘国豆说话了。他说，你想好了？她说，想好了。他说，非要过去？她说，嗯。国豆说，出了这个门，你就不是我的闺女了。她沉默了一会儿，说不是就不是吧。刘国豆怔了一下，说你再想想。有三条路你可以选：一条，县里、乡上的干部，只要是年轻的，你随意挑，不管挑上谁，我都同意。二条，你姨夫说了，在城里给你找个工作，你先干上几年，把户口转了，往下，你想怎样就怎样。三条，你如果认准那狗日的了，我也依你，等他转了干，熬上了营职，你跟他随军去，我眼不见心不烦……刘汉香说，路是人走的。是坑我跳，是河我蹚。我这辈子，就认定他了！刘国豆咬着牙说，我再说一遍，出了这个门，你就不是我闺女了，咱就断亲了！

汉香默默地说，断就断吧。

国豆家的"国豆"，上梁一枝花，就这样白白地插在那泡"牛粪"上了！

在婆家，刘汉香的日子是蹲在灶火里拍"饼子"开始的。一个高中生，在乡下就是"知识分子"了，读了十年书，也就读成了那么一个字，这一个字使她成了蹲在鏊子前拍饼子的女人。

那时，在平原的乡下，有一种粗粮做成的食品，叫"黑面饼子"。这"黑面饼子"是由红薯干面加少许玉米面在火鏊子上拍出来的。这种两掺的杂合面，先是要用水在盆里搅和成杂面块，而后一小团儿一小团儿地托在手上，拍成饼状，翻手贴在烧红的鏊子上炕，炕一会儿翻翻，一直到翻熟为止。拍饼子是要技巧的，鏊子要热，手要快，一眼看不到，那饼子就冒黑烟了！刘汉香学着拍饼子的那天早晨，她一大早就起来烧火，蹲在那里拍了整整一个早晨，待小半盆面拍完的时候，却发现她拍出来的饼子已是"场光地净"了！那最后一块饼子也已被快手老五抢去，咬了一个月牙形的小口……家里早就没有细粮可吃了，老少五根棍，一群嘴呀！

刘汉香在烟熏火燎的鏊子前蹲着，两手湿漉漉的，指头肚儿上竟还烫了俩燎泡！脸上呢，是一道一道的黑灰，她有点诧异地望着这些"嘴们"……这时候，老五把咬过一个月牙儿的饼子从嘴上拿下来，讪讪地说："嫂，你吃？"

刘汉香默默地笑了笑，说："你吃。你吃吧。"

不料，一会儿工夫，咕咕咚咚的，院子里就打起来了。

在院子里，先是狗蛋剜了孬蛋一眼，孬蛋说："看啥看？我又没问咱嫂要糖。"狗蛋瞪着他说："鸡巴孩，俩眼乒叉乒叉，咋不馋死你呢？！"说着，上去就踹了孬蛋一脚！孬蛋骨碌碌地打了几个滚儿，一个狗吃屎趴在了地上……谁知，这厢铁蛋也恼了，他兜手给了狗蛋一耳光！恨恨地说："你不馋？！嘴张得小庙样，烙一个你吃一个……"铁蛋这一耳光打下去，顿时，狗蛋的鼻子出血了，他伸手抹了把脸，见血糊糊的，回过头就跟铁蛋抱着打成了一团！这时候，孬蛋从地上爬起来，跺着脚，嗷嗷地哭喊道："我才吃八个，狗，狗吃了十二个？那鳖孙吃了十二个？！……"就这么喊着，他冲过来，一头抵在了狗蛋的后腰上！这边，狗蛋正跟铁蛋头抵头打架呢，身后又被孬蛋重撞这么一下，一时火起，高喊着："刀，给我拿刀！瓜蛋，刀啊，我跟他拼了！"瓜蛋胆小，先是在一旁缩着，听到狗蛋叫他（平日里，狗蛋跟他近些），就凑凑地上前去，拉拉这个，拽拽那个，忙乱中又不知被谁踢了一脚……于是，一家人在院子里滚来滚去，顷刻间打成了一锅米饭！

听院里乱糟糟的，一片响声！刘汉香围裙一解，赶忙从灶屋里走出来了。她一下子就愣住了，满脸的讶然！院子里，洗脸用的水盆已被踢翻了；鸡们飞到了树上；一只鞋摔在了猪圈的墙头，蛋儿们哭着、喊着、骂着，在地上滚来滚去，你拖着我、我揪着你，一个个泥母猪样，扭成了一团麻花！……刘汉香呆呆地站在那里，一时不知该说什么才好。片刻，她轻声，叹叹的，也仿佛自言自语地说："……也不怕人笑话吗？"

也就这么一句，只一句，蛋儿们都停住了手。他们躺的躺，坐的坐，歪的歪……一个个大蛤蟆样，仍是忿忿的，呼哧呼哧地喘着粗气。

刘汉香站在院子里，又气又可怜他们。她望着破衣烂衫的蛋儿们，叹了一声，默默地说："……怪我，这都怪我。是我没把饭做好。都是长身体的时候，亏了你们了。要是还有气，就来打我吧。"

蛋儿们一下子就蔫了。知道亏了理，一个个像勾头大麦似的，谁也不说话。铁蛋臊臊地从地上爬起来，勾着头想往外溜……突然之间，老姑夫从屋檐下蹿出来了！在蛋儿们打架的时候，他塌蒙着眼，一声不吭地在那儿蹲着。这会儿，不知怎的就长了气力，手里掂着一把锈了的老镰，忽一下堵在了院门口，喝道："狗日的，反了不成？哪个敢动，我裁他狗日的腿！给你嫂认个错！"

一时，蛋儿们都哑了，有好大一会儿，谁也不说什么。还是那老五，他最小，脸皮也厚些。他首先开了口，老五带着哭腔说："嫂，我错了。我，我……再也不吃那么多了。"

老四舔着嘴唇，羞羞地说："嫂，忙到这会儿，你还没吃饭呢。"

见老四这样说，狗蛋也跟着说："嫂，错了。俺错了。"

铁蛋不吭，铁蛋勾着头，就那么闷闷地在院门口死站着……

刘汉香听了，心里一酸，说："是我错了。正长身体的时候，吃还是要吃饱。别管了，我会想办法。算了，都上学去吧。"

刘汉香的话，就像是大赦，蛋儿们从地上爬起来，一个个灰溜溜地逃出去了。

刘汉香仍站在那里，心里却乱麻麻的。按说，到婆家来，她本是有思想准备的。她觉得，只要有那个字垫底，她是不怕吃苦的。可她没有想到的是，突然之间，稀里糊涂的，她就成了一家之"主"了！这一家人的柴米油盐，这一家的吃穿花用，都是要她来考虑的。顿时，仿佛一个天都压在了她的头上，很沉哪！

老姑夫怀里抱着那把老镰，袖手站在那里，长长地叹了一声，喃喃地说："他嫂，让你受屈了。"

刘汉香就说："爹，我没事，你忙去吧。"

于是，刘汉香返身回到灶屋，又悄悄地和了一大盆红薯干面，独自一人继续拍饼子。那鏊子火，一会儿凉了，一会儿又过热了，加了柴，又忘了放饼，放上饼，又忘了添火，手要是贴鏊子近一些，"滋"的一下就把手烫了，总是弄得她手忙脚乱的，常常是一眼看不到，就冒起黑烟来了！就这么拍着拍着，她忍不住掉泪了，一脸的泪，吧嗒、吧嗒往鏊子上掉。她就那么哭着、拍着、拍着、哭着……她心里一边委屈着，还一个劲地骂自己，说你真笨哪，你难道连顿饭都做不好吗？

谁料，到了快吃晚饭的时候，老五满头大汗地跑回来了。这孩儿，鼻涕流到了嘴上，满脸的喜色，竟然用表功的语气说："嫂，有好吃的了！"刘汉香开初没听明白，就笑着说："这孩儿，鼻子真尖哪！"这时，只见老五把窝在怀里的布衫往外那么一展，像变戏法似的，笑嘻嘻地说："你看！"

——只见怀里边鼓鼓囊囊地包着六块热腾腾的烤红薯！

刘汉香看了，脸色慢慢就沉下来，仍轻声问："小弟，哪儿来的？"几个蛋儿也都把眼逼上去："偷人家的吧？！"老五忙说："不是。——小拇指头顶锅排！"这是一句乡间的咒语，也是誓言。可蛋儿们还是不信，又追着问："说，哪儿弄的？！"老五说："换的，我用'上海'换的。"铁蛋喝道："胡日白，你哪儿就'上海'了？！看我不捶你！"老五说："真的，真的。我要诓你——小拇指头顶锅排！"刘汉香摸了摸他的头，说："小弟，你给我说实话，烤红薯从哪儿弄的？"老五眨了眨眼，数着手指头说："你看吧，我先是用五张糖纸，玻璃糖纸，'上海'的，跟小福子换了十二个弹蛋吧。又用十二个弹蛋跟二锤换了一盒'哈德门'吧。二锤他爹是卖肉的，他家有的是烟。这包烟，我拿给了窑上的老徐，老徐烟瘾大，馋烟。他那儿有一堆红薯，就跟烧窑的老徐换成了烤红薯……"待说完了，众人都怔怔地望着他。谁也想不到，一个小小的人儿，就这么倒腾来倒腾去，把热乎乎的烤红薯倒腾回来了。刘汉香叹了口气,说:"小弟,以后不要这样了,好好上学吧。"老五就说:"嫂,我听你的。"

当晚,刘汉香把她拍的一大摞子红薯面饼子全都端出来,放在了锅排上,对蛋儿们说:"吃吧,敞开肚子吃,别饿着了。"

这顿晚饭,蛋儿们倒是吃得规矩了,一个个斯斯文文的,你拿过了我才去拿,也不再抢呀夺啦。吃完饭后,一个个又悄悄地溜出去了。老四瓜蛋心细些,见刘汉香没有吃,就悄没声地走进灶房说:"嫂啊,你还没吃哪。"

刘汉香看了他一眼,心里一酸,感激地说:"好小弟,我吃过了。"

就这么一个"好",把老四的脸一下子就说红了,飞红。这孩儿,他扭头就跑了。

可是,日子长着呢,日子总要一天天过的。刘汉香着实有些发愁了。她想,老这样下去,也不是办法呀!就这么,过门没有多少日子,她很快就瘦下来了。那瘦是眼看得见的,先前脸上那晕红,原是瓷瓷亮亮的;这会儿,先先就淡了许多,白还是白,就是苍了些,只衬得眼大。没有油水的日子是很寡的,就那么顿顿红薯馍红薯汤的,涮来涮去,就把肠子涮薄了。刘汉香进门时还是带了些"体己钱"的,可打不住一日日往里贴,没有多久就贴得差不多了。她每每出得门去,就有人说:"汉香,你瘦了。"她就笑着说:"瘦吗?不瘦啊。"可她心里想,这样下去,终究不是办法。她总得把一个家撑起来才是。无论如何,她必须得把这个家撑起来。她既然来了,就没有再回去的道理。她要让人看看,她刘汉香是可以把一个家撑起来的!

种上麦的时候,有一天,刘汉香到村里的小学校去了。她找了校长,校长姓马,原是城里人,当过右派,也曾是她的老师,由于近视,人称"马眼镜"。她说:"马老师,我能来学校代课吗?"马校长透着那缠了腿儿的眼镜贴近了看,说:"汉香?是汉香。你想当民办教师?"刘汉香说:"一月不是有十二块钱吗?"马校长说:"那是,那倒是。"刘汉香说:"我能来吗?"马校长迟疑了片刻,说:"来是能来,高年级正缺人呢。不过,得让你爹说句话。"刘汉香问:"不说不行吗?"马校长愣了一会儿，说："我头皮老薄呀。还是让支书说句话吧。"刘汉香再没说什么，她站起身，默默地走出去了。马校长从屋里追出来，喊道："汉香，别太拗了。让你爹说句话，他总是你爹呀。"

走出学校门，刘汉香心里闷闷的。她想，我不能求他，说破大天来，我也不能上门去求他！他已经不认我这个闺女了，我干吗要求他？！可走着走着，她的主意又变了。她觉得她不能再这样任性了，她已经不是一个人了，她要支撑一个家呢。再说，村里本就没有几个高中生，她为什么不能当民办教师？这是正当的要求。于是，转念一想，她不由得吞声笑了。就这样，她踅回婆家，用蓝格汗巾兜了三个鸡蛋（那是鸡新下的），气昂昂地到大队部去了。

进了大队部，刘汉香把兜来的鸡蛋往桌上一放，故意说："支书，我给你送礼来了。"这一声"支书"把刘国豆给喊愣了，他抬起头，吃吃怔怔地望着她，那可是他的亲闺女呀！片刻，他蓦地扭过头去，一句话也不说，一口一口地吸烟。刘汉香说："咋，你嫌礼薄？"刘国豆重重地"哼"了一声，仍是什么也不说。刘汉香说："马校长说了，按条件，我可以当民办教师，就等你一句话了。"刘国豆突然说："我知道你会来找我的。你别找我，你不是我闺女！"刘汉香说："我不是来当你闺女的，我是来当民办教师的。"刘国豆气呼呼地说："你，该找谁找谁去！"这时，屋里突然就静了。过了一会儿，刘汉香轻声默默地说："你是支书，你不愿就算了。"说着，她扭身走出去了。刘国豆抬起头，恨恨地望着女儿，牙咬了再咬，说："你，你！……把你的鸡蛋兜走！"刘汉香步子松了一下，却没有停，仍是往外走着。这时候，刘国豆心里一湿，女儿瘦了，女儿瘦多了！那毕竟是自己的亲生女儿呀……这想着，他赶忙伸脚去找鞋，一时心急，没找到，就趴在桌上喊着说："你，你你你……把鸡蛋兜走，你不是我闺女！"

夜深的时候，刘汉香来到了那片槐树林里。那曾是她和他共同铸造那个字的地方。字是铸下了，在很多的时间里，她仅是看到了字的正面；现在，她终于看到字的背面了……夜静静的，风像刀子一样，一凛一凛地割人的脸。地上，那黄了的树叶一焦一焦地炸着，每走一步都很瘆人！天空中，繁星闪烁。远处，也只有远处，天光是亮的。那天光发亮的地方，就是他在的地方吗？这会儿，他在干些什么呢？想你……她心里说，你哭吧。这会儿没人，你哭哭就好些了。她站在那里，默默地淌了一会儿眼泪，而后对自己说，你现在什么也没有，你只有那个字，你已经读到了字的背面……你害怕吗？片刻，她在心里摇了摇头，仍是自己对自己说，有那个字就足够了。你还要什么呢？

突然间，林子里有了窸窸窣窣的声响。那声响吓了她一跳！她回过头来，失声问："谁？！"

慢慢地，林子里一黑，一黑，人影就现了。是四个蛋儿。四个蛋儿，一个个手里掂着棍子，像堵墙似的，齐齐地站在那里。刘汉香心里一热，快步走上前去，摸了摸老五的头，说："回吧，咱回。"

回到家，只见老姑夫像驴一样，正围着一个人在院子里转圈呢。他半仰着脸，围着那人转一圈就说："好人哪。马眼镜，你可是个大好人！"马校长却说："汉香呢？汉香咋还没回来？"老姑夫说："快了，就快回来了。大好人哪！老马。娃子们都得你的济了，识那些个字，摞起来，比烙馍卷子还厚呢……"说话间，他乍一回头，拍着腿说："回来了，回来了，你看，这不回来了嘛。"这时候，马校长扶了扶眼镜，把腰挺直，说："汉香啊，我已经等你多时了。"刘汉香说："马老师，你怎么来了？"马校长说："我是给你报信儿来了。"刘汉香一喜，说："啥信儿？有信吗？"马校长就说："我好话说了一大箩！村里总算吐口了。这不，支书发话了，你明天就去上课吧。"这时，刘汉香沉默了一会儿，突然说："我不去了。"马校长怔了怔说："汉香啊，一月十二块钱哪。干够三年，一旦转了正，就是三十八了！"刘汉香说："我知道。可我不去了。"这时候，马校长说："汉香啊，听我一句话，你就低低头吧。那是你爹呀！"

可是，刘汉香却决绝地说："我不去了。"

四、手是苦的，心是甜的

刘汉香变了。

变得人们认不出来了。

人们说，她的手能是捉虱的手吗？可有人亲眼看见，在河上洗衣裳的时候（自然是蛋儿们的衣裳），她在捉虱！在河上，她揉搓衣裳的时候，揉着揉着，就对着阳光捉起虱子来了，那指甲扁着指甲，一扣一扣，"咯嘣、咯嘣"地响，还笑呢，她竟然还笑？！那指甲，扣一下，"吞儿"就笑了。老天爷，上梁一枝花呀！早些年，干净的青菜儿样，那手，葱枝儿一般，走出来的时候，总是挎着书包，洋气气的，是一丁点儿土腥气都不想沾的，怎么就捉起虱子来了？！

还有，不知怎的，这人就平和了。往常，她人是很贵气的，见了谁，是不大说话的，就是说了，也是有一句没一句，爱答不理的。可是，自从她进了老姑夫家的门之后，人一下子就和气多了，凭见了谁，就笑笑的，也说家常，柴米油盐，还多用请教的语气。比如那鏊子的热凉，饼子的薄厚，蒸馍时用小曲还是大酵，都还是问的，还知道谢人，动不动就谢了，很"甜还"的。"甜还"自然是乡间的土话，那是一种长年在日子里浸泡之后的生活用语，是背着日头行路的一种人生感悟，是一种带有暖意的理解。人们说，咦，她怎么就知道"甜还"人呢？

还有，那眼神儿，就很迷离。看了什么的时候，泅泅的，有一种说不出来的锥样的爱抚。一个糙糙的石碾，有什么可看的？咦，她会看上一会儿，那神情切切的，还用手摸一下，似要摸出那凉中的热？也不知道想什么，就去摸上一摸，那凸凸凹凹的碾面，会开花吗？雀儿她也看，一只麻雀，在树上跳跳，那目光就追着，也没有飞多远，她就看了，看了还笑，不知怎么就笑了，那笑也是迷迷离离的，孩儿样的，吱吱怔怔的。还有雨滴，房檐上的雨滴。下雨的时候，就立在房檐下，看那雨滴。那雨滴很亮，在麦草条上一泡儿一泡儿地饱着，倏尔一短,很肥地一短,就垂垂地落下来了,在门前的铺石上砸出一个一个的小水臼儿。这有什么可看的呢?就看,专专注注地看,像是当画儿看了。院中的一株石榴,铁虬虬的,也没有开花呀,她也看,看那小芽儿,一缝儿一缝儿的小芽,贴近了去看,看了,脸上就诗化出一些笑意来,绵绵的。夕阳西下时,也常站在村口的大路上,看西天里的火烧云。那云儿,霞霞的,一瓦一瓦地卷出来,飘出狮样儿、牛样儿、马样儿、驴样儿,或是一阶一阶的海红,天梯样地走……这时候,人就迷离得厉害,像是魂儿被什么带走了似的。有时呢,走着走着,蓦地,就转过身来,好像有人跟着她似的,就好像有一个人一直在跟着她!转过身,自己就先笑了,那笑,是泅化出来的,没来由的,很不正常啊。常常,恍惚中,就又笑了,脉脉的,就像是有什么附了体。

　　只有一样是冷的,那是见了男人的时候。恁是怎样的男人,无论是戴眼镜的学校老师还是围了围巾的昔日同学,无论是公社的干部还是县上的什么人物,只要是主动凑上来跟她搭话的,那神情就很漠然。眼帘儿半掩着,眉头一蹙一蹙的,不看人,那眼里根本就没有人。仿佛是早就存了什么,很警觉,也很距离。要是怀了什么念头的,就这么看她一眼,你就会退上一步了。是啊,傲气倒是没有了,态度也很和蔼,淡淡的,平心静气的,但还是让你心凉,那和蔼里藏着拒人的凛意,似乎也没有说什么,但什么都说了。那个如今在县上供销社工作的铜锤,白白胖胖的,也算是半个城里人了,很体面的。就常穿着一身括括的新制服,嘎嘎响的皮鞋,骑辆新的"飞鸽"牌自行车,"日儿、日儿"地在她身边停住,凑凑地说:"汉香,进城吗?城里有新电影了,看吗?"刘汉香就会扭过头来说:"孬蛋,想不想看电影啊?"孬蛋说:"想啊,太想了!"刘汉香就对铜锤说:"好哇,我家孬蛋最好看电影了,你带他去吧。"铜锤愣了一会儿,傻了一会儿,也只好讪讪地说:"噢,噢。那那那,改日吧。"

　　这人一变,就与日子近了,像是融在了日子里。就见她在村里刮起了一股旋风,是女人的旋风。她可是读过书的人哪,怎的就这么下身呢?冬天里,就跟男人一样下河湾里割苇子,用一条破围巾包着头,领着那四个蛋儿，裤腿一挽，就下河了。河水很凉的，有时候冻住了，就带着一层冰碴子，那腿上被苇叶和冰碴割出了一道道的血口子，也不知道痛，就那么杀下身子，一镰一镰往前拱……割了，又一车一车地往家拉，一捆一捆地垛在院子里，把院子里堆得像苇山一样！有风来的时候，院子上空涌动着飞雪一样的芦花，那芦花随着天色变幻，时而羽红，时而米白，时而金黄，时而瓦灰，荡荡的，飞飞扬扬的，那苦苦淡淡的香气把日子撑得很满。

到底是上过学的，也会算小账了，一笔一笔的，门儿清。那时候正赶上"备战、备荒"什么的，有城里人下来收购苇席：丈席（一丈长，五尺宽的大席）编一领一块四毛，圈席（五尺长，三尺宽的小席）编一领六毛钱。刘汉香原不会编席，在一个点着油灯的夜晚，就拆了一条铺床席，请邻近的槐家女人做了点拨，一夜就学会了。而后从那天早上开始，就剥苇，破篾儿，碾篾儿，成了一个编苇席的女人了……开初时，还有人笑她，一个姑娘家，也像那些半老的女人一样，站在村街里的石磙上碾篾子，那两只脚站不住似的，晃晃悠悠地在石磙上动着，有时"呀呀"着就掉下来了，掉下来她还笑！看的人也笑，就像玩猴一样，说："哟，汉香也会赶石磙呀？"可慢慢地，就没人笑了，没人敢笑了。就从剥苇、破篾儿、碾篾儿、编席这一整套活儿下来，她第一张席（当然是丈席了）用了七天，第二张席用了四天，第三张席仅用了两天一夜（这是村里女人最快的速度了），第四张席仅用了一天一夜！这时候，那手已经不是手了，那手血糊糊的，一处一处都缠着破布条子；那腰是弹弓做的吗，弯下去的时候，就成响成响地贴在席面上……以后就好了，游刃有余了。那手，快得就像是游在水里的鱼儿，长长的篾条儿在她的手下成了翻动着的浪花，一赶一赶的，哗哗哗哗，就"浪"出一片来，女人们说，那真叫好看。这时，她竟一天编一领席，老天，还不耽误做饭、喂猪！于是，她一下子就从集上买了四个小猪崽，直直腰的时候，就"乐乐乐"地喂猪去了。有很多编席的女人都吆喝着腰疼啊、手疼呀、累呀。在她，却从未哼过一声。劳作时，那快乐就从眉儿眼儿里漫出来，诗盈盈的。编席的时候，那量席的丈杆就在她身边放着，一时量一量席的尺寸，是生怕错了；一时就用那丈杆去撵鸡，赶时猛，下手却又极轻，嘴里"噢哧、噢哧"的，赶是赶，却与那鸡很亲，甜昵昵的。有时候，编着编着，就小声哼唱着什么，总是两句两句地重复，就像是一丝儿一丝儿的甜意从喉咙里涌出来："让我们荡起双桨，小船儿推开波浪；让我们荡起双桨，小船儿推开波浪……"手是从不停的，手一直在动，篾条经经纬纬地在手下跳着，一片一片地织开去。在那些个漫长的冬夜里，每当蛋儿们揉着睡眼从耳房里跑出来撒尿的时候，总见墙面上印着一个灰灰的卧猫一样的人影儿，那就是刘汉香：伴着一盏小小的油灯，在堂屋的地上，她还趴在那儿编席呢。数九寒天，门外风哨着，多冷啊！一更，二更，三更……

狗蛋说，嫂，睡吧。

她说，睡。

瓜蛋说，嫂啊，睡吧。你睡吧。

她抬抬头说，就睡。

橐橐橐，铁蛋披衣从外边跑回来，哆哆嗦嗦地立在那里，久立，也不说话……

刘汉香抬抬头，就说，快睡去吧，别冻着了。没多少了。

孬蛋光肚肚儿的，披一棉袄，往刘汉香跟前一蹲，打一个尿颤儿说，嫂，嫂，四更了，都快四更了！

刘汉香就说，完了完了，就剩个角了。

仅一个冬天，刘汉香那葱枝一般的手就冻得不成样子了。那手先是肿，一节一节地肿，而后是烂，手背上一处一处地长出了冻疮，再加上篾条的刺儿一次次地挂持、碰扎的，那手啊，再伸出来的时候，就肿成了两只气肚儿蛤蟆了！有一次，在村街上，大白桃迎面碰上了扛着一捆新席的刘汉香。她一见女儿就掉泪了，泪哗哗地就下来了，说汉香啊，你咋成了这样了？！刘汉香却笑着说，我没啥呀。娘，我挺好的。大白桃说你好个屁！你这是糟践自己呢。刘汉香说，真的，我没事，好着呢。大白桃说，看看你那手，肿成啥了？我的傻闺女呀，你没看看，你那还叫手吗？！刘汉香说，这也没啥。三婶说，用花椒水泡泡就好了。大白桃长长地叹了一声，流着泪走了。

赶着，赶着，眼看就是年关了。到了年二十六那天，等第二笔编席的钱结了，刘汉香借了辆自行车就到县城里去了。一直到天昏黑的时候，才从城里赶回来。车上驮着一袋白面、四块草绿布、一块黑布；车把上还坠坠地挂着一个篮子，篮子里放的是一大块猪肉、几副对联和两挂三千头的火鞭……这是她置办的年货。蛋儿们齐伙迎上去，接的接，拿的拿，说："嫂啊，你可回来了！"刘汉香哈着手，裹一身的寒气，就从随身挎着的兜子里拿出来五个夹了牛肉的火烧，说："吃吧，先给爹拿去，一人一个。"自然，还有糖，是一包螺丝糖，没包糖纸的那种，便宜的，就给了孬蛋。他最小嘛。

第二天，刘汉香匆匆走过村街，当她走到支书家门前的时候，竟不由得迟疑了一下，踌踌躇躇的，像有些迈不动步了。恰恰，门"吱呀"一声开了，大白桃从门里走出来。大白桃看见闺女，泪忽地就下来了，哽咽说："闺女呀，你还知道回来？回来吧。"刘汉香站在那里，迟疑着说："娘……我想借借你家的缝纫机。"大白桃哭了，她擦了一把泪说："闺女，这叫啥话？！回来做吧，拿回来做。"刘汉香眼一红，摇了摇头，说："娘啊，你要借，我就让人来抬，用完再给你送回来。要是不借，我……去借国胜家的，国胜家也有一台。"大白桃叹了一声，说："闺女呀，你就不进这个门了？……抬吧，抬。"

于是，刘汉香回到婆家，对蛋儿们说："去吧，你们谁去都行。去支书家，把缝纫机抬回来咱用用。"可蛋儿们听了，面面相觑，一个个迟疑着，都有些怕。刘汉香就说："别怕，放胆去抬。我都说好了。记住，进了门，要是有一个人给你们脸色看，放下就走！咱不用他的。"话说到了这份儿上，蛋儿们就大着胆去了。当蛋儿们进门的时候，支书国豆是黑着脸的，可他一句话也没有说。大白桃倒是和颜悦色地说："抬吧，在里边呢。"可是，她还是忍不住骂了一句："你爹那个老王八蛋，不知哪辈子烧了高香了！"

就这样，三天三夜，刘汉香自己剪，自己裁，自己缝，那"咔咔咔咔……"的机器声一响就是一夜！紧赶慢赶的，就到了年三十的晚上了。大年三十，是一个熬岁之夜，到了夜半时分，瑞雪纷纷，外边的爆竹响了，一片一片地炸。孬蛋就说："嫂，人家都放了。咱也放一挂？"刘汉香仍在缝纫机上坐着，"咔咔咔……"赶活儿，就抬抬头说："放一挂吧。"于是，几个蛋儿就跑到门外，兴冲冲地放了一挂，那是三千头的，响的时间真长啊！放过了炮仗，就听刘汉香在屋里叫了："回来，都回来。"待蛋儿们跑回屋的时候，刘汉香刚刚咬去了最后一个线头……她喘了口气，抬起头说："来，一人一身，穿上试试。"

给老姑夫做的那身是黑的，黑斜纹布，制服样式。爹已睡了，就给他放在了床头上。四个蛋儿，全是军绿色，是仿了军装样式的，还是四个兜的"官服"。蛋儿们一个个都穿上试了，都说合身。但刘汉香一个个看了，就觉得铁蛋穿的那件短了点儿，就说："铁蛋，你这件瘦了，脱下来，我再改改。"铁蛋是从不轻易说话的，这次却说："行了，嫂，我看行。"刘汉香就虎着脸说："脱下来。出门让人见了，丢我的脸！"于是，铁蛋再没二话，就乖乖地脱下来了……

大年初一的早上，蛋儿们起床时，就见枕头边上放着各自的新衣裳。待一个个穿上后，老五突然就"咦"了一声，一掏兜，竟还有"压岁钱"！于是就各自看了，钱是新崭崭的，一毛一张的，每个人十张。进了灶间，见饺子已经下熟了，肉馅的饺子，一碗一碗盛在那里……在放饺子的锅台上，还压着一张纸条，纸条上写着：我睡了。不要叫我。

这时候，老姑夫竟也换了新制服，头已剃过了，陡然就精神了许多。他正蹲在灶旁烧火呢，他一边续着柴火，一边压低声音说："你嫂三天没合眼了。吃了饭，都给我滚出去玩。谁敢咋呼一声，我裁他狗日的腿！"

蛋儿们很听话，吃了饭，就跑到街上去了，一个个穿得新括括的，排着走，就像是一支军绿色的小队。也是平生第一次，各自手里都有了一块钱！于是，就把那新崭崭的票子从兜里掏出来，在代销点里买了小挂的鞭炮，一路放着……那个美！有人见了，说："哟，看一个个屌的，都是新衣裳啊？！"老五就洋洋得意地说："我嫂、我嫂做的！

咔咔咔咔,砸了一夜!"

到了初二,按平原上的规矩,是该走亲戚的时候了。这个"亲戚"是有所指的,主要是指女方的娘家。早上,老姑夫已备好了两匣点心。那点心是新买的,就在桌上放着。这时候,刘汉香已足足地睡了一天一夜,头还是有些晕,昏沉沉的,可她还是挣扎着起来了。老姑夫就小心翼翼地对她说:"他嫂,回去吧,回去看看。"刘汉香朝桌上瞥了一眼,淡淡地说:"不去。"老姑夫说:"他嫂,这是礼数呀。咱穷是穷,礼数不能少哇。"刘汉香沉默了一会儿,仍固执地说:"还是不去吧。人家也不缺这一口。"老姑夫张了张嘴,看了看她,就说:"这样吧,他嫂,你要是真不想去,就让蛋儿们去吧?"此时,老五自告奋勇地说:"我去,我去!"终于,刘汉香迟疑了一下,说:"爹既然说了,去也行。孬蛋,要是不收,你就掂回来。"可老姑夫仍用征询的口气说:"他嫂,叫我说,要不,都去吧?蛋儿们都去。咋说……这,这也算是该的。去给那、那……支书拜个年。"见刘汉香没再说什么,这就算是默认了。老姑夫就吩咐说:"去吧。记住,可不能要人家的东西。"走的时候,刘汉香再一次交代说:"记住,要是不收,就给我掂回来!"

于是,四个蛋儿,由老五提着那两匣点心,就到支书家去了。到了支书家门前,不知怎的,蛋儿们竟有些怵,你推我我搡你,谁也不愿头一个进。最后,还是老五被推到了前边,老五小声说:"这是咱嫂家,这可是咱嫂家呀。怕啥?"说着,就被蛋儿们推进门去了。一进院子,老五就把手里的点心匣子高高地举起来,说:"白、白、白矜子,俺、俺、俺……拜年来了!"大白桃闻声走出来,一看,先是怔了一下,就笑着说:"呀呀,这孩儿,这群孩儿,花花眼,都长成大小伙了……上屋吧,快上屋吧。"一时,四个蛋儿扭扭捏捏地走进了堂屋。在堂屋里,就见支书刘国豆铁着脸在椅子上坐着,翻了翻眼,仍是一句话也不说。大白桃把一个盛了糖果的盘子端出来,说:"吃糖吧,吃糖。"老五很馋的,可他看了支书的脸,也不敢拿了,径直放下了点心匣子,紧了眼,低着头,含含糊糊地说:"俺爹,还有,俺、俺俺嫂……叫俺来拜个年。"话虽说了,看支书的脸仍是黑风风的。蛋儿们见势不妙,就捅了捅老五,老五结结巴巴地说："那，那，那……走了，俺走了。"然而，就在这时，支书却黑着脸说："把点心提走！"此时此刻，四个蛋儿都愣住了，谁也不说什么，就像钉住了似的。过了一会儿，只见那老五慢慢地伸出手，大约是想取那点心，嫂已经吩咐过了，要是不要，就提回去……这时，大白桃突然发火了，大白桃说："谁说让提回去？凭啥让人提回去？这是闺女给我送的。你不要我要，放下，我收了！"说着，她狠狠地瞪了支书一眼，回过身，就泪眼模糊地笑着说："礼我收了，你们回去吧。"可是，她刚把话说完，就又说："等等……"说着，她从兜里掏出钱来，全是两块的，她数出四张，一人给了一张，说："拿着吧，大过年的，都兴。"四个蛋儿，却没一个人敢伸手。老五说："不要不要，俺不要。"大白桃说："敢？！这是我替我闺女给的，谁敢不要，我就让他把点心提回去！"

出了门，四个蛋儿大笑，一个个掏出钱来比，看谁的更新些。铁蛋命令说："拿回去，都交给咱嫂！"于是，走路也昂昂的，他们跟支书家成了"亲戚"了！

初四，"丁零零零……"院门口陡然响起了一串车铃声！那是邮局的人来了。于是，一家人都跑出来看。只听邮局的老秦喊一声："冯焕章，拿信！"老姑夫先是愣愣的，好一会儿才突然想起这是自己的大名，就说："噢，噢……是哩，我就是。"这时，老五眼疾手快，跑上去把信接住，看了看，兴奋地说："'三角章'！部队的，一定是俺哥的。"老姑夫立马就说："给你嫂！"于是老五就把信递给了站在门口的刘汉香，刘汉香脸微微地红了一下，把信接过来，撕了一看，里边装的是一张"五好战士"的奖状……刘汉香把那张奖状递过去，说："爹，是家昌的奖状，家昌评上'五好战士'了。"老姑夫不接，老姑夫说："噢，放着吧，你放着。"刘汉香就说："这是张奖状，还是贴到堂屋吧。"老姑夫却执意说："孬蛋儿，去，拿到你嫂那屋！"

于是，刘汉香住的那半间房里，就有了一张写有"冯家昌"名字的奖状。夜里，独自一人的时候，就着一盏油灯，刘汉香就捧着那张奖状细细地看，看了一遍又一遍，那名字、那部队的番号，是她多次用手抚摸过的,那就像是她心爱人的脸!有时候,她还把那奖状揣在怀里,就那么一夜一夜地揣着睡去了,等醒来的时候,再接着看;有时候,她把嘴贴上去,去偷偷地亲那名字……突然有一天,她发现,在那奖状的背面,是有字的!那是用钢笔写上去的三个字:

——等着我

当她看到这三个字的时候,她"呀"了一声,又赶忙把嘴捂上……这一刻,她是多么幸福啊!在刘汉香眼里,有了这三个字,她什么都不怕了。那不仅仅是三个字,那是一片心,是一份挚爱,那……那就是她的整个世界!

五、嫂啊,嫂!

过了一个冬春……

又过了一个冬春,转眼间就是夏天了。

对一个人的尊重,是需要时光培育的。在那个夏天里,村人们对刘汉香的看法有了根本性的转变。人们都说,她"家常"了。在乡间,那"家常"并不是随便用的。日子就像是一驾负重的辕车,能驾得起"辕"的人,才会有这样一种大的常态;也是一种不要包装、没有架势的随和,这就是"家常"。那实在是一种透骨的称赞,是一种纯生活化的信任和褒扬,也是贴着日子的游刃有余。是啊,再没有人把她当做"洋学生"了,再没有人把她看做"国豆家的'国豆'"了。在人们眼里,她是一个勤劳、能干的媳妇,是一个能治家、持家的女人。她就快要成为"钢蛋家的"了!真的,在人们心里,她就算是"钢蛋家的",或是"他嫂"。这就是乡人的承认和尊重。那么,在人们的目光里,时常流露出来的就不再是鄙夷和惋惜,而是一丝丝的羡慕和钦佩,是由衷的看重。常常,当人们路过老姑夫家门前的时候,就有人感叹地说:"看看人家的院子！"

是啊，要是粗看，院子还是昔日的院子，只不过是爽利些罢了，但要是细访访，你就会发现，这院里有一种幻化出来的东西，有一种滋滋润润的鲜活，有一种生发在阳光里的昂然、祥和与葳蕤。到处都诗冉冉的，就像旧有的时光在一天天新。不是吗？院子是扫过的，也洒了些水，没有坑坑洼洼的地方，看那地面，是那么一种很光很润的新湿，干净也是角角落落都顾到的干净；柴火就偏垛在一个墙角，一根一根地码在那里，码得很整齐；取时也很有规律，从一个小角儿开，一捆一捆的，一点也不乱；喂鸡的瓦盆也不像往日那样，就摆在院子的中央，而是放在紧贴着猪圈的一小块地方，一碗清水，一个小瓦盆，也都干干净净的，是每天要刷的，没有污迹；院墙的豁口是用"麻扎泥"补过的，削得很整齐，与旧墙很贴；正面的房墙上，新钉了一排木橛，门东挂的是锄樰、套绳、老镰、桑叉；门西挂的是辣椒、辫蒜、粗箩和切红薯片的擦刀……一样一样，都清清爽爽。院子的中央，是一个新搭的丝瓜棚架，瓜秧儿枝枝蔓蔓地爬开去，遮出了一方阴凉；棚架下，有一旧磨盘砌成的石桌，也是用清水刷出来的，很洁净；桌下，还摆着几个木制的小方凳。靠西的一边，扯着一根长长的晾衣绳，也常有洗的衣裳挂出来，在阳光下晃着，小风吹来，那日子就显得密匝匝的，既清爽又厚实。无论谁看了，都知道，这里藏着一双女人的手。

在灶屋里，刘汉香不懂的，该问就问，该学就学。她也时常跑到穗儿奶奶那里，请教擀烙馍的技艺；去广胜媳妇家，看她做三合面（豆面、高粱面、红薯面）的烫面饺子；去贵田家，学做切面；木匠家女人会做菜合子，就也去瞅瞅……这样一来，老姑夫家的饭食，一日日就有了花样了。春天里，就让蛋儿们去树上摘些槐花，或是榆钱儿，先用水洗了，再用粗面拌了，上笼蒸一蒸，而后再浇上盐水泡出来的香椿末、蒜泥、辣椒面、大茴粉，蛋儿们都说好吃。夏日里，就去地里拔些茼蒿、马齿菜、荠荠菜什么的，在渠上就洗了，而后切碎，拌上粉条末，加些作料，用细面一层层裹了，一"龙"一"龙"地盘在屉上，再上火一蒸，这就做成了"菜蟒"。蛋儿们馋得很，竟一人吃一"龙"！入了秋,玉米下来了,豆子下来了,有时也会分少许的芝麻,那一点点芝麻是不够榨油的,或是就在那玉米面饼子上撒些芝麻,做成了焦酥的;或是用小擀杖擀一擀,做成芝麻盐,吃面条的时候,撒上一些,很香啊！那豆子,或是泡些豆芽,拌了夹着吃;或是就做了酱豆,酱豆就大葱,卷着吃,或是去豆腐家,就换上二斤豆腐,上油煎了,加上白菜瓠瓜,做成大锅的烩菜,多泼些辣子,一人盛上一大碗,就着焦黄的窝头,吃得汗淋淋的,美！那时候,村里整年不分一回油,肠子里太寡了！过上一段,刘汉香就去镇上,托人割二斤猪膘肉,在锅里熬成猪油,倒在一个瓦盆里窨着,每每就铲上一点放在锅里,油花子就四起了。蛋儿们太馋的时候,就做一回"水油馍"。那"水油馍"就是把头天剩下的干烙馍丢在水盆里湿一湿,而后放在火鏊子上,趁热抹上猪油,撒上盐末,然后两张、两张地扣在一起,再一折一折地叠起来,在鏊子上炕热了,随后再用刀切成一截一截的,分给蛋儿们吃。那吃了"水油馍"的老五,就时常对人说:闻闻,一嘴油。净油儿！一进冬天,菜就不多了,多的是红薯、萝卜。那红薯,烤的、烧的、蒸的、煮的,也都吃了;那红薯面的汤,也都喝得够够的了,屁也多。为做这红薯面,刘汉香就想出了一个办法,她先是把那红薯面炒熟了,半糊不焦的,用滚水一浇,就做成了香甜可口的炒面。按说,这并不稀罕,都会做的。稀罕的是,她搁了"糖精"！那时候,知道"糖精"的人还很少,她这么一放"糖精",神了,那就甜得了不得了！那老五是个"喷壶",爱吹。每当老五把炒面端出来的时候,就用筷子挑那么一点,让村里的孩子排着队尝,说:"尝尝,俺嫂做的,比点心还甜呢,都尝尝！"尝了,都觉得甜,真甜哪！于是,孩子们就有了一句顺口溜,每日里在村街喊:甜,甜,甜死驴屄不要钱！……于是,村里人就纷纷拥上门来,从刘汉香那里讨上芝麻粒儿那么大的一点点儿"糖精",去做那"甜死驴屄不要钱"的炒面！

突然有一天,刘汉香忽发奇想,就用一个废了的压井筒子,拿到县上农机站的姨夫那里焊了个盖儿,而后再钻上一个个细细的漏眼儿,固定在一个长凳上,试了几次,咦,就做成了一个专轧红薯面窝头的机器！蒸出来的红薯面窝头，往这机器里一按，两人推着杆子一丝一丝地往下轧，乖乖，那筋筋道道、长长条条的"黑驴面"（是乡人这样叫的）就从那漏孔里齐刷刷地轧出来了！那面，放在锅里一煮一漂，用筷子挑出来，拌上葱、姜、蒜、盐，浇些猪油，或是羊汤，辣子宽宽浓浓的，盛那么一大碗……"日他个姐，"汉子们说，"给碗'黑驴面'，拿命都不换！"于是，这家来借了，那家也来借，一村人都排着队去借那能轧"黑驴面"的机器。有时候，几家就争起来了……刘汉香就让老姑夫管着这事，一家一家地轮着使。一时，老姑夫就"兴"了，把身上穿的那件黑制服一掸再掸，就扛了那带着轧面机的长凳，一家一家地去巡回"表演"。

女人在日子里的能量是不可估量的。一旦她决意要做什么的时候，就会焕发出男人不可比拟的激情。再看看那些个蛋儿吧，当他们从家里走出来的时候，再不是破衣烂衫、鼻涕邋遢了。无论谁，出来一个都是整整齐齐的。纵是身上少了一个扣子，也是不让出门的。那老五本是个"鼻涕虫"，袖子上总是油哧麻花的，沾满了黑乎乎的鼻涕渣儿。这会儿，刘汉香就专门给他做了两个"袖头"，像城里人那样套在袖口上，一脏就换下来洗了。那身上背的书包，虽是碎布做的，也是一人一个花样，有的是绣出了一个"忠"字，有的就绣上了"为人民服务"，有的是"大海航行靠舵手"，有的就是"愚公移山"。那时，这在乡间是一种时髦，不是谁不谁都能做的，那几乎是一种城里人才配享有的"高级"了！

于是，这样的一个家，就有了"体面"了。在乡村，那"体面"实在是很要紧的，那就像是张在日子上空的一张篷布，或是一把遮挡毒日头的庇伞，它一日日过滤着蔑视和鄙夷，遮挡着那几乎可以淹人的唾沫星子，扯出了丝丝缕缕的暖人的温馨。人哪，就是这样的，每当老姑夫或是蛋儿们走出院子的时候，会十分突兀地看到一个点头，或是一个友好的"问询儿"，那一声"哼"就换成了"嗯"，或是"这狗日的——呀"，就那么一"呀"，就变了腔调，改换了情绪了，很暖人哪！这就有"脸"了，"脸"就是"精神"呀。乡人的"精神"在日子里弥漫着，那差异是一点点、一点点让人去品的……自然，这都是因了刘汉香的缘故。

　　这个夏天是刘汉香一生当中最快乐的一个夏天。刘汉香从来没有这样充实过。那日子真"满"，过得也真快呀！夏日天长，一早，"吃杯茶"叫的时候，刘汉香就领着蛋儿们到地里去了。这时天还未亮，启明星仍在天边闪烁，那麦田像墨海一样，一池一池地在微风中摇曳。地远，一坡一坡走，麦虽熟了，早秋还在长呢，田野像液化了似的，波动着深深浅浅的老黑，那黑是甜的，一流一流的涩涩生生的浆甜，是孕育中的那种甜。四个小男人，各夹着一把老镰，像卫队一样，随在刘汉香的后边。地里黑麻麻的，有时就喊一声，东边，西边的，竟也有人应！一说："——骡子！"一回："上套了！"就"嘎嘎嘎"地笑。有时，蛋儿们前前后后地跑着，一跟头一跟头的，时不时就喊："嫂啊，嫂……"一个个喊得极为顺口，喊得热辣辣的。刘汉香就甜甜地应着。真好啊，见蛋儿们是那样地尊敬她，刘汉香心里满当当的，那份快乐也是常人所无法想象的。

　　进了地，先割出一个扇面，而后就分了工，割的割，捆的捆，一气拱到地头……这时候，天色慢慢地解了，那黑漫散着，成了一流一流的瓦灰，天边渐渐会磨出一线红，金黄的麦田一块一块在眼前亮起来，镰声"嚓嚓"，那飘动的草帽像黄了的荷叶，一圆一圆地在麦浪中浮动！待再割回来，天就大亮了。这时，老五会说，嫂，歇一气？就歇一气。刘汉香就拿过那盛了烙馍的篮子，一人分两卷。那或是卷了黄瓜的，或是卷了蘸酱的辣葱，或是卷了腌制的香椿叶……再捧着瓦罐喝上一气水，这就算是先垫了饥。往下，割到大半晌的时候，刘汉香就先回了。这顿午饭是很要紧的，匆匆回了，先净手，而后和面、盘面、擀面、切面，再做出鸡蛋卤的浇头，切出黄瓜丝的拌菜，捣好蒜泥辣子……蛋儿们嘴宽，自然不能做少了，一锅一锅下，再用温水凉出来，让老姑夫用桶挑到地里，挑一趟不够，还要再挑上一趟，一人要三大碗呢！那时间是一气跟着一气，吃了刷了，到了下午，天一擦灰，就该往场里拉了，拉拉，再垛垛，天就昏黑了。到了晚上，人就乏了,那骨头就像酥了似的,浑身像是散了架,可刘汉香还是不能歇,也没有歇的时候啊。

上灯的时候,刘汉香就把从娘家借来的那台缝纫机抬出来了。就是这年夏天,刘汉香私下里接了一些乡人的活计,先是给人缝件汗衣,或是做件布衫,或是姑娘出门时的陪嫁什么的,可做着做着找的人就多了。那都是村里人当急用的,是限了时刻的。刘汉香就一件一件赶着做,两只脚在机器的踏板上"咔咔咔……"一直蹬。累了的时候,就趴在机器上眯一会儿,而后再接着缝,一直忙到后半夜。这当然是收钱的(那是油盐酱醋的钱,还有蛋儿们的学费什么的)。刘汉香不便收钱,就让老五去送,老五是什么话都可以说的。这虽然有一些"资本主义"的嫌疑,但都是村里人用的,是私下里一家一家接的,又都碍了支书的面子,也就睁一眼闭一眼了。

那日子"缝"得又密又紧,紧得让人喘不过气来。每天开了门,就有些杂六古董的事情冒出来。特别是那老五,真是个捣蛋货呀!今儿个,碎了学校一块玻璃;明儿,又把人家的铅笔刀用坏了;后天,则是红领巾被人偷去了,可不戴红领巾,老师就不让进教室!再不就是尿在了人家的白菜上……这都是些很碎的小事,也都是要刘汉香出面才能摆平的。于是就"突突突"一趟,"突突突"又一趟,该赔钱的赔人家钱,该道歉的就给人家道个歉……还有亲戚,还有礼节,也不能就此断了,该走的还要走,点心是定然要封两匣!刘汉香说,我既然来了,就不能像过去那样了。冯家的"出客人"现在成了馋嘴的老五,他倒是很"积极",次次都争着去。可刘汉香又老担他的心,临走的时候,给他穿好衣服,扣好扣子,再三地嘱咐。有一回,他走了有一顿饭的工夫,却又大模大样地回来了,两只手一手提着一包驴肉,说嫂,嫂啊,我给你割了二斤驴肉!可他话音没落,就有人追到家里来了,说他骗了人家!当着刘汉香的面,老五说,我没有骗你!你说说,我骗你了吗?那人有五十多岁了,独眼,人称"老独",是个卖驴肉的。"老独"一手掂着切刀,一手提着两匣点心,一蹦一蹦地吼着说,这狗日的,他两匣点心倒来倒去的,换我四斤驴肉,还让我给他包成两包，竟说没有骗我？！老五就还嘴说，这是你愿的呀！你要不愿，我能给你换吗？这点心是我串亲戚用的，你非要换，我就给你换了，还赖我……那卖驴肉的瞪着那只独眼，张着大嘴竟哭起来了：我日他娘啊，叫谁说说，两匣点心能换四斤驴肉吗？我，我……我是活让你这狗日的骗了！老五说，我骗你了？我咋骗你了？你想想，你当时是怎么说的？我是怎么说的？我在路上走得好好的，你说要驴肉不要，热的。这是你说的吧？我说，驴肉塞牙，我不吃驴肉。你说尝尝，我切一点你尝尝，香着呢……后来你就非要给我换，你拉着我不让走，非换不可。我说一斤换两斤，你非说两斤换一斤……"老独"结结巴巴地说，这这这，是是是呀，这话不假呀，可我……没翻过来劲呀，咋就说着说着，哎，两匣点心就换了四斤驴肉哪？！……听着听着，刘汉香忍不住就笑了，大笑！这么小的一个孩子，竟把一个五十多岁的人治住了。她笑过之后说，听话，把驴肉退给人家，好好串亲戚去吧。

然而，就是这个馋嘴的老五，刚从亲戚家回来，突然就躺在院子里打起滚来，一声声嚷着：疼啊，嫂，我疼啊，疼死我了！刘汉香赶忙跑上前去，把他抱在怀里，连声问："小弟，怎么了，你是怎么了？"他"哇"的一声就吐出来了，吐了刘汉香一身，一股子驴肉味！紧接着就是上吐下泻，整个人眼看着就蔫了……刘汉香也顾不得什么了，急忙把他送到乡里卫生院，乡卫生院的大夫也看不出究竟是什么毛病，给他打了一针，让赶快往县上送！于是就连夜赶到县城，病终于查出来了，是急性阑尾炎。人家开口要二百元的押金，不给钱不让进手术室。那时候二百块钱已不是小数目了，刘汉香情急无奈，先是把借来的自行车押在了那里，让大夫先给他动手术，而后四下里跑着去找同学借钱……钱借来了，手术也做了，刘汉香又整整在医院里守了他三天三夜，待他病好的时候，他的第一句就是："嫂，我闻到了一股驴肉味。"刘汉香忍不住就又笑了，笑了两眼泪，说："小弟，你差一点就没命了呀！"

那看病借的二百块钱，是刘汉香踏了一个夏天的缝纫机才慢慢还上的……

在那些个夏夜里，那四个蛋儿总是一人拉一张旧席，一拉溜地躺在院子里（过去他们不是这样的。过去他们喜欢拉张席去场里睡，场里人多，场也光啊），就躺在离刘汉香不远的地方。这里边自然有卫护的意思，也有依恋哪。那是一种心照不宣的依恋，也是扯心挂肺的守候啊。在这个家里，不知不觉地，女人成了男人的胆，成了男人的魂，成了男人们惟一的凭借。那"咔咔咔……"的机器声像催眠曲一样，伴着他们入睡。常常，睡着睡着，一睁眼就看见刘汉香了，看见了心里就分外踏实。有时，蛋儿们还会偷偷地流泪，特别是那老四，人腼腆的，睡着睡着，一睁眼就偷着看她，看了，竟泪哗哗的……也不知在想些什么。夜半时分，刘汉香也会起身给他们盖上单子，掖一掖被角，生怕他们受了凉。这时候，她心里就涌出很多的母性，很多的呵护和关爱，很甜很甜！尤其是，当蛋儿们在夜梦中一声声呢喃着什么的时候，仰望满天的星斗，刘汉香就觉得她无比的幸福！

是的，她听见了。纵是在梦中，蛋儿们仍在一声声地叫："……嫂啊，嫂。"她知道，那几乎是把她当做"母亲"来唤的，她就是他们的"嫂娘"啊！

还有，最让她心安的，是邮局老秦送来的东西……眨眼的工夫就五年了，在长达五年的时间里，每年岁尾的时候，老秦都会给她送来一封信，那信里装着一张"五好战士"的奖状。在奖状的背面，也总有那三个字：

——等着我

这三个字，在刘汉香心里，就是"前定"，就是命中的缘分，就是永生永世的……多好啊，刘汉香心里说，这有多好！

你想，一年一年的，秋来春去，有这三个字硬实实地垫着，心里满当当的，红霞满天，时间又算什么？那日子就像飞一样快！

可是，谁能想得到呢？有的时候，也不由你呀……

第四章

一、举起你的双手

他记住了那个公园的名字。

那个名字伴随着一股来自城市的气味。

那年的秋天,当冯家昌站在"金月季"花园门前的时候,陡然地闻到了一股淡淡的雪花膏味。那味含在空气里,一飘一飘地打入了他的记忆。这种雪花膏的气味不同寻常,那气味里包含着一种先天的优越感。它香而不腻,淡淡然然,飘一股幽幽雅雅的芝兰之气,很特别。在此后的日子里,他才知道了这种雪花膏的牌子,它产于上海,名叫"友谊"。

站在"友谊"的氛围里,他却有一种身入"雷区"里的感觉,身上的每一个毛孔都绷得很紧。这不仅仅是一种心理上的陌生,还有精神上的恐惧。他知道,这是一种"临战状态"。他在心里说,这就是战场。

是呀,在临来之前,他是做了充分准备的。为了不至于露怯,他还专门去买了一份城市交通图,就像研究战场一样,仔细在图上标出了那个公园的位置。但他还是走了一段弯路。城市的道路就像是一张织得很密的网,路口很多,灯柱是一模一样的,路口上的岗亭也是一模一样的,那经经纬纬让人很难分清。他先后倒了三次公共汽车,从三路转九路,而后再换四路,车上熙熙攘攘,人声嘈杂,售票员是一位中年妇女,她像将军一样挺着肚子,傲傲地立在车的前方,见人就呵呵斥斥的,好像每一个人都是她家的孩子。报站名时,她的语气十分简略,你几乎听不清是"到了"还是"尿了",致使他稀里糊涂地下错了车……不管怎么说,终于还是到了。

"你好。"

这一声"你好"是从他身后发出来的。这一声"你好"带有南方的糯米味,香香的、甜甜的、黏黏的,可听上去却又是一粒儿一粒儿的。那音儿里竟带一点嗲,有分寸的嗲,带一点弹性的跳荡,就像是舌头上拴了一把琴,扑嘟一声,那音儿就跑出来了——自然,是"友谊"牌的。

转过身来,李冬冬就站在他的面前。

说实话,那天晚上他并没看清李冬冬(他没敢细看),他看的仅仅是轮廓,或者说只是一种模模糊糊的感觉。现在,当李冬冬站在他面前的时候,他还是有了一点惊讶:她的个子虽然不高,却是一个很精致的小女子呀!她的精致不在于她的小巧,而在于她的气质。气质是什么?那是一句话很难说清的东西,那几乎是一种来自魂魄里的高贵!

是呀,乍一看,她梳的也是那种普普通通的剪发。可虽说是剪发,就那么偏偏地一卡,却又很不一样;刘海儿卷卷的,蓬蓬的,带有超凡的情趣和一时让人很难说清的飘逸。那飘逸的秀发里竟也发散着一股淡然的、说不出名堂的香气(当然,也是后来他才知道,那是用了洗发香波,上海产的。那时候,纵然在城市,用洗发香波的人也是很少的)。那张脸小小巧巧,光滑润致,不知怎么的就有了一种盎然的生动。那眼神,那气色,就像是在奶制品里浸泡过似的,油油亮亮,是不含一点杂质的。也许,那闪动的眼波里,在不经意间还会流露出一丝忧郁,可那绝不是"吃饭问题",不是的。而正是那忧郁透出了一种叫做优越的东西。她脸上的笑容也是极有涵养的,那微微的笑意极有分寸地卡在一个"度"上,溢出的是一种叫做韵致的东西。

她也并没有穿什么鲜艳的衣服,她穿的仅仅是普普通通的工作服,甚至是洗得有些发白的工作服,可那工作服一旦穿到了她的身上,就不仅仅是干净,而是洁得纯粹,一下子就显得无比的优雅,腰身都衬得恰到好处。在一般人看来,工作服应是很朴素的,可她的"朴素"里却又含着恰到好处的点缀,就在衣领处,陡然翻出来一层粉红色内衣的小花领,这看似"小狗牙儿"的碎边小花领,却给人以豁然开朗一般的艳丽。她肩上很随意地挎着一个"解放包"(那也是一种时髦),那挎的方式首先就显出了一种使人说不出来的洒脱。她上身虽然穿着工作服,下身的裤子却又是那种质地很好的料子做的,看上去崭崭括括,很挺,穿在身上无比的熨帖。尤其是那条裤线,就像是刀刃一般,一下子绷出了含在底子里的优裕!脚下是一双小巧、带襻的无跟皮鞋,小皮鞋亮亮的,仿佛不是从地上走来似的,竟一尘不染!人虽然立在那里,脚跟却稍稍地踮起了一点,就像是天然的弹簧一样,卓然地挺出了女性特有的鲜活、大方。

冯家昌不愿说"你好"。他心里很清楚,用红薯干子喂出来的声音,就是再装"洋",也学不出那种味来。他只有点头,点头是他的战斗方式。于是,冯家昌决定单刀直入,他微微地笑着说:"看来,人还是有差别的。"

李冬冬弹弹地站在那里,昂着头说:"是吗?"

冯家昌说:"一个大兵,也不值得你这样。"

李冬冬站在那里,两眼发亮,身子很自然地扭了一圈,就像是很随意地看了看自己,又说:"是吗?那我该怎样?"

这一个又一个的"是吗"让冯家昌很不习惯,但也有吸引他的地方。真的,这"是吗"有一种他所不熟悉的、别样的韵味。那不是本地"羊",那是有"三点水"的"洋"啊!就这样,站在"金月季"公园的门口,冯家昌突然发现,他将要走入的,是一种全新的生活方式。他心里说:锤子!既然来了,我就不怕你。

可冯家昌却笑着说:"……一见面,我都有点怕你了。"

李冬冬稍稍侧了一点身子,用调皮的语气说:"是吗?怕我什么?"

冯家昌说:"怕你的'是吗'。"

于是,李冬冬笑了。

这就像是"杯酒释兵权",又像是"谈笑中灰飞烟灭",冯家昌觉得"主动权"又重新回到了他的手里。可他喉咙里却是一刀一刀的,竟然有了血腥味!

秋高气爽,公园里游人很少,菊花的香气在砖铺的甬道上弥漫着,小亭的栏杆旁有少许的男男女女在喃喃地说着什么;一些红色的字迹在绿树丛中隐隐约约地闪现;还有一些孩子,在公园的甬道上跑来跑去地追逐……两人就那么并肩走着,开初,还都有些不太自然。就那么走了一会儿,李冬冬突然问:"喜欢读书吗?"

冯家昌"漫不经心"地说:"也看一点。"

李冬冬瞥了他一眼,说:"看一点?"

冯家昌看出了她眼里的轻视。于是,他不失时机地说:"多乎哉,不多也。"

蓦地,李冬冬说:"你喜欢鲁迅?"

冯家昌看了她一眼,说:"说实话?"

李冬冬说:"当然。"

冯家昌说:"一般吧,一般!"

"为什么?"李冬冬一怔。

冯家昌沉吟了片刻,他的头抬起来,望了望天。在这里,天也是陌生的。他觉得这句话极为重要,他怕说错了,一旦说错了,收回来可就难了。终于,他说了三个字:

"太锋利。"

想不到,李冬冬一下子兴奋了!她身子弹弹地跳了一下,扭过身来,直直地看着他,说:"太好了!你有自己的思考。"

冯家昌淡淡地说:"我读书不多,也谈不上什么思考。"

李冬冬说:"我喜欢读书。我离不开书。夜里,有一本自己喜欢的书,真好。"

冯家昌没有吭声。走着走着,他总是不由得就走得快了,当他意识到的时候,又得赶快稳住步子,慢慢地小步走,这很累人哪。

这时候,李冬冬竟有些天真地说:"还是多读点书吧。《红楼梦》

你看过吗？"

冯家昌说："没有。"

李冬冬说："毛主席说，《红楼梦》至少要看三遍。我看了五遍，真好哎。"

冯家昌说："我是个军人……"

这时，李冬冬马上抢过话头说："军人也要思考问题呀。你用什么……"

冯家昌往下一指，说："用脚。"

李冬冬愣了一下，"吞儿"就笑了，说："脚吗？！"

冯家昌说："脚。"

李冬冬笑着说："真是奇谈怪论哪。你这个人，你这个人哪！……"

冯家昌说："劳动者都用脚。我脚上扎过十二颗蒺藜，可我照样走路……"

李冬冬瞥了他一眼，说："是吗？这么说，你是一个用'脚'思想的人了？"

冯家昌笑着说："因为脑子笨，所以用脚。"

李冬冬说："看不出，你还挺幽默呢。"

冯家昌说："当兵的，整天立正、稍息，懂什么'幽默'。不过是……"说着，他突然灵机一动，"那好，我就'幽'你一默？"

李冬冬笑着说："'幽'吧。你'幽'啊！"

冯家昌沉吟片刻，清了清喉咙，轻声背诵道："……陋室空堂，当年笏满床；衰草枯杨，曾为歌舞场；蛛丝儿结满雕梁。绿纱今又糊在蓬窗上。说什么脂正浓、粉正香，如何两鬓又成霜？昨日黄土陇头送白骨，今宵红灯帐底卧鸳鸯。金满箱，银满箱，展眼乞丐人皆谤，正叹他人命不长，那知自己归来丧。训有方，保不定日后作强梁；择膏粱，谁承望流落在烟花巷。自嫌纱帽小，致使……（在这里，他要顿一下，他必须顿一下）见笑，见笑。"

李冬冬两眼睁得极大，她原地转了一圈，先是做了一个极优美的姿势，马上接口说："……致使锁枷扛。昨怜破袄冷，今嫌紫蟒长……

你还说你没看过《红楼梦》？你坏！"

冯家昌说："没什么，真的没什么。不过是看了两眼'注'。"

李冬冬瞪着两只大眼说："你……你喜欢跟人斗气，是吗？"

冯家昌淡淡地说："我从不跟人斗气。要说斗气，我只跟一个人斗过气。那是连里的一个大个子……"接着，他给她讲了"九支步枪"的故事。

李冬冬好奇地问："胜了？"

冯家昌摇了摇头，说："败了。"

李冬冬说："生气吗？"

冯家昌却说："生气，是生自己的气。"

李冬冬问："为什么呢？"

冯家昌挠了挠头，说："好像有一本书上这么说过：你绝不要对失败满不在乎。你一定要对失败生气，生很大的气。但是，好的失败者的标志，是生自己的气，而不是生获胜对手的气。"

李冬冬脱口说："太棒了！哪本书上说的？"

冯家昌说："让我想想，好像是……尼克松写的吧。"

李冬冬仰起头，很认真地想了一会儿，说："等等！我想起来了。尼克松写的？是不是《六次危机》？"

冯家昌说："好像……是吧。"

这时，李冬冬肯定地说："你的记忆力真好。这是一本内部发行的书，不公开，是尼克松当副总统时写的。他说他一生曾遭遇过六次重大危机……"

冯家昌接着说："尼克松说他幼年吃了很多苦。小时候，每天上学前，还要先去卖一车菜……当然，在国际上，出身寒门的也不是他一人。法国总统蓬皮杜，曾经是一位中学教师，他初当总统的时候，也是被人看不起的……那时候，他第一次登台演讲，是带了稿子的。他走上台，拿着稿子念了五分钟，在这五分钟时间里，台下一直乱哄哄的，有很多人在下边嘲笑他，但他不理不睬，硬着头皮往下念。五分钟过后，他收起了那页稿纸，此后滔滔不绝地讲了三个小时，一下子就把议员们镇了……日本的田中角荣，原是个小木匠，第一次竞选，自己提着糨糊桶上街刷海报……希特勒，是他父亲第三个妻子生下的第三个孩子，原是一个在码头上扛大包的，后来他的军衔是奥地利下士；拿破仑……"

顿时，李冬冬两眼放光！她像是一下子陷进去了，静静地听他往下说。她好像还没被人这么彻底地征服过，两颊飞上了一片潮色的红晕。在花园里的甬道上，他越走越快，她碎着步子紧紧地跟随……当他戛然而止的时候，李冬冬停下了步子，喃喃地说："你坏。你是读了很多书的。你太坏了！"

可冯家昌自己心里清楚，他的"弹药"就快要用完了。他精心地做了准备，他也算是读了一些书的。在军区资料室里，他熬去了许多个夜晚……他甚至在军区的大操场上练过"散步"！他尽了全力，可他的储备就快要用尽了。记得，临出门的时候，他心里突然有了怯意，无端地生出了一种悲凉。有那么一刻，他心里说，算了，还是不去吧？可是，当他再一次问自己，去吗？回答却是肯定的，他说，去！

冯家昌心里清楚，人是不能全说真话的，但也不能全说假话。要是全说假话，总有露馅的时候，所以你只能是真真假假，有真有假……这样才会有可信度。于是，他说："我确实读书不多。我是乡下人，我也没什么更多的思考，我说的都是实话。按你的说法，我是用'脚'思想的人，也只有两条腿可用……这些，你要认真考虑。"

可李冬冬已经听不进这些话了，她听到的只是两个字："谦虚"。她有些痴迷地站在那里，满怀柔情地望着他，呢喃地说："就坏，你。"

在公园里漫步，对于冯家昌来说，就像是受刑一样，可他还是认真地"做"下去，做得还算好。在有"景"的地方，比如一棵树，或是一盆开得很好的菊花，李冬冬就会停下来，说："多好啊！"于是，他就马上说："我给你照一张。"就让她摆好姿势，给她照上一张相。照相的时候，他就在心里一次次地背诵那些步骤：焦距多少，光圈多少……中午，他们又一块儿在公园的"水上餐厅"吃了饭。餐馆里人不多，有一排一排的车厢座。吃饭也很累，那是要吃"斯文"的……

当他实在受不了的时候,冯家昌曾借机上了一趟厕所,在厕所里,他一边尿,一边大声地骂了一句家乡话:"他娘那狗娃蛋!"

当夕阳西下的时候,整个公园沉浸在一种软金色的氛围里,秋叶在橘色的落日下显得十分安静,公园里的游人也越来越少了。这时候的冯家昌已是非常非常累了,他就像是捧着一个"火炭",很文化的"火炭"!他小心翼翼,高度紧张,说话必须是"一笔一笔"的,走路必须是"散散漫漫"的,真累人呀!主要是陪得心累,可他仍然坚忍地撑持着……这时,两人不由得走到了公园深处的一个木制靠椅的旁边,这里已经没有什么游人了。李冬冬先是大大方方地在那木制靠椅上坐了下来,而后又跟他招了招手。冯家昌踌躇了片刻,终于还是坐下来了。李冬冬的两只大眼忽闪忽闪地望着他,突然说:"亲亲我,好吗?"

这是一个信号,可以说是将要成功的信号,面对城市,他即将成为一个"占领者"。冯家昌心里的火一下子就烧起来了。他的心顿时烧成了一个"日!日"的"卵子",他在心里暗暗地骂了一句:狗日的虫!可他的理智却制止了他。他有点生硬地站起身来,架着两只膀子,远远的,像蜻蜓点水似的,轻轻地在她的额头上亲了一下,只一下。

然而,就在这时,不知怎的,身后突然有人用枪对着他说:"不许动,举起手来!"

当冯家昌转过身来,看到的却是一个孩子。那孩子有六七岁,不知怎的就蹿到了木制靠椅的后边,手里端着一支玩具冲锋枪……冯家昌自然没有举手,可他清楚,在枪口对准他的一刹那间,他的心举手了。

是呀,他的确是投诚来了,他正在向"城市"投诚。

二、你喜欢这个火柴匣子吗

那个有可能成为岳父的人,自始至终只说了一句话。他说:"你喜欢这个火柴匣子吗?"

当时,他不明白这句话的意思。但是,他知道,这句话是有意思的。

那是又一个星期天,冯家昌应约来到了李冬冬的家。头一天,李冬冬在电话里说:"我妈妈说,她想见你……"于是,他就知道了,这次见面是具有"盘查"意味的。

"盘查"是由两个女人进行的。头一个自然是李冬冬的母亲,她叫林卫兰,是一家大医院的大夫。第二个是周主任的妻子,也是李冬冬的姨妈,她叫林卫竹,是省委机关里的干部。她们虽然是一母同胞,却是两个截然不同的女人。林卫兰是个身材修长、干干瘦瘦的中年女人,人显得干一些,也冷一些,好像三尺以外都可以闻到樟脑的气味,就是那种"卫生"得让人害怕的气味!林卫竹比她姐姐略矮一些,却显得丰满窈窕,也显得生动滋润一些。一看就是那种喜欢张罗、充满热情的女人。但是,她的热心里总含有一种施舍的意味,是居高临下的。可以说,她们全都是居高临下的,那目光就像是扎在你心上的一根针!

在审视的目光下,冯家昌突然有一种被人剥光了的感觉。是呀,每一个从乡村走进城市的人都是裸体的,那是一种心理上的"裸体"。在这里,日子成了一种演出,你首先要包装的,是你的脸。"武装"这个词儿,用在脸上是最合适的,你必须把脸"武装"起来,然后才能行路。

林卫兰问话的方式具有很强的跳跃性。她是医生,她的话就像是一只多头的听诊器,这里敲一下,那里敲一下,敲得你很难受,可又叫你说不出什么来。

林卫兰说:"小冯,听说你家乡的豆腐很好吃。是卤水点的吧?"

冯家昌回答说:"是。是水磨磨的,再用卤水去点。"

林卫兰说:"我也去过乡下,有的就用脏水……"

冯家昌说:"磨豆腐不能用脏水,连河水都不用,用的都是井水。要是用河水,豆腐就'苦'了。"

林卫兰说:"是吗?!你磨过豆腐?"

冯家昌说:"没有。我们村有一个磨豆腐的,两口子磨豆腐。他的女人出来卖,我们都叫她豆腐家……"

林卫竹笑着说:"是'豆腐西施'吧?"

冯家昌仍坚持说："'豆腐家'。"

林卫兰接着说："噢。听说你高中毕业？"

冯家昌说："高中肄业。"

林卫兰说："家里供养你挺不容易的……"

冯家昌说："是不容易。"

林卫兰说："家里弟兄多吗？"

冯家昌说："多。"

林卫兰突然就沉默了，那沉默像凉水一样，一下子浇在了冯家昌的心上！

这时候，林卫竹插话了，她插话说："虽说家在农村，听老周说，他们那批兵是'特招'的。"在话里，林卫竹特意强调了"特招"二字。

林卫兰接着说："农村也没什么，农村孩子朴实。只是……"

"只是"什么呢？她没有说。冯家昌就直直地坐在那里，保持着高度的警觉。就这么问着，问着，他心里就出"汗"了，心里有很多"汗"。可他忍着，忍得很好。

接下去，林卫兰和风细雨地说："小冯，你能给我讲讲你的童年吗？"

冯家昌沉默了一会儿，而后抬起眼来，他仿佛一下子就看见了"童年"。他知道，这"童年"是他的"营养钵"，这"童年"一直跟着他呢！于是，他暗暗地吸了一口气，直言不讳地说："我家里很穷。六岁的时候，我吃过桐花，吃过槐花，吃过榆钱儿……那时候，我最喜欢的东西是一只小木碗，那木碗是父亲用手工做的。父亲说，你要有自己的碗。我记住了他的话，要有自己的碗。九岁的时候，我的作业本全是烟盒纸做的。那时候，我的愿望是能有一张全白的纸，那纸五分钱一张，可我买不起……有一次，村里代销点的人告诉我，你要是能跑过那条狗，我就给你一张纸。等我跑过那条狗的时候，他却不给了。于是，我记住了一个道理：人是不能与狗赛跑的，人绝不能与狗赛跑。后来，那代销点的人见我再也不去了，就站在门口叫住我说，你来，我给你一张纸。我笑了，我说，你家的门台太高了。十二岁的时候，我就不缺纸了，我学会了扎蝈蝈笼子，我用蝈蝈笼子跟人换纸……在十六岁以前,我几乎没有穿过鞋……那时,我对自己说,会有鞋的。"就这么说着说着,他的心突然疼了。当他说到这句话的时候,他的心很疼!

两个中年女人默默地望着他,有那么一刻,她们似乎被他打动了,是被他的"交心"所打动。那目光里竟有了些温柔……林卫竹默默地、似乎是用赞许的口吻说:"人还是要有一点志气的。"

可是,就在这时,林卫兰竟然说了一句让他终生难忘的话。她脱口说:"你有脚气吗?"

这句话问得太突兀,冯家昌一点精神准备都没有。他只是愣愣地坐在那里……墙上的挂钟"嘀嗒、嘀嗒"地响着,那响声有些重。

此刻,林卫竹说话了,她有些不高兴地说:"他们都是跟着首长的。"

林卫兰的脸突然有些红,也不知为什么就红了……

片刻,冯家昌抬起头来,很平静地说:"没有。我没有脚气。"

大约,连林卫兰自己也没有料到她会说出这么一句话来,就连着"噢"了两声,说:"没什么,我只是随便问问。"

这时候,刚好李冬冬端着一盘水果进来了。她什么也没说,只是把那盘水果放在了茶几上,就弹弹地走出去了。

此刻,林卫兰看了他一眼,像是要弥补什么,就说:"小冯,吃点水果吧。"

冯家昌想,这应该是个机会了,应该是的。于是,冯家昌毫不犹豫地从水果盘里拿起了一个苹果,而后,他又拿起削苹果的刀子,旁若无人地削起苹果来……就在他削苹果的时候,林卫兰一直注视着他的手,那目光是很烫人的!

冯家昌削苹果的技术是跟侯秘书学的。他很熟练地转着那把刀子,直到把一个苹果完全削好,那苹果皮仍然很完整地包罩在苹果上(就这点技术,他还是在食堂里的土豆上练出来的)……削好了苹果,他微微地欠起身,本着"先客后主"的原则(这也是跟"小佛脸儿"学的),把那只苹果递给了坐在他斜对面的林卫竹,在他递苹果时,那绞龙一样的苹果皮才无声地落在了他的另一只手上!他拿好了声音的调子,说:"阿姨,你吃。"

林卫竹满意地点了点头,很高兴、也很优雅地把那只削好的苹果接了过来,再一次说:"他们都是跟着首长的。"

这时候,他又拿起了一只苹果,以极快的速度把苹果削好,仍是微微欠身,又递给了坐在对面的林卫兰,那苹果皮以非常雅致的速度落在了他的另一只手里……他说:"伯母,你吃。"

林卫兰微微点头,客气地说:"谢谢。"接着,她又说:"小冯,你也吃啊。"

冯家昌笑着摇了摇头,却站起身来,到厨房里洗手去了……洗手,在这里是一定要"洗手"的,那就像洗心一样!

等他返回来的时候,见两个女人正一小口一小口地吃着苹果,吃得很斯文……她们在吃苹果的同时,正相互悄悄地交换着眼神。他佯装不觉,可他看出来了,在眼波与眼波之间,正流动着一种东西……过了一会儿,林卫兰终于说:"冬冬这孩子有些任性。你们也都年轻,就先……接触接触吧。"

"接触接触"这又是一个信号,它说明什么呢?

没容冯家昌多想,李冬冬又闪身进来了。这一次,她是来解围的。她大大方方地说:"'审查'该结束了吧?……小冯,你出来一下。"就这么说着,她上前牵住他的手,一把把他拽了出来。

就这样,他被她带到了另一个房间里,见到了那个有可能成为岳父的人。

这个人周围堆满了药。那些药散散乱乱地放在他的四周:桌上、柜上、几上、黑色的皮制沙发上,全是药。他寡寡、怏怏地坐在一张藤椅上,两眼望着窗外,就像是一个沉默的、被人惯坏了的大孩子。

这时,李冬冬松了手,轻手轻脚地走上前去,对那个坐在藤椅里的人说:"爸,小冯看你来了。"

那个男人仍然没有说话。他就那么一声不吭地坐在那里,他梳着整整齐齐的"大背头",身上也透着整整齐齐的冷漠……可是,冯家昌仍然礼貌地对着那个男人敬了个礼。他笔直地站在那里,对着那个男人的脊背行了一个军礼……那人的脊背很宽,那脊背上像是长着一双很特别的"眼睛"。

这时候,李冬冬回到了他的身边,小声说:"你别介意。我爸身体不好,心情也不好……"这么说着,她的声音又低了一些,几乎耳语般地对他说:"他就快要'解放'了,他正在等待'解放'……"

不知怎的,"解放"这个词一下子就打动了他。他觉得此刻他们的心情是那样的一致,同样有一种无助感。真的,那人就像是一个孩子,一个没有娘、患了病的孩子,他的无助感是从骨子眼里冒出来的。他坐着,可他的灵魂在颤抖!虽然,他们之间还是有差别的,他们的痛苦不在一个档量上,但他们都是有渴望的人哪。"解放"!这是一个多么好的词啊,可以说是精神领域的大词。然而,他很清楚,这个词,只有在"占领"了什么之后,才可以获得的……

只是到了后来,他才知道,这个将成为岳父的人,他叫李慎言,是个留过洋的大知识分子,通晓三国外语,后来回国参加革命,曾当过一个市的市长,很有些背景呢……也只是到了后来,他才明白,一个前呼后拥的人,一个长时间活在"集体"中的人,一旦落了"单",那真比杀了他还要难受!

这个叫李慎言的人,自始至终没有参加对他的"盘查"。他就这么一直无声地在房间里坐着,如果不是李冬冬把他领进了书房,他甚至不知道屋子里还会有这么一个人。可是,他还是说话了。他坐在那里,两眼望着窗外,突然说:

"你喜欢这个火柴匣子吗?"

他不明白。顺眼望去,窗外是一排一排的楼房,带有小阳台的楼房。据说,这楼房还是苏联专家设计的……

就在这时,林卫兰走进来了,她手里端着一杯水,默默地说:"你该吃药了。"

可是,这个等待"解放"的人仍是坐着不动,直到林卫兰把药片和水递到了他的手里,他仍然像木雕一样坐着。

后来,有人敲门了,说是送煤的。冯家昌二话不说,袖子一挽,就下去搬煤了。那时候，纵是城里住楼的人家，烧的也是煤，蜂窝煤，机器打出来的，已算"先进"。李冬冬家住的是三楼，就一趟一趟地往上搬……等搬完的时候，李冬冬对她母亲说："这次送的煤，最好，没有一块烂的。"

林卫兰却说："那要烧一烧才知道。"

什么意思？！

那天晚上，李冬冬送了他很远。华灯初上，自行车像河流一样在马路上涌动，间或有公共汽车鸣着喇叭开过来。灯光照在路上，两人一长一短地走着，默默地。终于，李冬冬说："今天，你嘴上像是挂了一把锁。"冯家昌笑了笑，没有吭声。李冬冬说："她们都跟你谈些什么？"冯家昌说："谁们？"李冬冬说："她们。"冯家昌说："也没谈什么，挺文化的。"李冬冬笑了。冯家昌说："你妈的眼很卫生啊。"李冬冬不高兴地说："什么意思？"冯家昌说："——有透视功能，很厉害呀。"李冬冬说："是吗？"冯家昌说："你妈妈知道我的病。"李冬冬一怔，说："你有病吗？"冯家昌说："穷，穷就是一种病。"李冬冬笑了，说："我妈妈是医生，看谁都像病人。"接着，她又说："别理她们了，不管她们……"

可是，冯家昌却一直默默地想着那句话："你喜欢这个火柴匣子吗？"

三、"标尺"死了

冯家昌有了一个"导师"。

每次从外边回来，"小佛脸儿"总是一脸坏笑，而后就问他："老弟，插上'小旗'了吗？"

他也只是笑笑，笑笑而已。于是，"小佛脸儿"很认真地说："你一定要插上'小旗'！只有插上'小旗'，她才是你的人。"

插"小旗"，这是军事术语，也是军区大院里秘书们开玩笑时最爱说的一句话，只有常看军用地图的人才明白这句话的含意。但它还有另一层意思，这意思是引申出来的，是专对谈恋爱的军人们说的，那叫"插入"阵地，是本质意义上的——"占领"。可"小旗"也不是那么好插的。你想，这"小旗"不好插。

日子就这样一天天过去了。冯家昌与李冬冬之间也就这么慢慢地"谈"着。有那么一段，温度眼看着升上去了，升得很快；又有那么一段，不知什么原因，突然又降下来了。就像是打仗一样，时进时退，进进退退的……打起了拉锯战。

有一天，"小佛脸儿"在喝了二两酒之后，突然对他说："我问你一个问题，一加一等于几？"

冯家昌笑了，说："我的哥，我这人笨哪，你有话就说吧。"

侯秘书说："格老子的，我告诉你，在数学上，一加一等于二。在生活里，一加一就不等于二了。"

冯家昌说："那等于几？"

"小佛脸儿"一脸坏笑，说："老弟呀，插上'小旗'你就知道了。"

冯家昌说："你说，你说。"

"小佛脸儿"两腿一盘，说："想听？"

冯家昌说："老哥，你就别卖关子了……"

侯秘书说："你说这人世间有公平吗？"就这么说着，他缓缓地摇了摇头，接着又说："从来没有。比如，希腊船王的女儿，生下来就是亿万富翁的继承人……而有些人，生下来的时候，连裤子都穿不上……同样是一个精子与一个卵子的结合，为什么她一生下来，就拥有那么多的财富，有那么多的人为她操心？为什么有人就偏偏生在了穷山沟里？有什么道理吗？没有，我看没有。这就是命运。要想改变命运，有一句话是必须牢记的，这就是马克思的一句名言：人是社会关系的总和。你理解这句话的意思吗？"

冯家昌点点头："你说。"

侯秘书说："那好，我现在告诉你，一加一等于几。对于某些人来说，一加一至少等于十！"

冯家昌笑了，说："老哥，你说得也太玄乎了吧？"

"小佛脸儿"说："一点也不玄乎。你知道刘广灿吗？"

冯家昌说："不就是刘参谋嘛。才二十九岁，已经是副团了，年轻有为……"

这时候，"小佛脸儿"突然笑了。他笑着说："年轻有为不假。但你知道他是怎样当上副团的吗？在咱们这里，这几乎是'火箭速度'了。"

冯家昌忙说："有什么背景吗？"

侯秘书说："当然有背景。你知道么，他正在跟上边一位首长的女儿谈恋爱。这位首长的女儿在本地八六九医院工作。你知道八六九医院吗，就在东郊。问题不在于首长，首长什么话也不会说的。但是，这姑娘的背后是一个庞大的社会体系，那几乎是一张无边无际的网。她的舅舅是一个省的副省长。她的姑姑，是本地省直机关的厅级干部，她姑姑的丈夫，是某野战部队的一位首长。她的叔叔，在北京某部工作。在咱们这里，有一位首长（我就不说名字了），也曾做过上边那位首长的秘书……这些人可能一句话也不会说，可他们说一句是一句。当然，刘参谋的确是年轻有为。他原来也是咱秘书班子里的人，正因为有了这样的背景，谁也不好再用他了，于是就直接提了副团。虽然说，人并不是凭关系的，但有关系和没有关系是大不一样的……""小佛脸儿"这么说着，突然间就沉默了，他沉默了一会儿，又说："人家刘参谋是如日中天哪！"

冯家昌说："刘参谋的最大优点是什么？"

"小佛脸儿"笑着说："又想学习了？"

冯家昌直言不讳地说："被一个大家闺秀看中，总有他的长处吧？"

"小佛脸儿"说："他有个绰号，你知道吗？"

冯家昌说："知道。人家都叫他'标尺'。一米八的大个，长得帅吗？"

侯秘书说："此人有三个长处。一是长得帅，二是'诚恳'。"

冯家昌探身问道："诚恳？"

侯秘书说："诚恳。你不要小看这两个字，'诚恳'是无坚不摧的。第三是他有两套语言。"

冯家昌吃惊地问："两套语言？"

"小佛脸儿"点点头说:"两套。比如说,当你说'树'的时候,他说'森林'。当你说'森林'的时候,他会说'树'。"可是,就这么说着,"小佛脸儿"突然迟疑了一下,眉头上像是凝结着什么疑团,他吞吞吐吐地说:"但是……"

冯家昌觉得他话里有话,就问:"但是什么?"

可侯秘书摇了摇头,连声说:"没什么,没什么。"

冯家昌接着说:"我还有一个问题,这一切你是怎么知道的?"

"小佛脸儿"笑而不答。停了片刻,在冯家昌目光的注视下,他终于还是说了,他说:"实话告诉你,我和刘广灿一屋同住了三年……"这么说着,"小佛脸儿"像是想起了什么,突然又笑了,待笑过之后,他说:"老弟呀,你也一样,运气来了,山都挡不住,我要告诉你的是,你将要进入的'背景',绝不次于那个刘广灿。你一定要插上'小旗'!"

冯家昌说:"你笑什么?"

侯秘书说:"没事。睡吧。"

然而,一天早上,天还没亮,他们两人突然接到命令,要他们火速赶往八六九医院,去处理一项"事故"。什么"事故",不知道。如何处理,也不知道。可命令就是命令,是不容迟疑的。于是,两人在军区值班室要了一部车,火速赶往东郊的八六九医院。

八六九医院是本地最好的一家部队医院,直属总部管辖。这家医院占地七十多亩,绿树环绕,设备精良,有许多医疗器械都是从国外进口的。这里的管理也很严格,曾多次被评为部队系统的模范医院,可是,它出"事故"了。当他们二人匆匆来到院长室时,只见老院长身上披着一件白大褂,脖子上挂着听诊器,垂头丧气地在办公室坐着。待两人说明来意,院长什么也没说,只是吃力地站起身来,说:"走吧,去看看。"

就这样,他们跟着院长来到了病房大楼的门前,那是一道铁制的栅栏门,大门有三米多高,门楣上方是铁制镀铬的红缨枪头。院长指着那铁制的大门说:"他就是从这里翻出去的。按说,是不应该出事的……"

侯秘书问:"院长,你说……谁?"

院长说:"刘参谋,刘广灿参谋。"

冯家昌接着问:"刘参谋怎么了?"

院长叹了一声,说:"半夜两点钟,他从这里摔下来了。"

两人都吃了一惊!冯家昌脱口说:"那怎么会呢?"刘参谋一米八的大个子,况且,他是军人哪,常在操场上玩单双杠,在杠上翻来跳去,很洒脱的!大门才三米高,就是摔一下,也不会出什么问题呀?!

院长看了他一眼,而后伸手一指,说:"他是挂住了,就挂在那里……"

两人抬起头来,只见门楣上方的一个枪头上,仍挑着一块草绿色的布条,在风中,那布条在微微地晃动……院长说:"就是那儿。"

这时候,侯秘书问:"刘参谋现在怎么样了?"

院长摇摇头,说:"跟我来吧。"

于是,他们跟着院长又来到了一间特护病房。进了病房后,两人立时就呆住了!只见刘参谋身上插满了管子,脸上扣着一个氧气罩,像一堆肉似的陈在那里……屋子里静得可怕,只有心脏监护仪在"嘀、嘀、嘀……"地响着!在他病床旁边,还坐着一个俏丽的白衣女子。那女子满脸是泪,人像是傻了一样,坐在那里一声不吭。

出了病房门,侯秘书小声问:"院长,刘参谋……"

院长摆了摆手,很沉痛地说:"没有希望了,没有任何希望。他的颈椎断了,腰椎也断了,他再也站不起来了。他只能是个……"下边的话,他没有说。

冯家昌紧走了几步,再次跟上院长,小声说:"院长,你说他半夜两点钟,为啥子要翻那扇门呢?"

这么一问,院长突然火了!他甩着满头白发,暴跳如雷,连声吼道:"你问我?我问谁去?!我们这里难道不应该有制度吗?你能说是制度害了他吗?!他是你们的人,我正要问你呢!是呀,半夜两点,他跑到我这里干什么来了?!好了,这下可好了……"

两人又一次回到了那间特护病房,期望着能从那位俏丽的女子嘴里得到一点什么，好回去如实地向上级领导汇报。可是，当他们推开门的时候，他们得到的只有两个字，很冷的两个字："出去！"

在回去的路上，两人在车上默默地坐着，一句话也不说。过了好久，"小佛脸儿"突然万分感慨地骂了一句："我操！——"

冯家昌说："是那个女人吗？"

侯秘书说："是那道门。"

冯家昌说："门？"

"门。"侯秘书默默地点了一下头，过了一会儿，他说，"格老子的，我以为还有'标尺'。可这'标尺'，说没就没了……"

几天后，冯家昌遵照上级首长的指示，专程到刘参谋的家乡去了一趟，把刘参谋的父亲接到了部队。那是一个很偏远的小山村，老人说，儿子自当兵之后，就再也没有回来过。这是一个很慈祥的老人，他脸上的皱纹就像瓦当上的图案一样，很陈旧，很沧桑，也很古老。在车上，他大多时间是蹲着的，他说他蹲习惯了。而后他说："如今娃子是国家的人了，连支书都亲自上门提亲了……"冯家昌听了心里很酸。

后来，就有了一个很残酷的时刻。冯家昌和侯秘书一起陪着老人再一次来到了八六九医院，走进了那间特护病房。开初的时候，老人像傻了一样站在那里，久久不说一句话。过了很久很久之后，他才慢慢地蹲下身来，就那么在床边上蹲着，从腰里拔出烟袋，默默地抽了一阵旱烟。这才摇摇地站起来，探身上前，伸出那布满老茧的手，一点一点地在儿子脸上抚摸着……老人喃喃地说："白了，这娃白了。"

再后，当两人把老人从病房里搀出来的时候，老人喃喃地说："娃子嘴上有泡，娃子心里渴。"然而，走着走着，老人突然停下来，迟疑着，小心翼翼地问："侯同志，冯同志，好好的，娃子干啥子要翻那道门呢？"

两人相互看了一眼，谁也不说话。没有人能够回答他，这个问题无法回答。这时，老人又小心翼翼地问："娃子他……还算是国家的人吗？"

侯秘书回道："算。"

老人说："只要有口气就算？"

侯秘书说:"只要有口气就算。"

最后,老人叹一声,说:"一个村,就出了这么一个……国家的人。"

在八六九医院,他们再也没有见到那个俏丽的女子。有人说,她已经调走了。至于调到了什么地方,谁也说不清楚。她就这么无声无息地走了……

夜里,两人躺在床上,都默默的。天很热,觉也睡不着,两人就不停地在床上翻"烧饼"……片刻,"小佛脸儿"突然坐起身来,说:"有句话我想说出来,不说出来我心里难受。多年来,大家都觉得刘参谋是城里人,这里没有一个人知道他是乡下人。真的,他在穿戴上是很讲究的,衬衣总是洗得很白,雪白雪白的……一米八的大个子,穿着雪白的衬衣,真帅呀!可是,只有我一个人知道,他是乡下人。你猜我是怎么知道的?我和他一个屋住了三年,只有一样他没变:他的屁多。他屁里有一股红薯味。真的,这一点他无法改变,他还没有把乡下的屎屙净呢,就……"

冯家昌忽地坐起身来,恶狠狠地骂道:"——我日你妈!"骂了之后,他满脸都是泪水……

两人像斗鸡似的互相看着,眼里燃烧着仇恨的火苗……过了一会儿,侯秘书也流着泪说:"老弟,我没有别的意思。我想刘参谋,我想他呀!"

待冯家昌彻底冷静下来后,他才以缓和的语气说:"你说那话,也是个屁。"

"小佛脸儿"说:"啥子话?"

冯家昌说:"'一加一'到底等于几?等于他妈的——负数!"

"小佛脸儿"说:"你错了。这是个变量。刘参谋是有运无命,有缘无分。他的'运'可以说是太好了,可他的'命'又太差了。在偶然与必然之间,只有努力才能导致必然。至于偶然,那是没有办法的事情。有些事情,你做了,才会出现可能性,你要是什么也不做,连可能性也没有了。老弟,你听我一句话,'一加一'的确是可以等于十的。"

冯家昌沉默了一会儿,说:"很残酷啊。"
侯秘书看了他一眼说:"是很残酷。"

四、谁是俘虏

冯家昌站在廖副参谋长的面前。

老头背着双手,一趟一趟地在他的眼前踱步……

在他的记忆里,老头从来没有这样严肃过,他的脸紧绷绷的,头发一丝不乱。这是个好老头,待人非常和气。况且,近六十岁的人了,每天早上,他都带着机关里的参谋、干事、秘书们起来跑步,风雨无阻。当然,老头也有粗暴的时候,记得有一次,早操点名时,徐参谋没有到。老头竟然跑到宿舍里,一脚踢开了徐参谋卧室的门!当时,徐参谋吓坏了,匆忙忙提上裤子,在床边立正站好……老头质问说:"为什么不上操?!"徐参谋慌慌张张、结结巴巴地说:"报、报告廖、廖副参谋长,我,我家属来、来了……"这时,老头慢慢地转过身去,背着手说:"是吗?"徐参谋说:"是。我家属昨晚来了。"于是,老头摆了摆手,说:"——继续进行。"说完,门一关,大步走出去了。后来,人们一见徐参谋,就跟他开玩笑说:"继续进行!"

老头终于停下来了。老头仍是背着双手,两眼盯视着他,说:"你的转干手续批下来了吗?"

冯家昌绷紧身子,回道:"……还没有。"

老头缓缓地点了点头,说:"噢?噢。噢噢。"他一连"噢"了四声,接下去很严肃地说:"我这里出了一点问题。至于什么问题,你不要问,也不要去打听……根据组织上的决定,我要下去了。到青泥河农场去……蹲点。现在,你有两个选择:一、跟我下去。二、留下来,重新分配工作。你考虑一下。"

冯家昌怔了一下。他心里打起了"鼓",那"鼓"咚咚响着……可是,他知道,这个时候是不能犹豫的,他不敢犹豫。再说了,老头对他不错,他是老头点名要的。那就押一押吧,他必须押一押!于是,他立即回道:"我跟你下去。"

老头盯着他看了一会儿,说:"告诉你,我是犯了错误的人。既然下去了,就很难说什么时候能回来……你不要急于回答,再考虑考虑。"

冯家昌再一次重复说:"我跟你下去。"

老头看着他,脸上突然有了些温情。他很沉重地摆了摆手说:"那好,你去吧。"然而,当冯家昌将要走出去的时候,老头又叫住他,说:"下盘棋吧。"两人就坐下来,默默地摆上棋盘,下了一盘棋,下到最后,冯家昌输了。这时候,廖副参谋长点上了一支烟,说,"你输的不是棋,你输的是心理。"

夜里,冯家昌一动也不动地躺在床上,两眼怔怔地望着屋顶……躺在对面床上的"小佛脸儿"看了他一眼,又看了一眼,终于说:"你想知道的事情,我不能告诉你。"冯家昌说:"我知道。""小佛脸儿"又说:"这么说吧,有人在湖里投了一粒石子,波及到了廖副参谋长……"冯家昌忍不住问:"是政治问题吗?"在那个年月里,一旦牵涉"政治问题",是非常严重的。"小佛脸儿"停了一会儿,才说,"老弟呀,我所知道的,也就这么多了。"这时候,冯家昌忽地坐了起来,说:"侯哥,你说我去不去?"侯秘书沉默了一会儿,说:"这件事,你可以托一个人问问。"冯家昌说:"托谁?"侯秘书说:"……李冬冬。"冯家昌沉默了一会儿,摇摇头说:"不,我不求她。"侯秘书说:"那么,还有一个人可以问。"冯家昌说:"谁?"侯秘书说:"周主任。"

第二天,冯家昌一连给周主任送了三次文件。那都是些文字材料,可送可不送的,他也送了。每一次进门,他都是很响亮地打"报告",等屋里传出一声"进来",他才推门进去。为了引起周主任更多的注意,每次进了门,他都是先立正、敬礼后,再呈上文件……当他送到第三次的时候,周主任才抬起头,面无表情地看了他一眼,说:"有什么事吗?"冯家昌迟疑了一下,说:"没什么事。我……要下去了。"这时,周主任"噢"了一声,突然说:"你要是不想去,可以提出来。"没等他回过神儿来,周主任又看了他一眼,冷冷地说:"有时候,人不要太聪明。"冯家昌听了,脸上火辣辣的!他再没有说什么,敬了一个礼,就默默地退出来了。

就这样,三天后,一辆吉普车把他们送到了三百里外的青泥河农场。青泥河农场原是劳改农场,后来被部队接管,就成了一家部队农场。这地方依山傍水,占地两千七百多亩,有大片大片的茶树和庄稼地。在场长的陪同下,廖副参谋长四处看了看,随口说:"可以钓鱼吗?"场长说:"有一口鱼塘。"廖副参谋长轻轻地吐了一口气,说:"很好。"

农场隐没在绿树丛中,是一排一排的小平房。在场长的安排下,就挑了两间干净些的,让他们住下了。安排好住宿后,场长说:"冯秘书,这里经常停电。厂部还有两盏马灯,你来取一下吧。"于是,他就跟着场长来到了场部办公室。进了屋,关上门,场长才小声说:"冯秘书,关于廖副参谋长,我们只是代管。他的安全问题,由你负责。他的情况,也由你如实向上级汇报……"冯家昌默默地点了点头,说:"还有什么要交代的吗?"场长说:"上级指示,也就两句话:不死不跑。别的,就没什么了。"冯家昌听了,心里顿时沉甸甸的,他说:"明白了。"

"不死不跑",这句话一直萦绕在冯家昌的脑海里。这是什么概念?对于冯家昌来说,那是无数个心焦意乱的日日夜夜!

白天还好说,白天里廖副参谋长可以到田野随便走一走,看看天,用手摸一摸茶树,有时候也干些农活。一个"三八式"的老红军,一个副军职的参谋长,一旦卸去那所谓的身份,就跟一个老农民也差不了多少。那是八月,天还很热,老头常常穿着一个大裤衩子,头上戴着一顶破草帽,光着两只脚,蹲在农场的菜园里薅草。农工们不认得他,就说咋称呼?他说廖,姓廖。于是人们就叫他"廖老头",他就和气地笑笑。有时候也去谷场上干些碎活,和那些农工一样,脱得光光的。这时候,要是凑近了看,就会发现在汗水腌着的那身老肉上,在露一层松垂老皱儿的前胸和脊背上,有着一处一处的枣红色伤疤……午后,他会跟冯家昌下盘象棋,不管是输是赢,只下三盘。有时就拿上钓竿、马扎,去鱼塘边上钓鱼。老头不吃鱼,钓上一条,扔下去,而后再钓……老头大多时间是沉默的。有时候,老头也说一句什么,他说:"鱼很傻呀。"

夜里就不好办了。农场里经常停电，夜又是那样黑……每天晚上，蚊子像轰炸机一样来回地俯冲！蚊子很肥，在蚊子嗡嗡叫的季节里，老头睡不好，冯家昌更睡不好。那简直就是些"熬鹰"的日子，每个夜晚，冯家昌的心就像是在油锅里炸一样。老头不睡，他不敢睡，老头睡了，他还不敢睡……"不死不跑"那四个字，一直在他的心上扎着！每当夜半时分，老头稍有动静，冯家昌就一骨碌从床上爬起来，先是送上尿罐；如果老头不尿，就赶忙拿把扇子给老头打扇、赶蚊子……本来，农场里给他们是配了蚊帐的，可是，由于老头总是睡不踏实，常把披好的蚊帐蹬翻，所以，冯家昌也不敢独享，就干脆把蚊帐撩起来，不用。有很多个夜晚，冯家昌是坐着睡的，他光着脊梁，穿着一个裤衩子，就坐在门口处那有点亮光的地方，手里拿着一本书，去"喂"那嗡嗡乱叫的蚊子！

一天夜里，冯家昌趴在床上打了个盹儿，可他竟然睡着了。等他醒过来的时候，已是下半夜了。这时候，他陡然吓出了一身冷汗，老头的床上没人了！于是，他赶忙四下去找。厂部没有，菜园里没有，鱼塘边也没有……冯家昌脑海里"訇"的一下，心里马上跳出了一个恐怖的声音：完了。你的一生在这里就要画上句号了！怎么办呢？要通知场长吗，是不是马上通知场长，发动全场的人去找？！可他心里又说，再找找吧，先不要慌，越是这样的时候，越不能慌，再找找看。

就这样，在心乱如麻之中，他又折身来到了谷场上。那是一个巨大的打谷场，远远看去，谷场上空空荡荡，什么也没有，只是兀立着两座圆圆的谷垛。可是，突然之间，在墨色的夜岚里，他看见了一个红红的小火头儿！那火头儿一飘一飘地在谷场上闪烁着……开初他还有一点害怕，他以为那是鬼火。可是，当他一步步走上前去的时候，他才看清，谷场西边那黑黑的一团竟然不是树，那是一个石磙，老头就在场西边的那个大石磙上蹲着！老头光着两只脚，哈着个腰儿，看上去就像是个大蛤蟆。他两眼怔怔地望着夜空，正一口一口地抽烟呢。这时候，冯家昌那颗悬着的心才慢慢地落在了肚里，他在离老头三步远的地方立住身子，轻轻地叫了一声："廖副参谋长。"

很久之后，老头说："你看那星星，很远哪。"接着，他又说："人心也远。"

过了一会儿，老头喃喃地说："十六岁，我从家里跑出来，一晃几十年，也值了……"这时，老头咂了咂嘴，又说："记得，临走的时候，在镇上吃了一顿'粉浆面条'，很好吃呀。"老头说："当年，我跟一个最要好的同学，就是吃了那碗'粉浆面条'后分手的。原本是要一块儿走的，他家里临时有事，晚走了两天，说是到西安聚齐。可一到西安，也分不清东西南北了。那会儿，招兵的也多，这里竖一个牌子，那里竖一个牌子，就稀里糊涂地跟着走了……以后失散多年，通过家人打听才知道，我投的是八路军，他入的是国民党的新七军。那时候，国民党的新六军、新七军，都是一色的美式装备，吃得也好，这就成了敌人了。再后来，在战场上，他成了我的俘虏……当时，他已是团长了，国民党的上校团长。他要求见我一面，请示领导后，就见了。见了面，他说秆儿，我瘦，小名叫麻秆儿，我们也就是两天的差距呀！我说麦头，他的小名叫麦头，有啥话你就说吧。他说，我只有一个要求。我说，你说。他说我想吃碗'粉浆面条'。于是就让炊事班给他做，面条是做了，就是没有粉浆，在战场上，上哪儿找粉浆去？吃了那碗面，他就走了，站起就走，再也没有说什么。后来，在押送他回去的路上，他企图逃跑，被战士当场击毙，子弹打在后脑勺上，成了一盆糨糊了……后来我才明白，他之所以提出这样的要求，是想让我放他一马。可我不可能放他，也不敢放他。可他以为我会放他，要不，他不会跑的……"老头喃喃地说："在学校上学的时候，他家条件好，我们家穷，两人的饭是伙着吃的，他贴我很多……我欠他一碗'粉浆面条'。"

话绵绵的，夜是那样的静，人就像是在梦里一样。久久之后，他又说："人老了，睡不着，出来坐一坐。你害怕了？"

冯家昌一声不吭地站在那里。冯家昌心里说，老爷子，你把我的苦胆都吓出来了！

接着，老头淡淡地说："放心，我不会死。我不会连累你的。"

听了这话,冯家昌眼湿了,不知怎的,他眼里有了泪。星星很远,星星在天边闪烁,夜凉如水,夜墨似锅。老头就这么一个人孤孤地在石磙上蹲着,那蹲相很像是一只可怜的、无家可归的老狗。不知为什么,冯家昌一下子就想起了家乡的狗……这是将军啊!

第二天,冯家昌找到了场长,说:"老头心情不好啊。"场长资格老,说起来也算是廖副参谋长的部下,就说:"那怎么办?可千万不能出什么事情啊!"冯家昌说:"我有办法。不过……"场长说:"只要让老头高兴,不出事情,有什么要求你尽管说。"于是,冯家昌就在场部借了一辆自行车。他骑着那辆破自行车,先后跑了六十多里路,一路打听着,终于在王井镇上找到了一家卖凉粉浆的。而后,他带着那半桶凉粉浆赶回来,又连夜到四乡里去打听做"粉浆面条"的好手。他一村一村地问,见了女人就问。那些女人说,做是都能做的,但不一定做得好。再问,就有人说,有一个从黑马集嫁过来的女人会做"粉浆面条",做得好。于是就让人找来了那黑马集的女人。那女人看上去清清爽爽的,却是个后走的寡妇,说是她先前的一个男人曾当过土匪,解放时被镇压了……一见面,那女人却说:"粉浆面不好做,那是吃心情的。"听了这话,冯家昌不由得多溜了她一眼,随手掏出两块钱,往桌上一放,说:"我是农场的,你跟我走吧。"不料,那女人看了看桌上的钱,又说:"等等。有浆吗?有黑芝麻吗?有黄豆吗?有芹菜吗?有小麻油吗?……你光说让做?"冯家昌说:"有。你跟我走吧。"

到了这一天的中午,冯家昌像往常那样把老人带到了场部食堂。刚坐下不久,廖副参谋长吸了一下鼻子,突然说:"粉浆面条?"

冯家昌说:"粉浆面条。"

于是,老头再没说什么,就一连吃了三碗……吃了之后,他说:"行,还行。"

过了两天,冯家昌又骑车叮叮咣咣地到了荷店。他听人说,荷店的煎包在当地是很有名的。那包子是牛肉馅的,在平底锅里用热油煎了,再用干荷叶包上焐一焐,待荷叶吃进了油里,就有了一股清香之气。这地方还有一种配着荷叶煎包的小吃，叫豆沫，是一种糊糊状的汤，那糊糊面是用小石磨拐的，里边搁有磨碎了的花生、香菜、红萝卜丁、豆腐之类，香而不腻，很爽口。冯家昌原本打算买些带回去，又怕一凉就不好吃了。他灵机一动，就问那摆小摊的师傅，问他一天挣多少钱。那卖煎包的师傅说，不多，也就十多块钱的样子。冯家昌从兜里掏出了二十块钱，往摊上一放，说："跟我走吧。"那摊主本还想讨价，见冯家昌穿着军装，脸"突"地黑下来，立时就有了点"资本主义"的恐慌，再不敢多说什么了。

再一天，中午的时候，老头坐下来时，眼一亮，说："荷叶包子？！"

冯家昌说："荷叶包子。"

老头说："咦，豆沫？！"

冯家昌就说："豆沫。"

老头用手摸了摸那荷叶，又捧起来闻了闻，而后，他拿起筷子夹起了一只热腾腾的煎包，咬上一口，细细品着；再喝一口盛在碗里的豆沫，小口，品了，再品……久久之后，说："不错，是那个味儿。"

又过了几日，摆在桌上的是吴桥的烧饼。"吴桥烧饼"在方圆百里都是很有名的，那烧饼外焦里酥，入口即碎，麻香可口，且有甜、咸两种；更馋人的是，跟吴桥烧饼相配的是遥镇的胡辣汤，那胡辣汤更是远近有名，有一种极独特的做法，那种辣是叫人悬想不已的……当地曾有一种说法，说是吃了吴桥的烧饼，喝了遥镇的胡辣汤，鸡巴哩，死也值了！

那一日，老头一口一口地吃着那"吴桥烧饼"，喝了遥镇的胡辣汤，长叹一声，说："很好，很好。"

再后来，隔上不几天，冯家昌准定会弄出一些花样来：那或是杨林集的五香狗肉，凡城的"火烧"，凡城火烧夹杨林集的狗肉，满口牙香！那或是西川的芥末凉粉，花镇的小烙馍，热烙馍卷凉粉，一热一凉，再就上玉米糁糊糊，美呀！那或是伏儿岗的双黄鸭蛋，那或是秋岭的烧卖，那或是皇村的羊双肠汤，那或是丰县的肉盒，那或是临乡的焦麻兔肉，那或是秤杆刘的"气肚蛤蟆"，那或是颍水的"叫花子鸡",那或是小尤的焖饼……这都是些做法极为奇特的地方风味,是一个地域一个地域存了心去找才会发现的。

夜里,老头睡不着的时候,就说些三十年前的话……那话丝丝缕缕,断断续续,很梦幻呀!冯家昌就很认真地听着,轻易不问。有时候,老头的话很"簸箩",翻来覆去的,很没有"阶级性",只说了那时间、那地点、那气味或是那一瞥的温情,大都是跟"吃"有关的。老头说:"那个香啊!……"老头闭着眼说:"那卖锅盔的女人,鼻尖尖上有一滴汗,那汗晶莹莹的,很嫩哪!……"有时候,话断了,冯家昌就不失时机地续上去,说:"是紫沟?"老头朦朦胧胧地说:"槐镇,是槐镇哪。小集那边的槐镇,有一孔双眼桥……"这就像递上去的一根竹竿,那回忆就跟着"顺"下去了,情情味味地走……就这么一夜一夜的,用"回忆"治疗失眠,话一"簸箩"一"簸箩"的……聊着聊着就睡去了。有时候,一睁眼,天就亮了。老头说:"咦,天亮了?"冯家昌就说:"天亮了。"老头就说:"不知不觉的,我也能睡到大天亮了。"

第二天,冯家昌就去了槐镇……

就这样,一天一天的,冯家昌觉得,他对廖副参谋长是尽了心了。老头呢,在情绪上也平和了,不显得那么焦躁了。然而,纵是这样的尽心竭力,廖副参谋长对冯家昌却始终没有说过一句感激的话。这老头,他仍是默默的。默默地下棋,默默地钓鱼,默默地在菜园里干活……只是有一次,他对场长发了一句感叹:"这地方,三十年前我打过游击……不虚此行啊,今生今世,也算不虚此行!"

至于老头心里想些什么,冯家昌一无所知。

秋天的时候,李冬冬突然来了。那天,他正在场部跟老头下棋,忽听有人叫道:"冯秘书,有人找!"回过身来,就见槐树下站着一个鲜亮的小女子,那竟然是李冬冬!是李冬冬看他来了,李冬冬手里提着一兜子水果、罐头,挎着一个很别致的小布包,挺挺地站在那儿。于是,他站起身来,走上前去,惊异地说:"这么远,你……怎么来的?"李冬冬说:"我来看看你。"接着,她又说:"真不好找啊,倒了六次车……"顿时,冯家昌心里热乎乎的。许多日子以来,那焦躁、那压抑一齐涌上心头,他差一点掉下泪来!可当着众人,也不好多说什么,就安排她暂时在场部卫生室住下了。

在场部卫生室里,李冬冬从包里拿出了一件蓝底的花格格毛衣,说:"我给你打了一件毛衣,也不知合不合身,你穿上试试。"冯家昌看了看,说:"不用试了吧?"李冬冬说:"不。一定要试,如果不合身,我拆了重打。"于是,冯家昌就把毛衣穿在了身上,冯家昌是有生以来第一次穿毛衣,那毛衣很柔软,很合身,毛衣穿在身上暖洋洋的。冯家昌吸了一口气,说:"不像我了吧?"

李冬冬笑着说:"不像你像谁?"

当天晚上,冯家昌陪着李冬冬在场部的林阴道上漫步。冯家昌说:"这么远的路,你不该来……"李冬冬撒娇说:"我就是要来。告诉你,你逃不掉的。你是我的'俘虏'!"冯家昌默默望着她,不语。这时,李冬冬气恨恨地说:"这么长时间,你既不写信,也不打电话。害得我到处找你,你太坏了!……"冯家昌心里明白,一年零三个月了,他没有打过一次电话,也没有写过一个字,他要的就是这种效果!看来,"冷战"起作用了……

冯家昌问:"你怎么知道我在这里?"

这时候,只听李冬冬说:"那你别管。"说完这话,李冬冬突然回过身来,贴在他的耳边小声说:"我像不像十二月党人的妻子?"

当天夜里,当他回到小平房的时候,老头第一次跟他开玩笑说:"眼光不错嘛。插上'小旗'了吗?"

冯家昌很惊讶地望着廖副参谋长,老头是从不开玩笑的……可是,不等他回话,老头竟用命令的口气说:"'俘虏'她!"

冯家昌脸一红,笑了。

五、看好我的棋盘

他终于看到了一个将军的风采。

当那架直升机降落在谷场上的时候，整个青泥河农场一下子就傻了！霎时间，一辆一辆的小汽车排满了农场的林荫道。前来送行的有本地军分区的各级首长，还有当地的一些行政领导。他们像葵花向阳一般，一个个脸上带着灿烂的微笑，嘴里精心选择着词汇，以各种适合自己身份的口吻，向即将赴京的廖副参谋长表示祝贺。也仿佛是一眨间的工夫，这里的最高行政长官——青泥河农场场长已排在了二十米以外！他站在欢送队列的末尾，衣冠不整、手足无措，就像是一个夹塞儿挤进去的老伙夫。

也就是一夜之间，在冯家昌眼里，老头像是换了一个人！这已经不是那个蹲在石磙上抽闷烟的小老头了，这是一个将军。接到通知后，他就让农场的理发员给他刮了脸、理了发，还特意换上了那身一直压在箱底的呢子将校服。一时间，容光焕发，神采奕奕，那身板就像是陡然间用气儿吹起来了一样，直朔朔的，两眼放出逼人的光芒！他不再看人了，他眼里几乎没有什么人了，他只是在走，昂首挺胸地走，眼前像是有千军万马！面对欢送的队列，他只是随口"噢、噢"了两声，什么也不说。临上飞机的时候，他也仅是跟两三个人握了手，一个是当地军分区的司令员，一个是政委……而后，他竟然撇下了前来送行的一个个领导，旁若无人地朝着站在末尾的农场场长走去。农场场长立时就慌了，他不知道是上前握手好，还是先敬礼好，况且还有那么多的首长在他前边排着……就在他手忙脚乱、迟疑不定的时候，老头已站到了他的面前。老头先是目光炯炯地望着他，继而伸出手来，把他稍稍戴歪了的帽檐扶正，大声说："不错，青泥河不错！"

一时，场长激动得不知说什么好了，他只是连声说："没有照顾好首长，没有照顾好……"

廖副参谋长拍了拍他的肩膀，说："很好，很好。"

冯家昌一直跟在廖副参谋长的身后，当老人跨上飞机舷梯的一刹那，冯家昌抢上一步，本想扶老人一把，不料，老人却一下子把他甩开了。继而，他一步登上舷梯，回过身来，睐着眼对他说："小冯啊，你以为我是纸糊的吗？"

当直升机的发动机发出巨大轰鸣声的时候，老头已走到了机舱的门口，这时，他再一次回过身来，昂昂地站在那里，大声说："小冯啊，看好我的棋盘！"

这突如其来的变故，在冯家昌心里投下了深重的烙印。他想不到的事情实在是太多了，那瞬间的变化也太大了，大得他简直无法承受！突然之间，就来了一架飞机，是飞机呀！它就降落在谷场上……那是大军区的领导也未必能调得动的。冯家昌不由得暗暗感叹，人真是精气神的产物啊！曾几何时，廖副参谋长，在农场一直被人称为"廖老头"的，一时间在他眼里就变得"威武"起来。怎么会呢？他眼睁睁地看着，突然之间，那真是伟岸哪！那神态，那气度，一行一动，真是可以叱咤风云！……还有，那些赶来送行的首长们，在老头下来的时候，他们一次也没来过。可是，就突然云集在谷场上，在他们列队向老头行礼的时候，他居然在他们的眼里看到了一丝战栗……直升机飞走了，各级领导也已纷纷散去，可冯家昌仍然沉浸在巨大的惊讶之中。想不到，真是想不到啊，不足两年的时间，事情就起了如此大的变化！

昨天夜里，十二点的时候，门外响起了急促的脚步声，紧接着，只听农场场长高声叫道："廖副参谋长，廖副参谋长！"匆忙间，冯家昌从床上跳下来，开了门问："场长，有事吗？"可是，场长并不看他，场长很严肃地站在那里，先是对着躺在床上的廖副参谋长行了一个军礼，而后说："廖副参谋长，请您立即去场部接电话……您一个人去！"这时候，老头仍很平静地在床上躺着，他问："谁的电话？"场长迟疑了一下，说："我不能说。"到了这时候，老头才披衣下床，跟着场长大步向场部走去。

一个小时之后，廖副参谋长回来了。就接了这么一个电话，老头整个人像是虚脱了一样，他的腰弯得更狠了，满脸都是苍老的皱纹……进得门来，老头慢慢在床上坐下来，竟一连吸了三支烟！此后，他便长时间地在屋子里踱步，一时快，一时慢，久久之后，他突然停住身子，默默地说："孩子，有件事情，本来是不打算告诉你的。让你知道了，没什么好处……不过，现在事情明朗化了，倒是可以说了。"

冯家昌愣住了,是为那两个字:"孩子"。他跟廖副参谋长这么久了,老人从来没这样叫过他。可是,突然之间,老头的口吻变了,那口吻变得无比亲切,这也是老人第一次在他面前流露感情。他知道,这两个字是很重的,那是一种非同一般的信任!于是,在沉沉的夜色里,在度过了一段相濡以沫的日子之后,老人给他交底了。

老人说:"我的问题,是因为一封信,这是一封申诉信。这封信牵涉到了七位老同志,是七个将军联名给上边写的申诉材料,那是为一个冤狱的老上级申诉的……这封信酝酿了很长时间,后来转到了我的手里,我是最后一个签名的。当时,看了这封申诉材料后,我一夜都没有睡,考虑再三,我觉得就当时的形势来看,时机不成熟,弄不好会有麻烦,大麻烦。于是,我当机立断,把那封信烧了!不过,在烧这封信之前,我把这封信背了下来,一字不差地背下来了……由于这封信是要直送上边的,在转送渠道上,已经做了一些试探,所以风声传出去之后,上边就开始追查了……那时候,信,我已烧了,已经没有证据了,他们也只好查到我这里为止。至于信的内容,我给他们背了一遍,是一字不差地背了一遍,那不过是一些申诉的内容,他们也没有查出什么……结果是这一切都由我担起来了。人,在某些时候,该担当必须担当。"当老人说到这里的时候,他突然笑了,摇摇头,又摇摇头,接着他说:"现在形势变了,是大的变化!你很快就会知道的。某些人已经完了……现在,这封没有发出的信,就变得重要了,在某种意义上说,它成了一发炮弹!"往下,老人沉默了,他的话戛然而止,接下去竟是长久的沉默!许久,老人轻声说:"孩子,下边的话,是一个老人对你说的。古人云:'上多事则下多态,上烦忧则下不定。'你记住,在时间中,是没有纯粹的。所谓的纯粹,是混沌中的纯粹。其实,关于那封信,我漏掉了一行字。第一次,在交代问题的时候,我是无意中漏掉的。这第二次,我是有意漏掉的。"他一字一顿地说:"我漏掉了信的'抬头'……"

老人说:"你知道什么叫'抬头'吗?"

冯家昌说:"知道。"

接着,老人感慨地说:"有时候,历史真是一笔糊涂账啊!"

廖副参谋长的话说得十分含蓄,冯家昌也听得似懂非懂……但有一点他是明白的,廖副参谋长是在跟他交心呢。这不是一般的"交心",这是把他当做最亲近的人看待的!可是,他最想听的,老人却没有说。

说着说着,已是下半夜了。马灯里的油快要熬干的时候,廖副参谋长才说:"小冯啊,这次进京,我不能带你了,上边只要我一个人去。不过,我会回来的。"

到了第二天,当那架直升机轰轰隆隆地降落在谷场上的时候,冯家昌才终于明白,老头"解放"了!直觉告诉他,廖副参谋长此次进京,意义非同寻常,很有可能会受到重用。那么……往下,冯家昌就不敢多想了。

是啊,这边,廖副参谋长刚一"解放",整个青泥河农场对他的态度就大不一样了。他们从上到下一口一个"冯秘书"地叫着,叫得十分恭敬。住的地方换了,连蚊帐都换了新的;场长还专门给他在食堂里安排了"小灶",随到随吃,想吃什么就可以点什么。也是在一夜之间,他们对他,几乎像是敬神一样!

可是,三天之后,事情就又起了变化。场长突然通知他说,接北京长途,廖副司令不再回来了……要他立即返回。场长用爱莫能助的语气说,老弟呀,本来打算送送你的。不管怎么说,场里还有辆破吉普。可是,根据廖副司令的指示,就不能送你了。场长说,廖副司令指示,要你徒步归队!

恍然之间,就"廖副司令"了,就不再回来了,就……可老头走的时候说,看好我的棋盘!

老头是坐直升机走的,却要他徒步归队。这,这也太……冯家昌像是挨了一记闷棍,一下子就蒙了!三百多里路,徒步归队,这将意味着什么?!

这时候,天仿佛塌了似的,冯家昌晕晕腾腾地站在那里,望着满坡的庄稼地,喉咙里一血一血地往上涌!他只觉得眼前一黑,强撑着站住身子,仍有些不甘心地问:"廖……副司令,还说了些什么?"

场长说:"别的没说什么。只强调了一点,徒步归队。"

命令就是命令。此后,那三百多里路,几乎是用泪水泡出来的。当冯家昌打好背包,走出农场百米之外,站在一棵树下的时候,仰望苍天,他禁不住失声痛哭!归队……还要徒步?!可"队"在哪里?是回机关?还是直接返回连队?他究竟犯了什么错误?!老虎还有打盹儿的时候,鹰也有看不到的地方……他实在想不明白,他究竟做错了什么。六年了,当兵六年了呀,如果这时候让他回连队,那他面临的将是复员!三十功名尘与土,八千里路云和月……他一边流着泪,一边在心里骂自己。他说,你不是吹着你是用脚"思考"的吗,操,你就走吧,掂着两条穷腿好好走,三百里路,就用你的脚好好"量"吧。你算什么?你狗屁不是!要你归队你就得归队,要你复员你就得复员。回去老老实实挑你的牛腿吧!就让全村人笑话你吧!

于是,一天两夜,他整整走了一天两夜!他滴水未进,一口饭也没吃,当太阳再一次高高升起的时候,他就这么硬撑着走进了那座城市。这时候的他已是万念俱灰,口干舌燥,满身都是灰尘和汗水,嘴边上竟起了一连串的燎泡!当他来到军区大门口的时候,想不到的是,两个哨兵竟然同时向他敬礼!可他没有还礼,目光里充满了敌意。不料,就在这时,其中的一个哨兵竟热情地对他说:"冯参谋,你回来了?"

他瞪了那哨兵一眼,恶狠狠的。心里说,王八蛋,认错人了吧。参谋?参谋个屁!

不料,当他一步一步地走回原来的宿舍,见到侯秘书的时候,冯家昌又一次傻了。那"小佛脸儿"看见他,当胸就是一拳!"小佛脸儿"说:"格老子的,回来了?你个狗日的——请客,请客!"可冯家昌连眼皮都没抬,他把背包往床上一扔,默默地说:"请什么客?""小佛脸儿"说:"老子干这么多年才是副营,你他妈才出去一年多,就是正营。你还不请客?!"

冯家昌浑身一激灵,脱口说:"谁?"

"小佛脸儿"说:"你呀。命令已经下来了,正营职参谋……操,军官服我都给你领回来了!"

这时候,冯家昌一头倒在地上,像一堆泥似的,再也爬不起来了……此时此刻,他满脸都是泪水!

当天晚上,冯家昌穿着那身崭新的军官服,请"小佛脸儿"在军区外边的小酒馆里吃了顿饭。待二两小酒下了肚,不知为什么,喝着喝着,"小佛脸儿"哭了,冯家昌也哭了,两个都掉了泪。后来,侯秘书嘟嘟哝哝地说:"老弟,我可是干了六年副营啊!……"

过了一会儿,"小佛脸儿"终于忍不住说:"说说吧?"

冯家昌说:"说啥?"

"说说你咋整的?"

冯家昌沉默了片刻,说:"……不知道。"

有好一会儿,"小佛脸儿"一声不吭,就那么直直地看着他……

冯家昌说:"我真不知道。"

久久,"小佛脸儿"说:"你越师了。"

冯家昌很诚恳地说:"老哥,你啥时候都是我的老师,真的!"

"小佛脸儿"说:"……有人从北京打来电话,坚持要提你为正营。那不是一般的电话,那电话是有记录的。据说,一号在电话里说,副营吧?可那边,你综合素质好,坚持要提正营……你说你不知道?!"

冯家昌静静地坐在那里,心里却翻江倒海!他默默地说:"……走的时候,他一句话也没说。后来,就给我了四个字:徒步归队。"

"小佛脸儿"问:"谁?"

冯家昌说:"廖副参谋长。"

"小佛脸儿"说:"是廖副司令。"

冯家昌说:"是……那是个好老头。"

"小佛脸儿"说:"说说,咋整的?"

冯家昌说:"你真想知道?"

"小佛脸儿"说:"操!格老子的……"

冯家昌说:"那真是个好老头。"

"小佛脸儿"说:"操!……"

冯家昌说:"话还是你说的。"

"小佛脸儿"说:"我说什么了?"

冯家昌说:"你说,兵书上说:用兵之道,攻心为上。"

"小佛脸儿"说:"具体点。"

冯家昌说:"也就两个字:回忆。"

"小佛脸儿"不解地问:"回忆什么?"

冯家昌说:"回忆过去……回忆是感情交流的最好方式。"

"小佛脸儿"沉默良久,再一次重复说:"你越师了。"

六、雪做的旗帜

那场雪成了他的背景。

那是岁末的第一场雪,雪正下得纷纷扬扬。

在车站广场上,雪是黑的,雪在人们的脚下变成了一汪一汪的旧棉絮。到处都是吧嗒、吧嗒的脚步声,那脚步声像是踩在了灶王爷的屁股上,火燎燎的。已是年关了,车站广场上熙熙攘攘,背着行李的旅人排着长队,像绵羊一样被打着小旗的车站管理员驱赶着,一时东,一时又西……开始还有些规矩,可突然之间就乱了营,人群呼啦啦地跑动着,吧唧吧唧的,把雪都跑"炸"了,到处都是飞溅的雪泥!喇叭里不断地播送着一趟趟车次晚点的消息,弄得人心里乱毛毛的。不时地有人高声喊着什么,像乱了头的苍蝇一样在广场上跑来跑去……然而,在熙熙攘攘的人流里,只有他一个人是不动的。

他就站在离铁栅栏五米远的地方,稍稍地离开一点人群,就那么一直站着。雪仍在下着,雪下得很大,在灯光的映照下,那飞扬的雪花泛着紫银色的光芒。夜色越来越浓了,广场上的灯光也越来越寒,冯家昌仍是一动也不动地站在那里。

每一个从他身边走过的人都会有一点点诧异,这人怎么回事呢?还是个军官呢,就那么傻傻地在雪地里站着。可笑的是,他胸前还挂着一双鞋,那是一双新鞋,那鞋是用两根鞋带穿起来的,而他的两只手就那么伸在鞋子里，就像是胳膊上长了两只脚。

八九点钟的时候，他已经站在那里了，十点钟，十一点钟……他仍然在那里站着。他几乎是把自己种成了一棵树，白树。

268次列车是十一点四十五分才到站的，它整整晚了两个半小时。当人流从出站口涌出来的时候，栅栏前已经没有多少人了。这时候，整个广场上，最醒目的就是那棵"树"了。"树"白皑皑的，看上去就像是一种标志。

女人是有预感的。女人的预感很荒谬，也很先天。在李冬冬走下火车的一刹那间，她突然有了一种说不出来的情绪，那情绪很朦胧。一时间，她心里慌慌的，总觉得好像是有什么事要发生了……那究竟是什么呢？她的心怦怦跳着，步子不由得加快了。当她快要走到出站口的时候，却猛地站住了，她在涌动的人流中站了大约有十秒钟的时间。就在这个时间里，她的脑海里兀地闪现了一个念头，这个念头刚一闪现就定格了。她虽然刚刚学过《形式逻辑》，可她心里的念头却是非逻辑的。是呀，她现在已经是一名大学生了，是"文革"后的第一批大学生（她还是带工资上学的，这就更增加了她的优越感），虽然才上了一个学期的课，那人生的感觉已是焕然一新了！在大学里，她已见识过那么多的学子，其中也不乏优秀者。况且，父亲已经"解放"，一切的一切已不是从前的模样了。她对自己说，世界很大，不是么？如果"那个人"来接她，那么……如果"那个人"没有来，那么……女人的情绪是很容易变化的，就在她踏上出站口的一刹那，心里已有了一道"分水岭"。这是她自己给自己画的"线"，那"线"是虚空的，也是实在的，这是一个女人的决定。于是，她慢慢地、不慌不忙地往出站口走去。

这时候，她几乎是最后一个走出出站口的旅客了。

雪仍在下着，车站广场上的灯光素素的，透着一种叫人说不出来的空旷。李冬冬站在出站口的台阶上，冷风扑面而来，她身子寒了一下，抬眼望去，先是看见对面大厦上的灯光，那灯光前飞舞着银狐色的雪片，那雪片迷迷蒙蒙，就像是一针针倒卷的梨花……继而，她吸了一口气,目光往下扫视着,蓦地,她就看见了那"树"!

她的目光在那"树"上停留了片刻,待要扫过时,她愣住了……是他,那真的是他!他就是这样的一个人,很犟,他站在那里一动也不动,他把自己站成了一个雪的"标志"!不知为什么,此时此刻,李冬冬一下子就释然了。她飞快地跑下台阶,猛地扑在了"那个人"的怀里……她欢快地叫道:"是你吗?真的是你?!"

这时候,那"树"就裂了,那"树"从雪白里裂出了一片军绿色。"树"说:"你还有人吗?"

李冬冬跳起来:"你真坏呀!"

李冬冬看了他一眼,说:"你站了这么久,冻坏了吧?"

冯家昌说:"我没事。我冻惯了。你冷吗?"

李冬冬跺着脚说:"晚了两个多小时,冻死我了。"

于是,冯家昌从脖里取下了那双鞋,那是一双棉皮鞋。他默默地说:"换上吧。"

此时此刻,李冬冬才注意到了那双鞋,那鞋就挂在他的胸前……李冬冬说:"你买的?"冯家昌说:"我买的。"说着,他就在她面前蹲下身来,闷声说:"快换上吧。"李冬冬怔了一下,说:"就在这儿?"冯家昌说:"就这儿,你扶着我。"李冬冬用手扶着冯家昌,半弯着身子,把脚上的鞋脱了下来,先换了一只,而后再换上另一只……冯家昌说:"暖吗?"她说:"真暖和呀!"冯家昌随口说:"这鞋是新产品,带电的。"李冬冬低头看了看,惊讶地说:"是吗?还有这样的鞋?!"冯家昌说:"只有两节电池。"李冬冬就仄歪着脚,四下里看,说:"电池在哪儿?"冯家昌笑而不答……李冬冬又看了一会儿,小心翼翼地走了两步,说:"……踩不坏吧?"冯家昌说:"你放心走吧,一次性的,踩不坏。"李冬冬诧异地问:"一次性的?"冯家昌就笑着说:"手——电。"而后,冯家昌从兜里掏出一张旧报纸,再次弯下腰来,把她脱下的那双旧鞋用报纸整整齐齐地包好,塞进了他随身带着的军用挎包里。

走了几步,李冬冬突然明白了,她喃喃地说:"……手电?噢,手——电?!"于是,她咯咯地笑起来,笑过之后,她扭过脸来,在他的脸上重重地亲了一下，说："你真好。你怎么这么好啊？！"说完这话的时候，她的脸上陡然升起了一片杏红！于是，她说："我太冷了，你不知道我有多冷。暖暖我吧，我想让你暖暖我。"就在这一刹那间，她做出了一个重大的决定，她伸手拦了一辆出租车，说："到东区！"

夜已深了，出租车把他们拉到了东区那座旧楼的门前。当门前只剩下他们两个人的时候，李冬冬喃喃地说："我一点也走不动了，你抱我上去吧。"

冯家昌迟疑了一下，说："太晚了……不方便吧？"

李冬冬偎在他的身边，说："你害怕了？"

冯家昌不语。

李冬冬贴在他的耳边小声说："……你以为他们还在这儿住呢，早搬走了。"

于是，冯家昌二话不说，扛上她就往楼上走！……在楼梯上，李冬冬抱着他的脖子依依哆哆地说："你把我当成麻袋了吧？我是你的麻袋吗？就算是吧，我就是你的小麻袋，小小麻袋。我胖吗？你是不是觉得我胖……"

这时候冯家昌心里已起了火，那火烧得他就快要炸了！两人互相搂抱着来到了房间里……冯家昌一下子就把她扔在了那张大床上，而后，当他要扑上去的时候，李冬冬却突然说："不，不。"接着，她像鱼一样地从他身下滑了出来，匆匆地下了床，走进一个一个房间，只听"叭、叭、叭……"一阵响声后，她把房里所有的灯都打开了！

冯家昌一下子怔住了，灯光是很逼人的，灯光把他照得很小，是灵魂里的小……

突然之间，一向温文尔雅的李冬冬就像是掀开了一道道幕布，露出了鳗鱼儿一样的胴体和火热奔放的魂灵！她炸了，她是自我爆炸，那媚态，那胆量一下子全都显现在他的面前，几乎是吓了冯家昌一跳！她撅着小嘴，一边小声地、柔柔曼曼地说着话，一边一件一件地、带有表演性地脱着衣服……她说："从现在起，我就是你的俘虏了。我是你的书，我是你的小豆子，我是你的小鱼儿，我是你的小面包。你把我撕巴撕巴吃了吧。不过，你得好好吃……你是第一个读者，你得好好读，细读。我不要你粗读，你不能就那么把我读了。我不让你那么读。我就不让你那么轻易地就读……"

　　这时候，冯家昌像是被逼进了死角里，他一下子蒙了！一时竟不知如何才好……他一直认为他是个男人，是个堂堂的男子汉。可在这里，他竟然不知不觉地丧失了主动权。他很想骂一句什么，可在如此的氛围里，他居然骂不出口了。

　　接下去，李冬冬就像一条滑溜溜的鱼儿游到了他的身上……这真是个疯狂的、有光有声的夜啊！在灯光下，那一切都赤裸裸的，一切都很肉，是疯了的游动着的肉。就像是一座剥光了的"城市"，"城市"的高贵，"城市"的矜持，"城市"的坚硬，"城市"的道貌岸然，在一刹那间化成了一股汹涌的洪水，那"水"咆哮着，"水"的尖叫声像号角一样，具有摧枯拉朽的力量，逼着他一次次地冲锋、再冲锋！在"城市"的肉体上，那"阅读"竟显得有些力不从心，显得过于被动，"书本"已经摊开，"书页"在自我掀动，一个声音高叫着："读啊，读啊，你读啊！……"可冯家昌却感到了他从未有过的失败，连他自己都说不清楚，到底是他占领了"城市"，还是"城市"强奸了他。当他的肉体在欲望和汗水中挣扎的时候，他的感觉突然就不对了，他竟然觉得这里不是他的"停泊地"，因为这里没有草的腥香……但是，搏杀仍然在进行着，那是更刺激人的一种燃烧，是本能的燃烧！在燃烧中，有一点他是清楚的，那就是——他进入了"城市"，却丧失了尊严。

　　第二天早上，两人静静地躺在床上，她说："好吗？"

　　他淡淡地说："好。"

　　她说："想再好吗？"

　　他感觉到她偎过来了，竟有点沮丧地说："你好，我不好。"

　　她安慰他说："你好，我才好。"

　　他又一次说："你好，是你好。"

　　她柔柔地说："不。你好我才好。"

她坦白地告诉他说:"……告诉你吧,在大学里,有六个人追我。可我知道,他们不是追我,是追我父亲,我父亲官复原职了……"

此时此刻,冯家昌嘴里咕哝了一句。她问:"你说什么?"

他说:"我什么也没说。"可是,他心里清楚,他说了。他知道他说了什么。在下意识里,他说:

"我插上'小旗'了。"

第五章

一、谁家的喜鹊叫了

那是"上梁"的日子。

一挂重鞭响过之后,老姑夫家翻盖的新房就算是落成了。

这些天,累是累了一点,但一家人都喜滋滋的。虽说是旧房翻新,却也"里生外熟";那土坯房的外层已换成了砖的,是红砖。房顶呢,准备的是"金镶玉";那是一半的麦草,一半的小瓦呀,好歹也算是起了"龙脊"的。翻盖房子时,村里前来帮工的人很多,也都是自愿来的,这对单门独户的冯家来说,已算是天大的体面了。

自然,这一切的一切,都是刘汉香的功劳。修房盖屋不是简单的事情,这说明,一个女人终于把一个家撑起来了。

偏晌午的时候,老姑夫正在给匠人们散烟呢。烟是本县生产的"杏花牌",一毛七一包,这对一般的人家来说,也说得过去。梁已放了正位,"龙脊"已坐稳,剩下的只是些碎活了。他把烟一支支扔过去,笑着说:"爷们儿,歇会儿,都歇会儿。"匠人们接了烟,趁着休息的时候,给老姑夫开些咸咸淡淡的玩笑。这些日子,老姑夫大约是喜昏了头,不时会弄出些小差错。比如,让他送钉子的时候,他递的是斧头,让他递把瓦刀,他偏又送的是泥抹……于是就不断地有匠人取笑他:"老姑夫,你听,你听,喜鹊叫了!"他迷迷瞪瞪地四下望去,说:

"喜鹊？"匠人就说："可不，喜鹊。迷吧，很迷吧。是给儿子娶媳妇呢，还是想给自己娶呢？！"老姑夫慌忙朝灶屋里看了一眼，说："别乱。别乱。"

"哄！"众人都笑了，大笑。

可笑着笑着，蓦地，人们就不笑了，那笑散得很净。这是因为院子里进来了一个人，这个人后边还跟了一群人！

——支书来了。

论说，支书来了也没什么，如今不是已经"亲戚"了吗？可支书的脸色却一点也不"亲戚"，那脸是紫的，是涨出来的黑紫！那脸看上去黑麻麻、苦艾艾的，就像是刚刚撒上了一层炒热的芝麻，或者说是让人踩了一脚的紫茄子！他进得院来，浑身颤着，很突兀的，竟然下泪了！支书刘国豆站在那里，满眼都是泪水……顷刻间，他破口大骂，他像狼嗥一样地高声骂道："那良心都让狗吃了？！那是人吗？屙的是人屎吗？！干的是人事吗？！——猪！——狗！——王八！！"

院子静了，那骂声徜徉在秋日那温煦的阳光里，就像是兜头泼下的一泡狗尿，淋淋漓漓、哈哈辣辣地打洒在人们的脸上！有那么一会儿工夫，人们懵懵怔怔地望着他，不知道究竟出了什么事情。叫人想不到的是，支书也会下泪，这是从未看见过的……可是，分明的，那眼里汪着的是恨。那恨是切齿的、是透了骨的！

有一刻，老姑夫磨磨地走上前去，赔着笑脸说："国豆，你……这，这是咋啦？是娃们又惹你生气了？"

国豆冷冷地哼了一声，一脸麻坑炸着点点黑火，那牙咬得嘣嘣响，看都不看他一眼，只是重重地朝地上"呸"了一口，而后，他大声对众人说："今天，我刘国豆不要脸了！我这脸也不是脸了，是破鞋底！是烂席片！是他娘的臭裹脚！是那千人踩、万人踩的螃蟹窝！……"就这么说着，他长叹一声，摇了摇头，一字一顿地说："事已至此，不说了，啥也不说了……砸！给我砸！！"

一语未了，刘家的人就齐伙伙地拥上来了……

这当儿，正在灶屋里做饭的刘汉香急步抢上前来，当院一站，说：

"慢着。"而后，她转过身去，对气疯了的刘国豆说："爸，你还讲理不讲理了？这院盖房碍你的啥事了？你凭啥要砸？！谁敢砸？！"

看见女儿，国豆两眼一闭，紧着又叹了一声，顷刻间扑噜噜热泪长流……他说："闺女呀，你还在鼓里蒙着哪，人家早把你晾在干地里了，我的傻闺女呀！你上当了呀！人家是黑了心哪！人家……不要咱了呀！"

刘汉香的脸"刷"一下就白了，可她仍在那儿站着，轻声说："爸，你，咋说这话？说谁哪？——我不信。"

刘国豆跺着脚说："闺女，我的傻闺女呀，事已至此，我也不瞒你了。那姓冯的小子，那王八蛋，那忘恩负义、猪狗不如的东西，如今是提了营，当了官了！人家热热闹闹地娶了个城里的姑娘，他他他……婚都结罢了呀！"

顷刻间，刘汉香觉得天旋地转！她身子摇了摇，仍固执地说："我不信。爸，你听谁说的？我不信。"

这时候，大白桃拨开人群，从后面扑过来，哭着说："我可怜的闺女呀！你爸他都打听清楚了，真真白白呀！这是他战友亲口说的，人家才转业，人家现在是咱县武装部的干事。人家说，事已经办过了，这还能有假吗？！上天要是有眼，下个炸雷吧！……"

不料，刘汉香怔了一会儿，却突兀地笑了，她惨然地一笑，说："看来，是真的了？"

大白桃哭着说："……真真白白！"

此时此刻，只听房顶上"咕咚"一声，有人把手里的瓦刀摔了！紧接着，又听领头的匠人老槐气呼呼地说："收工，不干了！"于是，呼啦啦的，匠人们全都从房上撤下来了。

可是，刘汉香却上前一步，抓住了刘国豆的手，颤颤地说："爸，闺女丢了你的脸了。我问一句，还要闺女吗？"

刘国豆泪眼模糊，紧着长叹一声，说："要。闺女啥时候都是我闺女。"

默默地，刘汉香眼里有了泪。那泪含在眶里，盈盈满满地转着，却没有掉下来。她紧抓着父亲的手，轻声说："爸呀，断就断吧……人家要是执意不愿，就算了。我不生气，你……也别生气。"

刘国豆的头摇得像披毛狗一样，那牙咬了再咬，恨不得立时把牙碎了！他说："香呀，香，这口血——老难咽哪！"

秃噜一下，刘汉香脸上挂着两行冷泪，她说："咽了吧，爸。你要是还要闺女，就咽了。"

就这么说着，刘国豆突然抓住了闺女的手，往众人面前一举，说："看看这双手，要是有良心，看看这双手吧！……"

是啊，那手已不像是姑娘的手了，那手已变了形了，那手上有血泡，有一层层的老茧，那手，如今还缠着块破布呢……那就是一天天、一年年磨损的记录！

刘汉香两眼木呆呆地扫过整个院子，那一处一处啊，都留有她的印痕……刘汉香叹了一声，艰难地说："爸呀，别砸。你要是砸了，那是砸你闺女的心哪！这个家，置起来不容易。咱既然没有做过亏心事，你就让我善始善终吧。"

返过身来，刘汉香又抓住了匠人老槐的手，说："槐伯，坏，是我张罗着脱的。房，是我张罗着盖的。这也算是我在冯家这些年来的一个见证。你老……就成全我吧。别走，求你了。"

一时，众人都默默的，众人脸上都像是下了霜！

这是多大的打击呀！本是喜哈哈的，突然就……刘汉香的心都要碎了，她的脸惨白惨白，可她仍笑着对众人说："面都下锅了，还让豆腐嫂特意磨了一盘好豆腐，还是……把豆腐吃了吧！"

阳光很好，阳光就像是发面蒸出来的热馍头，暄暄的，柔柔和和的。抬头看去，房顶上"龙脊"已立起来了,东边的"龙头"已经扣好，西边的"龙头"也已装上……"龙脊"上还插着三面小旗，小旗在微风中猎猎地飘动着，可人心很凉。院子里，人们都默默地站着，该说些什么呢？还能说什么呢？！

"扑通"一声，老姑夫跪下了，就在当院里跪着！他伸出两只手来，左右开弓，一下一下地扇自己的脸……那巴掌重重地打在脸上，发出一种"扑嗒、扑嗒"的声响,打得他自己满嘴流血!

没有谁动,也没有谁说一句话……

刘汉香长叹一声,上前一步,抓住了他的手,说:"爹,这不怪你。你别这样,起来吧……房,咱还要盖呢。"

老姑夫跪在那里,嘴哆哆嗦嗦地说:"作孽呀,这是作孽!……这事,要是真的,那畜生,要是真做下了这等伤天害理的勾当,我……无话可说。你们扒我的房,砸我的锅,任凭老少爷们儿处置!要是还有个……转换头儿。爷们儿哪,我这就派人进城找他去,是死是活,把那娃子弄回来。当面锣对面鼓,给我说个究竟,也给老少爷儿们有个交代!"

仍然没有人说话,人们的眼就像是锥子、是绳套、是火药罐……

终于,支书刘国豆说话了,刘国豆说:"……好,也好。虽说覆水难收,嗨,到了这一步了,仁至义尽吧。老姑夫,我给你三天的时间。三天以内,你那当了官的儿就还是官。三天之后……"刘国豆狞笑了一声,咬牙切齿地说:"我这一罐热血,可就摔上了!他那军装,咋穿上的,我咋给他扒下来!他纵有日天的本事,我还让他回土里刨食……不知你信还是不信?!"

日光亮亮的,可人们心里很寒,很寒哪。

接着,刘国豆又说了一个字:"走!"说完,他带着人走了。

院子里静了一会儿,匠人老槐默默地往手上吐了一口唾沫,重又上了房,他站在房角的架子上,高声对徒弟们说:"干活!活要做好,做细……不过,一口水都不能喝!"他的意思很明白,饭不吃,活要做。他要叫人看看,什么叫——仁义!

徒弟们也都跟着齐刷刷地上房了,活做得很紧,很细,那是憋着一口气做的……场面上已经没有了当初的热闹,话极少,吐出的也是一字半字,像炮捻似的,有股子火药味:"泥!""瓦!""灰!"……

在众人面前,刘汉香表现出了超常的刚强!她的脸虽然白煞煞的,但没有人能够看透她的内心,此时此刻,谁也不知道她心里究竟在想些什么……只见她执拗地甚至是武断地把老姑夫从地上拉了起来。老姑夫仍在地上跪着,他像一堆泥似的瘫在地上,死活就是不起来……有那么一刻,两人僵持着,可刘汉香还是把他拽起来了。她说:"爹,别让人看笑话了,咱是盖房呢。你要是再不起来,我就跪下了。"

而后,她仍像往常那样指挥着蛋儿们,该上泥的时候上泥,该递麦草的时候递草,该拾掇的时候拾掇……她就像走马灯似的屋里屋外地忙活着,不给自己留一分钟的空闲。她甚至知道人们都在偷眼看她呢。这时候,她不能倒下去。在这种时刻,她就这样一血一血地挺着,挺着。

门外,男男女女的,不断地有人走进来,借口拿一点什么,或是送一点什么……可她知道,那都是来看她的,看她的脸色,猜她的心思,看她究竟怎么样了。好事不出门,坏事传千里,顷刻间,人们都知道了她的事情……是的,人们同情她,人们的眼神仿佛在说:香啊,你哭吧,你大哭一场!那样,心里或许会好受些。

可是,她没有哭,她就是不哭。

一直忙到日夕的时候,该忙的全都忙完了,体体面面地送走了匠人,搬搬挪挪、里里外外也都拾掇了一遍……这时候,只见刘汉香站在空空的院子里,神色怔怔地望着天空,突兀地说了一句:"谁家的喜鹊叫了?"

紧接着,一口热血从她嘴里喷了出来!……

蛋儿们"哇"一声扑了上去,齐声叫着:

"嫂啊,嫂!——"

二、城里没有星星

刘汉香一躺倒,冯家的天就塌了。

……那唾沫像海一样,淹人哪!

于是,冯家那四个蛋儿,慌慌张张的,坐上火车,奔他们的大哥去了。

走的时候，老姑夫吩咐说，见了面，你们就问他，还要家不要了？他要是耍性子，你们就跪他！……还说，带上绳，捆也要把他狗日的捆回来！

蛋儿们是第一次出远门，下了火车，那眼就不够使了，车站上熙熙攘攘的，有很多颜色，尤其是饭馆里那香味，勾魂哪！于是，你说往东，我说往西，谁也没来过这么大的城市，就迷迷瞪瞪地四下闯，走了一个电杆又一个电杆，走了一头的汗，却又迷了方向……就说，老天，地方这么大，上哪儿找去呢？

老五说："信封呢？信封上有地址，问吧。"

就这样，东摸西摸的，问来问去，等找到军区大门口的时候，已是午后了。四个后生，怯怯地凑在门旁，私语了一阵，刚壮好胆子要进，可哨兵却不让进，哨兵小旗一挥，说："站住！"老五就带着哭腔说："找俺哥呢。俺来找俺哥呢。"哨兵很严肃地问："你哥，你哥叫什么？"老五吸溜了一下鼻子，说："钢蛋——"话没说完，老二在后边捅了他一下，他就忙改口说，"冯家昌。俺哥叫冯家昌，他……"哨兵听了，说："冯家昌？"兄弟四个一齐说："冯家昌。"于是，哨兵就说："站一边等着吧。"说完，就扭身进那小亭子里去了。老五悄声说："乖乖，那里边有电钮，他一按，里头就知道了！"

四兄弟站在门旁，偷眼再看，那大门很"政府"啊。

于是就等。等啊等，等了大约有一顿饭的工夫，直等得喉咙里冒烟的时候，才看见有一个军人从里边走出来了……远远望去，那操场真叫大呀，院子真叫深哪，门是一进一进的，路也真叫长啊。那军人，胳膊一甩一甩地走着，看着不大像是哥。待走得再近些，他们才看清，那是哥，那就是哥咧！哥从来没有像现在这样威风过，哥昂首挺胸，一钢一钢地走着，这可是"四个兜"的哥呀。哥的肩膀上还有星呢，一颗、两颗、三颗，啧啧，那可是一杠三星啊！当哥走到大门口的时候，哨兵双脚一并，忽地就"立正"了，哨兵"啪"一下给哥敬了个礼，哥也只是晃了一下手……谁也想不到，哥一出面就把他们给镇了，那已经不是哥了，那是官。

哥站在大门口，看着他们弟兄四个，哥的眼很"官"……哥一准是看见了他们束在腰里的绳，可那绳这会儿却软塌塌的，只剩下寒碜了。见了面他们才知道，其实，他们一直是怵着大哥的。他们怕他，从小就怕。哥的眼在他身上"官"了一番，看了这个，又看那个，而后缓缓地吐出了三个字："——先吃饭。"

在这里，哥一句话就把他们俘虏了。哥这一句话压住了他们心里的千言万语！本是十万火急，本是兴师问罪……可真到了见面的时候，这四个蛋儿，却一个个蔫鸡样的，只好跟着走了。

这顿饭吃得很闷。早已过了午了，哥二话不说，把他们领到了军区外边的一个饭馆里。那是一个很干净的饭馆，有桌有椅，那椅还是带靠背的，坐的时候，屁股底下一软……哥点了四个菜，八碗大米饭。那菜油汪汪的，有鸡有肉……那个香啊，直冲鼻子！这时候，弟兄四个，饿是早就饿了，可一个个脸上愁惨惨的，谁也不拿筷子，也不说话。只有那老五，老五也仅只是打了个喷嚏、吸溜了一下鼻子……哥看了看他们，伸手一指，说："吃吧。"这当儿，老二看了哥一眼，觉得该说点什么了。来前，爹是有话的，再说，家里那么一个情况，不说行吗？！于是，老二鼓足了勇气，说："哥，家里……"可是，哥却不给他说话的机会，哥目光一凛，说："先吃！"接着，哥语气缓了一下，又说："吃吧，都饿了，吃了再说。"

——就吃。一个个闷着头吃。桌上，只见筷子飞动，你一叨，我一叨，那大肉块子肥肥的，汪着油水，出溜出溜，挺滑；那米搅了肉菜，吃得满嘴流油……弟兄四个，从来没吃过大米饭，就觉得很香，香得腌人，那香先先地就把肠胃给收买了！吃着吃着，老五快快地扒光了一碗，四下看了看，说："哥，有馍吗？"哥瞥了老五一眼，朝着服务员说："再来四碗米饭。"这时候，老四突然下泪了，老四低低地勾着头，用泪水拌着米饭，一小口一小口地吃着，老四觉得自己很无耻。

……那个时刻终于来到了。

饭后，已是半下午了，哥把他们带到了军区的一个招待所里。进了那个招待所的门，就有一个军人上前热情地说："冯参谋，你怎么来了？"哥就说："有房间吗，给开一个，我弟弟来了。"那人说："冯参谋来了，还能没有？"立时就朝里吩咐说："开一个单间。"于是就开了一个房间……进了屋，哥把门"啪"地一关，接着又快步走到窗前，——拉上了窗帘。而后，他坐在床上，双手抱着膀子，直直地望着他的四个兄弟：

"——说吧。"

四个蛋儿，真到了开口的时候，竟有些难以张嘴。就那么闷了一会儿，他们还是说了：说了家里的状况，说了这些年"嫂子"做下的一切一切……你一嘴，我一嘴，诉说那日子的艰辛。说着说着，他们全都哭了，泪如雨下！弟们说，哥呀，人心都是肉长的，也不是蚂蚱泥摔的，也不是兔子屎搽的，人得有良心哪！家里可是全凭"嫂子"呢，那"嫂子"是一百层的好嫂子，论长相，论人品，论性情，论能力，方圆百里也是难找的呀！

…………

哥坐在那里，只默默地听着，一句话也不说。而后他就开始抽烟，他从兜里掏出烟来，默默地点上，默默地吸着，一支接一支，一支接一支……哥的脸罩在一片烟雾里，什么也看不出来。几年不见，哥显得很陌生。

老二说："哥，你说句话吧。"

老三说："哥呀，一村都是唾沫呀！"

老四说："哥呀，嫂子好人哪。咱咋能这样呢？"

老五说："哥，你是出来了，俺可咋办呢？"

哥已吸到第十九支烟了，可他还是不说话。哥沉沉稳稳地坐在那里，脸不阴也不晴，就像是庙里的泥胎一样，一字不吐……哥真是坐得住啊！

说也说了，哭也哭了，求也求了，怎么办呢？——于是，按爹的吩咐，跪吧。他们就跪下了。

老二、老三、老四、老五，齐刷刷地跪在了哥的面前……老二犟些，老二直杠杠地说："哥，你请个假吧。家里都乱成麻了，爹都快急疯了！"

无论如何你得回去一趟。是长是圆,得有个交代!"

这时候,哥的身子动了一下,哥终于站起来了。哥站起身来,直直地从他们身边走了过去,进了那个有水池的"耳房",而后是一片"哗、哗"的水声……片刻,哥紧着裤带从里边走出来,哥站在他们身后,闷闷地说:"起来吧,吃饭。"接着,哥又说:"吃了饭再说。"说完,哥扭头就走。

四个蛋儿,一下子就傻了。他们就那么愣愣地在地上跪着,你看我,我看你,不知道是起来好,还是继续跪……

不料,哥走了几步,却又退回来了。他重新走进了那个"耳房",又是一片水声,接着,哥手里托着一条拧干了的湿毛巾走出来。哥来到了他们跟前,蹲下身子,挨个擦去了他们脸上的泪痕……最后,他拍了拍老五,干干脆脆地说:"走。"

不知为什么,四个蛋儿,就这么软儿巴叽地站起身来,乖乖地跟着走。

——就接着吃。

晚饭吃的是烩面,羊肉烩面,一人一大碗,热腾腾的,肉也多多,一层的辣子红油……连着吃了这么两顿,吃得肚子里满满胀胀的,连眼都醉了!而后,趁着夜色,哥把他们四个带到了军区的大操场上。这时候,操场上空空荡荡的,没有一个人。月光下,就踩着影子走,来到了尽北边的一棵大杨树下。在那棵大杨树的阴影里,哥就地坐下了。哥坐在那里,双腿一盘,腰挺得就像是竖起来的案板,而后,哥沉着脸说:"脚上有铁了?"

四个蛋儿,勾勾头,扬扬脸,你看我,我看你,就说:"……有铁了。"

哥说:"脸呢?"

这么问,四个蛋儿都愣了……脸?!

哥就说:"我出外这么多年,苦辣酸甜,也就不说了。有两条经验,现在告诉你们。出外行走,一是'磨脸',二是'献心'。先别瞪眼,听我把话说完……"接下去,哥开始给他们上课了,哥说:"脸要'磨'出来,心要'献'出去,并非一日之功。要发狠,穷人家的孩子,不发狠不行。我所说的发狠,是要你们'狠'自己,并不是要你们'狠'别人。我可以说,这么多年,我的脸已经'磨'出来了。现在,你们谁上来试试?"

四个蛋儿,都傻傻地看着他,心里说,哥这是干啥呢?

哥平心静气地说:"连这点勇气都没有,你们还能干啥?上来,上来扇我——"

四个蛋儿仍然呆怔怔地站着,不知道该如何是好……

哥说:"看你们这点出息!有胆量的,就站出来,扇我。"

老二倔,老二不服。于是,老二梗着脖子走上前来,硬硬地说:"哥,我这是替爹教训你呢。爹说了……"

哥直直地看着他:"说得好。"

老二迟疑了片刻,而后一闭眼,左右开弓,"啪、啪、啪、啪"一连扇了哥四个大耳刮子……老二心里有气,自然下手也重。

可是,哥仍是挺挺地坐在那里,腰直杠杠的,双腿大盘,纹丝不动。哥说:"老二行,老二还行。老三,你呢?"

老三很警惕,老三慢吞吞地说:"哥,是你让打的。"

哥说:"不错。是我让打的。打吧,你是替爹行孝。"

"啪、啪、啪、啪——啪、啪、啪、啪!"老三找到了理由,也就敢下手了,他一连扇了八个耳光,打得手都麻了。

哥说:"老三也行。老四,你呢?"

老四站在那里,嘴里嚅嚅的,好半天说不出话来……终于,他哭着说:"哥呀,你还是回去一趟吧。求你了。"

哥望着老四,好一会儿才说:"老四,我就担心你呀。这样吧,你如果下不了手,你就吐我。吐吧,你们不是说了,一村都是唾沫!"

老四满脸都是泪,期期艾艾地说:"哥呀,非要这样吗?"

哥就撇下了老四,看着老五,说:"老五,该你了。"

老五狡猾,老五就看着哥,说:"哥,真要我打呀?"

哥笑了,哥微微一笑,说:"我们老五是个大才。老五,我明白你的意思,你手小,力气也小……这样吧,你脱了鞋,用鞋底子扇。"

老五说："哥，我不是这意思。"

哥说："听话，我知道，老五最听话。"

于是，老五一鞋底下去，哥脸上就出血了……那鞋底是"嫂子"用麻线纳的，很硬。况且，老五贪玩，整天在庄稼棵儿里跑来跑去的，鞋底子上扎的有蒺藜刺儿，那小刺儿在鞋底上扎了多日了，就藏在鞋底的缝隙里。

老五不由得"呀"了一声。

哥从兜里掏出一个手绢，那手绢叠得方方正正的。哥拿着手绢在脸上擦了一下，感慨地说："咱们弟兄五个，将来，老五是最精彩的呀。"

哥又说："我告诉你们，这不叫血，这叫脸锈。脸磨得多了，就有了锈了。出门在外，脸上得有锈。现在你们都坐下，听我说。"

弟兄四个，一个个老老实实地坐下了。

哥墨着脸，很严肃地说："今天，你们已经替爹行孝了……我坦白地告诉你们，我的脸已经'磨'出来了，我不要脸了。出外这些年，心都献了，我还要脸干什么。脸这东西，也就是个面子。我问你们，爹是个很要脸的人，他在村里那么多年，有过面子吗？我还要告诉你们，我之所以这样，是有原因的。娘死的时候，对我是有交代的。娘临死之前，把你们托付给了我，对咱冯家，我是负有责任的。我的责任就是，把你们一个一个全都拉巴出来。无论多么难，无论是上天入地，我都要把你们拽出来……现在，我问你们，有不愿出来的没有？有谁不愿意出来？"

四个蛋儿，心怦怦地跳着，没有一个人吭声……只有老四，鼻子哼了一下，似乎是想说一点什么，可他没有说。

哥说："告诉你们，我不会回去了。不久的将来，你们也会离开那里，一个个成为城里人，这是我的当务之急，也是咱们冯家的大事。其他的，就顾不了那么多了。当然，对她，咱们是欠了债的。我知道，欠债总是要还的，那就慢慢还吧……无论还多久，无论还多少年，都要还，等你们全都出来了，全都站住了，站稳了，咱们一块儿还。"最后，哥又说："你们回去之后，给我捎句话。你们告诉她，让她放我们冯家一马。冯家将会记住她的大恩大德，一生一世都不会忘记……当然，你们还可以告诉她，如果，她非要我脱了这身军装，要我回去种地，那，我就回去。我等她一句话——不过，那样的话，咱就不欠她什么了，从此之后，也就恩断义绝了！"

操场上静静的，月光晦晦的，人陷在一片蒙昧之中。四个蛋儿，突然觉得身上冷了，骨子里寒寒的……

这时候，老四大喊一声，老四泪涟涟地说："哥呀，咱……"

哥立时就把他的话头截住了。哥果决地说："不要再说了。什么也不要说了。我什么都知道。那骂名，我一人担着。我这是为了咱们冯家……"

当天夜里，哥重又把他们送上了北去的火车。在"道理"上，哥终于把他们说服了。可是，在去车站的路上，他们全都默默的，一句话也不说，已经是无话可说了。

要回去了，可他们心里都怯怯的。甚至都有点不想（也不敢）回去了。他们害怕那一村街的唾沫，是真害怕呀……他们很想给哥说一句，说他们不走了。可是，谁也开不了这个口。他们也曾偷眼去看哥，他们发现，哥说话的声音虽然不高，可一句一句，很"官"，动不动就"你们"了。出来这么多年，哥的心磨硬了，哥的心是真硬啊！

路上的街灯亮了，那街灯是橘色的，是那种很暖人也很诱人的橘色。放眼望去，那一条条大街就像是一条条纵横交错的金色河流，那是很容易让人迷失的河流……在灯光里，那些城里人一个个金灿灿的，女人们也都色色的。老五突然说："看那灯，净灯！一盏一盏一盏一盏……咦，城里没有星星？！"

在站台上，哥再一次嘱咐说：要坚强。沉住气，别怕唾沫。

老五说：哥呀，你可要把我们"日弄"出来呀！

一直等弟弟们上了火车后，冯家昌眼里才涌出了泪水。他心痛啊，没有人知道他的心有多痛！……只有他自己清楚，从此以后，他再也回不去了！

三、一个牙印儿

应该说，对刘汉香，他是有过多次承诺的。

最早的，是一个牙印儿。那个牙印儿，刻骨铭心哪！

就在冯家昌临走的那天晚上，月亮居然开花了！那时候，秋高气爽，大地一片清明，"月亮花"一片一片地开在地上，把大自然的情义写得足足的。是啊，就在月亮开花的那一刻，他跟她再一次（也是最后一次）来到了河边的小树林。

穿针引线的，仍然是馋嘴老五。这天的傍晚，老五得到了一大包螺丝糖！于是，他橐橐橐一趟，橐橐橐又一趟（时间一改再改：开初是冯家昌在县上还没有回来，他是穿着军装回来的……），终于在月亮开花的时刻，把两个人约到了小树林里。

月亮是很难开花的。只有天气清爽的时候，且秋已伐过，大地上没有了湿气，冬季还尚未来临，地这么一旷，一展，天这么一高，一朗，月亮才有可能开花。"月亮花"是气候和季节的杰作——那是一幅幅水墨样的天籁之意。它就像是银儿做的墨书，花写的润致，淡淡，也水水。它一银一银、一染一染地渲在地上，漫出斑驳与灿烂，让人不忍去踩。

在一片夜的光明里，刘汉香也成了月儿的剪影。她一身月白，银银、素素的，那目光幽幽的，写满了怅然。是呀，她的人儿就要走了，这一走也不知道何时才能回来……她恋恋地牵着他的一个指头，牵得紧，那心里只想生出牙来，把他小心地含住。

在林子里，她说："昌，你走过月亮吗？"

他笑了笑，说："走月亮？"

她说："走月亮。"

他说："怎么走？"

她说，"就这样。你跟着我，来呀，就这样……"他就跟着她走了，踩着银粉粉的"月亮花"走。"月亮花"是千姿百态的：有一钱儿一钱儿的，一牙儿一牙儿的，一蔓儿一蔓儿的，一虬一虬的；有蜂窝样的，鸟巢状的，瓣状的，蕊状的；有饱饱的一圆，有瘦瘦的一润，有曼妙的一舒，有苍劲的一卷……那真是鬼斧神工，浑然天成！刘汉香就这么牵着他，还一走一跳的。她跳，他也得跟着跳，就像孩子一样，傻呵呵的。

这就是走月亮？平生第一次，他跟她走了一回月亮。

在林子的中央，在清风朗月下，她忽然贴近他，细声说："我想咬你。我想咬你一口。"他说："咬吧。"她就说："真的呀，我咬了？"他说："你咬。"她再一次说："我咬了，我可咬了。"他却不再说了，就立在那儿，静静地看着她……看得她不好意思了，就抬起头来，寻着话说："天太亮了，天怎么这么亮啊？你看那星星，多饱。哪个是牛郎，哪个是织女？哪儿又是天河？你给我说说，你说说嘛。"这么说着，她趴在他的肩头上，又说："我真不想让你走，我舍不得让你走……"他随口说："那我就不走，不走啦。"说着，他笑了，不知怎么，他笑得很紧。她说："真的吗？"他说："真的。"她说："你骗我。军装都穿上了，你还说不走？走就走吧，我不拦你。男人都是要干大事的，我知道不该拦你……"就这么说着车轱辘话儿，亲了又亲，抱了又抱，呢呢喃喃的，她说："我得咬一口，我得咬个能让你记住我的地方。"而后，她看看这里，又摸摸那里，肩头上、背上、胸口，一处处都很珍惜的样子。忽然，她说："我给你咬个'表'吧？"他诧异地说："表？"她说："表。"说着，她将开了他的袖口，小声解释说："我就咬在手脖儿上，咬个你能看得见的地方……给你个'表'。"他立时就明白了，说："行。咬吧！"可这会儿，刘汉香却显得极为啰嗦，她说："你怕疼吗？你可不能怕疼。"他很大度地笑了，那笑里含着一点轻视。她就说："你别笑我，你笑我干什么？人家想你嘛。人家要你记着。"于是，她贴在他的手腕上，先是轻轻地亲了一口，又亲了一口，说："就这地方好，一捋袖子就看见了。"接着，她又说："要是别人看见了，不会笑话你吧？……不打紧，袖子刚好盖住。你别让人看就是了。"往下，她就咬了，先是轻轻地，边咬边问："疼吗，你疼吗？"他说："蚂蚁样。"再下，那嘴就下得重了，牙在手腕上一紧一紧的，很狠。那疼也开始有了感觉，一齿一齿的……松了嘴，她就赶着问："疼吗？"他说，"不疼。"她又贴上去，说："你忍住吧，就快了。我得咬得圆一些……"最后那一牙，倒真是疼了，都痛到骨头里去了！当刘汉香抬起头来的时候，满眼都是泪水。

月亮开花的夜晚，苍穹是那样的明亮，大地上一片银白，就像是镀了光似的，一处一处都雪雪的。就连灰暗处也有花儿在绽放，那自然是影儿的花，墨墨斑斑，疏疏间间，诗动动、粉莹莹的。虫意儿们也在齐声鸣唱，这儿，那儿，有响儿，有应儿。恋恋的，话话儿的，绵绵的……这仿佛是秋爱的最后一搏，是难以放弃的不舍和恋意，是大获之后的宁静，更是一种无声的嘹亮！

月光下，刘汉香牵着他的手看了又看，那"表"是半椭圆的，一齿一齿地痕着，月光下竟痕出了银银的青光！她心疼地从衣兜里掏出一方手帕来，说："回头你包上，谁也别让看，我不让别人看……都沁出血来了。"而后，她伸出手来，捋了捋袖子，说：

"你也给我咬一个。"

他说："别，太疼，别了。"

她说："不，你有了，我也得有。"

他笑了，说："你老说我'狠'。我怕咬重了。"

她说："'狠'就'狠'吧。这一次，我要你'狠'！咬吧，我不怕。"

他说："你可是支书的女儿……"

她突然觉得十分委屈，一下子哭了，满脸都是泪，说："你怎么还说这话？你老说这话……"

他赶忙说："好，好。我不说了。"

这时，她手腕儿一伸，说："那你咬，你给我咬一个。"

他说："别了，小孩家家的。"

她固执地说："那不行。'表'是一对儿。'表'得是一对儿！——你得给我留个记号。"

他说:"你可别怕疼。"

于是,他就咬了,他咬得很重,那牙在手脖儿上不由得"狞"了一下,她也跟着不由得"咝"了一声,没动……而后,他抬起头,看着她说:"好了。"

她抬起手来,看了看腕上的"表",一个痕痕印印的"肉表"。她轻轻地贴上去亲了一下,说:"还有玉米味呢。"

此后,两人就那么静静地站着,相互间也就那么默默地相望着。看着看着,竟然生出了一点陌生……那是熟悉的陌生吗?他心里寒了一下,不敢再往下想了。

天上一盘,光灿灿的一盘,那一盘辉及万物……她抬起头来,望着月儿,说:"你看,月老看着我们呢。咱们对对'表'吧。"

他也不知自己在想些什么,竟迟疑了一下,说:"表?"

她大声说:"——表啊!"

他低下头去,"噢"了一声……笑了。

于是,两人伸出手脖儿,她给他解去了裹在手腕上的手帕……脸儿对着脸儿,手伸在一起,她说:"让月老看看,这可是一对儿。"

他说:"是。"

她说:"你要记住这一天。"

他说:"我记住了。"

月光下,那"表"一大一小,一齿一齿地圆着,蓝莹莹的……

他低下头,说:"疼吗?我咬得重了。"

她说:"不重。疼才好呢,疼了,那'表'就刻到心里去了。"

片刻,她突然抱住他,轻声说:"你可要记住,我是你的人了。我已经是你的人了,一生一世都是你的人。"

他郑重地"嗯"了一声……

她说:"你放心去吧,家里你就别管了。"

她还说:"我在学着做鞋呢。兰嫂教的,剪鞋样儿,纳底子,我都会了,我已经会做鞋了。我要学的东西很多……"

她紧紧地抱着他,往下,话越说越多了,绵绵的、昵昵的、絮絮叨叨的……可就在这时，老五出现了。远远地，老五就喊："哥，哥呀，有人找你哪，等了好半天了，说是你的同学。"

于是，两人就分开了，在老五赶过来之前……他们亲了最后一下。临分手的时候，她说："要常看看你的'表'！"

他回过身来，说："啥？"

她指了指手腕儿，大声说："——'表'！"

可是，谁能想得到呢，这竟成了一句谶语。

四、向蚂蚁敬礼

刘汉香是被老乔的那支梅花针扎醒的。

扎第一针时，没有反应；扎第二针，还是没有反应；当第三支梅花针扎下去的时候，刘汉香嘴里咕噜了一声，有一口血气缓缓地吐了出来……老乔就说，醒了，醒了。

在上梁，老乔也算是单门独户，腿还不好，走路一撇一撇的。可村里却没人笑话他，因为老乔会扎针，人送绰号"乔三针"，这就赢得了村人的尊重。一般的小病小灾，老乔一针就过了，如果连扎三针还没有反应，老乔就不治了。所以，在村里，老乔是很"神"的。据说老乔年轻时曾在队伍上干过什么事，历史上是有些"问题"的，可他会针，村里人也就不多计较了。老乔也很有自知之明，不管村里人谁请他，都去，而且分文不取。

在老乔给刘汉香扎针的时候，村里人全都拥来了，屋里屋外站的都是人……现在刘汉香的事已成了全村人的事！说起老姑夫家的为人，人们是一口一个"呸"。在人们的唾沫星子里，老姑夫蹲在墙角处，一直塌蒙着眼，他一句话也不说，他还能说什么呢？！

支书刘国豆则一直在村街对面的一个大石磙上蹲着，一口一口地吸烟。万一女儿有个三长两短，那么……头上就是树，树上有钟！

屋里，见刘汉香有了些反应，老乔抬起眼皮，悄声对众人说："你们出去一下,都出去。有句话我跟汉香单独说说。"

众人听了,也都识趣地退出门去,只是还不肯走,都在院外的村街里站着……待人们都一一退出去之后,老乔把门关上,说:"汉香啊,你已经死过一次了,如何?"

刘汉香不语。她先是呆呆地望着屋顶,过了很久很久之后,她嘴里吐出了一个字:"轻。"

老乔说:"看见什么了?"

刘汉香说:"……轻。"

老乔说:"听见什么了?"

刘汉香说:"……轻。"

接下去,老乔突然说:"走就走了,还回来干什么?"

刘汉香不语,渐渐地,眼角里有了泪。

老乔说:"汉香啊,你是气血两亏,忧愤交激,淤结在心,撑得太久了……哭吧,还是哭出来吧,哭出来就好了。"

刘汉香不哭。眼角虽有泪,可她就是不哭。

老乔说:"汉香啊,走也好,不走也好,人不过就是一口气。这口气要是上不来,人也就去了。早年,我也'走'过一回。'走'的那一刻,人是很舒服的,那个轻啊,就像是羽毛一样,在云彩眼里飘啊飘啊飘啊,无拘无束的。人要是一放下来,那可是真轻!后来就觉得有一阵黑风刮过来,一下子就坠落了,眼看着往下坠,黑洞洞地坠,万丈深渊哪……'嗡'的一下,就像梦里一样,醒了。是这样吗?"

刘汉香说:"是。"

老乔叹一声,说:"其实,走了也就走了。"

刘汉香默默地说:"走了也就走了。"

老乔就说:"汉香啊,闺女。不瞒你说,早年,我是杀过人的。这话,一村人我都没说过,今天就给你说了吧。当年,我的确是在西北马步芳的队伍上干过事。那时候,我是个马医,是给马看病的。马通人性,在军队里,终年行伍,马跟人一样,也是忧忧愤愤,七老八伤的。当年,我曾亲眼看见一匹高头大马,好好的,突然就死了,是站着死的,它害的是'崩症',就那么站着,'訇'地就倒下了!人也一样,要是淤积过久,总有一天就倒下了……说起来,我这一手针,还是跟我师傅学的。当年,我师傅曾经有一个名扬西北马家军的绰号,叫'一针寒'。在给马医病的这个行当里,我师傅可以说是顶尖的高手,人称马爷。那时候,马爷一针下去,无论多烈、多犟的马,都会通身大汗,抖动不止……可马爷有个不好的毛病,说句打嘴的话吧,他是个采花贼。我这师傅,他不管走到哪里,就采到哪里。他腰里常揣着一条汗巾,大凡他抢了人家的姑娘出来,翻身上马,带到野外,一针下去,那姑娘就不动了,然后就把那条汗巾铺在姑娘的身下……他告诉我这叫'采梅',说是润针用的。那时候,对这方面的事情,我并不懂。既然师傅说是润针用的,也就认为是润针用的。后来,慢慢地也就知晓了一些事情,终于有一天,我跟师傅翻脸了——是因为一个女人。那女人原是跟我好的,好了三年,突然有一天,她竟然跟师傅跑了。那时候我师傅已经六十多岁,可以说是心力、眼力都不如我了,可是,他竟然拐跑了我的女人!这叫我万分仇恨。于是,我在祁连山里追了他们七天,终于追上了他们。那一刻,当我端枪对准师傅的时候,万万想不到的是,那女子却突然护在了师傅的身前!这时候,我就看着那女子,一时百感交集,说不清心里是什么滋味了……于是,我就问她:为啥?!那女子就说了一句话,那句话是我终身难忘的,那女子说,活儿好!这时候枪就响了,是师傅先开的枪,我后开的枪,我一枪穿透了他们两个!师傅枪法很好,可他毕竟老了,手有些抖,但还是打中了……也不知过了多久,等我醒过来的时候,师傅和那女人全都死了,两人死时还抱得紧紧的。那时我已万念俱灰,满身是血,躺在地上,那心里一个是空,一个是轻……就觉得这人活着实在是没有多大意思,死就死吧。你想,人在等死的时候心里是啥滋味?人只要一松下来,比屁还轻。可就在这时,你猜我看见了什么?——蚂蚁,是一只红蚂蚁。那蚂蚁就趴在我的袖子上。也说不清楚到底为什么,当我看到这只蚂蚁的时候,我一下子就哭了,我是痛哭失声哇。那时候,蚂蚁看着我,我看着蚂蚁,我们就这样对视着,不知道看了多久……蓝天白云,四周寂无人声。在沙漠里，在这么一片连草都不怎么长的洼地上，怎么会有蚂蚁呢？况且还只有这么一只蚂蚁？我就觉得这是上天赐给我的蚂蚁。古人云，蝼蚁尚且，何况人乎？于是，我就带着这只蚂蚁往外爬。我受的是重伤，那子弹就打在离心脏很近的地方……我把那只蚂蚁放在一个铺了沙子的小药盒里，每爬上一段，我就把它放出来看一看，而后再爬。每次把那只蚂蚁放出来，它就开始拼命地往前爬，从来没有停止过。当我爬到第三天的时候，我真是不想爬了，就觉得再也爬不动了，我就把那只蚂蚁放出来，心里说，蚂蚁呀蚂蚁，你死了吧，我不想再爬了。而后，我伸出手来，想捏死那只蚂蚁，你想，一个万念俱灰的人，捏死一只蚂蚁也不算什么。可是，手伸出来了，蚂蚁却一点也不惧，它仍然在爬，从容不迫地、一点一点地爬……这时候，我的手抖了，它是我惟一的伴儿呀！我知道早晚也是个死，可有了这只蚂蚁，也就不那么孤独了。于是，我突然决定要跟这只蚂蚁赌一赌，如果蚂蚁死了，我就不再爬了，如果蚂蚁一直活着，我就一直爬。就这样，一次一次地，一直爬到了第七天，也是我命不该绝，终于碰到了一支骆驼队……后来，我就跟那只蚂蚁分手了。分手的时候，我给那只蚂蚁敬了个礼，那时我还算是个军人，行的是军中大礼。我有幸能活下来，凭的就是这只蚂蚁呀！今生今世，有两件事是我不清楚的，一是那蚂蚁来自何处；二是那女人的话，那女人嘴里说的，到底是'活儿好'还是'好儿活'……"

接着，老乔又说："汉香啊，在村里，我走路时，是不是常惹人笑话？我知道，他们背后都说我走路像'跳大神'。也有人叫我'乔撇子'，这我都知道。可没人知道那是我怕踩了蚂蚁，今生今世，我惟一不敢踩的就是蚂蚁。蚂蚁是我的恩人，是蚂蚁点化了我。说起来，那女人我也是不该杀的。走了就走了，杀她干什么？俗话说，人不知轻重。其实，只有死过一次的人，才知道什么是轻，什么是重……"

人都有历史，每个人都有自己的历史，那历史就藏在各自的心里，如果他不说，你就永远不会知道他曾经历了怎样的活……活，好一个活！那一个字里又藏了多少玄机？！

话是这样说，可刘汉香心里仍然很痛。八年的等待，八年的心血，八年的劳作，就像是一腔热血泼在了狗粪上！那些等待的日子，一年年，一天天，历历在目……忽然之间，那个字就碎了，碎得是那样彻底！那痛，一脉一脉，一芒儿一芒儿，刺到了极处，也细微到了极处。你不能想，无论你睁眼还是闭眼，都是一片一片的碎，那碎成了一道道记忆的裂纹，那裂纹里撒满了盐粒，撒满了碾碎了的胡椒；那痛，是用胡椒拌了又用盐渍出来的。在槐树林里，在麦秸垛里，在高粱地，在玉米田，曾是那样那样好过……好的时候，人为什么就那么痴？为什么就那么信？遍想，遍想，也想不到会有今天的结局！

刘汉香大睁着两眼看着自己。她看见自己一步一步走到了今天，结局在这儿等着呢，结局就是这样等待着她！一年一年，她是那样地信他，她的心片刻也没有离开过他。她是自己走来的。她也在悄悄地给自己置办着嫁妆。那是凭着心思一点一点积累的，今天存一小块布，明天留一小股丝线，后天找到了一个新式的图样，连一个绣了鸳鸯的枕套也要积上很久……最初，在长达五年的时间里，她在墙上画了多少个道儿啊，暗暗地又流了多少泪，也有耐不住的时候，可她就这么一点一点地挺着，一日一日地熬着。凭她，能是嫁不出去的女人吗？她的心气有多高啊，她多么想让人看一看她来日的幸福，活上一份让人羡慕不已的骄傲和自豪！那五年，他要是早早说上一声，说他不愿了，她也不会就这么死等。他是写了字的呀！前五年，一年一年的，他都在奖状的背面写上那三个字：等着我。等着我。等着我。等着我——他是个男人哪，男人就这么不可信吗？！可是……一切的一切都成了过眼的烟云，成了狗屎做成的梦！唉，她编了那么多年的席，一日一日地编织着自己的梦想，可编到最后，却成了一张没人要的破席片。这都是自己作下的呀！自己割的苇，自己推的碾，自己破的篾，自己花的工夫搭的心血……这就叫做自碾自，这就叫做自碎自，你又怪得了谁呢？！

蚂蚁，实在是该问一问蚂蚁，路程是那样短，活又是这样艰辛，你为什么还要活？蚂蚁要脸吗？蚂蚁要不要脸？喉咙里总是很腥，血一阵一阵地涌上来，压下去，再涌上来，再压下去，头涨得像斗一样，那气力真是用尽了！人到了这份儿上，无论是死还是活，都是耻辱的，你将洗不掉这份耻辱！就在大门外边，一村人都看着你呢。有那么多人看着你，一村唾沫，你怎么就断定，不会溅到你的身上？！

久久，久久……刘汉香睁开了眼，木木地说："乔伯，你去吧。我没事了。"

老乔说："闺女呀，有句话，我还要说，人还是要见些世面才好。"

刘汉香说："世面？"

老乔说："出了门，就知道锅是铁打的了。"

刘汉香沉默了一会儿，说："乔伯，你去吧。我想独自躺一会儿。"

老乔叹一声，走了。屋子里顿时静下来，那是一种很孤寂的静，那静里透着一种空旷，是心灵的空旷。那空就像是虫子一样，一点一点地蚕食着人的意识……

过了片刻，只听得门轻轻地"吱"了一声，又有人进来了，那是老姑夫。老姑夫闪身进得门来，二话不说，"扑通"往地上一跪，颤着声说："汉香啊，你可不能死呀。无论如何，你都不能死。你可千万不能有那种念头，不管那狗日的如何，你都不能走那条路。闺女呀，恩人哪，听我一句话，你就可怜可怜我吧……"就这么说着，他的头重重地磕在地上，磕得"咚咚"响！

磕着磕着，老姑夫猛一抬头，居然吓了一跳！不知道什么时候，刘汉香竟然坐起来了。脸色刷白的刘汉香靠墙坐着，轻声说："爹，你这是干啥？我说过要死吗？"

老姑夫怔了一下，忙说："那就好，那就好。我已经打发他们进城去了，捆也要把他狗日的捆回来。"

刘汉香笑了，刘汉香惨笑了一声，轻声说："回来又如何呢？"

老姑夫迟疑了一下，说："回来，回来就让他……圆房。他，他要是敢不从，就扒了他那身军衣！"

刘汉香喃喃地说："扒了又如何呢？"

老姑夫张口结舌地说："那，那，那按你的心思……咋样才好呢？"

刘汉香沉默了片刻，突然说："爹，我饿了，你去给我打一碗鸡蛋吧。"

老姑夫连声说："那好，那好。你等着，等着……"说着，他一边往门外走，一边还不放心地回头看了刘汉香一眼。

刘汉香说："去吧。真的，我饿了。"

那碗鸡蛋茶端过来之后，刘汉香一口都没有吃，她实在是吃不下，一闻到那股味她就想吐，她只是想一个人静一静。

夜半时分，当人们睡熟的时候，院子里突然有了些动静。那声音碎碎拌拌、断断续续，就像是在喉咙里塞了一些猪毛，吐又吐不出，咽又咽不下，那气息是一线一线往外挤的。接下去，那咯叽、咯叽的声音又像是老鼠们在打架，听上去七七杂杂……

这时候，屋里的刘汉香说话了，刘汉香说："都进来吧。"

四个蛋儿，一个一个地，垂头进了屋。而后，又一个一个，在刘汉香面前跪下了……其实，他们早就回来了，半上午的时候，就已经到了县城。只是他们不敢进村，他们怕那海一样的唾沫！他们在外边游荡了整整一大晌，一直熬到连狗都不再叫的时候，才悄悄地摸回村来。可是，又该怎么说呢？

刘汉香望着他们，厉声说："膝盖就那么软吗？站起来。"

于是，四个蛋儿，一个个都很听话地站起身来，可他们的头还是勾着的。

这时，刘汉香轻声说："见着你哥了？"

四个蛋儿，见"嫂子"憔悴成了这个样子，一个个泪流满面，谁也不敢说了。

刘汉香再一次问："老五，见了吗？"

老五流着泪说："见了。"

刘汉香突然笑起来，她放声大笑！笑着笑着，她剧烈地咳嗽起来，咳得满脸通红，又有一口鲜血从她嘴里喷了出来……几个蛋儿，惊慌失措地围上前去，一个个叫着："嫂啊，嫂……"

刘汉香喘了口气，喃喃地说："你哥也真没出息，不就是一个户口吗?"

这时候,老姑夫急煎煎地说:"我去!我连夜去。他要是再不回来,我就吊死在他的大门上!"

四个蛋儿,又一个个惶然地望着父亲,不知该如何是好……

刘汉香摇摇头,说:"不用了,不用去了。我知道他的心思……就行了。"

五、一百六十步

这是一条回头路。

来的时候,是挎着一个小包袱来的。走的时候,也挎着一个小包袱走。来的时候,是大天白日,昂昂之气;走的时候,是启明星做伴,五更鸡相随……来的时候,仅用了八十步。走的时候,却用了一百六十步,那路真长啊!

夜气还未散尽,那黑也层层叠叠。老槐树墨着一片影影绰绰的小钱儿,睡去的能是那槐荫树的灵性吗?碾盘还在,风也清,门洞里那一团温温氤氲,能是条卧狗?寒气又是哪里来的,身后那小小碎碎的摇曳,鬼拍拍的,还有那湿重,久久一滴,久久一滴,把日子逼仄着,好短!启明星还亮着,瓦屋的兽头斑驳着一片狰狞,檐草萋萋,灰出一缕缕怜人的蓬勃。地光了,庄稼尽了,风送来了场院里的熟腥,一季之中,等来等去,等到了收获的一天,那熟和死又有什么分别。谁家的老牛还在倒沫?那喃喃呢呢的,又是些什么?豆腐家的灰驴一踏一踏地走着,磨声缓缓,淋水沥沥,它怎的就走不出那磨道呢?哦,它戴着"碍眼"呢。人的路,许也是戴着"碍眼"吗,不然,怎就走得这么瞎?

按说,人是不能走回头路的。早知如今,何必当初?那么,有谁愿走这回头路?你是不能不走。那时候你是一往无前,你举着那个字,举着心走过去,你眼前是那样亮堂,五光十色,你一厢情愿地在心里拉起了一道彩虹，你的脚步是那么轻盈！你没有想到，有一天，你会走回头的路。这就是人生啊！回头，回头。走这种回头路，你又是多么伤心。记住吧，记住这一天，你走的是回头路。

  黎明前的这一阵黑很重。那黑就像是雾化了似的，一卷一卷、一飘一飘地浓着，那黑也像是在作怪，竟扑脸而来，就像是要把你推倒似的。路在哪里？那树，朦朦胧胧的，就像是雾在浓黑里的墨花，层层卷卷、杂杂乱乱地灰着、黑着、墨着。人既无语，树也无语。那黑污污的一片就是树的疤痕吗，许就是东来家那棵有疤的老榆树吧。那深重的黑疤上怎么就汪着这一亮？那泼黑中的一亮突然间就击中了什么，叫人不由得想，这黑中怎么有白，那又是什么呢？

  很久了，有一种东西是你所恐惧的。说恐惧并不准确，你只是有些不安，略微的不安。那是什么呢？是他眼中汪着的那一点东西吗。那时候，你没有认真想过，那时候你还在痴迷之中，是不可能想的，你甚至欣赏他眼中的那点东西。但是现在，当你走在回头路上的时候，你就不能不想那当初……是的，第一次约会，你就注意到了，那眼神里是有一点什么，那是一种极强的亮光！你几乎无法形容你面对那亮光的感受，也很难形容，不是吗？那是什么，仔细想一想，那会是什么。也许，你在蚂蚁窝里看出了这点意思，那不是一只蚂蚁，那必是成千上万只蚂蚁密密麻麻地叠加在一起，才能产生的那点意思；或者是成千上万只黄蜂，把那肚尾上的毒刺一起取下来，密密麻麻地叠加在一起蠕动，效果就出来了。正是这样，那光蜇人！也不仅仅是蜇人的问题，那光里还有些什么？是了，寒。那光很寒，正因为寒才有了力量。那就像是千年古井里的水，井深不可测，黑污污的，而这时候你俯下身去看，就会看到漩涡中心的那一刺亮光，那是黑亮中突然跳出的一白！……留意的话，那是何等的触目惊心！就是这样了，你终于明白，你在他眼里看到了什么，那是寒气和毒意。

  你过去从来没有这样想过，这样的念头甚至吓了你一跳！你曾经以为那就是骨气，那就是血气方刚，那就是坚强。可你错了。只要想一想，你就会发现，在乡村，有这种眼神的人很多。当他们蹲在墙根处晒暖儿的时候，只要你留意，你就会发现，那光的亮点，那突然闪现的一白……只是程度不同罢了。那么，这样的眼神，这样的寒气和毒意，是什么滋养出来的呢？同样吃的是五谷杂粮，同样要经四季的寒暑，怎么就……突然之间，仿佛电石火花般地一闪，你明白了，那是"仇恨"。想一想他的童年，想一想他在乡村里度过的那些日子……你就会发现，那样的眼神是和牙齿相配合的。有时候，那眼神中极亮的一闪与咯咯作响的牙齿配合是那样的默契！是的，正是"仇恨"一天天地滋养了这寒气和毒意。在贫贱里，在屈辱里，那"仇恨"就成了生长的液体，活的汁水，营养的钵。这"仇恨"既是广义的，就像是那个无所不包的"日"或者是"操"！那是对天、对地，甚至是对整个社会的一种反叛；但它也是狭义的，它陷在具体的日子里，陷在一天一天的屈辱里，陷在对某一个人、某一件事的诅咒之中。乡村有自己的词汇，在乡村里，那一个"受"实在是最好的注解。那里边包含着多少忍耐，包含着多少迫不得已，那里边又凝结了多少"仇恨"？！这当然不是对与错的问题，这是一种畸形，是生长中的畸形……这样的一个人，这样一个被"仇恨"包裹着的人，他一旦离开了屈辱，还会回来吗？那么，假如说，有人挡住了他人生的攀登之路，他又会怎样呢？你明白了。对他，在很早的时候，你是用过一个形容词的。你说，他狠。那时候，你就是这样说的，可你竟然把这话当成了玩笑！是的，那时候，你一点也不在意，你就这么随随便便地说了。在语气里，你甚至还有些赞赏！那就是你对他的第一感觉……可是，晚了，你明白得似乎是太晚了一点。如果你早一天读懂了他的眼神，那么，你还会爱上他吗？

也许会，也许不会。

是的，你说不清楚。那个字也叫人无法说清楚。不错，恨是当然恨的，想起来的时候，也恨不得杀了他！可是，你恨得又是那么的不彻底……你是一个将心比心的人。想一想，在童年里，你受过那样的屈辱吗？你被人呵斥过吗？没有，好像没有。那时候，你已是支书的女儿了，你外边还有一些当了干部的亲戚，逢年过节的时候，他们总是带一些花花绿绿的糖果到乡下来。那时候，你看得见的，那些手里没有糖果的孩子，好羡慕呀！你看出来了，也不仅仅是羡慕，还有嫉恨。有的就扭过脸去，不看。记得，你曾把手里的糖果递给你最要好的一个女孩，可这女孩却扭头跑了。那时候，你还不明白这是为什么……一九六二年，你亲眼看见一个和你同样大的孩子在树上捋树叶吃，很苦的槐叶，他一把一把地捋下来，塞在嘴里，那情景，就像是一只饿昏了的小狼！……记得，即使是在这样生活最困难的时候，你还有羊奶喝。是的，你喝过羊奶，腥腥的、膻膻的，你不爱喝，你闻不惯那味。可是，你知道有多少孩子在羡慕你吗？他们看见你的时候，眼里会不会出现那一白？！

你被眼前的一阵黑包裹着，人在黑暗中竟然获得了一种自由，那是心性的自由。黑，模糊中的黑竟是这样的亲切，它就像是一道无形的屏障，单单地把你给隔开了。这是多好的一种躲藏，一种天然的躲藏，那黑就像是一层茧，一层天然的黑茧，没有人会看到你的脸色，也没有人会对你猜测什么，你真想化进这黑夜里，变成一只黑色的蝴蝶，再不要见任何一个人……黑也像是有气味的，是腥腥甜甜的薄荷味，凉苏苏麻杀杀的，那气味让人安。这黑就像是一只永远不会背叛的老狗，由于熟悉反而叫你觉得备感温馨。

可是，在鸡叫声里，黑在慢慢地淡散。黑也在逃跑吗，可你又能逃到哪里去呢？你已看见了你的家，看见了那双扇的门廊，看见了院中的那棵枣树，这就是生你养你的地方啊。就是那棵枣树，曾挂过他送你的蝈蝈笼子，还有十二只叫得热辣辣的蝈蝈！那叫声犹在耳畔，你听见那叫声了吗？你听见的分明是：人，一个人；手，两只手……

回？一个"回"字叫你愁肠寸断，痛不欲生。这里虽说是你的家，可你回得去吗，你还有何脸面回去？嫂子会怎么说？就在前些日子，嫂子还对人说，人家汉香是留不住了，人家是早晚要走的人，人家要当军官太太了！……是啊，走的时候，你是那样的决绝，你连一分的余地都没有给自己留，你甚至不惜与家人断亲！结果却是这样的，就是这样。

你的路又在哪里？

那就是你的藏身之所吗，那个小土屋，那个废弃了的烟炕房。黎明在即，这就是你要去的地方。你还能到哪里去呢？

在离那个烟炕房几步远的地方，你站住了。你再一次地回望村庄，村庄仍在一片朦胧之中。在一片灰褐色的沉静里，有一处炊烟在顽强地上升，那斜风中的炊烟，直直地飘散在雾霭之上。你知道，那是村里起得最早的一户人家，那是豆腐人家。豆腐哥是个聋子，一聋三分傻呀，他就跟着那驴，一圈一圈地在磨道里走，或是推着那风箱的把手，一推一拉地鼓荡，把火烧得旺旺的，熬出那一锅一锅的浆水，再压出一盘一盘的豆腐；那豆腐嫂，也曾是清清亮亮的女人，就挑着两只水桶，一担一担走，那豆腐房里的一排水缸，海大海大，像是永远也挑不满似的，人家也不就挑过来了？两个人，就赶着这一盘磨，活了一双儿女……一盘磨，就是一家人的好活儿！想一想，怎不让人感动。风很凉，你心中抖了一下，竟有了凄凉之感，无比的凄凉。怎么会有今天，怎么会走到这一步？难道你的心还不够诚吗？你问天，问地，问那棵曾给人做过大媒的老槐树，结果都是一样的……你真想大哭一场，在没有人的时候，在人们看不见你的时候，把自己关起来，好好地哭上一场！

回过身来，你看见了广阔的田野，看见了无边无际的黄土地，那久远和悠长蕴含在一望无际的黑色之中，蕴涵在那烟化了的夜气里，丝丝缕缕的声音在你耳畔鸣响，那是什么，那就是生吗？倘或说是活？各样的虫儿，无论是多么的卑小，多么的微不足道，季节来了，总要发出自己的声音。那众多的虫儿，一丝丝地鸣唱，一缕缕地应和，混在夜的洪流中，也可以叫出一种响亮吗。车辙的印痕在你面前蜿蜒地伸向远方，那弯弯曲曲的车辙，那一痕一痕的脚印，说的是一个"走"？天边已经出现了一线飞红，脉脉的，那红也好痛……要走吗？人人都在逃离，只要有机会，只要逮住机会，能走的，迟早要走，你为什么就不能走？土地仍然是贫瘠的，土地承载着人，给人粮食，给人住，给人践踏，土地无语，土地从来没有说过一句话。一年一年的，土地是否也有委屈的时候？这时候，在一腔悲愤里，你禁不住问自己，人，是不是该有点志气？！

门是防人的，屋是藏人的，你总得有一个藏身的地方吧。这昔日的炕屋，门已被风雨蚀得不像个样子了，吱吱哑哑的，得修一修才是。炕房里依旧有一股陈旧的烟熏气，那砌出来的"火龙"虽然拆掉了，土坯仍在地上杂乱地堆着，还有那些早已废弃不用的烟秆，一捆一捆地在地上扔着，这些，你都要收拾出来，你还要在土墙上糊一些报纸，还要铺上一张地铺，从此以后，这里就是你的家了……这时候，突然门外有了些动静，是野狗吗？你当然不怕狗，在经历过一些事情之后，你还有什么好怕的？也许，你怕的是人，在这种时候，你不想见任何人！当然，如果是歹人，如果有什么歹意，你也是有准备的，你给自己准备了一把剪子，一把锋利的剪刀！假如你不能对付他，你就可以对付自己！人已经把自己逼上了绝路，剩下的，就没有什么可怕了。

可是，你还是听出来了，是蛋儿们。你知道是蛋儿们……八年了，他们的脚步声你还是能分辨出来的。

蛋儿们一个个摸进门来，又重新在你的面前跪下，一个个说："嫂，别走。哥不认你，我们认。"

你笑了，虽然有些凄楚，你还是笑了。你说："蛋儿，起来吧。不用再多说什么了，我不会回去了……各人头上一方天，各自的路，各自走吧。衣服都在箱子里呢，一人一个小木箱，别弄错了。钥匙还像以往那样，放在屋檐下。有一头猪不大吃食，是那头黑猪，去给它灌灌肠吧……从今往后，不要再叫我嫂了，我也不是你们的嫂了。"

蛋儿们又哭了，蛋儿们流着泪说："汉香姐，回去吧。我们就认你个亲姐姐。从今往后，你就是姐了，无论什么时候，你都是我们的亲姐！真的，我们要说一句假话，要是有半句不真，天打五雷轰！"

你说："行了，不要再说了。你们都回去吧，让我静一静。"

可是，他们还是不起来，他们就在那里跪着……最后，老四泪流满面地说："嫂，我知道，无论我们再说什么，你都不会信了。你再也不信我们了。"

你说："我信。走吧，我信。"

这时候，老五说话了，老五勾着头，吞吞吐吐地说："汉香姐，那、那、那……"

他一连说了三个"那"，你当然知道他说的是什么。你知道，这老五心里的精明。你说："回去吧，我不会让人为难你们。告诉爹，不会再有什么了……"就这么说着，你知道他们还是怕的。于是，你说："老五，回去的时候，你把我爹叫来，你就说我要跟他说话。"

老五迟疑了一下，怯怯地说："支书，他要是……不来呢？"

这时候，你就把怀里的那把剪子掏出来了，你说："告诉他，他要是不来，就让他等着为我收尸吧！"

蛋儿们大约是吓坏了，一个个呆呆地望着你。

六、气做的骨头

刘国豆是挎着一杆枪来的。

枪是好枪。这枪是上级奖给上梁村民兵营的，那是一支半自动步枪，枪上还有一把雪亮的刺刀。平日里，这支枪就在仓库里锁着，偶尔，支书刘国豆亲自带民兵巡逻时，才会拿出来背一背。现在，当支书刘国豆挎着枪走过村街的时候，他身上背的已经不是枪了，那是——尊严！

在黎明时分，支书刘国豆打开了他们家的双扇大门。他就这样让门大开着，而后，挎着枪大步走出了院子。支书家的门平时是不大开的，常常，开也是半扇。这一次，他大敞着院门，那是很有些用意的！

这晚，国豆也是一夜没有合眼哪。他当了二十多年的支书，这是最屈辱的一次了。他就这么一个女儿，女儿是他的心尖呀！可女儿的事成了这个样子，他觉得脸面已经丧尽了！夜里，他一直在院中的那棵枣树下蹲着，那烟头一次次地烫在枣树的树身上，树痛，他的心也痛。可以说，该思谋的，他都思谋过了……他觉得他不是一个孬种，更不能让那个浑小子就这样骑着他的脖子拉屎,他要给他一点"颜色"看看!

已经是第四天了。按规矩,这已超过了最后的限期……

晨曦里,枪刺挑着那一抹阳光走过了整个村街。早起的村人们都看到了那支枪,看到了挑在枪上的"愤怒"。这"愤怒"很快就渲染了整个村街,点燃了人们心里的那股有来由却又说不出名堂的心火!挂在老槐树上的钟并没有敲响,可人们还是不约而同地走出来了。人们的牙痒痒的,带足了唾沫,也带足了仇恨……这也不仅仅是对支书尊严的维护,这是"道"。那是千百年来挂在人们心上的一条"底线",在一般的情况下,一旦有谁越过了那条线,那就是罪人了!在乡村,物质上的犯罪,还不能算是真正意义上的"罪人",那也只是偷和摸,是小的过失;而精神上的背叛,却是十恶不赦,是永远不能原谅的!况且,刘汉香是村中一枝花,是国豆家的"国豆",有多少人眼馋是不必说的……八年来,她献身一般的下嫁(她可是"下嫁"呀)已得到了全村人的认可(开初是勉强的,后来是真心的),她已经成了女人们心中的楷模。人生不就是一个"熬"吗,"熬"是要结果的。不然,那苦撑苦熬为的又是什么?眼看着,在苦尽甜来的时候——"苦尽"难道不应该"甜来"吗?她却被那样一个猪狗不如的臭小子遗弃了,这是有悖天理的!这等于说,他污辱了全村人的眼光。一个人,竟然不尊"土地",那么,你还活什么呢?!

那召唤是无形的。没有人特意地组织,也不用谁去撺掇,支书也仅仅是背着那杆枪在村里走了两个来回……可人们的心思是一致的,就是泼上命,也要把那个单门独姓的臭小子弄回来,一定要把他"日弄"回来!从土里拱出来的光屁股娃儿,还让他回到土里去。狗日的,你当官了不是?你风光了不是?西坡那么大,地岑那么长,爬回来背那老日头吧!这一次,你是犯了众怒了,你惹恼的是一方百姓,是真真白白的"人民"哪……操,凭什么呢?!于是,有人跑去找来了小学里的老师,众口一词地说,盖指印,我们都盖指印,联名控告他,告翻他个小舅!还有的说,干脆,齐伙伙的,就带上状纸,背上干粮,一干人今儿个就走县、上省、到部队里去"抬"他……一趟就把他狗日的"嗡"回来了!

就这样,村里一下子就闹嚷起来了。这就像是乡村里的节日,人们一个个兴奋不已,奔走相告,议论着、评说着、叱骂着,满世界都是飞舞的唾沫星子。更为热切的是那些女人们,缺什么就跑回去拿什么,有催赶着写状子的,一趟一趟地找纸找笔找墨;有张罗着盖手印的,就一家一家串着按指头。不是嚷嚷着说要到部队上去吗,有的就赶快回去支鏊子烙油饼去了,就像当年"支前"一样……还有那些特别牙痒的,也不用红印泥,就当着众人把中指咬了,盖上的是血印,那状子后边,一连十几张纸全都红霞霞的血印……这就是全村人的态度!

紧接着,只听得"咕咚——叭嚓",街头上响起了一连串的碎声!立时,村子里就刮起了一股股的臭风,那是有人把屎罐子、尿盆子迎面摔在了老姑夫家的门上,也有的就飞过院墙,扔到院子里去了……那就像是全村人齐声喊出的一个字:

屎! !

也就在这样的时候,刘国豆来到了村西那个废弃了的烟炕屋,推开了那扇歪歪斜斜、吱吱作响的小门。走在村街里的,是支书。支书脸上写满了威严,甚至可以说是带有杀气的!可站在门前的,已经不是支书了,这是一个父亲。身材高大的父亲,在这低矮的门前,也不得不低下头来,侧弯着身子,半推半拱地挤进门来。

乍一进来,里边有些黑,刘国豆就侧身立在门口处,沉默了大约有一袋烟的工夫,而后,等他看清女儿的时候,叹一声,又叹一声,说:"香,回去吧。"

刘汉香默默地说:"爸,你看,我这个样子,还有脸回去吗?"

仅仅才几天的时间,女儿就瘦成了这个样子,女儿已憔悴得不像人形了,女儿心里苦啊!女儿脸上干刮刮的,就剩下那双眼睛了……做父亲的,怎能不心疼哪?刘国豆心里恨呢!可他却是个特别能藏"恨"的人,心里的"恨"越多,他脸上就越平静。他摇了摇头,平声说:"回去吧,香。你妈天天哭,你妈想你呢。"这么说着,他停了片刻,紧着牙,一字一顿地说:"你放心,没人笑话你……我谅他们也不敢!"

刘汉香眼里含着泪,说:"爸呀,我知道你会收留我。再怎么,我也是你的女儿。可我……把你的脸都丢尽了,我实在是没脸回去了。要是就这样回去,我怎么见人?见了人,我怎么说?……爸,女儿既然走到了这一步,就不会再回去了。说句不孝顺的话,今后的路,不管是长是短,就让我自己走吧。"

刘国豆眼湿了,他站在那里,久久不语,心里却翻江倒海……过了一会儿,他突然笑了,他笑着说:"香,我枪里有子弹。你信吗?"

刘汉香也笑了,说:"几颗?"

刘国豆说:"六颗,是打靶剩下的。上回县里民兵搞训练,老吴,就是武装部的那个吴参谋,临走时说,老哥,给你俩子儿玩玩。他还说,打狗可以,一穿一个眼儿,可别打人。"说着,他把子弹从枪匣里退了出来,拿在手里,让刘汉香看了看。

刘汉香说:"光溜溜的,挺亮。"

刘国豆说:"油纸包着呢。"

刘国豆撩起布衫,精心地把子弹擦了一遍,而后,又一颗一颗重新装进了枪匣,关上保险。这时候,他再次抬起头来,说:"香,你真不愿回去?"

刘汉香坚定地摇了摇头。

刘国豆从兜里掏出烟来,吸了两口,长叹一声,说:"嗨,不听话呀。既走到这一步了,行啊,不回去也行。香,那你……让人给说个人家,就,嫁了吧。一定要嫁个好人家。香啊,剩下的事,我来做。"

刘汉香直直地望着父亲:"你怎么做?"

刘国豆很平静地说:"香,相信你爸。剩下的,你就别管了。"就这么说着,他突然做了一个举枪瞄准的动作,嘴里还戏谑般地"叭勾"了一声。

刘汉香瞪着两只大眼,说:"爸,别,你可别……"

刘国豆笑了,刘国豆说:"香,你放心,我不会动枪的。这么好的子弹,我不会轻易用的。你爸知道,动枪是犯法的事。我这条老命虽然不值钱，也不会就这么轻易地兑上……我还留着抱孙子、外孙呢。放心吧，不到万不得已，不到九分九厘上，我不会这样做。你爸好歹也当过这么多年的支书，我有办法，我会做好，会给你一个交代。"

刘汉香望着父亲，说："那你……"

刘国豆在女儿面前蹲了下来，小声地、亲切地说："香，我会好好待他的，我一定要好好待他。他对我女儿这么好，我怎能不好好待他呢？我得先把他请回来。这会儿，一村人都在盖指印呢，你看他多势海呀，一村人都在为他忙呢。这也不用我多说什么了，大伙众口一词，要把他请回来。别说一个小小的营官，就是再大些，我们也会把他请回来的，办法有的是……他要八抬大轿，就给他'八抬'，要'十六抬'、'二十四抬'都行，我们这里可有的是树啊！"

刘国豆这一番话说得很平和，很软，但句句都是有含意的，说得又是那样解气！女儿被逗笑了。刘汉香笑得满眼是泪，她说："爸呀……"

刘国豆接着说："主席不是说，三箭齐发吗。我们也会三箭齐发，县里、省上、部队甚至是北京，都要去说道说道。他是个啥样的人，也要让城里的人知道知道，知道的人越多越好。想想吧，集全村之力，三千百姓'抬'一个人，那得运多少唾沫？到时候，他不回来也得回来……只要他回来，事情就好办了。在这一亩三分地上，不用我多说什么，大伙会好好待他的。他做的好事，也应该得到好报，你说是不是？再说了，不是要调地吗，我一定要给他分一块好地。真的，给他一块好地，就东坡那块地，一定要分给他。孩子乖，大约把芝麻、黍秫长什么样都忘了吧？忘了也不要紧，有苗不愁长，那就好好种吧！他最好把他那城里的洋媳妇也带回来，哼，只要人家愿意跟他来，也是好事，东山日头一大垛呢，就给我好好背那老日头吧。当然了，要是人家城里的女人不愿意来，他家就是五条光棍了，那也好。他的事，我还是要管的，我还会张罗着给他娶一房媳妇，当然要给他找好的，真的，瞎的瘸的不要……"最后那句话，刘国豆是从牙缝里挤出来的，"放心，我、会、善、待、他、的。总有一天，我要让他知道，锅是铁打的！"

这时候,刘汉香有些突兀地插了一句:"爸,你注意过他的眼神吗?"

刘国豆目光一凛,脱口说:"谁?"

"他。"

"——嗨,那王八羔子?!"

刘国豆沉吟了片刻,把烟在地上拧了,说:"香,我不怕他捣蛋。我怕的是他不捣蛋。他要是老实了,我怎么治他呢?我跟派出所的老胡已经说好了,他不捣蛋倒还罢了,他捣蛋一回,就绳他一回!回回把他弄到派出所里,绳他个七八回,他就老实了。他不是硬气吗?那好,捆他个'老婆看瓜'!一'秋'把那狗日的'秋'到房梁上,犟一回垫他一砖,犟一回垫他一砖,有三砖垫的,老胡说了,多硬气的人都顶不住……"

刘汉香望着父亲,有些沉重地说:"爸,你也有老的时候啊。"

刘国豆先是怔了一下,而后是久久不语,只见他脸上的肉一颤一颤地跳着,每一个麻坑都发出了乌紫色的亮光,那牙,不由得就咬起来了,咬出了一股一股的肉棱子……过了好一会儿,他说:"还是我女儿想得周全。是,我有老的时候。我这支书,也会有不干的那一天……爸的岁数大了,万一有这么一天,孙猴子真的跳出了如来佛的手心,那我也不怕他。闺女呀,我还有这支枪哪,真到了那一步,我这一罐热血就真的摔上了!到了我这把年纪,一命抵五命,值!"

这时候,刘汉香直起身来,久久地望着父亲。她看到了父亲的那份来自血脉的爱,看到了那滴血的真情,也看到了父亲的苍老……终于,她说:"爸,你说完了?"

刘国豆默默地点了一下头。

刘汉香再一次追问:"就这些了?"

刘国豆说:"就这些了。"

刘汉香突然热泪双流,她哭着说:"爸呀,你都不能留一点吗……"

刘国豆愣住了,他迟疑了一会儿,张口结舌地说:"留、留、留什么?"

刘汉香说:"——志气。爸,给女儿留一点志气吧。"

屋子里一下子静了，刘国豆吃惊地望着女儿，竟然好半天说不出话来……他没有想到，他也真是想不到，女儿竟会说出这样的话来！在这一刻，刘国豆眼湿了，不知怎的，他心窝里热乎乎的。他说："香啊，香，你……"

刘汉香恳切地、坚定地说："爸，让我来做，让我自己做。"

刘国豆呆呆地望着女儿，他从女儿脸上看到了痛楚，看到了忧伤，那一脉一脉的痛都在脸上写着呢。八年了，女儿受了多大的委屈呀！可他也看到了女儿眼里的坚强。女儿大了，女儿竟变得如此坚韧……他仿佛不相信似的摇了摇头，哑然地笑了。

刘汉香说："爸呀，你虽是棵大树，可我也不能靠你一辈子呀！让我做吧，让我自己做。该记住的，我不会忘，就让我按自己的意愿做吧。"

刘国豆当然清楚，冯家已不是过去的冯家了。冯家那些王八羔子，长好了，就是五架大梁！就是长不好，长匪了，也会是五根顶门的恶棍！……这当然是不可等闲视之的。于是他失声说："你、你、你……怎么做？！"

刘汉香沉吟了很久，终于说："我用自己的方法。"

刘国豆望着女儿，说："恨他吗？"

"……恨。"

刘国豆说："你会原谅他吗？"

刘汉香摇了摇头，说："永远不会。"

刘国豆两眼直盯盯地看着女儿，他还是有些担心，他担心哪！片刻，他说："香，你是想让我罢手？"

刘汉香点点头，直白白地说："是。"

"为啥？"

刘汉香说："我自己的事情，我想自己做。"

刘国豆又续上一支烟，"说说看。"

刘汉香冷静地、一字一顿地说："爸，这件事，我要慢慢做，我有的是时间。首先，我要进城一趟，去见他一面。我等了他八年，我想，还是见一面好,当面做个了断……爸,你放心吧。剩下的,我会处理的。"

可是,刘国豆迟疑了片刻,说:"我要是不依呢?"

女儿不语,女儿用眼睛看着父亲……

在剩下的时间里,是父亲和女儿目光的对视,也仿佛是一种较量。烟炕屋由于长年的闲置,散发着一股很陈旧的土腥气。那土味里含着一点烟辣,那辣浸含在土墙的缝隙里,因日久而淡、而甜,温温和和的,反倒有了一股日子的烟火气。阳光从屋顶的烟道上斜进来那么小小的一块,补丁似的,却也让人心发烫……人是要淬火的,这是一个淬火的地方吗?看来女儿是豁出来了,女儿有她的想法,她的目标。也许,从心力上说,她比老子要强,可她毕竟年轻啊!女儿从来都是任性的。她知道她失败了一次,但她仍然决绝。女儿的眼睛告诉他,纵是你不答应,她也要走自己的路。女儿硬性,在这一点上,女儿很像自己。此时此刻,女儿的眼睛里竟然发出了一种奇异的亮光!她是那样有信心,仿佛想得很远,目标也大。那么,就让她试试?!

刘汉香用眼神再一次地告诉父亲,树再高,也有放倒的一天;伞再大,也有撑烂的时候。我不能总让你扶着走。一个人,只要她横下心来,就没有做不成的事情。有了这么多年的磨砺,加上这一次的打击,该懂的,我都懂了。父亲哪,给我一次机会吧!跌倒了,自己爬起来。伤口的血,我自己舔。让我做吧,就让我自己做!

刘国豆终于说:"看来,我是老了。"

到了最后,刘汉香再一次叮嘱说:"爸,在我从城里回来之前,你什么都不要做,答应我。"

人老先老腿,由于蹲的时间太久,刘国豆的腿有些麻了,他在腿上捶了几下,一只手撑着腰,一只手扶着墙,艰难地站起身来,说:"我答应你。"

第六章

一、一箭双雕

冯家昌正在一个坎儿上。

最近，他得到可靠消息，军区机关的干部近期有可能调整。这次调整的面不大，着重于两个处，一个是参谋处，一个是动员处。冯家昌最想去的，是动员处。动员处名字虽不怎么响亮，却是一个炙手可热的部门，它是专管征兵的。在这个问题上，冯家昌是有私心的，他的几个弟弟，正等着他"日弄"呢……再说了，他是"八年抗战"，一直还是个营职，这屁股也该动动窝了。

对于军人来说，团职是一个晋身的重要台阶。这个台阶十分关键，如果迈不过去，他也就没什么指望了。在部队里，如果你干不到团职，那就等于说你没有进入"官"的行列，你还是个"小不拉子"，就是将来转业到了地方，他知道，团级以下也是不安排职务的。人生，就是一个又一个的台阶呀。

——这动员处，正是个团职单位。

在机关大院里，想提拔的人当然很多。可放眼望去，能与他竞争的，只有一个人，那就是侯长生，侯参谋。

老侯原是赵副政委的秘书，后来也调到了参谋处，跟冯家昌一样，成了正营职参谋。可他的军龄比冯家昌长得多，他干了十二年，整整多了一个"解放战争"。两人本来是朋友，可以说是最要好的朋友。要是说起来，连冯家昌自己都不得不承认，初来机关的时候，老侯对他帮助很大。可是，当冯家昌使用排除法——做了比较之后，他发现，在这个当口上，老侯成了他的劲敌！

平心而论，在大院里，有几个人他是不能比的。首先是冷松，冷秘书。论才干，论能力，他在军区排名第一，曾是司令员的秘书。可他早就是副团了，后来下去做了一个团的军事主官。这本来是让他下去锻炼一下，而后还会重用，那是将军的材料儿。可是，他下去不到三年，就被人用担架抬回来了。他出了车祸，腰被撞坏了，从此一病不起……有人说，去看他的时候，他正在病床上背诵《满江红》，热泪盈眶！第二个是姜丰天，姜才子。这人是个技术天才，总部一直想调他，可他偏偏是个怕老婆的主儿，老婆不愿走，他也不好走了。要是走了，说不定就可以叱咤风云！他也曾经下到炮团当过一阵主官，但因为缺乏领导能力，也由于不断地有人告状，说他狂妄自大……后来又调回来了，成了参谋处的正团职副处长。这次调整，他肯定是参谋处长的最佳人选，是没人可以跟他争的。所以，他绝不会去动员处……排在第三位的，本是上官秘书，那是个很有抱负的人。论心机，谁也比不上他。可是，由于"文革"中首长出了些问题，他的政治生涯也就跟着完结了……那时候，他跟着先后被审查了一年零七个月，结果是不了了之。而后，他就不明不白地背着一个处分，郁郁闷闷地提前退役了。据传，转业后他一直在做生意，先是赚了些钱，后来又赔了。排在第四位的，应该说是"标尺"。可"标尺"死了，为了一个莫名其妙的原因……就这么——排下来，冯家昌突然发现，这人哪，还是不能太优秀，人要是太优秀了，成了露头椽子，反而容易受到打击。当然，往下排，具备竞争力的还有很多，可是，由于种种原因，他都——排除了。再往下，能数得着的，那就是老侯了。

老侯是天生的秘书材料。如果赵副政委不离休，他是没有条件跟老侯争的。老侯军龄比他长，人也比他活泛。老侯真是太聪明了，在机关大院里，要论侍候领导，老侯可以说是一流的。可如今赵副政委离休了，别的首长也不好再用他（就因为他人太透），老侯的"磁场"就小得多了。虽然老侯偶尔也去给首长们打打耳、布布菜什么的，可他的影响力已大不如从前了。但是，对老侯，还是不能轻看的，他是机关大院里惟一可以随时出入一、二、三号首长家门的人。

前不久，他跟老侯曾经有过一次较量，那也是他们决裂的开始。上半年，根据参谋长的指示，他跟老侯曾分别下到团里，任务是搞一份新时期部队练兵方略的报告。当时，老侯去的是炮团，冯家昌去的是一个步兵团。三个月后，两人各自拿回来了一份"材料"。冯家昌写的这份报告得到了参谋处副处长姜丰天的赞赏，他说："小冯，'立体战'这一部分，写得很有创意。不错。"此人傲惯了，说话的口气自然也大。可老侯写的那份报告，却得到了参谋处长老胡的首肯。老胡平时没少让侯参谋给他"打耳"，再说他已打了转业的报告，年底就走人了。所以，老胡也乐意给人说好话。老胡说："猴子，'电子战'这部分写得不错。我看可以！"可是，当报告转到姜丰天手里的时候，姜大才子看了两眼，就那么随手一丢，用十分鄙夷的口气说："狗屁！写的什么呀？文不对题。"后来，由于正副职意见不一，两份报告就同时送到了参谋长的手上。参谋长最赏识的自然是姜丰天，姜丰天说好，那就一锤定音，用了冯家昌写的那份报告。参谋长大笔一挥：打印上报。就这样，老侯这三个月算是白忙活了。这还不算，事过不久，炮团那边突然寄来了一份内容大同小异的"材料"，署名是炮团宣传科的一个干事……这样一来，老侯那份报告就有了"剽窃"之嫌。于是，参谋长又是大笔一挥：查一查！有了这件事，老侯就有些被动了。报告没用不说，还惹了一屁股臊！这叫什么事呢？客观地说，老侯的文字功夫是差一些，可他下去就是总结基层经验的，那炮团宣传科的干事一天到晚陪着他，闲谈中自然会扯一些东西，可怎么也到不了剽窃的份儿上……那么，老侯就不能不想，这是有人做了手脚！

于是，老侯也下手了。

没有几天，机关大院里传出一股风声，说冯家昌要上调大军区了！在机关里，人家见了他，一开口就说，老冯，听说你要走了？祝贺你呀！还有的说，老冯，你还不请客？请客吧！开初，冯家昌听了，还怔怔乎乎的，就问："谁说的？没有这回事。"人家就说："老冯行啊，到这份儿上了，还绷得住。老冯行！"再后，他品出味来了，也就不解释了。紧接着，在一个只有团职干部才能参加的考评会上，参谋处长老胡发了一个言，他说："……我们参谋处有个人才，那是个大才，将来一定会有大的发展。他写的简报，曾上过总部的内参，这不是'大才'是什么？最近有一个传言，说大军区点名要他。我认为，要是真有这回事，咱们就不要耽误人家的前程了吧？要给人才开绿灯嘛！叫我说，他窝在咱们这里的确是可惜了，太可惜了！"此言一出，众人哗然。聪明人自然明白，这是正话反说。是啊，他是"大才"（那么，谁是"小才"），既然要走，那就让他走嘛，还提他干什么？！

冯家昌心里有苦说不出。老胡平时跟他并没有什么矛盾，由此看来，他在会上的发言一定是老侯策动的。近段时间以来，老侯常到胡处长那里去，两人说话也总是嘀嘀咕咕的……可是，他既不能给人解释说没这回事，也不能说有这回事。你要说没有，那谣言是谁散布的？你要说有，那就是说你嫌这里"庙小"，你私下里搞了非组织活动……这很让人难堪。眼看着形势对自己很不利，冯家昌本打算求一下老首长，可这样的事情，实在是张不开口。再说了，他也不能轻易地张口，不到万不得已，他不能动用这条线。考虑再三，他终于想出了一个对付老侯的办法。

冯家昌决定走一下"夫人路线"。

李冬冬怀孕了。怀孕七个月来，李冬冬肚子大、脾气也大，动不动就发火。她个子本来就矮，人这么一粗、一圆，看上去轱轱辘辘的，就像个水桶，显得很丑。在这段时间里，冯家昌轻易不敢招惹她。可这是个急事，不能拖。于是，这天晚上，吃过晚饭后，按往日的惯例，就到了该给李冬冬打水泡脚的时候了，可冯家昌就像是把这事忘了似的，什么也不干，就狼一样地在屋子里走来走去。李冬冬拿眼瞥他，他也只装着没看见，还是狼走。一直走得李冬冬烦了，就问他："你怎么了？"他说："没怎么。"李冬冬说："火烧屁股了？晃来晃去的，晃得人眼晕。"他说："那倒没有。"李冬冬不耐烦地说："那你,到底是怎么了?"到了这时候,他才说："有人搞我。"李冬冬不屑地看他一眼,鼻子哼了一声,说:"搞你干什么?"于是,他就把那件事说了……

到了这时候,他才像突然想起什么似的,忙把一盆烧好的洗脚水端到了李冬冬的面前,蹲下来给她洗脚……李冬冬白了他一眼,说:"不就是个团职吗,值得你这样?"冯家昌一边给她搓脚一边说:"这个侯专员,搞得有些过头了。"李冬冬说:"你想怎么着?"冯家昌说:"他是在造舆论……"李冬冬很灵,李冬冬说:"你呢?——想假戏真做?"冯家昌就说:"我想,还是,点到为止吧。"对这样的事情,李冬冬一向很烦,就说:"哼,什么破事?!"

待泡好了脚,把李冬冬扶到床上的时候,李冬冬突然说:"要是函来了,你还能真走啊?"冯家昌挠了挠头,说:"这还不好说?这在你呀……"李冬冬说:"什么意思?"冯家昌说:"你要让走,我就走。你要是不同意,我怎么走?"李冬冬想了想,用指头点了一下他的脑门,说了两个字:"狡猾。"

第二天,李冬冬就给身在大军区的叔叔挂了一个电话。在电话上,她对叔叔说,不是真的要走,只要你来一个"件"就行。叔叔说,这不妥吧?她说,有什么不妥,不就是一个"件"吗?……三天后,那电传就来了,当然不是正式的命令,只是一个商调的函件。这个函件是直接发给政治部的,不到一天时间,人们就都知道了。可是,真到了函件发来的时候,人们反倒不说什么了。见了面,也就点点头,很理解的样子。于是,又过了几天,李冬冬挺着肚子,以家属的身份出面了。她从参谋处开始,一直找到政委那里,只说一句话:"如果冯家昌调走,我就跟他离婚!"

这事做得天衣无缝。对于冯家昌来说,等于是一箭双雕。首先,那"人才"之说不是传言,是真的。真真白白!这有上边的函件为证,足可以把那些臭嘴堵上。再说,人家家属不让走,要闹离婚,这也情有可原。那么,作为一级组织,在安排上,你就不能不考虑了……本来是个大窝脖,叫你吃不进又吐不出。这么一来,堂堂正正的,反倒伸展了，人才就是人才嘛！这份电传在领导们手里传来传去的，在无形中加深了领导层对他的印象。就这样，神不知鬼不觉的，那谣言竟起到了让人意想不到的效果！

在机关里，冯家昌本就是个很低调的人。把败局扳回来之后，冯家昌在机关里表现得却更为低调，该干什么干什么，就像什么事都没发生一样。每天仍早早地起来，到机关里打扫卫生、擦玻璃……要是有人再说什么，他也只是摇摇头，叹上一声，苦苦地一笑，仿佛有无限的苦衷。

后来，一天晚上，老侯主动来找冯家昌，把他约到了大操场上，很突兀地说："兄弟，我明白了一个道理。"

冯家昌默默地望着他，说："侯参谋，有话你就说吧。"

"小佛脸儿"说："老弟呀，我就是熬白了头，也只是个匠人哪。古人云，君子不器。说来说去，我是个'器'呀！"

冯家昌说："老兄，你太谦虚了。此话怎讲？"

这时候，"小佛脸儿"突然下泪了，他说："格老子的，我算个啥嘛，也就会给人掏掏耳朵罢了……"

冯家昌赶忙说："侯参谋，侯哥，我可从来没说过这样的话。我可以对天发誓。"

"小佛脸儿"闷了一会儿，望着他说："兄弟呀，我待你不薄吧？"

冯家昌恳切地说："不薄。"

"小佛脸儿"说："格老子的，有这句话就行。有件事，我很伤心哪……我下去搞'材料'，那是参谋长布置的任务。可炮团那个姓郭的王八蛋，据说跟你还是老乡，竟说我写的材料剽窃了他的东西！这不是笑话吗？！"

绵里藏针，这是一刺！冯家昌知道他话里有话，可这事是不能解释的。你一解释，就成了"此地无银三百两"了。那样的话，就是浑身长嘴，也是说不清楚的。所以，冯家昌不动声色。冯家昌说："是不像话。"

"小佛脸儿"说："有人说，是你下了'药'。我不相信，我一直不信。"

冯家昌说:"路遥知马力,日久见人心。老哥,我也就不解释了。"

接下去,"小佛脸儿"很恳切地说:"老弟呀,别的我就不说了。如今,你是如日中天,这参谋处,以后就靠你了。可要多照顾你老哥呀!"

冯家昌赶忙说:"侯哥,你说哪儿去了。'如日中天'这个词儿,我实在是不敢当。你是老兄,你啥时候都是排在前边的……"

"小佛脸儿"说:"老弟呀,你也别说谦虚话了。要不是弟妹阻拦,你就是上级机关的人了,前途无量啊!"

冯家昌马上说:"没有这回事。那都是谣言,你别信。"

这时候,"小佛脸儿"用无限感慨的语气说:"曾几何时,一个屋住着,我们是无话不谈哪!你还记得不,那时候,我就对你说,只要插上'小旗'……"

冯家昌说:"我知道,老哥对我帮助很大,我记着呢。"

"小佛脸儿"再一次拍拍他说:"老弟,我已经见了胡处长了。这参谋处,肯定是你的了。老弟是大才,又有那么好的关系,好好干吧。"

……操场上,月光下,两人的身影拉得长长的,有时候,那影儿就合在一起了,分不清谁是谁了。可心呢?

两人打的是"太极拳",表面上谁也伤不着谁,该说的话也都说了……可是,谁也不说"动员处"。对"动员处",两人都一字不提,都还埋着伏笔呢。

可是,不久之后,老侯就找着了一个还手的机会。这是天赐良机,几乎可以把冯家昌置于死地!

二、走失的脸

她来了。

她只不过要看一看这座城市,看看那个人。

这是一座挂满了牌子的城市。如今城市里到处都是牌子,五光十色的牌子,而后是墙。路是四通八达的,也处处喧闹,汽车"日、日"

地从马路上开过,自行车像河水一样流来流去,商店的橱窗里一片艳丽,大街上到处都是人脸……可在她的眼里,却只有墙,满眼都是一堵一堵的墙。人是墙,路也是墙,有时候,走着走着,就撞在"墙"上了。你看我一眼,我看你一眼,那人就像是假的、皮的,漠然也陌生。偶尔,也有和气些的,点一下头,给你指一下方向,却仍然陌生。

是啊,在这座城市里,她只认识一个人,可那个人已经不认识她了。

然而,在一个过街天桥上,她却意外地被人拦住了。那是一个中年人,那人很热情地凑上前来,有些突兀地对她说:"大妹子,你心里有事。"她心里"咯噔"一下,站住了。那人看她一眼,再看一眼,十分诡秘地说:"你有事。你心里有事。我给你看个相吧。"刘汉香抬起头来,默默地望着他,这人的头发乱蓬蓬的,身上穿着一件很皱的西装,那裤腿,有一只是挽着的……那人重复说:"看个相吧,我能给你破了。"可刘汉香却一下子就闻到了什么,那是一种很熟悉的东西,这东西让人心里发酸。她说:"我不看相。"一边说,一边往前走。可那人却一直紧追不舍,缠着她说:"看看吧。你有事。看看五块钱。"刘汉香再一次站住了,她望着那人,仍是默默地。那人看着她,一时间也怔住了,目光有些游移,他嘴里嘟囔了几句,突然掉头就走,一下子就淹没在人海里。刘汉香清楚,这不是个笨人,他看懂了她的眼神,他当然知道她说了些什么。这就像是接头的"暗语",她的目光告诉他,都是乡下人,就不要再自己骗自己了。当然,有些话压在下面,她没有"说"。假如说得更明白一点,她会告诉他,如果你能看破人的命相,看透人的生死祸福,如果你真能预知未来,你就不会这样了……可她没有说。

下了天桥,没走多远,她突然被刺了一下。在熙熙攘攘的马路边上,她看见了一只黑手。那手抖得像鸡爪一样,哆哆嗦嗦地晃着一只小瓷碗……人在流动着,手在哆嗦着,可碗里没有钱,很久了,没有人往这只碗里投一分钱。

刘汉香走上前去,她看到的竟是一个瘫子。那瘫子就在路边上倭跪着,身子下边垫着一小块木板,看上去黑污污的,就像是一截烧焦了的木炭……人怎么会残到了这种地步？尤其让人心痛的是，那一堆破破烂烂所包裹着的，根本就不像是一个人，那是一堆灰，一堆烂在地上的黑灰！在喧闹的大街上，那只扬起来的小瓷碗仿佛是一个"？"，那"？"空空地在街头上抖动着，实在是让人心酸。于是，刘汉香掉过头去，回身来到了一个刚刚走过的街头小店里，拿出钱来买了一个烧饼。那烧饼是热的，她拿着这个烧饼快步来到那个瘫子跟前，弯下腰小心翼翼地递到了那只小瓷碗里，那瓷碗重了一下……可那瘫子的头深深地埋在怀里，她看不见他的脸，只看见了一片污脏的乱发。她叹了一声，什么也没有说，继续往前走。走了没几步，当她回身再看那瘫子的时候，碗里的烧饼已经不见了，可那只碗却仍然在街边上抖动着……刘汉香心里说，他还舍不得吃呢。

后来她就坐到了这个小饭馆里。这是一个临街的饭馆，在马路的对面，就是军区的大门了。她知道，她要见的那个人，就在里面。她不是来闹的，她还不至于那样。她只是想见见他，八年了，她要见他一面。

饭馆不算大，但很干净。她坐在一个靠窗口的座位上，要了一小碗面……望着窗外的马路，她突然觉得头有些晕，太阳木钝钝地照着，她一下子什么也记不起来了。奇怪呀，真是奇怪，她居然回忆不起来那个人的样子了。是长脸，还是方脸？真的，她记不起来了。是啊，曾经是那样好过，有过丝丝缕缕的亲近……可陡然间，她却记不起他的模样了。她拍了拍头，脑海里一片混沌！模模糊糊的，好像有那么一个影子，那影子十分熟悉，可她就是想不起来。她想，虽然多年没见，她还不至于认不出他吧？！

可是，她在那个小饭馆里坐了整整一个下午，一直坐到天快黑了，也没有把那个人给认出来。是呀，马路对面那个大门里不断有军人走出来，一个个挂着带星的肩章，走起路来，那手还一甩一甩的，看上去都很威武。可她心里疑疑惑惑的，出来一个，看着似像似不像的，再出来一个，看着也八八九九……不错，有的看着像他，是脸盘像；有的呢，是神态像；还有的，是走路的姿势像……可究竟是不是他？

她却吃不准了。有那么几次,她觉得是他,就是他。可是,当她从饭馆里跑出来,再看,就又觉得不像了,一点也不像……丢了,她的人,走丢了。

第二天,她又坐在了这个小饭馆里,默默地等着那个人。先是等了一晌,还是不见那人出来。后来,也不断地有军人到街对面的这个小饭馆里来。有的是来吃饭的,有的是来结账的。其中有一个人,小个儿,说话略带一点四川口音,蛮蛮的。这人走的时候,似乎是不经意地瞥了她一眼,目光怪怪的。她知道不认识,也就没在意。可是,不一会儿,这人又返回来了。这人匆匆来,又匆匆去,来来回回地折腾了好几趟,那样子疑疑惑惑、偷一眼又一眼的,也不知是想问还是想说什么……有那么一刻,她曾想拦住他问一问,他也是军人,也许会知道那个人的情况。可不知为什么,她忍住了。奇怪的是,后来,这人却径直走到了她的跟前,说出了一句让她十分吃惊的话——

他说:"如果我没有认错的话,你姓刘,你叫刘汉香,对吗?"

刘汉香脑海里"轰"的一下,心里说,老天,这是他吗?!不对呀,他的个子没这么矮,也没这么白呀……不是,这肯定不是他。

他说:"我见过你的照片。你老家是平县的,对吗?"

刘汉香迟疑了片刻,惊讶地问:"你……"

他说:"你来找一个人,他的名字叫冯家昌,对吗?"

刘汉香站起来了,刘汉香万分惊讶地望着他:"你是……"

他笑了笑,自我介绍说:"我姓侯,是军区的,跟冯家昌是战友……坐,你坐。"

而后,这人就在她面前坐下来了。这是个军官,肩上扛着"两杠一星"呢。他人长得胖乎乎的,面相十分和气,可他的眼神看上去却怪怪的,她也说不清有哪一点不对,就是觉得挺怪。他很热情地说:"你既然是来找老冯的,怎么不到军区大院去呢?"

刘汉香迟疑了一下,说:"他,还好?"

他说:"好哇,挺好。娶了一个市长的女儿。女方的娘家是很有些背景的,很有背景……"他说话的语气平平淡淡的,好像就那么不经意地随口一说。见她不说话,他又试探着问:"你来找他,有什么事吗?"

仿佛有一把刀在心上剜了一下,她喃喃地说:"也,没、没什么事。"

他像是一下子就把她看透了,说:"既然来了,就见见他吧。我领你去。"

就这么说着,他站起身来。不由自主地,她也跟着站了起来。而后,就跟着他往军区大院走。当两人来到大门口的时候,老侯的手指往身后勾了一下,对哨兵示意说:"找冯参谋的。"

进了大门,老侯一边走,一边跟碰到的每一个军人打招呼。他脸上笑笑的,声音也大,又是很随意地往身后勾一下手指,说:"找冯参谋。"往下,每见一个人,他就会勾一下手指头,一次次地重复说:"找冯参谋的!"

当他领着她来到一栋小楼前的时候,老侯突然站住了,他沉吟了片刻,说:"你在这儿稍等一下,我看人在不在。"就这么说着,他快步走进楼里去了。

站在楼道的拐弯处,老侯吸了一支烟,慢慢地稳定了一下情绪。有那么一刻,他曾经劝自己说,算了,算了吧。这招儿有点阴,这招儿太阴,格老子的,这说不定把狗日的一生都给毁了。可这是惟一的机会了,你要不做,就得眼巴巴地看着人家升上去……操,凭什么呢?!

过了一会儿,他从容不迫地从楼道里走出来,给她招了招手,说:"来,快来,快来。"当刘汉香走到他跟前时,他却压低声音说:"妹子,我让你见一个人。有什么话你对他说……"刘汉香一怔,说:"见谁?"他说:"首长。我让你见一位首长。"接着,他又叮嘱说:"有什么你就说什么,不要害怕。有些情况,首长要了解一下。"

蓦地,刘汉香在空气里闻到了一股不祥的气味!不知为什么,她突然觉得这人的目光冷飕飕的……可是,这时候,已不容她多想了,有一只手在她的后背上用力地推着她往前走,边走边小声说:"别怕,不要怕。去吧,是首长要见你。有什么苦衷你就对他说,大胆说。"

就这样，等她抬起头的时候，她已经被推进了一间办公室里……门关上了，可那人却没有进来。

这间办公室里摆着一张巨大的办公桌，在办公桌的后边，坐着一位鬓发斑白的老军人。那老人看上去十分的威严！看见她，首长随口"噢"了一声，伸手一指，说："坐，坐吧。"而后，首长站起身来，给她倒了一杯水，放在了她的面前。接着，他拉过一把椅子，在她面前坐下来，淡淡地说："你找冯家昌？"

这时候，刘汉香还没有醒过神来，她就那么呆呆地坐着，一时不知道说什么才好……过了好久，她才"嗯"了一声。

首长问："你是从平县来的？"

刘汉香默默地点了点头。

这时候，首长自言自语地说："这个小冯啊，这个，这个啊……听说，他妻子怀孕了。好像，快生了吧？你，这个，这个……不是他找的保姆吧？"

刘汉香先是怔怔地……而后，她摇摇头，默默地说："不是。"

首长"噢"了一声……

片刻，刘汉香迟疑了一下，说："他……妻子……怀孕了？"

首长说："可不，都快要生了。前一段，还说是要找保姆的……"

刘汉香坐在那里，久久不语。此时此刻，她就像是坐在一座火山上，她觉得心都快要烤焦了！那痛，一脉一脉，一叶一叶，烂着、碎着，扎芒着……她喃喃地、颠三倒四地说："……生了……快、生了……孩子？"

首长说："是啊，是啊。喝水，你喝点水。"

可刘汉香的神思仍在那两个字上，她嘴里仍自言自语地说："孩子，孩子，多快，他都有孩子了……"

……渐渐地，首长的脸严肃起来，那两道浓眉就像是刀锋一样！他说："你跟冯家昌是什么关系？"

刘汉香闷了一会儿，终于，终于说："……亲戚。是亲戚。"

首长"哦"了一声，问："一般的亲戚关系？没有别的吧？"

刘汉香绞着两只手，迟疑了一下，再次点了点头。

这时，首长似乎有些不解地望着她，又问："那你，找他有什么事吗？"

刘汉香又沉吟了一会儿，把涌上来的血强压着咽在肚里，硬硬地说："也没……什么大事。"

首长有点诧异地望着她，挺关切地说："你不要怕。要有什么事，你就大胆说……"

有那么一刻，刘汉香是想说的。她想把心里的苦水一下子全倒出来，那么多年，那么多的日日夜夜……那话随着一股一股的血气已冲到了喉咙眼上，可她再一次生生地把话咽回去了！"孩子"这两个字，像山一样，挡住了她要说的一切！……说来说去，她还是可怜他，不知为什么，她就是可怜他。

她有些茫然，说："哦，倒是有点事。"

首长就鼓励她："你说，你说。"

终于，刘汉香说："要说，也没啥大事。也就……让他帮点忙。"

立时，首长沉默了。

就这么坐了一会儿，首长突然站起身来，他在屋子里踱了几步，自言自语地说："这个猴子，搞什么名堂？！"就这么说着，他扭身回到办公桌的后边，拿起电话，吩咐说："让冯家昌过来一下。"

三、九主意

终于见了面了。

不知怎的，见了他，还是有些激动。

是他。一切都活起来了，那旧日的记忆……七个多、快八个年头了，从外形上看，他并没有太大的变化，只是润了一些，胖了一些，大军官了嘛，穿得也光鲜，再不是光着脚的样子了。可从骨子里说，如果不是这身军装架着，他倒是显得有些疲惫。人就像是有什么东西坠着似的，架子虽撑着，可心已经弯了，他也累呀。从面相上看，她知道他累。虽然已经这样了，恨是恨，也还是心疼他，这很矛盾。一个女人，要是陷进去了，再想跳出来，太难，太难了！

是啊，你可怜他。在首长的办公室里，他不该那么"哈菜"。那人虽说是个首长，你不也是个官？怎么就点头哈腰、低三下四的，那么"哈菜"哪？真的，她不由得替他抱屈，觉得他不该那样。你也是个男人……但是，从眼上看，他的狠劲还在，他仍然狠。

可是，出了首长的办公室，他的笑容一下子就僵住了，那脸就像是块上了冻的抹布，皱巴巴的，又涩又苦，苦成了一张核桃皮……在院子里，两人就那么一前一后地走着，陌生得就像是路人。

这时候，老侯手里提着一个暖水瓶探探地走过来，看见冯家昌，他略微怔了一下，很张扬地笑了笑，说："老冯，来客了？"

冯家昌也笑了笑，淡淡地说："一个亲戚。"

老侯说："噢，亲戚？"

冯家昌就说："老家的，亲戚。"

这时候，刘汉香看了看老侯，用感激的语气说："你看，麻烦你了。"

这一谢，老侯就有些慌，他一边走一边说："谢个啥子，我们是老战友了。"走了几步，觉得有些不妥，他又退回来，扬了扬提在手里的暖水瓶，对冯家昌说："老冯，既然是亲戚来了，还不领家去呀？"

冯家昌随口"嗯、嗯"着，那脸不阴不晴的，显得略微有些尴尬。有那么一刻，两个男人相互看着，目光里都很有些含意……那阴险、那刻毒、那兽一样的搏杀，全都在眼帘后边隐着。两人在错身走过的一刹那，竟还互相拍了拍，那一拍真有些触目惊心！

接下去，当刘汉香跟着他往外走的时候，突然之间，冯家昌的脸就像开了花似的，每见一个人，他就笑着对人介绍说："——亲戚。"而后，他一路点着头，见人就点头，一边点头一边说："我亲戚。"就这么走着走着，他甚至连大门口的哨兵都不放过，一次又一次地对人说："一个亲戚。"

"亲戚"，说得多好！

……他把她约到了军区的一个招待所里。进了房间后,他没有坐,就那么一直站着,站得笔直。屋子里一片沉默,那沉默是很淹人的。在令人窒息的沉默里,刘汉香心一下子就酸了,她突然想哭,放声大哭!那泪在心里泡得太久了,已泡成了大颗的盐粒,一嘟噜一嘟噜地挂在眼角上,憋都憋不住。

很久之后,冯家昌说话了,他的鼻子哼了一声,冷冰冰地说:"我知道你早晚要来。我等着这一天呢……"接着,他又说:"不错,是我对不起你。"

这话说得干脆,也直白。这又是一刀,这一刀划得很深,连最后那一点点粘连也不要了,就像是"楚河汉界"……刘汉香什么也没有说,刘汉香就那么望着他。就是这个人,这样一个人,快八年了,你一直等着他。

冯家昌硬硬地说:"俗话说,有钢使在刀刃上。你来得好。很好!最近,军区要提一批干部,那姓侯的,正在跟我争一个职位……你来得正是时候。说吧,你要怎样?"

刘汉香不语。也许是憋得太久了,那泪水就止不住地往外淌,一片一片地淌……多少年了,她从没掉过一滴泪,可这会儿,怎么就止不住呢?真丢人哪,你!此时此刻,她真想大喊一声,老天,你杀了我吧!你把我的头割下来吧!他怎么就成了这个样子?这还是你心目中的那个人吗?当他皮笑肉不笑地一次次对人说"一个亲戚"的时候,当他在首长面前点头哈腰的时候,那种嘴脸,她是多么失望啊!

冯家昌并不看她,冯家昌的脸很紧,紧得就像是上了扣的螺丝!冯家昌仍在自说自话:"其实,我已经让人捎过话了,该说的也都说了。我是欠了你……如果是要钱,你说个数。如果是……硬要我脱了这身军装,你也说个话。我,认了。杀人不过是头点地,你说吧。"

她擦了一把脸,轻轻地叹了口气,说:"你,好吗?"

冯家昌不语。

刘汉香说:"八年了……"下边的话,她还没有说出来,她想说,我没有别的,就想来看看你,见你一面。可她的话却被打断了……

他有些生硬地打断她说:"我知道,我欠你,我们一家都欠你……"

是呀,他不想再跟她多说什么了。他只是想尽快做个了断。他恨不得从心里伸出一只手,赶快把她推走!原指望他还有心,可他已经没有心了。对一个没心的人,你还跟他说什么?也许,在他眼里,那不过是一笔旧债,欠就欠了,也说过要还,你还要怎样?!那日子就像是一块旧抹布,用过了,就该扔掉。这态度有点横,甚至还有点泼,近乎于那种"要钱没有,要命一条"……不说了吧,再不说了。

偏偏在这个时候,冯家昌抬起手腕,下意识地看了一下表。他有"表"了,他手腕上戴着表呢,金光闪闪的表!

——那昔日的,不过是一个牙印。一个牙印算什么?!

——连续五年,他都在奖状的后边写着三个字:等着我……

心很辣,心已经被辣椒糊住了。那辣在伤口上一瓣儿一瓣儿地磨着,热烘烘地痛!说过不哭,说过不掉泪的,见了他,也还是掉了泪。女人哪,泪怎么就这么贱?!那血一浪一浪地涌着,血辣是可以生火的,血辣已冒出了一股一股的狼烟!也不尽是恨,也不尽是怨,什么都不是,就是眼前一黑一黑的,像无数个蠓虫在飞……刘汉香咬了咬牙,突然笑了。既然已无话可说,那就说点别的吧。她话锋一转,笑着说:"来之前,村里人给我出了一些主意,你想听听吗?"

他冷冷地"哼"了一声。似乎是说,不管你说什么,我豁出去了,就这一堆儿了!

刘汉香说:"头一条,就是让我把身子垫得大一点,挺着个肚子,做出怀孕的样子,去找你们领导。领导要是不见,就在你们军区的大门口立着,站上三天,只要见了你们的人,逢人就说,我是你的未婚妻,等了你八年……"

冯家昌直直地站在那里,紧皱着眉头,一声不吭。

刘汉香接着说:"第二条,让你爹领着我,扮成捡破烂的,直接去找你那城里的女人。进门就给她跪下,凭她怎么说,就是不起来……到时候,我一句话不用说,就让你爹说。我说的话她可能不信,你爹说的话她会信。而后,再找你们领导,一级一级找上去,让你爹对他们说，只说实情，不说一句假话，你爹的话，他们会信。"

这时候，冯家昌又"哼"了一声。那张脸，铁板一样。

刘汉香说："第三条，让村里来二三十个老头老太婆，把军区的大门给围了。见了你，没有二话，就是唾沫，光那唾沫就能把人淹了！而后，一条条、一款款地给上头的领导诉说你的'长处'，历数你在村里的各样'表现'，让部队上的人都知道你家的状况，知道你的为人……

"这第四条，是呱哒叔出的。他说，把你做下的事写成'传单'，全村人都盖上指印，印上几百份，见人就发，从县武装部一直送到北京的国防部……

"第五条，他们说，在你家，我已住了七个多年头了，那就一直住下去，该做什么还做什么，看你怎么办。你要是敢这么家一头，外一头，就是重婚，就犯了大法了。那也好办，这个事，你想瞒也瞒不住。农闲的时候，村里来些人，就上你家去，去了就吃、就喝、就搅和你。隔三差五地派人去搅和你。你不让人过了，你也别想过好日子，叫你天天不得安生……

"第六条，他们说，城里不是有人雇保姆吗？那好，我就算是你们家雇的一个保姆。你算一算，七年多，一个保姆，一年的费用是多少？老老少少的吃穿花用是多少？还有精神上的损失又是多少？这么算下来，就把你算垮了。你要是敢说个不字，那就砸，见什么砸什么，法不治众，你有本事，就把一村人都抓起来……

"第七条，他们说，也有赖法。再不行，就去法院里告你强奸。你就是一强奸犯，全村人都可以证明你是一个强奸犯，时间、地点、人证、物证都有，人人都可以写证言。那天晚上，你是拦路强奸……

"第八条，全村出动，背上被子，带上干粮，穿上老棉袄，三千口人来'抬'你一个人。进城后人分两拨，一拨来军区，一拨去你老婆的单位，就在这城里扎下来，啥时说好了，啥时候走人……他们说，一个上梁村，要是合起伙子'抬'一个人，一准能把你'抬'回去。

"第九条，这个主意是辣嫂出的。辣嫂说，要是我，就弄根绳缠腰里，里头绑上炸药、电雷管，打扮得齐齐整整地来找你。她说，这叫死嫁。见了面，拦腰一抱，随手那么一拽，一生一世就嫁给你了，死也要落个军官太太……"

冯家昌硬得像块铁，他仍是直朔朔地立在那里……那眼神里似还含着一丝蔑视！他背过身来，冷冷地说："说下去。"

刘汉香说："完了。"

冯家昌说："就这些了？"

她说："就这些了。"

冯家昌鄙夷地说："很好。你打算使哪一手啊？"

刘汉香反问道："你说呢？"

冯家昌不语。

这时候，刘汉香站起身来，长叹了一声，说："我看错人了。"说完，她再没有看他，就那么挺着身子，一步一步地走出去了。

门响了一声，"砰"一下，又弹回来了，有风从门外刮进来……夹着一股凌人的寒气。

冯家昌仍是一动不动地在那儿站着，站得依旧笔直。可是，如果往下看，就会发现，他的腿已经抖了，两条腿像筛糠似的抖！在他的裤裆处，有一块暗色的洇湿在漫散，那是尿水。有尿水洇出来了，一滴，两滴，三滴！……

四、跪的智慧

那碗是很烫眼的。

在一处临着建筑工地的马路牙子上，坐着一排民工。民工们一人手里捧着一只碗。那碗是粗瓷的，像盆一样。从这里走过去的时候，你就会看到，一排大碗！

那碗上下浮动着，几乎替代了民工们的脸，那就像是一排用碗组成的脸。那碗竟然比真的人脸要好看一些：蓝边，粗瓷，碗极大，看上去敦敦厚厚的，有一种原始的、朴拙的器具美。当那一排子碗摆在地上的时候，人脸就现了，这才是"碗"，是由脸组成了"碗"，期望着能够盛上富贵的"碗"！那脸上的表情几乎是一模一样的，那些眼睛都是含着一点狼性的，都闪着那么一点白。那就像是一片空洞，写着迷茫，写着惑然，也写着闪烁不定的企冀……当刘汉香从这里走过的时候，她一眼就看到了这些举着的"碗"。这"碗"让她觉得亲切，同时，也烫眼！她知道，如今，真正的城里人都不用大碗了，城里人用的是小碗，细瓷的，这大碗反倒成了乡下人的标志了。

走过时，她又忍不住回头看了一眼，那一片沉默的"碗"。大街上人来人往，汽车荡起一片尘埃，可那些"碗"仍然在马路牙子上怅然地坐着……突然之间，那些"碗"就跑起来了，就在大街上，呼啦啦地冲过去围住了一个穿西装的人！"碗"们齐声嚷嚷说："老板，老板，你行行好，行行好吧！干了大长一年了，你怎么就不给钱呢？！"那"老板"也不知说了些什么，"碗"们嚷嚷的声音就更大了，他们一个个说："要是再不给钱，俺就跪你了！"……工地前，人是越聚越多，那声音像蜂房似的嗡嗡着，手舞动着，就像是高举着的一个个"讨"字！

华灯初上，城市成了一条条灯的河流。五光十色的广告牌子像一只只彩鸟，闪烁着迷人的华丽。颜色和灯光把城市的夜涂抹得光怪陆离，行人就像木偶一样，你走你的，我走我的，灯影里，一片光怪陆离的漠然。进入冬季了，全是"羊皮"，大街上到处都是"羊皮"，男羊皮和女羊皮。人怎么就成了一软一软的羊皮？……街面上，一个个酒店的门口都站着穿制服或是旗袍的年轻人。她看出来了，那服饰是城市的，心是乡村的，心在哆嗦。还要对"羊皮"说您好，还要笑。说起来，这有多不容易！

刘汉香已经走了很久了，她不知道自己将走到哪里去，天晚了，心已经十分的疲累，可她仍是茫然地在街上走着。她对自己说，别想，什么也不要想。可是，她还是想他。不知为什么，就是想。是啊，不管怎么说，他还算是个男人，他没有倒下去，就还是男人。这不怪他，城市太大了，这城市淹人，是城市把他给淹了。等了那么久，也期盼了那么久，终还是见了一面。只要他好，只要他能像人一样地活着，是你的不是你的，有什么要紧？可心是这么想，话是这么说，头还是像劈了一样的疼。

后来，当她转到了一个公园的后边，当她看到那一幕的时候，她是真的痛了。浑身像是着了火的痛！是啊，那一幕，她真不敢想，一想就忍不住要哭，怎么会是这样呢？为什么要这样呢？！

在公园的后边，在一个靠墙的角落里，有一老一小两个乞丐在分吃一只烧鸡。那老的倭跪在那里，看上去是一个瘫子；那小的就在地上蹲着，也才五六岁的样子，两人一人抱着一只鸡腿在啃！那老的吃得更为滋润些，他旁边竟然还放着一瓶啤酒，啃一口他就拿起啤酒瓶喝上一口……过了片刻，那老的啃完了，随手捡起堆在地上的烂报纸擦了一下手，而后，他直起上身，舒舒服服地伸了一个懒腰。就此看来，这人还不太老。再往下的时候，那奇迹就出现了，这人先是拽下了那黑污污脏兮兮的头发，那不是头发，那竟然是一个头套！接下去，他挠了挠他的秃头，就佝偻着身子，一点一点地去解那捆在腿上的绳子，那是一截一截的皮绳；紧接着，他又小心翼翼地取下了包在腿上的皮护腿，那是两层软牛皮做的！随即，他的身子往后一仰，取出了垫在身子下边的、装了滑轮的旧木板……老天爷呀，突然之间，他站起来了，他不是瘫子，居然一下子就站起来了！

再往下，刘汉香就更加惊讶了。她看到了那只小瓷碗，就是白天里她曾经给他放过一个烧饼的小瓷碗！那个小瓷碗就在地上撂着，它是有记号的，那个小白瓷碗里掉了一块瓷，偏中间的地方露着一块黑……是的，她记得清清楚楚，就是那个小瓷碗。那么，这人就是白天里在街口上跪着要饭的瘫子，就是那个瘫子！如今，这瘫子一下子站起来了。他站在那里，又伸了一个懒腰，对蹲在一旁的小男孩说："香不香？"那流着鼻涕的小脏孩儿说："香。"这人说："要想天天吃香的、喝辣的，你得会跪，懂吗？"那孩子很听话地点了点头说："跪？"这人说："跪。你给我跪跪试试？"那孩子抬起头，傻傻地望着他。他说："跪呀，你跪。"于是，那孩子调皮地撇了一下嘴，就势跪下了……这人摇摇头说："不行，不行，这样不行。跪下去，你得给人磕头。要不停地磕，一直磕到人家把钱掏出来为止。"那孩子跪在那里，愣了一会儿，就弯下身子，像鸡叨米似的磕起头来……那人说："还不行，你要磕得响一点，再响，要咚咚响！要让人家可怜你才行。只有人家可怜你了，才会把钱掏出来……重来，重来。你站起来！我告诉你，这样，要这样……跑上去，抱住他的腿，跪下就磕，一边磕一边要说，'大叔大婶，可怜可怜我吧。大爷大娘，可怜可怜我吧……'"那孩子遵照他的吩咐，不停地磕着头，头在地上磕得咚咚响，一边磕一边学着说……那人说："记住，只要你一跪下，就不要站起来，不给钱你千万别站起来。人都是个面子，当着那么多人，你一直磕，他就不好意思不给钱了。多多少少都要给一点的。你要知道，越是不想掏钱的人，越爱面子，你死缠住他，他一急，说不定就掏张大票子！等他把钱掏出来，不管多少，他就不好意思再往兜里装了……"接着，那人又说："想挣钱，要有本领。这就是本领！好了，明天你到火车站去。"那孩子的眼黄了一下，说："火车站？"他说："火车站！火车站人多。"那孩子有点怯，就说："火车站有警察。"他说："你不会长点眼色？你长点眼色就是了。看见警察来了，你就跑。"

看着这些，听着这些，刘汉香一下子心痛到了极点！那眼里的泪就簌簌地流下来了。这，这……这汉子看样子也就四五十岁，正是壮年，可他居然就把自己倭起来，扮成一个瘫子？！这也算是个聪明人，你想想他有多聪明？好好的一个人，他偏要把自己人不人鬼不鬼地倭起来，还弄来一个臭烘烘的假发套，一身脏兮兮的烂衣裳，给自己弄来牛皮做的护腿，弄来那么一块小木板，木板下边竟还装着轴承做的滑轮……老天爷呀，这要动用多少心机？！这要花费他多少伎俩？就凭着这份聪明，凭着这份灵巧，就凭这……他，做什么不好？什么不能做？就这样跑出来，为几个小钱，倭跪在当街上？！天神哪，你怎么就把他托生了一个男人，这还算是个男人吗？！

那又是谁家的孩子？天寒地冻的，谁又舍得让他跑出来受这份罪？难道说，就是这男人的孩子吗？要是他的孩子，他真是该杀呀！

要不是他的孩子，他就更不是人了，这是个畜生！孩子还太小呀，小小的年纪，那么一点点，杏蛋儿一样，正是读书的时候……真是可惜了呀！他什么学不了，就出来学着下跪？！

就因为穷，难道说就仅仅是穷？！……刘汉香像是逃跑一样地离开了那里，她实在是看不下去了，她也不能再看了，要是再待上一会儿，她会发疯的！她说不定会冲上去把那个男人撕了！刘汉香哭着走着，走着哭着，她把一生一世的泪都流了，她是为自己，为他，也为那些出来奔活路的乡人们。跪吧，就去跪吧，跪上一生一世，又能跪出个什么呢？

再走，再走，不停地走……大街上的汽车"嘀嘀、叭叭"地响着，汽车的声音竟是那样的刺耳，躲过了一辆又是一辆，就像是无路可走了似的，那么宽的路，它就是要你无路可走！你只有在街边上走，贴着墙走，就像是一个晕了头的大苍蝇。那灯一晃一晃的，就像变了色似的，天地都在旋转。后来她才看清，那旋转着的不是天地，是霓虹灯，会跑的霓虹灯；秃噜，就跑到东边去了，秃噜，又跑到西边去了，那灯成了女人，一个女人，又一个女人……在眼前跳来跳去地舞着。这又是什么名堂，怎么就叫"千千结"？

站在路边上，也就抬头看了一会儿，就有一个男人走过来了。这是一个很体面的男人，西装革履，脖里还束着一条金红色的领带，里边的衬衣雪白雪白的。他很和气地走上前来，上下打量了一番，说："喂，找工作吗？"刘汉香不由得往后退了一步，说："咋？"他重复说："我问你，你是在找工作吗？"没等刘汉香开口，他又接着说："你要是找工作，可以到我们这里来。看见了吧，就是这个，'千千结'。月薪八百，还有小费。"刘汉香愣了一下，竟然下意识地问了一句："多少？"说完她就后悔了，她觉得不该问。可那人紧着说："要不你先上去看看？底薪八百，管吃管住。干好了，小费拿得多，一个月三千五千，万儿八千也是平常事。"刘汉香抬头看了这男人一眼，看他文文气气的，不像是个坑人的主儿。钱，一说到钱，还是让人心湿。三千五千，万儿八千，老天，那是什么概念？！这时候，她心里还赌着一口气呢。

也许……刘汉香站在那里，迟疑了片刻，问："做啥？"那人就说："你上去看看。上去看看嘛，不勉强你。要干就干，不干就算，绝不勉强。"

刘汉香迟疑再迟疑，最后，还是上去了。那楼梯是铺了地毯的，猩红色的地毯。顺着楼梯一级一级地走上去，她发现，里边竟是那样的金碧辉煌，简直就像是进了宫殿一样！走廊里，有穿制服的小伙子在走来走去，他们一个个手里端着果盘，也不知在干些什么。拐过弯来，眼前一下子就开朗了，正对着的，是一面巨大的扇形玻璃，就像商店里的橱窗一样。那玻璃真是太大了，在玻璃的后面，竟站着一排一排的姑娘！

站在玻璃前，刘汉香看得目瞪口呆！妈呀，是人，真的是人！那里边几乎站有几十个姑娘。姑娘们一个个搽脂抹粉的，穿得少之又少，露之又露，就像是卖肉一样。她们一行行、一排排分阶梯站在那里，各自的身上都挂着一个圆形的号牌……这，是干什么？这算是干什么呢？！

透过橱窗的大玻璃，刘汉香呆呆地望着那些姑娘。从那些姑娘的眼神里，她看到了说不出口的淫荡和麻木，而更多的则是漫不经心，是豁出来的无所谓，是叫人心悸的"不要脸"。然而，在麻木的下边，隐藏着的竟是无边的阴冷！顿时，有一股寒气"咝咝"地从她的脚底下冒出来。

正在这时，忽然有几个男人走过来，他们站在扇形的玻璃窗前，指指点点地看了一番，而后对一个穿着红马甲的小伙子说："9号，12号，还有……7号，7号也不错。"于是，那"红马甲"连声说："好的，好的。"说着，就上前几步，推开了旁边墙上的一扇隐形的小门，进到那玻璃窗里去了。片刻，他领着三个姑娘从那小门里走出来，交给了那三个嘴里带着酒气的男人……

刘汉香的脸一下子就红了，她吃惊地问："这，这是做啥？！"

那老板说："你别怕。也不做什么，就是陪着客人唱唱歌，跳跳舞……你放心吧，我们是正当生意，不会让你做别的。"

可刘汉香已经看到了，当那三个男人带着姑娘们往里边走的时候，一个个都把手搭在了姑娘们的身上,姑娘们也都很顺从地偎上去,吊在男人的膀子上。于是,那些男人就更加放肆,有的竟伸手去摸人家姑娘的屁股,拧人家的脸……刘汉香一下就慌了,她说:"我不会跳舞。"

可那老板说:"不会不要紧,可以找人教你,一学就会了。"

刘汉香往后退着身子,连声说:"不干,我不干。"

那老板瞥了她一眼,说:"你不要以为我们这里好进。我这里选人是很严格的。我是看你'盘子'不错,才留你的。有多少姑娘找上门来,都被我打发走了。"

接着,那老板又说:"我告诉你,这是最干净、最快捷的挣钱方法。出了我这个门,你到哪里也挣不来这么多的钱。我知道,你是要脸面的人。你要脸面,谁不要脸面?如今是有钱才有脸面。我一看就知道你是从乡下来的,这黑灯瞎火的,你往哪里去?再说了,你在这里挣钱,又没有人知道,你怕个什么?你要是在这里干上几年,挣个三万五万、十万八万的,说不定就可以回去盘上一桩生意做做。我不勉强你,你好好想想?"

刘汉香不知道什么叫"盘子"(城里人居然把人的脸说成是"盘子"),她甚至没有听清他在说什么。她的脑海里一直晃动着那些男人的手,那些很下作的手,那就像蛆一样在她的脑海里蠕动……她不想再说什么了,她只想赶紧走,快走!她想,她如果连这样的事都可以干,她还有什么不能干的,她与路上碰到的那个假瘫子又有什么区别?!老天爷,他们就是这样对待乡下人的,他们就是这样对待穷人的?为什么,就因为穷,就因为你穷?!这老板乍一看体体面面、斯斯文文的,说得千好万好,可是,他会不会让他的姐姐、他的妹妹出来做这样的事?

他会吗?!他肯吗?!

她逃跑一样离开了"千千结",离开了那个霓虹灯上"跑女人"的地方……

街上的灯越来越冷了,行人也越来越少,那熙熙攘攘的大街一下就显得宽了许多。走着走着,她突然听到了身后的脚步声,那脚步声一踏一踏地响着，竟然有些熟悉？！她猛地回过身来，一下子就看到了那个人。

——是他！

虽然，他脱去了军服，换了一身便装，她还是把他认出来了。原来，他一直是跟着她的。他一直在悄悄地跟着她。从他的眼神里，刘汉香明白了，他是怕她寻了短见。她要是万一出了什么事情，他也不会有好日子过的。他害怕了……

他干着喉咙，哑哑地说："去，吃顿饭吧。"

她有些敏感，立马说："我不要饭，我不是来要饭的。"

他说："我不是那意思。天晚了……"

她说："我说过了，我不是来要饭的。你走吧。"

他叹了一声，他终于叹了一声，什么也没有说。

这时，刘汉香已经平静下来了，她默默地说："出来之后，我才明白，在城市里……你也不容易。"片刻，她又说："听说，你已经有孩子了……算了。回去吧，我没事，我不会有事的。"

冯家昌在风里站着，就那么愣了一会儿，突然，他一字一顿地说："这份情，冯家记下了。欠你的，我会还，我一定还。"

他虽然站着，可他的心早已跪下了。在那跪着的心里，还藏着一句话，那句话是窝在心底的，也许，那是疯狂之前的最后一次隐忍。他心里说，我还没有崩溃。我要是崩溃了，会杀人的。

纵是到了这般田地，刘汉香还是可怜他。不知为什么，她就是心疼他。刘汉香说："放心吧，我不会再来了。"

五、不平等条约

才稳住了那一头儿，这一头儿又冒烟了。

这天晚上，冯家昌回到家已是深夜了。他蹑手蹑脚地开了门，刚刚喘了口气，却发现有一双猫一样的眼睛正盯着他。

他对着那团蓝莹莹的亮光说:"还没睡呢?"

这时候,灯忽然就亮了!穿着一身睡衣的李冬冬像个大冬瓜似的蜷在沙发上,冷冰冰地说:"你干什么去了?!"

冯家昌看了她一眼,很疲惫地说:"没干什么,赶一份材料。"

李冬冬说:"是吗?"

冯家昌说:"是。上头急着要。"

突然,李冬冬抓起一只拖鞋扔了过来!而后又去抓第二只……气急败坏地说:"你嘴里还有实话吗?你们乡下人怎么一个个都成了骗子?!"

冯家昌愣了片刻,沉着脸说:"你骂我可以,不要辱骂乡下人。"

李冬冬说:"我就要骂。骗子,你们一个个都是骗子!打电话,你办公室根本没人接。打到值班室,人家说你早就走了……"

冯家昌用手扶着墙,一边防着另一只拖鞋一边说:"我不跟你吵,你怀着孕呢,我不跟你吵。"

李冬冬瞪着眼说:"你说,你到底干什么去了?!又跑哪儿鬼混了?!……"

冯家昌说:"没干什么,就是赶一份材料……"

可是,没等他说完,第二只拖鞋又甩过来了,接着是靠枕、梳子、茶杯……她抓住什么就扔什么!还歇斯底里地喊道:"姓冯的,你也没想想你是个什么东西?!今天晚上,你必须说清楚。你要不说清楚,你就别进这个门!"

"訇"的一下,冯家昌心里烧起了漫天大火!他想,我他妈再也不受这份洋罪了,再也不受这份窝囊气了——我受够了!不就是个城里人吗,不就是个城市户口吗,我他妈不要了!有什么可横的?!我这会儿就把这身军装脱了,跟刘汉香走,跟她回老家去,哪怕是种地,哪怕是当牛做马,哪怕是吃风屙沫,老子也不干了……这么想着,他的眼一下子"狞"起来,目光里跳荡着狼牙牙的火苗!

看他这个样子,李冬冬吓坏了,她"呀——"地惊叫了一声,张口结舌地说:"你,你你想干什么?!"

就是这一声惊叫，把冯家昌重新又唤了回来。他的头，慢慢，慢慢地，又勾下去了。是啊，是啊，你以为你是谁？你的家人，你的兄弟可全都靠你呢……他呔呔怔怔地靠在那里，全身就像是虚脱了一样。念头这么一转，接下去，他暗暗地松开了攥紧了的拳头，轻轻地吸了一口气，说："不错，我已经不像个人了，你以为我还是个人吗？"

可是，当他眼里的"狼光"消失之后，当他重新勾下头之后，李冬冬也缓过劲来了，李冬冬看着他，仍是横横地逼问说："……姓冯的，你为什么要说假话？！"

冯家昌咽了口气，强迫自己镇静下来，说："你想听实话吗？你要真想听，那我就告诉你，我见了一个人。"

李冬冬说："谁？"

冯家昌说："一个女人。"

李冬冬"哼"了一声，喝道："骗子！无赖！流氓！你承认你说了假话吧？"

冯家昌耐着性子，压低声音说："我是说了假话。我本来不打算告诉你，这都是你逼的。你要真想知道，我还可以告诉你这个女人的名字，她叫严丽丽。"

李冬冬吃惊地问："谁？"

冯家昌说："严丽丽。"

这么一来，李冬冬不吭了。这个名字李冬冬曾经听说过，她是从母亲嘴里知道这个名字的。自父亲官复原职之后，有那么一段时间，母亲跟父亲闹得很凶，而这个名字就是母亲随手甩出来的"重磅炸弹"！据说，这个叫严丽丽的女子曾经是政府机关的打字员，跟父亲好过很长一段时间。后来，母亲从父亲的衣兜里发现了蛛丝马迹，曾跑到市府里跟父亲大闹！一时间市府大院里传得沸沸扬扬，说什么的都有。可人们碍于市长的面子，也只是在背后说说而已。不久，她就调走了……听到这个名字后，李冬冬沉默了一会儿，语气也跟着软下来了，她嘴里嘟哝了一句，说："她找你干什么？"

冯家昌说："你不要多问了。总而言之，我做的是和稀泥的工作。"

李冬冬抬起头来，问："怎么，她想要挟我爸？"

冯家昌想了想，说："目前还没有。"

说着，说着，李冬冬又警觉起来了："那她找你干什么？她怎么会认识你？"

冯家昌说："我也正纳闷呢。下班时接了一个电话，说大门口有人找。"

李冬冬迟疑了一下，问："她，怀孕了？"

冯家昌说："你不要问，你别问了。这又不是什么光彩事。"

这时候，一向很"现代"的李冬冬竟然骂起来了,她咬牙切齿地说："看起来，这个女人也不是什么好东西！"

冯家昌说："论起来，我们算是下辈人。老人的事情，我们还是不要多干涉吧。你说呢？"

李冬冬突然问："她长得漂亮吗？"

冯家昌漫不经心地说："还行，还行吧。"

李冬冬说："什么叫还行？还行是什么意思？"

冯家昌说："还行就是不错呗。你想，那是你爸看中的人,会有错？"

李冬冬终于绷不住，"吞儿"地笑了，说："你就坏吧。"

警报解除了。冯家昌暗暗地松了一口气，他去打了一盆热水端过来，蹲在沙发跟前，说："小姐，把脚伸出来吧，好好泡一泡。"

李冬冬把两只小肉脚伸进盆里，一边还埋怨说："气死我了，这么晚还不回来。打电话也找不到人。后来还是人家侯参谋告诉我，你被一个女的叫走了……"

冯家昌嘴里的牙"咯"了一下，一边给李冬冬搓脚，一边轻描淡写地说："这事不便说，可他看见了。"

李冬冬郑重地吩咐说："爸的事，你不要跟人乱说。"

冯家昌回了一句："我知道，这人多事。"

躺在床上的时候，冯家昌浑身像是瘫了似的，觉得很累很累！他本来想长长地叹一口气，松了那绷得太紧的神经，可他又怕李冬冬会看出什么来，就硬是把那口气憋回去了。本来,家是可以喘口气的地方，

224

可哪里是你的家？

在城市里，要想堂堂正正地做一个人，太难了！不是你不想做人，是你没有做人的资本。他想，谁不愿活得诚实，那龟孙才不愿呢！要是喜欢什么就说什么，看什么不顺眼，你就说出来，那有多好！可率性是有条件的，也是要付出代价的。问题是，你付得起吗？对于某些人来说，"诚实"就像是一个不平等条约。上级要下级诚实，可下级为什么不诚实呢？假如诚实是一件很好的事情，人见人爱，他还有说假话的必要吗？有一句古话说得好，"上有所好，下必甚焉"。这是一语道破天机！人们动不动就把"诚实"当做一种品质，可诚实是品质吗？当你面对敌人的时候，你能"品质"吗？当你面对朋友的时候，你能"品质"吗？其实，在人世间能够流通的话语，大多是半真半假。全真不行，你不可能全说真话，要是全说了真话，这个世界就麻烦了。你也不能全说假话，你要是满嘴谎言，也就没人信了。说假话也是一门艺术，一般都是"三七开"或"四六开"，还有"九一开"的，像今天晚上，他说的假话就是"九一开"。"九一开"就是九分真话里包裹着一分假话，这就像是真瓶装假酒，所有的细节都是真的，只有包在里边的那个"核"是假的。这个假近乎于瞒天过海，可这个假是无法证实的。他知道，像这种事情，作为女儿的李冬冬是不可能去查问父亲的，永远不会。有时候，他真羡慕李冬冬的率性，高兴了，就抱着你亲个没够。不高兴了，就敢把拖鞋甩到你的脸上，就敢让你滚！你敢说让她滚吗？房子是人家分的，家具是人家置的，你一个从乡下出来的穷小子，凭什么让人家滚？到头来只能是你滚。

他记得很清楚，自搬家之后，有那么几次，凡是他穿着便装回来，市政府家属院看大门的老头总要拦住他盘问一番，好像他脸上天然地就写着一个"贼"字似的！后来还是一个熟人对那老头介绍说："——这是李市长的女婿。"那人此后才不再问了，见了他，还一次次地点头。女婿，女婿是什么，那能是一个人的名字吗？！那天晚上，他在镜子前站了很久，他要看看这张脸，怎么就是一张没有"身份"的脸呢？！

躺在床上，默默地望着自己那疲惫的灵魂，冯家昌知道自己是想说真话的，他太想"真"了！可他目前还没有"真"的资本，他渴望有一天他能"真"起来。可是，在灵魂的深处，他还是有欠缺的。刘汉香就是一道迈不过去的坎儿。他是欠了她，这没有话说。可面对危机的时候，他也没有别的办法，他只有自保。好在刘汉香大仁大义，并没有跟他过不去。不然的话，他就完了……一想到这里，他的心就一揪一揪地疼！天冷了，人生地不熟的，也不知道她住在什么地方？

……人在床上，心却走了，那"心"是多么愿意跟她走啊！

他睁着两眼，听着自己的心跳声，还是忍不住地叹了口气。这时候，李冬冬偎过来，小声问："你怎么了？"他说："没怎么，睡吧。"她突然说，"……你是不是嫌我丑？怀了孕的女人都丑。"他说："没有。没有。"她说："真没有？"他说："真没有。你正怀着孩子呢。"她说："对不起，我态度不好。可我一个人在家，太寂寞……"他说："我知道。快睡吧。"她就撒娇说："我，我睡不着，你抱抱我。"冯家昌就往前凑了凑身子。可她又说："脱了，你脱了抱我。"冯家昌只得把睡衣脱了，光出身子来，而后弯成一个弓形，抱住了那个肉肉的"大冬瓜"，他就这么弯着，近又近不得，远又远不得……真累呀！可李冬冬仍不满意，李冬冬说："你这人，怎么木头似的，一点情调都没有。"他就伸出手来，就像哄孩子似的，轻轻地拍着她，拍拍，再拍拍……一直到把她拍睡为止！

第二天早上，当他醒来的时候，李冬冬抱怨说："你这个人，真是的。夜里呼呼噜噜的，还不停地说梦话……"

他心里一惊，说："我说什么了？"

李冬冬不屑地说："你还能说什么？老是麦秸垛、麦秸垛，翻来覆去就是个麦秸垛……想家了？"

他淡淡地说："是，想家了。"

李冬冬"哼"了一声，说："从明天晚上起，咱分床吧。"

冯家昌一时不明白她的意思，说："分床？怎么分？"

李冬冬说："你说怎么分？你这个人……我的意思是说，分开睡。"

冯家昌又是一惊，说："为啥？"

李冬冬没好气地说："你没听书上说吗，怀孕期间，人家的胎教是音乐。是肖邦，是莫扎特！你儿子呢，听的是呼噜加麦秸垛！……"

冯家昌闷了片刻，说："行啊，怎么都行。"说着，他扭身进了洗漱间。

在洗漱间里，冯家昌对着镜子用力地拍了拍脸，对自己说：不管怎么说，出了门，你还得笑，你还得打起精神来。你没有选择，你必须战斗。

六、人也是植物

那么，你相信不相信机缘呢？

刘汉香没有想到她会碰上老梅。在这个城市里，除了那个"他"，刘汉香一个人也不认识。这就像是把一个河沟里的小鱼儿扔进了大海，在呛了几口海水之后，她实在是不知道还会碰到什么……结果是她碰上了老梅。

这个老梅大约有六十来岁的样子，个子瘦瘦高高的，头上戴着一顶发了白的蓝帽子，穿着一身很旧的中山服，两只胳膊上还缀着毛蓝布做的袖头。他慢吞吞地走在园艺场的林子里，每当他走过一棵树的时候，他就会停下身子，喃喃地对树说："你好啊，兄弟。你好。"接着，当他走到一棵小树前的时候，他会拍拍那树，亲昵地说："你好啊，年轻人，你好。"而后，他会不时地扬一扬头上的破帽子，跟遇到的每一棵树打招呼……那神态实在是跟一个精神病患者也差不了多少。

刘汉香就是在园艺场的林子里遇到他的。她在这座城市里整整游荡了一夜！当太阳升起的时候，几乎是因了一个说不出口的原因，阴差阳错的，使她顺着马路一步步地走进了这个设在郊区的林科所……等她方便过了之后，她居然喜欢上了这个幽静的、地上落满黄叶的园艺场。她在一棵银杏树下久久地伫立着……就在这时，她听到了一个苍老的声音，那声音说："孩子，你怎么这么忧伤呢？"

蓦地，她转过脸来，看见了站在她身边的老梅。那一句"孩子……"

就像是打开了一道闸门，她竟然一下子扑在了老人的怀里，呜呜咽咽地哭起来了。

老梅说："我知道，你是想跟树说说话。人都有烦心的时候，烦了，就跟树说一说。树也有心，树比人好。"

哭了一阵，心里好受些了，刘汉香说："我要变成一棵树就好了。"

老梅说："你变不成树。树从不流泪，你见过树流泪吗？"

刘汉香说："树不是人种的吗？"

老梅说："最早的时候，树不是人种的，树是大自然的馈赠。人一代代地砍树，所以上天才罚人种树，人离不开树。"

刘汉香就问："老伯，你，你是干什么的？"

老梅说："我嘛，我就是一个种树的。"

此后，使刘汉香百思不得其解的是，那么近的人，甚至可以说是贴骨贴肉的近人，怎么会一下子就成了陌路？而萍水相逢，仅仅是一面之交，又怎么会一下子融洽到无话不说的程度？！而且，她这样一个单身的姑娘，面对一个老男人，怎么就敢在这个林科所住下来了……说起来，这真像梦里一样。也许，他们两人都需要一个对话者，一个不知根底也不用着意防范什么的对话者。

也是住下之后她才知道，老梅曾经是这个林科所的所长。老梅在园艺场后面有一个很大的院子，院子里摆满了栽种在盆子里的植物，那些盆景或大或小，千奇百怪，那些栽在盆子里的植物也各有各的造型，各有各的姿态，一处一处都曲曲虬虬……看上去就像是一个微缩了的小型植物园。

当刘汉香呆呆地看着院中的这一切的时候，老梅却淡淡地说："不用看了，这是我犯下的又一个错误。"

刘汉香说："错误？"

"是，错误。"接着，他说，"姑娘，我实话告诉你，我并不是一个好人。我一生犯过许多错误……"

听了这话之后，再看那一处处盆景，刘汉香就觉得这院子里的植物挺冷清的，像是很久没人管理了，长荒了，的确是有些废园的味道……可她仍是不能理解,那些盆景,看上去一个个造型都是很奇特的,怎么会是错误呢?不过,这老头说话的语气,倒是让她觉得亲切。他居然说他不是一个好人?

更让人想不到的是,这样一位老人,还是林科所的所长,他竟然会擀面条!这顿午饭是他自己做的,他不让她插手,自己亲自下厨房和的面,擀的面条。当刘汉香要去帮他的时候,老人说:"和面、擀面、切面都是很幸福的事情,你不要剥夺我的幸福好不好?"

听他这么一说,刘汉香不由得笑了。

老人的刀功很好,面切得很细。没用多少时间,两碗热腾腾的鸡蛋面就端上来了,上边漂着一层油浸的葱花。也许是饿了,刘汉香吃得很香。吃饭的时候,老人告诉她说:"孩子,我看你是个善良的人。一个人善良不善良,从眼睛里是可以看出来的,可你心里有伤。你要是不介意的话,就留下吧,在这儿多住几天。况且,你跟我这个老头挺投缘的。咱们也可以说说话。"接着,老人又说:"话是有毒的。有时候,声音就是一把看不见的刀子,它会伤人。特别是藏在心底里的话,熟人是不能说的。你给熟人说了,会惹很多麻烦;所以,只能给生人说。其实,所谓的陌生,只是一种距离,就像是一棵树与另一棵树,双方不在一个空间里存活,没有直接的利益关系,就不会受到伤害。"

不知为什么,刘汉香一下子就喜欢上了这个老头。这老头说话怪怪的,可他睿智,旷达。也许是长年跟植物打交道的原因,他的话语里含有一种超凡脱俗的飘逸!同时,她也看出来了,家里就他一个人,挺孤的。

在林科所的这些日子里,黑夜是长了眼睛的。那些黑夜是由话语组成的,从心底里流出来的话语成了夜的眼,一颗心看着另一颗心,一脉一脉地流动着,显得平和、达观、湿润。当往事进入回忆的时候,它又像是一把被生活磨秃了的刀子,已没有了伤人的杀气,是钝出来的宽厚。不知怎的,这心一下子就松下来了。话是开心的锁,两个陌生人围坐在炭火前,开始了心与心的靠近。刘汉香自然是毫无保留地把自己的事情告诉了老人,就像是一个孩子面对陌生而又睿智的父亲;

老人呢，更是敞开心扉，把能说的和不能说的，全都一股脑儿地端出来了……

老人说："平心而论，早年，我们都是有理想的人。说起来，我也是一个农民的儿子，解放后才上的大学。那时候大学生还很少，物以稀为贵，可以说是凤毛麟角吧。我是学林业的，一九五七年大学毕业。一个学林业的，本是种树的料，可我毕业之后并没有去种树，你猜我干什么？砍树，一毕业就去砍树。我一九五七年毕业，一九五八年刚好赶上'大跃进'，全民大炼钢铁，那时候的口号是'千军万马齐上阵，一天等于二十年，赶英超美'！于是我就跟着去砍树了。我整整砍了一年的树，那时候人就像蚂蚁一样黑压压地扑进林子里，砍光了一个山头！由于我表现好，还发明了一种叫做'顺山倒砍树法'，一下子把自己'砍'成了一个模范人物，入了党提了干，成了一个积极分子了。这些话，一般情况下，我是不会说的。说它干什么？说出来挺丢人的。其实，说白了，人也是植物。每个地域都有它特殊的植物和草木，那是由气候和环境造成的。人的成长也是由气候来决定的。我所说的气候，是精神方面的，指的是时代的风尚。什么样的时代风尚，产生什么样的精神气候，什么样的精神气候，造就什么样的人物。开初的时候，我也是想一心一意报效国家的，可没想到，我成了一个砍树的人……你要说发疯，也不是一个人的问题，只能说老老少少都疯了，为了炼钢，为了赶英超美，就我所在的那个地区，所有的树都砍光了，砍得一棵不剩，这能是哪一个人的问题吗？"

接着，老人说："我这个人是办过一些坏事的。所谓的好事坏事，也是过后才看清的。当时并不那样想，当时认为是'挽救'……就是砍树那年，我当过一阵子青年突击队队长。记得是一天傍晚，收工的时候，我把所有的队员集合在一起，开始点名。那时候是军事化管理，上工下工都要点名，结果发现少了两个人，一个是张秋雁，一个是王心平。秋雁是女的，王心平是男的，他们都是我的大学同学。那时候我年轻气盛，也认为自己'为人正直'，就下令全体队员去找……结果一找就找到了，两人正躲在一棵大树的后边抱着亲嘴呢。往下就不用说了，当晚就开了他们两人的批斗会，这个批斗会是我主持召开的，让他们两人站在会场的中央，整整批了他们大半夜……那晚批斗会的口号就是两个字：无耻。那时候，不光我一个人觉得他们无耻，可以说，所有的人，都认为他们很无耻。大家把他们两人围在中间，那时候开斗争会叫做'过箩'，就是一群人围着，你从这边把他推过来，我从那边把她搡过去……后来，天亮的时候，张秋雁就不见了，于是就再发动人去找，结果是她挂在了一棵树上！我记得很清楚，那是一棵歪脖树，她的眼瞪得很大，目光里一片惊恐……那个王心平，是个六百度的近视眼，后来补上了一顶右派的帽子，下放到他老家去了。走的时候，他哭着说，我要早知道，就不亲那个嘴了，就那一口，这十六年学白上了，我是戴'帽儿'（右派帽子）归呀！现在想来，不就是谈个恋爱吗，值得这样？我要说的是，当一个民族都发烧的时候，泼上一盆两盆凉水是不起作用的，认识也是要有过程的。那是一个提倡斗争的年月，几乎没有一个人不参加斗争的，不是斗争者，就是被斗者，没有例外。这就是那个时代的精神气候。在这样的气候里，你要进步，只有斗争。你想，我是一个农民的儿子，好不容易才上了大学，吃的是助学金，我是一定要进步的，我生怕自己跟不上时代的步伐，就事事冲在前头，一下子就成了这个气候里的活跃分子……"

老人说："后来我一直都是积极分子。我是个不甘落后的人，事事都要抢在前边。所以，在那些年月里，有那么一段，我是很红的。我办的第二件坏事，是在文化大革命当中贴了一张大字报。那时候大字报铺天盖地，整个中国就是一个大字报的海洋，人人都贴大字报……不料，就是这张大字报惹出了事端。一个对我最赏识的老领导，在我贴了这张大字报之后，跳楼自杀了！当然，在那个时候，一个'走资派'，死了也就死了，那时候叫做死有余辜，也没人说什么，可这件事一直是我的心病。其实，我那张大字报也没揭发什么，就写了一件小事，写他吃蒸馍剥皮……说实话，在我心里，也还有保护他的意思，因为别人写的问题比我写的严重得多，那时候写什么的都有，有写他是历史反革命的，有写他是国民党特务的，有写他乱搞男女关系的……

多了。我也就写了他生活上的一些小问题。我是在乡下长大的，有一次，我看他吃蒸馍剥皮，我真的非常吃惊。他是一个九级干部，资格很老，可他吃蒸馍剥皮，这也是事实。可就算是吃蒸馍剥皮，也罪不至死，是不是？可他就那么死了，当天晚上，他从被关的那栋楼房的窗户里跳了出去。那座楼是学院的标志性建筑，还是在他的主持下盖的，刚盖好，文化大革命就开始了，那楼一共七层，他从最高处跳下来，就摔在楼前的水泥地上……我想，这是饿人与包子的故事。在吃前八个包子的时候，他都不饱，到了第九个包子，他饱了。也许，是我让他伤心了。别人贴大字报，贴就贴了，无论说什么他都还能挺住，可我是他一手培养的，连我也贴了他的大字报，他就彻底绝望了。'文革'后期，他家里的人到处告状，说是我把他逼死了，我也因为这件事被审查了很长一段时间。那时候，我一直不服。现在想来，我的确是有责任的。也许，就是我把他逼死的……"

当老人说到这里的时候，他沉默了很久。而后，他用火钳子拨了拨土盆里的炭火，接着说："这件事，我一直不清不楚地背着。后来，我离开了原来的岗位，就下放到这个林科所来了。那时候，我已不愿再跟人打交道了，于是，我选择了树。我本来就是学林业的，可二十五年之后，我才找到了树。就在我找到树之后，我又犯下了第三个错误。"

老人说："来到林科所之后，离开了原有生活轨道，我就像是一条鱼被人甩在了干岸上，有很长时间不适应。生活是有惯性的，在斗争的环境里泡得久了，猛一下来到这么一个清静之地，当我重新面对树的时候，真的不太适应。这并不等于说我没想清楚，我还留恋什么官位，不是的。那时候我已想得很清楚了……可是，人就像火车一样，你一直朝着一个方向开，而后突然刹车，那巨大的惯性仍然会带着你往前冲，它不管你怎么想，也不管你愿意不愿意……这就是惯性。你已经看到院中的那些盆景了，那就是我犯下的又一个错误。那也是离开斗争之后，斗争的信号仍然在脑海里起作用的结果。不与人斗，就与树斗。要是说得更难听一点，不让你收拾人了，就收拾树。那时候，我利用当所长的便利条件，让人从山里挖了一些树根，搞了一院子盆景，当那些树长出枝条的时候，我就用铁丝把它们一道道地捆绑起来，压弯弄曲，今天这样，明天又那样，人为地搞成各种各样的造型……开初的时候，我还沾沾自喜，觉得这就是修身养性，陶冶情操。可是，突然有一天，早上起来，我看着这满院的'扭曲'，那折、那弯、那捆、那绑，全、全都是病态呀！那不是植物的正常生长状态，那是一个一个的痛苦哇！树就是这样长的吗？……"

老人说："后来，当我检索自己的时候，我发现，我身上是有'穷气'的，那个'穷'字一直伴随着我。人一穷，志必短。那所谓的'进步'，只是一种藏在内心深处的图谋罢了。对于人的生存来说，是气候决定导向的。在你面前，我并不是想为自己辩护什么，我要说的是，我一直是一个跟着潮流走的人。从大时间的概念说，过程是不可超越的。也就是这些年，一个民族都醒了，我也醒了。不经过一些反复，人是很难认识自己的。况且，还有思维的惯性，那惯性也是很可怕的……当年，在'文革'中，我和我的女人斗了很多年，斗得很辛苦，也很虔诚。那时候，就在家里，我们俩对着主席像辩论，你一派，我一派，两种观点进行辩论，而后是互相揭发，老天，揭着揭着就觉得自己不是个人了……那会儿，我们两个还互相比着背语录，你背一条，我背一条，背着背着，一激动就背错了，错了就对着主席像请罪，一次次地鞠躬、请罪。在那些日子里，她几乎天天让我请罪……互相之间已没有了爱，只有恨。而后，我们就分手了。从此，我成了一个孤家寡人。现在想来，那所谓的'家庭革命'是多么滑稽，又是多么的可怕！在那个年代里，人们都渴望纯粹，可纯粹的结果却走向了极端。真是不敢想啊！……"

老人说："现在，时代的气候变了，人也会跟着变。我成了一个种树的人，我喜欢树，树就是我的亲人。那时候我们有那么多的理论，现在想来，吃饱饭，过上好日子，才是最好的理论。"接下去，老人竟用求告的语气说："孩子，种树吧。树是人类的天然庇护。你想一想，在这个世界上，如果没有树，会是什么样子？树是氧之源，也是水之源，是人类呼吸的根基，是大地之上的惟一可以给人类带来好处，而无任何不利因素的植物……你要是想种树，就来找我，找我吧。"

刘汉香默默地望着老人，说："树？"

老人肯定地说："树。"

刘汉香像自言自语地说："树能给人什么呢？"

不料，老梅一下就火了，说："树能给人什么？我告诉你———一切！吃的、住的、用的，一切的一切！在某种意义上说，树是生命之源！"这时候，老人的眼亮得就像是两盏灯！他喃喃地说："孩子，你要是有耐心，就听我给你讲讲树吧。你想听吗？你愿不愿听？你不怕我唠叨吧？树……"

刘汉香被打动了，她郑重地点了点头。可是，紧接着，她说："老伯，我有一个条件，你能答应吗？"

老梅说："你说，你说。"

刘汉香说："我想当你的学生，在这里跟你学一年，就学植物，学种树，可以吗？"

老梅望着她，说："一年？"

刘汉香说："一年。我可以给你做饭，给你洗衣服，打扫卫生……这就算是我交的学费，成吗？"

老梅沉吟片刻，说："还要加上一条。"

刘汉香望着老人，迟疑了一下，说："你说吧，只要是我能做的！"

老梅说："——听我唠叨，你还不能烦！"

刘汉香笑了，说："成。"

老梅说："那就一言为定？"

刘汉香说："一言为定。"

七、一把笤帚的力量

冯家昌病了。

这么多年来，冯家昌从没请过一天假，也没敢害过一次病（农家子弟，正是"进步"的时候，害不起病啊），就是偶尔有个头疼脑热的，咬咬牙也就挺过去了。可是，在如此关键的时刻，他觉得他应该"病"一下。

这病也不完全是装的，他确实是有些心力交瘁！近段日子以来，他几乎天天晚上睡不着觉，常常是瞪着两眼直到天明。是啊，漏洞总算堵上了，还会出什么问题呢？他分析来分析去，为了那个职位……心焦啊！

他知道老侯还在活动，老侯一直没有停止活动！

这一次，老侯把他的看家本领都使出来了。他几乎天天晚上往一、二、三号首长家跑，不断地施展他那"打耳"的绝技。更为要紧的是，突然有一天，四号首长家来了一位小保姆，那小保姆是个四川姑娘，这姑娘长得很秀气，两个大眼忽灵灵的，很讨人喜欢，首长的夫人特别满意。不用说，这一定是老侯推荐的。还有消息说，那其实是老侯四川老家的一个表妹！据说，就在前天晚上，已退居二线的赵副政委去了五号首长的家，老头是拄着拐杖去的。在更早的一些年份里，五号首长曾是赵副政委的老部下。可以想象，老上级屈尊去看昔日的下属，那一定是游说什么去了。于是，就有风声传出来了，说政委说了，这么多年了，猴子也该动一动了……事情已到了这个地步，冯家昌能不急吗？！

冯家昌也不是没有行动，只不过，他行动的方式跟老侯不同罢了。他是把事情分作三步走的。首先，他跟远在京城的老首长写了一封信，详细汇报了自己的工作情况。这样的信，他原打算写三封，就是说先投石问路，继而是交"心"，接着再谈自己的问题，期望他能在最关紧的时刻打一个电话。这个电话打早了不行，打晚了也不行……可是，就在他刚要写第三封信的时候，老首长突然患病住进了医院。在这种情况下，个人的事情就没法再提了。冯家昌心里清楚，一个重要的砝码，就这么失去了。他心里不由得暗暗地埋怨说，老首长啊，你病得可真不是时候！可是，有什么办法呢？

他采取的第二步行动，是主动凑上去给动员处帮忙。动员处的小马，马干事，人是很灵的，就是笔头子差了一点，他说他啥都不怕，就怕写材料。过去，每逢写"材料"的时候，小马总是让他帮忙看一下，提提意见什么的。可这一次，时逢年底，动员处要写总结的时候，他就凑上去了，很主动地去给小马帮忙。而且，还不辞劳苦地帮他跟各县的武装部打电话，统计数字……小马对此很感激，还专门要请他吃饭。可是，小马并不清楚，他这样做是另有用意的。趁着给小马帮忙的机会，他详细了解了动员处历年的工作情况。而后，他一连熬了几个晚上，呕心沥血，终于写出了一篇题为《动员工作的新思路》的文章。此文他一共打印了四份。一份直送军直系统的《内部通讯》，另外三份通过机要处的小郭送给了一、二、三号首长……为了不漏一点风声，他先是以李冬冬的名义，给打字员小黄送了一套进口的化妆品；接着，给机要员小郭塞了一条三五烟；而后，又托人给《内部通讯》的编辑老戴捎去了一幅名画。老戴这人不吸烟不喝酒，酷爱收藏字画（这幅名画是从李冬冬父亲那里要来的），条件是一定要以最快的速度近期刊登出来。在电话上，他对老戴说："戴主任，那个那个那个，收到了吗？噢，那就好。真迹，绝对是真迹！……戴主任啊，托你那件事，十万火急！拜托了，拜托拜托……"待这篇文章登出之后，可以说墨汁未干，冯家昌就以航空邮件的方式，快速地寄给了李冬冬在大军区的一个叔叔，期望他能在最佳时机（既早不得，也不能太晚），以简报的形式批转下来——他知道，由上边批转下来的简报，首长们是都要看的！

冯家昌采取的第三步行动，就有些卑劣的成分了。他本来不想这样做，也曾经犹豫再三，可他实在是太想得到这个职位了！于是，他孤注一掷，背着李冬冬，硬着头皮去找了他的岳父。李冬冬的父亲是一个外表沉闷而内心却极为丰富的人。像他这样做了几十年官的老知识分子，在感情上，多多少少都是有些纠葛的……前些日子，一个偶然的机会，冯家昌撞见了岳父的又一个秘密。就此，他判断，岳父与那个人已早不来往了。所以，冯家昌存心要利用的，正是这一点。

那天下午,在李慎言的办公室里,冯家昌站在那里恭恭敬敬地说:"爸,有件事,我得给你说一下。"李慎言坐在一张皮转椅上,漫不经心地瞥了他一眼,说:"啊?——噢。说吧。"这时候,冯家昌停顿了一下,像是有难言之隐似的,吸了口气,说:"有个叫严丽丽的女子,她找了我一趟。她说,她说她认识你……"李慎言拿起一份文件看了两眼,而后,随手在"同意"二字上画了一个不太圆的圈儿,龙飞凤舞地签上了自己的名字。片刻,他又拿起一张报纸,就那么漫不经心地翻了几面;接着,端起茶杯,吹了一下漂浮在上边的茶叶,抿了那么两口,突然说:"你过来。"冯家昌怔了一下,忙走上前去,站在了办公桌的旁边。李慎言指着报纸说:"这上边有个字,你认得吗?"冯家昌凑上去看了看,他本想说不认识,本想"虚心"地请教一下,可那个字也太简单了,那是个"妙"字……冯家昌不好说什么了,就吞吞吐吐、虚虚实实地说:"——妙?"李慎言"噢"了一声,又说:"知道这个字的意思吗?"这么一问,冯家昌倒真是被问住了,什么是"妙"?他还从来没想过。他探身看着那个字,心里暗暗揣摸,此时此刻,这个老岳父到底是什么意思呢?这时,李慎言轻轻地"哼"了一声,说:"不知道吧?我告诉你,从声音上说,它是春天的意思——叫春嘛。从字面上说,它是少女的意思——妙不可言哉——少女是也。"

话说到这里,冯家昌就不得不佩服了。他想,姜还是老的辣呀。什么叫大器?这就是大器。什么叫涵养?这就是涵养。什么叫临危不乱,处变不惊,这就是呀!往下,他甚至都不知道该说什么了。他愣愣地站在那里,竟有了一脚踩在棉花包上的感觉。

这时候,李慎言站起身来,顺势捋了一下头发,就在屋子里来来回回踱起步来……而后,他突然站住了,就那么背着双手,旁若无人地望着窗外。在冯家昌看来,仿佛有一世纪那么久了,他才像蹦豆子似的,蹦出一句话来:"人生有七大妙处,你知道吗?"

冯家昌觉得自己越来越小了,他头上都有点冒汗了,喃喃地说:"不知道。"

又过了很久,李慎言又蹦出一句话:"年轻,年轻哇。"

有那么一会儿，冯家昌觉得自己这一趟实在是来错了。岳父站在眼前，就像一座大山似的压着他，压得他一直喘不过气来。他很想反击一下，可他找不到力量……他觉得自己很像是一个闯进来又当场被人捉住的小偷！

李慎言根本不看他。自他进了办公室之后，李慎言一次也没有正眼看过他。就是偶尔瞥他一下，也是余光。但是，在最后时刻，李慎言还是说话了。李慎言背对着他，没头没脑地说："……找你干什么？"

冯家昌急忙回道："说一个兵。"

沉默。而后问："谁要当兵？"

冯家昌说："严丽丽的一个亲戚。"

李慎言淡淡地说："不就一个兵嘛，办了就是了，找我干什么？！"

冯家昌不语。他想说，我有难度。他想说，我不在位上，办不了……可他最终还是什么也没有说。

在某些场合，沉默也是艺术。两人都不说话，就这么沉默了很久很久。终于，李慎言说："你有什么事，说吧。"

仿佛是特赦一般，冯家昌吞吞吐吐、急急忙忙地就把那件事说出来了……他期望他能给周主任打一个电话。虽然说是亲戚，他要是亲自打一个电话，那就不一样了。

这时候，李慎言默默地摇摇头，又摇了摇头，说："——冬冬这孩子，怎么会看上你呢？你跟她不是一路人嘛。"

冯家昌像挨了一砖似的，可他一声不吭。这时候，他才有些怕了，他怕万一李慎言再去问那个严丽丽，他就……完了。虽然他知道他们已经分手了。但是，万一呢？就这么想着，他头上出汗了。可他知道，他得挺住，既然说了，就再也不能改口了。

这时候，李慎言突然正言厉色地说："你以为我是一个狗苟蝇营的人吗？"

冯家昌像个傻子似的，嚅嚅地站在那里……

接着，李慎言缓声说："小道消息，不足为凭。人，还是要讲品格的……你是有才的。但，不要去做狗苟蝇营的事情。"

到了最后,李慎言并没有给他许什么愿。李慎言只是摆了摆手,说:"你去吧。"

离开办公室的时候,冯家昌心里有些沮丧。他不知道他的这次"讹诈"是否成功,他也是点到为止,没敢多说什么。再说,他知道的事情也实在有限……可就感觉而言,他觉得,这个电话,他会打的。

过了没几天,周主任就把他叫去了。政治部的周主任把他叫到了办公室,很严肃地看了他一会儿,突然说:"我看你脸色不好,是不是病了?休息几天吧。"

冯家昌刚要说什么,可周主任挥了一下手,把他截住了。周主任说:"我批你三天假,回去休息吧。"

周主任是从不说废话的。周主任这人心机很深,他这样做,一定是有用意的。于是,他就"病"了,一"病"病了三天。

到了第四天,当他上班的时候,他的动员处处长已经批下了,正团职。

后来,机关里有了一些传闻,说是他的处长职位是"一泡热尿"解决问题的!这有些滑稽,也有些嘲讽的意味。可是,这里边的确有必然中的偶然因素。过后他才知道,他"病"的那几天,正是研究干部的最关键时刻。据说,当研究到动员处的时候,他和侯参谋的情况被同时提出来了,两边的意见也几乎是旗鼓相当,首长们各有各的看法,在工作上,冯家昌略强一些,这有上边的"简报"为证;可是,在感情上,他们则更倾向于用侯参谋……然而,就在这个时候,主持会议的(因一号首长外出)二号首长走出了会议室,到走廊的厕所里撒了一泡尿。没有想到,厕所里脏兮兮的……脏得简直无法下脚!于是,二号首长回到会议室后大发雷霆,说了很多气话。就在这时,周主任说话了,他说:"我知道什么原因了。"二号首长就追问说:"什么原因?"周主任说:"冯家昌请病假了。"二号首长还是不明白,说:"这个、这个冯家昌……跟厕所有什么关系?"周主任说:"多年以来,这个楼上的所有厕所、楼道,都是人家冯家昌打扫的,天天如此……"有人就问:"谁?"周主任就说:"小冯,冯参谋。"一时,形势急转直下,会议室里一片沉默。这个"多年以来"给领导们留下了极为深刻的印象！是呀，那不是一天两天，而是数年如一日，所有的楼道、厕所都是人家冯家昌打扫的！过去，首长们并不知道这些，可他们知道楼道和厕所里总是干干净净的……现在，冯家昌突然"病"了，厕所的卫生问题就一下子凸现出来了。于是，主持会议的二号首长当场拍板，一锤定音！

这样的事情，实在是出人意料，几乎可以说是四两拨千斤！要细说起来，这里边藏有很高的智慧含量！在这件事情上，冯家昌知道，周主任功不可没！可是，听了这样的结果，冯家昌心里很酸，是酸到底了，他一下子就闻到了那么多人的屁味！是啊，他数年如一日，打扫了那么多年的卫生，却是由于这一"病"、一"尿"才被发现的，他真想大哭一场！

不过，在这件事情上，最伤心的还是老侯。老侯真是伤透了心！老侯在一气之下，竟然毁了他的打耳工具，立时就写了要求转业的报告……临走之前，老侯把冯家昌约到了一个小饭馆里，含着泪说："兄弟，我要走了，祝贺你呀！"

到了这个地步，胜负已见分晓。一时，冯家昌心里也酸酸的。他端起酒杯，掏心窝子说："老哥，感谢你多年的关照。是我对不起你，兄弟给你赔罪了！"

老侯说："兄弟，话不能这样说。人，都有私心。谁不想……哎，格老子的，不说了，喝酒。"

这时候，冯家昌哭了，他哭着说："老哥，你多包涵吧。我兄弟五个，一个家族的使命都在我肩上扛着呢……"

老侯拍了拍他，说："理解，我理解。格老子的，我也是农民的儿子呀……兄弟，开初的时候，为这个职位，我也伤过你呀……"

冯家昌就拦住说："不说了，喝酒，喝酒。"

往下，两人就一杯一杯地干……待连喝了几杯之后，老侯突然说："兄弟啊，人生如棋局，人算不如天算哪。我给你透个实底吧。你千万不要以为你的提拔是因为'一泡尿'。你要是真这样认为，你就大错特错了。"

听老侯这么一说，冯家昌怔住了。

老侯说："其实，事情并不像你想象的那样简单。这个会，主要是因为一号首长的工作变动带来了一系列的变化。你知道，一号首长马上就到年龄了，快退了。他本打算退到一个靠海的地方，于是就去找了一位同级首长，可那位首长当时没有答应他。于是，一气之下，他就直接给一位德高望重的老首长打了电话。就是这个电话，使整个事情起了一连串的变化。你知道吗？二号首长并不是去撒尿，他突然离开会议室，是接电话去了。接了那个电话之后，事情才突然起变化的……老弟呀，如果不是那个电话，你坐的这个位置，就铁定是我的了。大风起于青萍之末呀！"

这件事的来龙去脉，的确是让人难以想象的。冯家昌听得一头雾水。可是，他已经不愿再给老侯多说什么了，不管怎么说，天也罢，地也罢，他总算得到了这个位置。至于过程，那的确不是他能左右的。

可平心而论，他知道，部队是不会埋没人才的。只要你真有才，只要你好好干，该忍的忍住，早晚还是会受到重用的。再说了，凭他多年的体会，部队的确是个大熔炉，部队是锻炼人的……当然，这些话，他不会对老侯说，就是说了，他也未必能听进去。

往下，当务之急，他要谋划的，就是老二、老三们的事了……

于是，他含含糊糊地说："喝酒。喝酒。"

第七章

一、于美凤

冯家兴一直记着那句如雷贯耳的口令：

"装填手——出列！"

从走进部队的那天起，就没有人再叫他"铁蛋儿"了。"铁蛋儿"这个来自庄稼棵里的小名儿，就地扔在了黍秫地，再也拾不起来了。在这里，冯家老二的全称是炮兵团三连二排四班战士冯家兴。在炮兵一一七团，他一共搬了一年零六个月的炮弹（大多是教练弹，教练弹更重），由列兵把自己"搬"成了炮兵中士。

冯家兴在部队里分的是最"背"的活儿——炮兵装填手。

想一想，不堪回首啊！一颗炮弹七十八公斤，从抱起来到装进膛里，并不是一次性完成的，那需要一连串的动作、步骤，你若是稍有差池，在哪一道程序上出了点问题，班长一个"停"字，就让你"死"在那道程序上了。老天爷，那时候，不管你是正撅着屁股或是哈巴着腰，他就硬让你停在那儿，一"停"就是老半天，那腰，弯得就像大虾似的，屁股朝天；那汗哗哗地往下淌，是倒着淌，就像是下雨！他个子高，有那么一刻，腰就像折断了似的，你死的心都有……可你怀里还抱着个"孩子"呢，那家伙滑不溜秋的，死沉。那可是比孩子还娇贵的货，你敢扔吗？时间一长，万一弄不好你就出溜到地上了。一旦出溜到地上，让你重新再来不说，还罚你给全班战士洗裤衩！

　　曾经有一段时间，他被人叫做"洗裤衩的"。那些城市兵，一个个能说会道的，在班长的带领下，硬是就这样欺负他。他犟，他嘴拙，他说不过他们，他也曾试图反抗过。有一天，副班长手里端着一个盆子，拦住他说："洗裤衩的，这盆都泡了三天了，你没看见？"他一听火了，他竟然叫他"洗裤衩的"，当即，他把那盆子顺手接过来，"叭嚓"一声，摔在了地上！心里说操你妈，凭什么就让我洗？！可是，当天夜里，在熄灯之后，他们把他捂在被子里结结实实地揍了一顿！他差一点就要跟他们拼了，可他被蒙在被窝里，又黑着灯，一班十二个人，不知道该去对付谁……最后，还是哥的话起了作用，哥说，当兵有两个绝招：一是"吃苦"，二是"忍住"。操，洗就洗吧。白天里搬一天的炮弹，夜里还要给他们洗裤衩。那些裤衩子臭烘烘的，一片一片的全是尿液、精斑……他忍了。也只有忍，不忍又有什么办法？

　　就在他万念俱灰的时候，出乎意料的，连长表扬了他一次。连长说，有一个兵，是个装填手。我看过他的手，一手的血泡！那血泡怎么来的？搬炮弹磨出来的！七十八公斤的炮弹，在六秒钟里，要完成七个要领，四四一十六个动作，容易吗？像这样任劳任怨的战士，嗯，不叫一声苦，不喊一声累，夜里，还偷偷地给班里的战士洗衣服（他没说"裤衩"），叫我看，比那些油嘴滑舌的兵要强十倍！……就在那天晚上，他用被子包着头，大哭了一场！那苦总算没有白吃，那欺辱也没有白受，总算还有人看见他了。

　　人是需要鼓励的。在这么一个坎节上，连长这一番暖心窝子的话，倒真把他给"鼓励"上去了。乡下孩子实诚啊，只要有人说一个"好"字，泼了命去干！再加上，他本就是个犟人，犟人出豹子。自此，他一发而不可收，就这么洗开头了，着了魔地去洗，他从班里洗到排里，从排里洗到连里，几乎是见什么洗什么，把一个连洗得跟"万国旗"似的……终于把自己"洗"成了一个五好战士。

　　此后，在相当长的一段时间里，冯家兴一直认为他后来所有的"进步"都是自己干出来的，他甚至认为哥哥冯家昌从来没有帮过他什么。

为此，他曾经在心里"日"哥了好几次！虽然说是哥把他"弄"到部队上来的。可是，这个当哥的也太差劲了，有那么多的好兵种不让干，偏偏让他来搬炮弹？这且不说，炮团驻扎在黄河滩区，离哥仅六十里地，可哥从未来看过他。这像话吗？！

可是，他错了。

他当然不会知道，哥是立志要做"父亲"的，哥要做的是"精神之父"。可以说，他人生道路的每一步，都是哥一手设计的。

哥要他近。

首先，招兵时，是哥故意把他放在炮团的。为他的定向，哥是动了一番心思的。哥就是要让他离自己近一点，好随时掌握他的情况；但又不能离得太近，太近了他会有依赖心理。把他放在滩区北边的炮团，隔着一条黄河，虽然不远但不通车。这老二是个犟家伙，你要是不去看他，他是不会巴巴地跑来看你的。哥就是要让他"僵"上一段，要他感觉到，在这里，一切都要靠自己，是没有人会帮你的……这是哥的策略。在冯家兄弟中，哥对他的期望值是最高的。哥看中了他的这个"倔"字。

哥要他苦。

这个"苦"字，也是哥给他设计的。哥身在军区，又有那么复杂的人事背景，就是随便打一个电话，让他轻轻松松当两年兵是没有问题的。可哥一字不吐，硬是让他搬了一年零六个月的炮弹。哥要让他好好磨一磨性子，哥要让他学会忍耐。这里边还有一个"度"的问题，哥也怕时间长了，他说不定就被整垮了，也许还会干出一些出格的事，真到了那时候，就不好说话了。哥也操着心呢！在他搬炮弹的一年零六个月里，哥先后看过他六次！这些，他都不知道。

哥去看他，离他最近的一次，仅有七步远。哥躲在窗户后边，看他给人家洗裤衩……那是他最为沮丧的时候，他蹲在地上，牙咬着，眼里爬满了"蚂蚁"。哥知道他的心情，知道他的情绪已降到了最低点，在这样的时候，必须给他一点安慰，可哥还是没有见他。哥扭身去找了连长，哥对连长说："宋连长，你帮我一个忙。"连长对"上边"来的人是很尊重的，连长说："冯处长，哪里话，你是上级，你说，你尽管说。把他从炮位上换下来？"哥摇摇头，说："不用。表扬他一次。在公开的场合，表扬他一次。"连长望着他，不解地问："就这些吗？"哥说："就这些。"

哥每次到连里去，都是带了礼物的。那或是两条烟、两瓶酒什么的。总是一式两份，一份是连长的，一份是指导员的。虽然说他是"上级"，但弟弟在连队里当兵，哥对连长、指导员是相当客气的。烟吸了，酒也喝了，连长和指导员曾一次次地问哥有什么要求，他们也再三地对哥表示，要为他这个弟弟做一点什么，可开初的时候，哥都拒绝了。哥郑重地告诉他们，不要告诉他我来了。不要对他有任何特殊照顾。对他要严格要求，要让他干最苦最累的活……只是到了后来，当冯家兴离开连队的时候，连长拍着他的肩膀说："家兴啊，你这一走，你哥就再也不会来了！"当时，他一下子就愣了，他说："我哥……来过吗？"连长笑了，连长感慨地说："老弟，你有这么一个哥，前途无量啊！"此时此刻，他才明白，在一年多的时间里，哥一连看了他六次，就是没有见他。哥在连里给他做了极好的铺垫，就连那次微不足道的（也是至关重要的）表扬，应该说，也是哥……给他争取来的。

哥要他全面。

冯家兴在搬了一年零六个月的炮弹之后，出乎意料地，他被调到了汽车连。在当兵一年多之后，他能调进汽车连，按营里的说法，是全团要搞技术大练兵，要培养"多面手"。所以，团里决定分期、分批抽调一些优秀战士去汽车连"轮训"……自然，他被"选"上了。到了后来，他才知道，他之所以能被"选"上，哥在幕后是做了大量工作的。哥拿了两个女兵的"指标"，才给他换得了这么一个机会。

能进汽车连，是他做梦都想不到的。说实话，当炮兵时，他最羡慕的就是汽车兵，看他们一个个牛的！那时候，他惟一的想法就是能学个技术。要是学会了开车，那该多好啊！有了这么个技术，假若有一天复员回去，说不定就能在县上找个"饭碗"端端。现在，这个理想终于实现了。

可是,刚去的时候,也是很"孙子"的。好在有"洗裤衩的"日子做垫底,也就不算什么了。进入汽车连的第一天,点名之后,他就分在了一个姓黄的手下。那姓黄的手里端着一个尿黄色的大茶缸子,只是随随便便地乜了他一眼,就说:"操,你叫冯家兴?"他说:"是。"往下,老黄说:"会讲酸笑话吗?讲一个给我听听。"冯家兴怔了一下,说:"不,不会。"老黄又斜了他一眼,说:"鸡巴,不会讲笑话跟我干什么?滚蛋吧,我不要你!"说着,竟然扭头走了。这一下,就把冯家兴晾在那里。好在汽车排的排长在他旁边站着,排长看他脸都红了,就上前拍了拍他的肩膀说:"没事,他跟你开玩笑呢。去吧,跟他去吧。"冯家兴心里一酸,就自己安慰自己说,你是来学技术的,只要把技术学到手,该忍还得忍哪。就这么想着,他就乖乖地跟在了那"熊人"的屁股后边……走了一段路之后,那人终于还是说话了,那人连头都没扭,只是把手里的大茶缸子往边上一举,说:"鸡巴哩,端着!"他松了口气,赶忙跑上前去,给人端着那个大茶缸子。他心里说,汽车兵可真牛气呀!

在汽车连,很快他就知道了,汽车兵是很牛气,但"牛"的是技术。在这里,只要你技术好,自然会得到人们的格外尊重。冯家兴没有想到,分给他的师傅,竟是一个连长都不大敢惹的主儿。在连里,这人有一个十分奇特的绰号,叫做"黄人"。这"黄人"是个在朝鲜战场上立过功的老司机,也是个老资格的志愿兵。此人脾气暴躁,但车开得极好。在连里,据说只有他一个人达到了"人车合一"的地步。那时候,冯家兴还不知道什么叫"人车合一",他只是觉得"黄人"这个绰号实在是太难听了。这人姓黄,一张焦黄脸,满口黄牙,嘴上还老叼着一根烟,走路晃晃荡荡的,说起话来就更"黄"了,一张嘴就是裤裆以下的事情……可他又偏偏分在了"黄人"的手下。摊上这么一个师傅,开初的时候,他还是有些沮丧的,心里说,怎么会是这样一个熊人呢?!但时间一长,他就发现,这个老"黄"其实并不那么黄,他只是嘴上黄,心却不坏。说心里话,最让冯家兴感动的是,这么一个"黄人",是把车当做女人来爱的!

冯家兴到汽车连的时候,连里的车已换过一遍了,大多是新型"东风",可老黄却依旧开着那辆已显然落后了的"解放"。对这辆"解放",老黄从来不叫它"解放",老黄叫它"于美凤"。后来,冯家兴听人说,凡是老黄开过的车,他统统都叫它"于美凤"。所以,他常常对人说:"我有过八个老婆!"每次出车回来,假如车有了点毛病,他也不说毛病,要是油路的问题,他就说"于美凤心口疼";要是电路的问题,他就说"奶有点胀";要是传动上出了问题,他就说"于美凤(被)'日'忽塌了"……有一次,车正在公路上跑着,他突然伸手一指:"看见了吗?"冯家兴说:"啥?"老黄说:"前头走着的那两个女人,你看哪个长得好?"冯家兴说:"我看不出来。"老黄说:"操,连这点都看不出来,你还活个啥劲呢?我告诉你吧,圆屁股的女人俏,尖屁股的女人尿(丑)。"车一溜风地开过去了,冯家兴有意无意地瞅了一眼,果然就是那圆屁股的女人俏些!然而,就在这时,老黄突然把车停了,他吩咐说:"——下去!"冯家兴一愣,忙问:"干啥?"他以为老黄要他去追那两个女人呢。不料,老黄却随手递给他了一把扳手,说:"去给于美凤剪剪脚指甲。左脚,第三个指头!"冯家兴已跟了他一段时间了,对这种"黄话"也知晓了那么一点点,所以,下了车,他就直奔左后轮,果然,左后轮从汽针处算起,第三颗螺丝松了!对此,冯家兴大吃一惊,天哪,就这么一辆"解放",正在路上跑着,风呼呼的,他怎么就知道有一颗螺丝松了呢?!然而,当他拿着扳手走回来的时候,老黄却说:"抹油了吗?"见他怔怔的,老黄训道:"去去去,上点指甲油!鸡巴哩,年轻轻的,咋就不爱美哪!"

在车上,老黄使唤他就像使唤奴隶似的,动不动就骂人、熊人。对此,冯家兴极为反感。可他也是个犟人,生气了,就一声不吭。这样,过不一会儿,老黄就受不了了。他就说:"你这个熊蛋货,咋是个闷葫芦?!我说不要吧,你非跟我!操,来段酸话!说个酸话嘛……你不说?鸡巴哩,摊上个不会'日白'的货,算一点办法也没有。好,你不说我说,我给你说一个……在朝鲜的时候,我有个战友,好喝二两,可他不识字。凡是给他老婆写信的时候,他就画画。那一天,他一连画了三张：第一张，他画了七只鸭；第二张，他画了一个圆肚儿酒瓶，不过，那酒瓶已经打破了；第三张，他只画了一棵树，树叶落了满地……这信寄到了村里，是婆婆先收到的。婆婆就交给了私塾先生，让他给念念，可这老先生捻了半天胡子，竟然看不懂？！后来，那信在村里转了一圈，让谁看，谁都看不懂。婆婆没有办法了，只好拿给了媳妇。谁料想，这媳妇一看就明白了……媳妇也是不识字的，给他回信时，就也跟着画了两幅画：第一幅，这女人画了两只鸽子一只鸭；第二幅，这女人把自己画在了纸上，不过，她身子下边还卧了一只羊，那羊死了……鸟货，你知道这画的意思吗？"冯家兴"吞"声笑了，说："啥意思？"老黄说："你猜猜？"冯家兴想了想，说："我猜不出来。"老黄说："我就知道你猜不出来。你个旱娃子，从没走过水路，懂个鸟啊！"冯家兴脸一红，直杠杠地问："你说啥意思？"那老黄清了清嗓子，说："这第一张画的意思是：'妻——呀！'第二张画的意思是：'好久（酒）不见了！'第三张画的意思是：'秋后我回家……'那女人不是也画了两张吗？第一张画的意思是：'哥——哥——呀！'第二张画的意思是：'下边痒（羊）死了！'……"听到这里，冯家兴终于忍俊不禁，大笑起来！可是，突然之间，老黄的脸就拉下来了，老黄虎着脸说："王八蛋，脚！脚往哪儿跷哪？！"

每次回来，都是冯家兴洗车。洗车就洗车吧，可老黄不走，老黄就在那儿蹲着，瞪着两眼看他洗车，只要有一处冲不到，他就跳脚大骂！可后来老黄就不骂了，他想不到的是，这年轻人竟有"洗"的癖好，他不单是给"于美凤"洗，全连车他都给洗了！本来，洗了车，老黄是要检查的。老黄的检查极为严格，每次，他都要戴上一双白手套，轻轻地、小心翼翼地在车上摸一遍，那情景就像是在摸女人的脸！摸的时候，只要没有灰尘，老黄的脸色就极为温和，脉脉的，一纹儿一纹儿的，让人不由得感动……后来，他信了冯家兴，就不再检查了，只吩咐说："先给'于美凤'洗！"

慢慢，日子一长，冯家兴跟老黄就近了。有时候，老黄也带他去喝二两。有一次，老黄喝醉了酒，突然把手伸出来，比作枪状，指着他的腰眼，说："家伙硬吗？"冯家兴先是一怔，说："家伙？啥家伙？"老黄就说："枪。"冯家兴说："……枪？"而后又一细品味，看老黄也斜着醉眼，那目光竟是朝着裤裆去的，就忍不住想笑，说："有哇，有。"老黄拍拍他，很认真地说："枪是人的命，掖好它！"跟他这么长时间了，冯家兴也想斗斗嘴，就出人意料地接了一句，说："你呢？老、老枪吧？——'德国造'？"老黄一迟疑，竟大言不惭地说："那当然。叭叭叭叭，连发——二十响的！"可过了一会儿，他端起酒杯，连喝了几盅，叹一声，说："枪是好枪。可惜，枪丢了，丢在朝鲜战场上了……"冯家兴竟傻傻地追问道："丢、丢了？！咋、咋就丢……"可话还没说完，冯家兴突然觉得老黄眼神不对，就呆呆地望着他，再也不敢乱说什么了。不料，片刻工夫，老黄却毫无来由地发起火来，他抓起一个盘子，"叭"一下摔在地上，喝道："看你那鸟眼！看啥看？！有啥鸡巴看的？！你他妈有枪？你他妈是'汉阳造'——假家伙！王八蛋，滚，你给我滚！"说着，他"哇"一声，吐了一桌子！接下去，他竟趴在桌子上哭起来了，嗷嗷大哭！

后来，连长把冯家兴叫去，狠狠地批评了一顿。连长说："对老黄，你一定要尊重！他是从朝鲜战场上下来的功臣。当年，桥被炸坏了，十轮的卡车，他硬是从临时架起的两根铁轨上开过去，把弹药送到了前线……我告诉你，老黄是连里最好的司机。如果不是你哥出面说情，我是不会把你派给老黄的。"接着，连长迟疑了一下，严肃地说："有个情况，我也给你说一下。但是，不准告诉任何人。你要是跟人说了，出了问题，我立马让你滚蛋！老黄这个人，心里苦哇！他结婚刚三天，就去了朝鲜……后来，嗯，这个，这个，啊？他他他负了伤……老婆就跟他离婚了。"

从第二天起，冯家兴就开始叫他黄师傅了，那是从心里叫的，一口一个黄师傅，叫得真真切切。给他端茶，给他递水，凡是能干的活，他都抢着去干……老黄却说："别，你别。黄鸡巴黄，我就是下三烂，是个丝瓜秧子，你年轻轻的，可别跟我学坏了。"再后来，老黄就跟他交了心了，老黄说："兄弟呀，你太'僵'了，你别那么'僵'。这男人，要想活出点滋味来，你记住我的话，一是要爱，你要会爱。二是要有感觉。那感觉是要你去品味的。比如这车，就跟女人一样，你要一点一点地去处，处久了，就处出感觉来了。你没听人说吗，'处'女，'处'女，主要是个'处'，那是要你长期接触哩……哎，你瞅，你瞅，看那屁股吊的！"

在一种特定的环境里，人是可以改变的。身边有这么一个"黄师傅"，你想，冯家兴还会缺少"乐子"吗？跟上了这么一个人，你想不快乐都不成。那真是一段快乐的日子呀。要说起来，那日子很"下流"，很不正经。可是，一天天的，有酸话整天包围着你，逼着你乐，逼着你开口"日白"，慢慢，那舌头在嘴里磨来磨去的，"吞儿"一笑，"吞儿"一笑，也终于顶出些活泛来，人也就不显得那么"僵"、那么闷了。这人一旦开朗了，看看天，也很蓝哪！况且，那些所谓的"酸话"都是在民间广为流传的，几乎是带有"经典"性质的民间幽默。这幽默是来自生活底层的，是一个个小"包袱"、小"悬念"扣出来的，就像是撒在日子里的胡椒面，是提"味"的……这里边当然有阴差阳错的成分，就像是种庄稼一样，你种下的是跳蚤，收获的却是黄金。在这里，无意间，冯家兴获得了更多的幽默。幽默，那可是人生的大味呀！

那时候，冯家兴已定下心来，立志要跟着黄师傅好好学车，他要当一个好司机，学上一门好技术。他心里说，将来就吃这碗饭了。

可是，他又错了。

九个月之后，冯家兴又被抽到了团里的一个新闻写作学习班，在学习班学习了三个月后（那真是赶鸭子上架呀），又是一纸命令，把他调到了师政治处的通讯组……这些，都是哥一手安排的。哥在他身上倾注了大量的心血，哥这样把他调来调去，一是为了让他长些见识，再就是为了磨砺他，让他学会"忍"和"韧"。所以，他的每一次调动或是升迁，都是哥精心策划的结果。那是一条回旋往复的曲线，这条曲线一次次地改变着他的命运。此后，在长达十二年的时间里，他就像是哥手里的一枚棋子，一切都在哥的安排下，不断地发生着出人意料的变化……平心而论，在一次次的调动中，他也算是争气，从没让哥丢过面子。当然,那一个一个的位置,不但使他的身份发生着变化,也使他的眼界发生着变化,一个从乡下走出来的娃子,阅历就是他人生的最大财富!再后来,当他干到了副团职的时候,他才突然发现,他早年的那些想法——当一名司机——是极为可笑的,简直就是鼠目寸光!在过去了许多日子后,他曾连声叹道:我真是不如哥呀!

在部队的那些日子里,应该说,给他留下印象最深的,还是那位"黄人",黄师傅。后来,当黄师傅病重的时候,他还去看过他。黄师傅患的是肾癌。让他惊讶的是,黄师傅临死前,竟然又给他讲了一个笑话!在病房里,身上插满管子的黄师傅一点一点地把裤子从身上褪下来,笑着说:"看见了吗,空枪。"是的,他看见了,那个本该卧"鸟"的地方,却没有"鸟",只是一个又老又丑的"空巢"……接着,老黄说:"老弟,可它仍然有威力。待会儿,有三个女人来看它!你信吗?"冯家兴迟疑了片刻,说:"我信。"老黄说:"鸡巴哩,真信?"冯家兴说:"真信。"老黄笑了笑,就一点一点地把裤子提上去,喃喃地说:"老了,枪套也可以吓人。"而后,他就把眼睛闭上了……可是,更让人惊奇的是,果然就有三个女人来看他!这三个女人一个是湖南的,一个是江西的,一个是河南的,相互间竟然谁也不认识谁。女人们说,许多年来,他一直持续不断地分别给她们寄钱,帮她们抚养孩子……当时,冯家兴的确是被这件事感动了,他曾专门给报社写过一篇文章。可是,那文章后来没有发,退回来了,原因是"格调不高"。是呀,黄师傅并不认识这三个女人,仅仅是因为这三个女人都有一个共同的名字——"于美凤"。那么,于美凤又是谁呢?这就没人知道了。可留存在冯家兴心里的,却是一种人生态度,那是大人生的态度!虽然这"态度"是黄色的。

当然,当然了,他最信服的,还是哥。有一天,当老三来信埋怨哥的时候,他就在信上把他狠狠地骂了一顿,并且嘱咐说,一定要听哥的!

二、苏武牧羊

老三也是骂过哥的。

在戈壁滩上,老三对着漫天风沙,把哥骂得狗血淋头!骂累了,他就躺在地上哭,嗷嗷大哭,哭着骂着,这当的是啥熊兵?一小破屋,俩屄人,连个虫意儿都不见,还让去放羊。要是早知道放羊,我就在家放了,何苦跑这里?几千里路,操,一喉咙沙子!

这个地方叫"老风口",一年四季风沙不断。夜里,刮起风来,天摇地动的,就像是群狼在哭!老三冯家运所在的边防连,就看守着老风口附近的几个边境哨所。可既然来了,老风口就老风口吧,这里总算还有人。谁知,来了没有几天,一分,就又把他分到了远离连队百里之外的"三棵树"。他想,三棵树就三棵树吧,总算有树。可到了一看,连个树毛儿都没有,所谓的三棵树,仅是个地名。

三棵树有什么呢?一地窨子,一个老兵,一羊圈,百十只羊,就这些了。那老兵哑巴似的,整日里不说一句话。你若是问了他什么,他就给你一张脸,那脸终日枯着,就跟沙子一样,燥燥的,默默的,没有一个字。一个月后,就连这张脸也看不到了,那老兵卷了铺盖,退役了。原本,连里说是要再派个人的,可不知什么原因,没有派。

这里就孤零零地剩他一个人了。

白天里放羊。放羊也要跑很远的地方,翻过一道沙梁,又是一道沙梁,然后把羊赶到一片有草的洼地上,从早上出来,到晚上回去要走一天的时间……走在沙梁上,天是那样的蓝,哑蓝,蓝得透明,蓝得让人心慌。要是你盯着一片白云,久久,它动都不动,看着看着,就把时间看旧了。那沙,远看是无边无际的,近看是一粒一粒的;远看是静的,漫漫的静;近看是动的,亮闪闪的动,有时候,它就流起来了,没有来由地,像水一样泻下来……只是没有人。无论你走多远,无论你喊破喉咙,都见不到一个人。

夜里，躺在床上，顺手在墙上摸过去，你就会触到一道儿一道儿的沟槽儿，那沟儿很深，深得可以把整个指头埋进去……开初，他以为那是用刀子划出来的。后来他就明白了，那墙上的一道道沟儿，不是用刀划出来的，那是人用手摸出来的！那大约是他的"前任"——或者是"前任"的"前任"——那人就像他一样，夜里，就这样百无聊赖地躺在床上，有意无意地用手在墙上"寻"着，摸着，天长日久，就把那墙摸成了这个样子。一想到这里，他就一骨碌从床上爬起来，跑到野地里大喊几声！要不他会疯的，他想，他一定会疯！喊累的时候，他又会无精打采地走回来，重新横在床上，打起手电筒，去读贴在墙上的报纸——那都是些一二十年前的字了。

于是，他一封一封地给哥写信。一边哭一边骂一边写……他在信上说，哥呀，一个娘生的，你咋就对我这么狠哪？！

当然，也是到了后来，当他彻底忘记了自己名叫"狗蛋"的时候，冯家运才明白，这一切，都是哥刻意安排的！

哥要他远。

这是一着险棋。一下子把他放在千里之外的新疆，哥是有图谋的。那时候，总部刚刚下了一道命令：凡符合提干条件的，必须是军校毕业。那就是说，从今往后，不再从战士当中直接提拔干部了，这一下子就堵住了很多人的"路"。看来，仅凭吃"苦"已经不行了……那时候，哥已隐隐约约地感觉到了"文凭"的重要，而老三狗蛋在学习上是有些灵性的。那么，把他放在哪里好呢？这老三，是个心猿意马的家伙，太贪玩，没有个正性，外边只要有一点动静，他的心就跑了……况且，他的依赖性太强，脸皮也厚，要是离得近了，他屁大点事儿就会去找你。把他送进部队，又放在新疆，两三千里之外，哥用的是一个"隔"字，是要在一个荒无人烟的地方，把他隔离起来，而后再把他逼上去！

哥要他静。

"三棵树"这个地方，是哥无意中知道的。哥在北京军事学院进修的时候，在一次同学聚会上，巧遇一位从新疆部队来的老乡。那会儿，此人是这所军事学院惟一的正团职博士生，可以说前程似锦！由于是一个省的老乡，两人说起话来不由就近了些。谈起经历，那人不免就说起了"三棵树"，说就是那么一个荒无人烟的地方成就了他。由于太静，太寂寞，他只有读书……他说，要是不看书，你会发疯的！他还说，就是那么个地方，出了一个疯子，一个硕士，一个博士……他还说，那就是一个"博士点"！

说者无心，听者有意。此后哥通过层层关系千方百计去打听那么一个地方……最后终于得到了证实。那时候，关于让老三去，还是老四去，哥还犹豫了一阵，最后还是决定让老三去。老三这家伙，有点懒，干什么没有个长性，你要不逼他，他做什么都是半半拉拉的，所以，他更需要静。可是，哥也没想让他一定要当什么博士，那对一个没出过门的乡下孩子是有难度的。哥只是想让他考上军校，只要上了军校，一毕业他就是干部了……哥也知道这手棋下得险了，生怕他出什么差池。所以，哥仅让他受了六个月的罪，六个月之后，哥就坐飞机到新疆来了。

他没有想到哥会到新疆来！哥来的那天，他正坐在茅屋前抓羊屎蛋呢。在沙漠里，风干了的羊屎蛋硬得就像铁蚕豆儿，他就拣些干净的当"子"抓着玩……他还在茅屋前的沙地上用羊屎蛋摆了一个"日"！而后，用一把羊屎蛋去射那"日"，射出一个一个的小堆堆儿……他太孤了，他只是太孤了。

看见哥，他就哭了。哑哭，满脸是泪，却说不出话来。哥叫他："家运。"他不吭，再叫，还是不吭。仅仅六个月，他已经不大会说话了。哥看着他，回头又去望那大漠落日，哥说："不错，这里多静啊。"见他不说话，哥就又接着说："恨我？"他还是不说话，那泪水一淌一淌的，把脸冲成了沙漠里的"地图"……而后，哥说："你现在只有一个动力，恨，就是你的动力。恨我吧。"

哥要他学习。

哥在这里仅住了一夜。那天夜里，哥连一句安慰的话都没有说，哥只是从兜里掏出一包烟来，你吸一支，我吸一支，吸到嘴苦的时候，哥说："睡吧。"

来时,他带了一个很大很重的提包,大约有百十斤重!可直到他走的时候,也没再提那提包的事,就像是把那个大提包忘了似的……是呀,哥走的时候,他还问了一句,说:"——包?"哥也仅是拍拍他,默默地回了他一句:"给你的,留下吧。"当哥走出那个茅屋的时候,再一次回过头来,对他说:"信上,你有一句话写得很好:一个娘生的!"

哥走后,茅屋里就又只剩他一个人了。他望了望那个扔在屋角里的大提包,心想,那肯定是些吃的东西,就说,吃,吃他娘的!可是,当他"嚓"的一声,拉开拉链的时候,却发现,里边一捆一捆的全是书!

——不知为什么,他突然恶狠狠地朝那个包上踢了一脚,扭身就到门外去了。他一屁股坐在门槛上,抓起一把羊屎蛋,又百无聊赖地射"日"去了……

当天夜里,掌着一盏小风灯,他先是围着那个大提包转了三圈儿,终于还是在那个大提包前蹲下来了……那提包里装的,几乎可以说是一个学习上用的"百宝囊":里边有高中的全套课本,有字典、英汉词典,有成盒的铅笔,有整整一刀的白纸……更为难得的是,里边还有一个他从未见过的小录音机!他好奇地拿起那个小录音机看了一会儿,摸摸这个钮,按按那个钮,按着按着,突然有声音传出来了,那声音吓了他一跳,那是人的声音啊!那声音叽里咕噜,全是"鸟语"……包的底层,光微型电池就有十盒之多!

这天夜里,冯家运是伴着"A、B、C、D、E……"这样的"鸟语"入睡的,有声音做伴,他睡得很好。他还做了一个梦,在梦里,他正走在一个鸟语花香的林子里,林子里有酸枣,有红柿,他走着吃着,吃着走着,净摘那红的、大个儿的……可是,突然之间,一下子就静了,什么都没有了!这时候,他慢慢睁开眼来,才发现他仍然躺在戈壁滩上的茅屋里,四周是死一样的静!那静很瘆人,那静就像是个怪兽,一下子就把他吞下去了,脑子里"嗡"的一下,叫你立时想疯!于是,他下意识的第一个动作,是跳下床来,按下那录音机的按钮,赶快把那"鸟语"放出来……

自从有了声音,夜就显得不那么漫长了。夜里,那些"鸟语"总是在耳旁叽里咕噜地响着,就像是有个洋女人在跟你说话……开始也只是图个声响,有个会说话的伴儿,可那些个单音节的"A、B、C……"之类,听多了就想"复杂","你"总得说点别的吧?可一说"别"的,就又听不懂了,这也让人急呀!于是,就不由得去翻英汉词典,去查音标……看那些外国人,那舌头绕得就像是搅拌机,怎么就这么搅着说话呢?慢慢,他一个词一个词品着,到了明白的时候,"吞儿"一笑,觉得也怪有意思的。有时候,就这么听着听着睡着了;有时候呢,在睡梦中他会突然从床上跳下来,去换一盘带子,或是查一下词典什么的……就这么不知不觉的,天就亮了。

在此后的日子里,那些"字"也成了冯家运的伴儿了。白日里依旧放羊,百无聊赖的时候,也依旧是看天,看云,看羊群……到了看厌了的时候,他就会从兜里掏出一本书,用羊屎蛋在戈壁滩上摆出一行行黑色的文字。最初的时候,仅是瞎摆着玩,总是摆不整齐,歪歪斜斜的。可越是摆不好,他就越是想摆好……大约人的爱好都是在"限制"中形成的。你只有这么一种玩法儿,你别无选择,就会越玩越精,精到了一定的程度,就是你的"特长"了。半年之后,在戈壁滩上,凡是冯家运走过的地方,都会留下一"版"一"版"正楷的"羊书"……由于重复的次数太多,在潜意识里,那一篇一篇的带有羊骚味的课文,都在他脑海里印着呢!

就这样,面对大漠,那些汉字成了他的"定心丹"。特别是黄昏的时候,望着大漠里那滚滚落日,突然狼起的烟柱,就觉得由文字组成的历史一行行地向你扑来——仅"苏武牧羊"这四个字,就让他一次次热泪长流!这当然不是一天的功夫,这是在无数次重复里产生的感悟。这时候,时间就成了一泓清水,时间在淘洗着历史,时间滋润着文字……就这么一日日地,在"文字"的吹拂下,不知不觉中,他竟然"化"了,他一下子悟到了一个乡下孩子终生都不可能悟到的东西。是呀,坐在漫天黄沙里,当那巨大的落日,大火球一样的,向你滚滚而来,烟柱骤然腾起!那冲天的蘑菇云像巨蟒一样地旋转着,里边会突然掉下一块死人的骷髅……第一次吓死你,第二次你仍然害怕,第三次，第四次……你就不那么怕了。还有那突然而至的闪电，暴雨或是冰雹，朗朗晴空，毫无来由的，一下子就落下来了，雷声"咔嚓、咔嚓"地炸着，一道闪电从天而降，贴着草皮向你飞来！第一次，他站起就跑；第二次他仍然想跑，到了后来，他就不跑了，戈壁无垠，你往哪里跑？无处可藏啊！再看那羊群，虽可怜巴巴的，也竟然不乱，就那么头抵头聚在一起……就这么着，一次一次地，那心胸，真不知是吓大了，还是撑大了。

哥再次来，已是第三年的春天了。哥在见他之前，已先后喝了四场酒。上军校，也是要层层推荐，层层批准的。哥来的时候，背着、扛着、提着，整整带了三个大箱子，三个箱子里装的全是酒！他从军区喝到团里，从团里喝到营里，而后又从营里喝到连里……在边疆，喝酒是"整"的，一箱一箱地"整"。你来就是请客的，战友见了面，在宴席上，你光让人家"整"，你自己不"整"行吗？哥见他的时候，是像麻袋一样被人从吉普车上扛下来的！那会儿，哥醉得一塌糊涂，横陈在那里，软得就像一条死狗。而后，他整整吐了一夜，把苦胆汁都吐出来了……第二天，当哥醒过来的时候，他从兜里掏出了一张盖满了红章的报名表，有气无力地说："填填吧。"

让哥惊诧的是，老三冯家运并没有急着去填那张表，他静静地坐在那里，望着酒醉后醒来的哥哥，默默地说："哥，我明白了。"

冯家昌看着他，说："你明白什么了？"

冯家运说："人就像沙子一样。"

他又说："要是有阳光，沙子也会发亮。"

蓦地，哥从弟弟那晒成古铜色的脸上看到了在大漠里"熬"出来的静气，看到了他盼望已久的"定力"，哥笑了。

哥问他："那些书你都读了？"

他说："差着火候呢。"

哥说："考试没有问题吧？"

他说："我试试。"

哥点了点头，再也没有说什么。就凭这态度，哥知道，他成了。

临上考场的时候，哥把腕上戴的手表捋下来，戴在他的手上，而后拍拍他说："去吧，老三，别紧张。这次要是考不上，还有下回。"

　　他摇摇头说："没有下回了。"

　　实践证明，环境是可以改造人的。连哥都没有想到，冯家运竟然在考试中以第七名的成绩考取了陆军学院。而后，他一连在陆军学院里读了六年书，并以甲等成绩获得了本校的硕士学位。毕业的前夕，一个放羊出身的乡下小伙居然成了陆军学院的"香饽饽"！于是，他一下子有了四个可选择的去向：一是留校当教官，二是出国当武官，三是当国家安全部的特工，四是到一家国防研究所当研究员。突然之间，鲜花铺地，前程似锦啊！

　　当然，这一切并不是偶然的。有四家单位先后看中他，也不仅仅是因为他的硕士学位……最开初的时候，在学院里，他只是一个不起眼的乡下人，是穿着军装的乡下人，那脸相很木。可是，在一夜之间，他突然受到了军中著名的电讯专家金圣五教授的赏识！

　　在陆军学院，金教授的傲慢是出了名的。他曾把肩上扛着中将军衔的院长当众"轰"出了他的研究室。那可是院长啊！据说，在金教授和院长之间，还有一段流传很广的对话。那天，金教授正在研究室里带着他的两个助手做新型的电码试验，一边做一边还兴致勃勃地谈着什么。就在这时，院长推门进来了，院长面带微笑，刚要开口说话，不料，金教授转过脸来，看了他一眼，说了两个字："——出去！"陡然间，院长愣了，可院长毕竟是院长，院长也回了他两个字："——好，好！"接下去，院长扭过身，大步朝门外走去。本来，这已经够过分了，可金教授还有更过分的，他居然对肩上扛着两颗"金豆"的院长又说了四个字："——把门关上。"这时，院长站住了，院长回过身来，看了他一眼，又回了他两个字："——好，好！"老天爷，院长是谁呀？堂堂的中将，兵团级的首长，那可是一言九鼎的人物！他怎么能这样呢？他怎么敢这样呢？！一时间，这两个人的对话成了军中最著名的一段对话。于是，在学院里，金教授就成了"傲慢无礼"的典型；而院长呢，一时口碑极好，则成了"礼贤下士"的楷模了。

按说，金教授的"傲慢"也是有资本的，他毕竟是国内军内最著名的电讯专家，他那一头白发，根根都是学问！可就是这样一位傲慢得出了名的教授，突然间又做出了一件更让人费解的举动。那天，上"大课"的时候，在一个容纳好几百人的阶梯教室里，金教授站在讲台上，先是拿起花名册看了看，沉吟片刻，突然昂起头来，说："冯家运同学来了吗？——站起来。"军校毕竟是军校，几百个学生，全都挺胸抬头，笔直地在椅子上坐着，没有人动，也没有椅子响，一时，整个阶梯教室鸦雀无声……于是，金教授再一次大声说："冯家运同学来了没有？请你站起来。"这时，只听后排的座椅响了一下，一个面色黧黑、满脸漠然的学生站了起来……教室里陡然静了，静得肃然！学生们都领教过金教授的严厉，金教授是很少用"请"字的，这次，他出人意料地用了一个"请"，不是讽刺那又是什么？接下去，金教授一定会暴跳如雷！——不料，只见金教授疾步走下讲台，踏着阶梯教室的台阶一步步地向后走去。这时候，在偌大的阶梯教室里，有了一些骚动，学生们齐刷刷地扭过头来，向后看去，就见金教授走到后排离冯家运有两步远的地方站住了，接下去，金教授突然低下了他那无比高贵的头颅，弯下腰去，对着冯家运深深地鞠了一躬！紧接着，金教授说："谢谢你，谢谢你给了我灵感——谢谢！"

那一堂课金教授讲得无比精彩，可学生们谁也没有听进去，窃窃私语声充满了整个教室……使同学们震惊不已的是，这样一个总是坐在后排的黑小子，这样一个满身羊膻味的家伙，这样一个从来不大说话也不大起眼的"木头人"，居然在大庭广众之下，让傲慢无比的金教授低下那高贵的头，给他——鞠躬？！这，这，这……不是儿戏吧？不是做梦吧？怎么会呢？他，就凭他，能给金教授"灵感"吗？！

——他是谁呀？！

课后，同学们奔走相告，还有的四处去打听冯家运的来历，想知道这王八蛋到底是哪路"神仙"……可是，遗憾的是，他们打听来打听去，谁也没有打听出来什么。倒是有人见他总是一个人（他身上总有一股洗不净的羊膻味，没有人愿意跟他在一起），孤零零地走在通向图书馆的路上。晚上，常坐在学院北边那个小树林的后边看月亮，仅此而已。终于，有两位女同学大着胆子去问了金教授，在学院里，金教授惟独对女同学的态度稍稍和气一些。金教授的回答也只有一句话，教授说："嗯，他的'羊屎蛋理论'对我很有启发。"那么，什么是"羊屎蛋理论"呢？这就没人知道了。

这个所谓的"羊屎蛋理论"，后来以"'点'的无限组合"为题，出现在金教授有关电讯学的一篇论文里。这篇论文发表后，在世界电讯学界引起了巨大轰动！据外电报道，西方一位电讯学权威说："'点点点'理论"是目前电讯学界最前沿、最具有东方美学特征的创新理论，它对世界电讯学具有"冲击波效应"！

后来，人们终于发现，金教授有晚饭后出外散步的习惯。在学院北边的那个小树林里，金教授就这样跟那个叫冯家运的黑小子相遇了……那时候，月亮很大呀！

冯家运再次引人注目，是安全部来校挑人的时候。那天晚上，冯家运没有得到任何人的通知，他还像往常一样，晚饭后独自一人来到了那个小树林里——小树林后边就是射击场。那时，月光半明半暗，小树林里灰蒙蒙的，他就这么默默地在林间的一张长条木椅上坐着……这时候，突然之间，枪声响了！一阵"乒乓、叭叭……"之后，他没有动，也没有扭头，仍然木木地在那儿坐着。过了一会儿，只见学院的政治部主任带着两个身穿便装的中年人出现在他的面前。看见主任的时候，他站了起来，立正——而后向主任敬礼。主任说："冯家运。"他说："到。"主任说："这两位同志是安全部的，他们有些问题想了解一下，你要据实回答。"他没有再说什么，只是站得直了一些。一位胖胖的中年人盯着他看了一会儿，而后说："听见枪声了吗？"他回答说："听到了。"那人问："几枪？"他说："六枪。"那人点了点头又问："方向呢？射击的方向。"他说："左侧三枪，右侧三枪。"那人说："距离多远？"冯家运说："二十五米左右。"那人再一次点点头，笑着说："为什么不跑？"他说："我不知道该往哪里跑。"问话很简单，就这样结束了。此后，冯家运得到了安全部的高度评价。

他的评语是这样写的：此人有静气。可用。

再后，学院的政治部主任挠着头，十分感慨地对人说："这个，这个……冯家运太他妈的了！看着像个木头疙瘩，操——邪乎着呢！"

是呀，在陆军学院，这样一个没有什么背景也没有家学渊源的乡下小伙，外语考试听力第一，笔译第七，口译虽差了一点，也排在第十九位，这又是得益于什么呢？同学们真是不服气呀！可不服气又有什么办法呢？！

毕业在即，事关前程，冯家运给哥打了一个电话，请教哥该往何处去。这时候，他是彻底地服了哥，如果不是哥，哪有他今天的前程？！哥在电话里沉默了片刻，那沉默是很功利的，他感觉到了那沉默的分量，哥说："就——武官吧。"

于是，冯家运硕士一出校门就被破格授衔为少校，成了代表着一个国家的武官，成了驻南美国家的一个使节了。这在六年前，是他连想都不敢想的！更让人料想不到的是，走的时候，这王八蛋竟然还带走了一个如花似玉的女人！那女人是他大学同学，陆军学院外语系毕业，正是大着胆子去问金教授的两位女同学之一——曾几何时，是看都不多看他一眼的。

再过五年，当他携妻归来的时候，已是上校了。

三、我嘴里有糖

对老五，哥走的是一步闲棋。

按说，老二、老三"定位"后，按哥的构想，接着本该提携老四，可老四太愚直，竟执意不愿出来，也就罢了。再往下就是老五了，对于老五的安排，哥是最省心的。这时候，兄弟五人已杀出来了三个，三人都站住了，成了犄角之势。那么，冯家从乡村走向城市的总体构想已算初见成效。所以，哥是在没有一点压力的情况下走这步棋的。有兄弟三人在外边撑着，对老五，哥已经不打算再要求他什么了……

然而，这一步看似毫无匠心的闲棋，随随便便就那么一摆，却走得恰到好处，此后竟成了哥的神来之笔！

应该说，哥对老五是有些溺爱的。在冯氏兄弟中，老五年龄最小，个子最低，脸皮最厚，也是最贪嘴的一个。于是哥就给他找了一个条件最好的地方——上海。

一入伍，老五先是分到了上海卫戍区。这没说的，这是哥的关照，是哥要他去的。到了上海之后，再次分配的时候，那就不完全是哥的因素了，那凭的是他的灵性。在部队里，个矮的人是比较沾光的。在军人眼里，矮，就是小，小就是弱——也就是被关心、被呵护的对象了。老五由于个子低，两黑眼珠扑棱扑棱的，站在人群里就像是个生不零丁的小黑豆，小样儿挺招人喜欢。于是，分兵时，他被通信连的女连长一眼看中，手指头就那么点了一下："你——出列。"这一"出列"，就被留下来了，成了通讯连的小通讯员。通讯连大多是搞话务的女兵，这在军人眼里，那可是个花团簇集的地方啊！就这样，他一下子就掉到"花丛"里去了。

老五的部队生活跟任何一个哥都是不一样的。首先，他在大上海当兵，条件自然要好得多。可以说，在部队里，老五几乎没吃什么苦。老五嘴甜，老五的精明首先表现在嘴上。在通讯连里，老五有一个攻无不克战无不胜的"法宝"，这"法宝"几乎征服了所有的女兵，使他在很短时间里，成了通信连的一个"自由人"。其实，那所谓的"法宝"不过就是一个字，一个很简单的字：

——姐。

他见人就喊姐。

通讯连男兵很少，也就是几大员。在这几大员里，冯家福是最得宠的一个——他会喊姐！娟姐，玉姐，秋姐，媚姐，红姐……开初的时候，为这事，连长还批评过他。女连长很严肃地说："这是部队，啥姐不姐的？你以为你还是个老百姓？胡闹！庸俗不堪！再不能这样了。听见了吗？！"他就怯生生地回道："听见了。"可是，在私下的场合，背过脸儿的时候，他照样喊。那一个"姐"字是何等了得，它征服了多少女兵的心哪！况且，老五的喊法与别人不同，老五很会喊，老五用的是"降位喊法"。他一开始就把自己摆在了小弟弟的位置上，喊的时候，那张脸看上去绵绵羊羊的，甚至还有点迷瞪，带一点羞涩，一点痴乎乎的傻气。临开口前，那眼皮稍稍下垂，黑眼仁上似蒙着一层水汽，也不看人，声音是往下走的，姿态也是往下走的，一只手扣着另一只手的指头，声音里带着一股甜丝丝的红薯味，是北方的红薯味——没有经过水泡但又蒸熟了放软了的红薯味，很土。那一声"姐"喊得无比真切，余味无穷，听了叫你忍不住想笑，也忍不住地就动了心。

"姐哎……"

于是，有了这么一声"姐哎"，那些女兵们心都软成了豆腐，一个个都去疼他，像疼小弟弟一样。有了什么好吃的，就给他留着。有了什么好玩的，也想着他。包括那位对女兵十分严厉的女连长，渐渐也对他另眼相看，不由得放宽了对他的要求。这女连长在家里是长女，由于出身于高干家庭，十三岁就当了兵，个性是很强的，脾气也大，看上去是一个很钢的女人。可见了这个"小黑豆"，不知怎的就特别喜欢他，小福儿、小福儿地叫，叫得很亲。连长喜欢他，女兵们也跟着娇他。在部队里，女兵招得很少，能当女兵，本就不一般，更何况是来大上海当兵？那一个个说起来，大约都是有些渊源的……所以，这些女兵们一个个如花似玉，千娇百媚，上可通天，下可接地，哪一天也许一个电话打过来，整个卫戍区都为之一震！这些个有来历的姑娘虽然当兵了，受些约束，但在生活上，该讲究还是很讲究的。今天这个要把梳子、送封家信；明天那个买管牙膏、香皂、小镜子，后天是发卡、丝袜，还有小吃、小点心什么的……而且都是指定要这种或那种品牌的。按纪律，女兵们是出不去的，女连长根本不准她们的假。在整个通讯连，惟有冯家福可以自由地出入，他是通讯员嘛。通讯员本就是个跑腿儿的，出外的借口很多，拿文件啦，取报纸啦，送材料啦……卫戍区从北院到南院隔着一条大马路，出了大门，他就偷偷地溜出去了，连长就是万一发现了，一般也不会多说他什么。于是，她们需要买什么的时候，都交给他去办，他也会办，无论多么难买的东西，他都能买到。就这样,一来二去的,他竟成了那些女兵的"采买"和"小跑儿"了。

上海很大呀,上海是中国数一数二的大城市;要是细究,上海也是很狭的,因为在高楼的后边隐藏着一条条曲里拐弯的"弄堂",有很多人就是从这条或那条"弄堂"的"阁楼"里走出来的——虽然看上去很"派"。由于城市的大,也由于个人空间的狭,上海人说话的语速很快,就像是每人嘴里都含着一支"袖珍冲锋枪"——有横扫一切的气势,也有侬侬呀呀、一吐为快的憋闷。上海人是很讲"体面"的,那是早年被洋人熏出来的"花头",上海人也是很精明、很计较的,计较到了一分一厘上;上海人做事特别认真,也特别的周到细致,细致到了丝丝入扣、处处见巧的地步!应该说,上海是一个很女性的城市。在外滩,在南京路上,上海最耀眼的就是女人了……上海的脂粉气把男人们熏得一个个里里气气、嘎嘎咕咕的,连说话都带有一股糯米糕的气味。上海也是很排外的,只要一听口音不对,先先地就对你轻看了三分!按说,在这样一个让人发晕的城市里,一个来自北方的小个子男人是很难站住脚的。你既不是"阿拉豆",也不是"本帮菜",甚至连江浙一带的"娘希匹"都不会说……可谁也没有想到,冯家的老五——这个诨名为"孬蛋"、官名为冯家福的北方小子,到了令人眼花缭乱的上海之后,居然是如鱼得水!

可以说,最初的时候,整个上海是冯家福用步量出来的。那时,他就像一个小黑豆掉进了黄浦江里,有些孤独,有些漂泊,也有些好奇。走在大街上,你一个人也不认识,那些体面,那些繁华,那些鲜亮和滋润,都与你没有一点关系。你想,那心里会好受吗?好在他有地图,他特意买了一份上海市区交通图,一边走一边看,嘴里念念有词地背着那些区名、街名,看上去很傻。什么"陆家嘴",什么"提篮桥",什么"外滩",什么"董家渡"、"龚家浜"、"朱家弄"、"鸭场浪"……这都是些什么呢?拗口不说,一点也不洋气。只有南京路、淮海路、霞飞路、四川路,他一下子就记住了,那自然是他常去买东西的地方。有时候,走着走着,忽地抬起头来,看着那一幢幢的高楼,他的心就哭了,不知怎的,就觉得特委屈,尤其是找来找去找不到地方的时候,就觉得嘴里很苦,很苦啊!

奇怪的是,没有多久,上海这个地方,他竟然很快地就接受了。是啊,走在大街上,高楼林立,你一个人也不认识,孤是孤了一点,虽漂漂泊泊的,然而却没有人去打问你的来路,也没有人关心你的出身,多自由啊!再说,他穿着军装呢,军装本身就会给人以信任感,加上他出去买东西也是带着钱呢(当然是"姐"们的钱),只要你拿钱,想买什么就买什么,想看什么就看什么,没有人会嫉妒你(绝不会像在乡下那样)……账是一分一分算的,少一分也不行,多一分退给你,清清楚楚,很生意啊!半年后,路也摸熟了,也知道怎么去乘公共汽车了,他就开始串"弄堂"抄近道了……当他走进"弄堂"之后,他才算真正切近了上海的日子。那一个一个的小阁楼,一幢一幢的石库门房子,一间一间的板壁屋,高高低低,错错落落,就像是一个个叠叠加加的火柴盒子,是印着各种小巧图案的火柴盒。就像上海人说的那样,实在是"螺蛳壳里做道场"……那逼仄,那豁亮,那挤压,那精巧,那狭小,那滋润,那恶言,那软语,那从小弄堂里溢出来的傲慢,一下子让他看到了上海的真面目,也是人的日子,对不对呢?

在上海,他虽然只是一个跑腿儿的小通讯员,可慢慢地,经过女兵们的一再宣扬,他竟然成了卫戍区最有办事能力的人了。是呀,相对来说,部队跟地方打交道是比较少的,比如新近调来的军官,或是刚刚随军的家属,要是有个什么事,也都托他来办。比如,转一下关系,办个"煤气证",家里安部电话什么的,人们就说:找小福子,他能办,再难他也办。既然"姐"们说了,他也就一一应承下来,去给他们办。这样一来,他的自由度就更大了,那是任务!就见他一天到晚在外边跑……当然,时间是长了一点,有时候,一连十几天都见不着他的面,女连长或是一些军官家属也会把他找来问一问,跑得怎么样了?他就说,没问题,快了。要知道,在九十年代初,电话是很难安的,"煤气证"也是极难办的,就这么一个穿军装的小黑孩,一张嘴说话就土得掉渣,要权没权,要钱没钱,要关系也没有关系……可到了最后,居然也给跑下来了。这可是大上海呀!他是怎么跑的呢?没有人问,也没人去打听,反正是跑下来了呗。

当然,他也有难受的时候。有一次,他在外边跑了一天,回来就一个人关在屋子里,也不去食堂吃饭,就在屋角里蹲着。他有个习惯,有心思的时候,喜欢一个人蹲着。饭后不久,那些"姐"们就找来了,一个个关切地问他,小福子,你怎么了?他说,姐,没怎么。没事,我没事。他越说没事,女兵们越是问,问他是不是病了?是哪儿不舒服了?可问来问去,无论你怎么逼他,他就是不吭!问急了,他忽一下站了起来,说没事,真的没事,我只是有些怕。女兵们叽叽喳喳地说,怕?有这么多姐呢,你怕什么?他眨蒙着两眼,突然说:我怕钱。女兵们一个个都怔住了,怕钱,钱有什么可怕的?你是不是缺钱花了?说着,几个"姐"就要掏钱给他……可是,他却说,不,我只是怕钱。

可就在这天夜里,就像是鬼使神差一般,哥突然就到了上海!见了面,哥把他约到了上海街头的一个小饭馆里,吃了顿饭。吃饭的时候,哥什么也没有说,只说,我出差路过这里,顺便来看看你。他呢,就眼巴巴地望着哥,似乎想说点什么,可他没有说,他怕……哥也没有再问什么。只是,吃完饭的时候,哥从兜里掏出了五千块钱,默默地放在了饭桌上。他心里一湿,叫了一声:"哥哎……"哥并没有点破什么,哥只说:"上海地方大,用钱的地方多……"他又叫了一声:"哥哎……"哥摆了摆手,说:"别说了。"他知道,哥的工资不高,那钱,也许还是借的,哥已经是尽其所能了。

冯家福心里非常清楚,这五千块钱送的是多么及时,多么的重要!也可以说,是哥救了他!他塌下"窟窿"了,如果没有一笔周转的钱,他做的事,也许就露馅了,完了。可是,哥怎么会知道他的情况呢?哦,他想起来了,就在三天前,他犹犹豫豫地给哥拨了一个电话,在电话上,哥问他:"怎么了?有什么事吗?"可电话拨通后,他突然又后悔了,怕哥骂他……就什么也没有说。他说,没事。没什么事。哥"哦"了一声,说没事就好,可哥还是来了。在最关键的时候,哥来了。

哥走的时候,没有买卧铺。上海是个大站,来往的人特别多。在上海,如果不买卧铺,肯定是坐不上位置的。哥就那么一路站着回去了,两天两夜呀!……哥虽然不说,他知道,哥是为了省钱!此后,那些钱是怎么花的,哥一句也没有问。

当兵三年,冯家福过的几乎是一种马路生活。虽然也穿破了几身军装,可他的大多数日子是在大街上度过的。那时候,他有很多时间泡在上海的街头……除了采购以外,就连那些自认为很了解他的"姐"们也不知道他究竟干了些什么。按说,三年之后就该复员了,冯家福似乎也做好了复员的准备。在那年秋天的一些日子里,他很忧郁,见人就带着一种告别的意味,一次次地对那些女兵说:姐哎,我该走了。

那"忧郁"是很煽人的,女兵们不答应了。她们是那样的喜欢他,他是她们的"小黑豆",他也是她们的"腿"呀!转干是不可能了,转干必须得有军校的学历,那就让他转志愿兵吧。连里没有问题,连长也希望他留下来,可转志愿兵也是要层层报批的,通讯连并没有这样一个岗位。到了这时候,女兵们也都说要帮他,可是,她们也就打了几个电话,该托关系的,也的确给托了。就这么托来托去,那"表"真的就让他填了。这一次,他想,他肯定不用哥操心了。所以,一直到填了表之后,他才给哥打了一个电话。哥接了电话就说:"老五,是转志愿兵的事吧?你别急,我马上托人给你办。"他说:"哥,表我已经填了,问题不大了。"哥在电话里沉默了一会儿,说:"批了吗?"他说:"快了吧?也就三两天的工夫。"哥迟疑了一下,说:"行啊。老五,你行。"可是,他却在电话里说:"哥,我就再干两年吧。这身军装,我还是要脱的。"

然而,真到了批的时候,他还是被上边卡住了。理由是他既没有高中学历,也没有评过"五好战士"什么的……当女连长把这个消息告诉他的时候,他一下子就傻了。他说:"连长,我……"女连长就安慰他说:"还有几天时间,我再去给你争取一下。"喜欢他的那些女兵们说来都是有些神通的,可到了这会儿,那话却说着说着有些"原则"了,虽然她们口口声声地说让他别急,还要想办法帮他……可他想,话是这么说,只剩两天时间了,要是说不下呢,他不就完了吗?这么一想，他一下子就慌了，就赶忙去给哥打电话，可是，电话打到了那边，却没有人接。连着拨了几次，终于有人接了，却说哥出差了。

这么一来，冯家福想，看来，他就只有复员这一条路了……这天，他心里郁郁闷闷的，整整在外边转了一天。他心里说，那就再看看上海吧。可是，待他走回来的时候，就见哥在卫戍区的大门口站着！

后来他才知道，哥是坐飞机赶来的。哥已经在上海待了一天一夜了。至于哥怎么办的，都去找了谁……哥一句也没有说。哥手里提着一袋"大白兔"奶糖，就在寒风里站着，哥说："你不是要再干两年吗，那就再干两年吧。"

他脱口说："哥哎，你要相信我……"

哥拍拍他说："我相信你。"

此后，转了志愿兵的冯家福就发生了一些变化。在面上，他还是很活络的，女兵们有什么事托他，他还是一如既往地照办。可在他的内心深处，不知不觉的，就有了一种让人说不出来的距离。

是呀，说起来，那些女兵们的确都喜欢他，可那是把他当做小"玩具"来喜欢的。当然，有的干脆就把他当做一个孩子来看待，一个看上去"土"得有趣、从北方农村出来的"小黑豆"。这里边有很多居高临下的怜爱成分——他是那样矮小。至于说看重，那是没有的。在通讯连，甚至没有一个女兵真正地把他当做一个男人来看待。甚至于当她们说些女人间的私房话时，也是不大背他的，在她们眼里，他是很中性的。她们的眼眶是那么高，她们的期望是那样的大，她们真正关注的是卫戍区那些有背景、有学历、有才华，两杠一星或是一杠三星的军官们——那才是她们心仪和归宿！

这些，冯家福心里是清楚的。这些高傲的"姐"们，也都是"伤"过他的。那"伤"，是在心里……

可是，一年后，突然有那么一天，他着实让她们吃惊了，甚至可以说是惊得目瞪口呆：他要请她们吃饭——在上海最有名的锦江饭店请她们吃饭！

怎么会呢？怎么可能呢？在她们眼里，就像上海人说的那样，他只不过是一个"小赤佬",一个供她们驱使,给她们跑腿儿的小通讯员而已。就算转了个志愿兵,那又怎样?他仍然是个地地道道的"乡下人"。可他,居然,要在锦江饭店请她们吃饭?!锦江饭店,那是他去的地方吗?有没有搞错?!遇上这样事情,就是"凤凰"也会炸窝的!"姐"们不相信,"姐"们叽叽喳喳地相互打听着:他说的是锦江饭店吗?是,他就是这样说的。是大厅还是包间?他说了,包间。那、那、那……这孩子是不是学坏了?是不是学会吹牛了?可是,她们又觉得不像,他是郑重其事的。紧接着,从连长那里得知,他已经转业了,他甚至都已办好了转业的全部手续!这些事情——这么重要的事情,他竟然是瞒着她们的!她们谁也没有给他帮过什么忙。他,已经不再需要她们帮忙了。

那么,这个小黑豆,在她们的眼皮底下……什么时候长成了一个男人?!

那是一个假日,女兵们特意地换了便装,一个个打扮得花枝招展的。临去的时候,她们嘴里仍是叽叽咕咕,半信半疑……那真是带着探险的心情前去赴约的。可是,到了锦江饭店门前,只见车来车往,"沙"一辆丰田!"沙"一辆奔驰!……那气势,那儒雅,那"老贵族"一般的派头,真让她们有点望而却步。有好一阵子,她们伫立张望,竟然没有找到那个穿军装的小个子——他说过,他在门口等着她们呢,可人呢?!

——有那么一刻,她们甚至期望这是假的,是他欺骗了她们。假如真是欺骗,她们还是会原谅他的,他毕竟是个……

可是,突然就有了一声"姐",仍然是很红薯味的"姐哎"!随着这一喊,她们真的就看到他了,居然是西装革履,脖子上还打着一条领带!个子仍然不高,但体体面面的,忽然间好像就胖了一点,脸上有光。他就在她们眼前不远的地方站着,可她们竟然没有看到他!……他微微地笑着,说:"姐哎,请吧。"

"姐"们一个个都怔在那儿了。有一位"姐"怎么也忍不住,很突兀地说:"小福子,你抢了银行吗?!"

他笑了，很含蓄地一笑，说："那倒不至于。请，请吧。"

倏尔，她们发现，这是一个男人了。

锦江饭店的大厅是很豪华的，地毯也是很软的，走上去一点声音都没有。在过道里，在电梯间，她们眼前出现了一连串的"请"，那是服务小姐的"请"——依依款款的软语呀。可不知为什么，她们的心都沉甸甸的，就像是人人都背着一个大包袱！

在那个豪华得让人眼晕的包间里，她们首先看见的是一架白色的钢琴！一个穿素色曳地长裙的女人正优雅地在弹奏着什么……那音乐是很舒缓的，带一点忧伤，还有些怀旧，"姐"们听了，不知怎的，心里突然湿湿的。那包间真大呀，一处一处的，都是情调，那白也雅，那粉也素……还有两位穿红纱裙的江南少女依墙而立，看上去文文气气的，很"皇家"呀。在包间的中央摆着一张古色古香的雕花大圆桌，周围是十二把与桌子相配的雕花椅子，桌上，那盘，那盏，那菜，全都是有品位、上档次的……看上去让人目不暇接！就在这时，她们谁也没有想到，这个一向受人指使的"小福子"竟然对那两个穿红裙的姑娘下了"命令"，他抬了抬手，说："你们两个，出去吧。我们战友们在一块儿说说话。到上热菜的时候，你们再进来。"那两个姑娘优雅地点了点头，很知趣地退出去了。

关上门的时候，女连长久久地望着他，而后说："小福子，发财了？"

冯家福笑了笑，很谦虚地说："没有。说实话，做了一点证券。坐吧，坐。"

女连长佯装恼怒地望着他说："这孩子，没有发财你显摆什么？花这么多钱？！"

冯家福说："姐哎，不是显摆，是报答。这地方我也是第一次来。'姐'们对我太好了，我欠你们的，真的，这是报答。"

这么一说，"姐"们坐还是坐了，却有了一点生分。在这里，"报答"二字就像刀子一样，一下子划开了他们之间的距离。那仿佛是一层面纱，一直隐隐约约地罩着什么，如今，这层面纱被刀子挑开了，挑得人们很不舒服——人是不能"平等"的，在不知不觉之间，人怎么就"平等"了呢？她们心里说，这个小福子，这小福子啊！

然而，这毕竟是一次难得的聚会，在音乐的伴奏下，那气氛又一点点地燃起来了。况且，冯家福一声声地叫着"姐哎"，那"姐哎"叫得依旧很甜。就这么姐姐弟弟的，你一喊，我一喊，把那一点美好又重新唤回来了……待酒过三巡，菜过五味，冯家福从身旁的包里拿出了一个个早已装好的信封，那些信封厚薄不等，都是写好名字的，一一分发到"姐"们的手里。看"姐"们一个个都愣愣的，他咳嗽了一声，郑重地说："姐哎……"

可是，没等他把话说出来，一个绰号叫"花喜鹊"的急性子红姐，就先先地把那个信封拆开了，她伸手一掏，从里边竟然摸出五块钱来！这"花喜鹊"一下子就炸了，她叽叽喳喳地嚷嚷说："小福子，你，你这是干什么？！"

经她这么一喊，众位"姐"们这才回过神来，纷纷打开各自的信封看了，只见里边钱数不等：有几十的，有几百的，有几千的，竟然还有两个上万的！……到了这时候，连长把脸一沉，说："小福子，你解释一下，这是干什么？！"

可是，冯家福竟然连连长也不叫了，他说："姐哎，听我说。"这声"姐哎"自然不是单对连长的，那是对着众位女兵们说的。他说，"当兵这些年来，我得到了姐们的很多关照，这些我都一一记下了，也是不会忘的，要是姐们哪一天有了难处，我是一定会报答你们的。我首先要声明的是，这点钱，并不是我对你们的报答，应该说，这是我克扣你们的钱。本来，要是没有条件，我就不还了，赖了。可今天，我有这个条件了，所以，我一定要给你们说清楚，我克扣过你们的钱……"

包间里顿时静下来了，静得只剩下了音乐，很有点怀旧的音乐，那音乐像水一样在人心上弥漫着，忧伤出一种很空旷的凉意，还有……

只有冯家福一人在说。他很得意、也很动情地说："姐哎，有些话，要是今天不说，以后也就没有机会说了,再说也就没什么意义了。当年，初来当兵的时候，我克扣过你们所有人的钱。这些，我都在一个小本子上记着呢……最初是因为我贪嘴，后来就不是贪嘴的问题了。我记得很清楚，我第一次克扣钱，是红姐给我的，那是让我代她买梳子的钱，那钱数太小,我没敢多扣,第一次我扣了五分钱,那五分钱我买了一颗'大白兔'奶糖,一路走一路吃……我克扣的第二笔钱,是玉姐的。那天她让我代她去买一管牙膏、一个小镜子,这次我克扣了她三毛六分钱,那天傍晚,在路边的小店里,我买了一碗馄饨,一个生煎馒头,那是我平生第一次吃上海的生煎馒头,真香啊!第三笔,是娟姐托我去南京路代她买一件毛衣,南京路上有一家'开开毛衣店'。那件毛衣是她事先看好的,当时没有买,回来又后悔了,第二天托我去捎……为这件兔毛的开丝米线蓝毛衣,我在南京路上整整游荡了一个上午,在那家'开开毛衣店'三进三出,跟卖毛衣的售货员一次次砍价,终于便宜了十块钱,这十块钱,我又花了。开初呢,我还是'小打油',扣那么一点点。此后就多了,此后不管买什么,我都会克扣下来一些……再往后,那就不单单是克扣了,后来我是'上打下'。所谓'上打下',就是我先把王姐给我买东西的钱花掉,而后再用李姐给的钱买王姐要的东西,再用孙姐给的钱去买李姐要的东西,依此类推……后来在你们的举荐下,卫戍区托我办事的人越来越多,当钱数越来越大的时候,曾经有一段我非常害怕。我真的是有点怕了,我说过我怕钱,那是我害怕有一天露了馅。当然,当然了,要不是你们给我的这些钱,我也不会走遍上海,更不会知道那么多的事情,可以毫不夸张地说,我比上海人更熟悉上海……姐哎,你们也许不知道,有那么一段时间,我的日子是在刀尖上过的!我害怕。我夜里曾经偷偷地哭过,我也扇过自己的脸。我对自己说,你怎么这么馋哪!那时候,我是真怕呀,我怕有一天露了馅,还不上钱……有一回,还真差一点就露馅了,是我哥救了我。"

他说:"现在,我已脱了军装,可以说这个话了。我说了,你们可能不信,我曾经给人推销过扣子。真的,就是那种一分、二分、五分的有机玻璃扣子。那是一个温州客商交给我做的,我是在一个茶馆里认识那个温州客商的。他在温州有一个家庭作坊式的工厂,专门生产扣子。那时,他就像个叫花子似的,肩上扛着个塑料袋子,袋子里装着他生产的扣子,沿街推销……他说他想在上海找个人代理他的扣子。我当时灵机一动，就说我可以给你代理。他说，你穿着军装呢，怎么代理？我说，那你别管，那是我的事情。他看着我，就那么看了一会儿，说老弟，你有什么要求？我说没有什么要求，你把扣子每样给我一个就是了。他生产有几百种扣子，他就拿出来让我挑，第一次我只挑了二十六个。你们知道扣子很小，我装在衣兜里，谁也看不出来……就这样，凭着一个兜，我成了这家工厂的上海代理了。我把那些扣子装在兜里，每走过一个商店，我就掏出来让人家看，要是看中了哪样，就定下来。可有一样，我绝不让那温州客商跟商场里的人直接见面……那客商不会想到，正是这身军装取得了人们的信任。在一年多的时间里，我几乎跑遍了上海的大街小巷，说实话，我是用卫戍区给我买东西的钱做周转的，依旧是'上打下'……说出来你们可能不信，一年多的时间，我挣了三万八千块钱！有了这三万多块钱，我就收手不干。推销扣子太累，一家一家地去磨嘴皮子，腿都快跑断了，我不想再干了……"

当冯家福说到这里，他停住了。他停下来喝了口水，见"姐"们都愣愣地望着他，就像不认识似的……他笑了笑，又接着往下说："后来我就做证券了。有一天，在街头上，我看人们乱嚷嚷的，在议论着什么……突然间，我觉得我闻到了一股气味。我就像猎犬一样，突然闻到了生意的气味。真的，我不骗你们，我真是闻到了。我立时就冲了进去，那里排着长队，是在买'认购证'呢……那是我的一次人生转机！也许你们已经忘记了，那天我回到部队之后，曾分别找过你们，我一个一个对你们说，姐哎，相信我吗？你们说，相信。我说如今办事太难了，我需要一个上海户口的身份证，我说是办'煤气证'用的，让你们一人给我找一个，你们在上海熟人多……后来一共找了十二个身份证。那就是我做股票的开端。我用推销扣子积攒的三万多块钱，加上卫戍区让我采购用的钱，一共五万多一点，同时，我又分别给我的三个哥哥写信，让他们给我凑了一些，总共八万块钱，全部砸在了股票上……那时候我就想，我要是真挣了钱，我一定会百倍地报答你们——一百倍！"

他说："姐哎，不瞒你们说，我真是有做生意的天分。我曾经有过一段很美妙的日子。那时候，我一睡醒来，每天能赚五百块钱……真好啊，真好！有一段，你们看我牙总是咬着，那是我在等待机会哪，我在等抛出的机会，等那笔钱涨到八十八倍的时候，我才闻到味了，我真能闻到味，我一下子全抛了……老天爷，在最后的一秒钟，那心都要蹦出来了！而后我一个人躲在屋子里，大睡了三天，紧接着是股票全线崩溃……三天之后，我决定转业。姐哎，现在我已经不做股票了，我在咱们（他说的竟然是'咱们'）上海开了一家电脑公司，我改做电脑了。哪一天，要是姐们转业了，遇到难处了，想到我公司来做事，我是非常欢迎的。"

冯家福终于把话说完了。当他说完这段话的时候，他重重地吁了一口气……说完这段话，他觉得他已经站起来了，他再也不是那个受人呵护的小通讯员了，他已经是个顶天立地的男人了。

可是，姐们谁也不说话，姐们一句话也不说……那场面是很煞风景的。他昂昂地坐在那里，似乎在等待着姐们的提问，然而，却没有一个人开口说话。姐们的脸色突然变得很难看，那就像是谁陡然间在席面上泼了一盆污水！

片刻，女连长站起来了，她一句话也不说，就往外走。女兵们也都站起身来，跟着她往外走，默默地，谁也不说什么……那些信封，全都在桌子上撂着，谁也没拿，没有一个人拿！也许，是有人想拿的，可是，当着众人的面，怎么好意思拿呢？

倏尔，他发现，他错了。他淤积太久，只想一吐为快。可他没有想到，有时候，真诚并不是一种品质。在某种意义上说，真诚其实是一种权力。人，不是谁不谁都可以表达真诚的，也不是想真诚就可以真诚的，那要看环境，看场合，看条件……有些事，你做了，却不能说。有些话，你说了，却不能做。这就是社会……

是呀，那个小黑豆已经不见了，这是一个闯上海滩的男人。冯家福慢慢地站起身来，望着那些就要离开他的姐们，先是十分动情地喊了一声："姐哎——"

片刻，女兵们站住了，在那一声动情的呼喊中站住了，人们等着他说一点什么，倘或……可是，紧接着，他的语气就变了，当姐们停住脚步，回望他的时候，他竟然用十分油滑的、半调侃的语气说："我嘴里有糖。真的，我嘴里有糖。"说着，他伸出了舌头，只见他的舌头上果然粘着一块"泡泡糖"，那"泡泡糖"在他嘴边上越吹越大，像个小气球似的，"啪"的一下，炸了。

女兵们心里说，这不是一个暴发户吗？先先……怎么就没看出来呢？！

姐们一个个都走了，门无声地关上了。此时此刻，冯家福突然觉得很孤很孤，他比任何时候都孤！他想给哥打一个电话，就现在，立即，给哥打一个电话……他要告诉哥，在大上海，他站住脚了。他有钱了！

四、《上梁方言》的注释

哥生老四的气了。

在信上，哥把他骂得狗血淋头！哥说，他再也不管他的事了……

是呀，表面上看，在冯氏五兄弟中，老四是最绵软、最文气的一个。可是，当老大冯家昌一连写了十二封信，那犹如"十二道金牌"，一次次催促他赶快出来的时候，他却断然拒绝了。小时候，他是兄弟之间最老实、最听话的一个。那时，哥让他干什么，他就干什么。然而，到了大哥的宏伟计划将要实现的时候，到了弟兄们各把一方、可以遥相呼应的时候……他居然不听哥的招呼，执意留在了上梁村。

哥是真生气呀！为了他，哥花费了多少心血？！哥知道老四内向，人长得柴，也瘦弱，哥就没打算让他吃苦。哥把一切都给安排好了：先当兵，就在市里的军分区当兵，也就站站岗什么的，绝不让他受罪；当兵的第二年就让他上军校，这都联系好了，而后再转干……哥说，这都是板上钉钉的事情，其中所有的关节，哥都一一打通了，就等他坐享其成了。可是，这王八蛋不知中了什么邪，就是不肯出来。

接着，老二、老三、老五也分别给他写信……说老四，你不听哥的话，你傻呀！

到了后来，连爹也走了——老姑夫进城跟儿子享福去了。爹走的时候，还劝他说，老四啊，走吧。你还是走吧。那唾沫，淹人哪！可无论你说什么，他就那么耷蒙着眼皮……死拗着。

——连村里人都认为他傻！

对冯家，村里人本来就看不起，再加上老大、老二、老三、老五一个个全"曲线救国"了……他们一走，人们自然把心里的恶气全撒在了老四身上！他呢，无论人们说什么，都一声不吭，认了。本来，在冯家五兄弟中，他是学习最好的，就是不当兵，也完全可以考出去，可他死活不走。

在上梁，他有过一段极为狼狈的日子。

有那么一两年的时间，他几乎活成了一个"鬼"。村里人都说，这人怎么一下子变得神神道道的，八成是得"想死病"了。在乡村里，这是一种很"流氓"、很"哈菜"的病。白日里还好说，白日里他老是捧着书看，倒也正正经经的。可一到晚上，他就像没魂儿了一样，一身的"鬼气"！他夜游……

每天夜里，他就在村子的四周游荡。有时候他就蹲在树下，有时候他藏在麦棵里，只要见一个穿月白或枣红布衫的，他就悄悄地"哨"着人家，跟很久很久，而后突然跳到人家前面，猛叫一声："嫂……"吓人一跳！按说，喊也就喊了，可还没等人醒过神来，他扭头就走，偷儿一样的跑得飞快！也不知究竟图个啥！一次，两次，村里人还不是太在乎，可次数一多，人家就反感了。黑灯瞎火的，一个妇道人家，正走呢，突然就跳出来个"他"，头发长长的，贼瘦，那样子就像鬼魂一样，吓死人！再后，就有女人当着面"呸"他，人人见了都"呸"他，一边"呸"一边还骂……就这么连着"呸"了几次，他的头再也抬不起来了。

没有人能说清楚他究竟是为了什么。他人瘦，脸也寡，可他脸上总是汪着两块潮红，两只眼也像血葫芦似的，看人痴痴的，走路闷闷的，有一种说不出来的邪气。有时候，他捧着本闲书，就那么死读死读的；有的时候，他就蹲在地上，用一截树枝在地上画来画去的，见有人来了，赶忙用脚蹭掉，也不知写了些什么；还有的时候，他一边走一边嘴里还嘟嘟囔囔地说着什么……可走着走着，又突然拐回去了。吃饭呢，也是饥一顿饱一顿的，瘦得不像个人，看那样子，一风就能刮倒！

在他最消沉的时候，有那么几天，他就一个人坐在河边上吹箫，一夜一夜地吹，既不吃也不喝……吹累了的时候，就在河堤上歪一会儿，等醒过劲儿来，再接着吹。那箫声呜呜咽咽，如泣如诉，一声声慢，一声声紧！就像是一个抖不开的线团儿，扑啦啦满地都是线头子，越抖越紧，越缠越乱，去抓哪一根好呢？又像是娘儿俩隔着帘儿在诉说心曲，心长话短，娓娓绵绵，一笸箩的熬煎。还像是用碾盘去推日子，一血一血的，磨的是时光，碾的可是情感……吹到后来，连月儿都蒙着脸儿去听！

箫声断断续续地从河上飘过来，吹得人心里发凉……有一天晚上，他像狼嗥一样大喊了三声，谁也没听见他究竟喊了什么！此后，他突然就沉寂下来。后来，不知是吃了些什么药，慢慢地，居然就正常些了，也不再夜游了。那时候，村小学里刚好缺了一名教师，急等着用人，于是，经村里安排，他就到小学里当民办教师去了，教的是语文。这个时候，自然不能再叫他"瓜蛋"了，在民办教师的工资册上，他也算有了自己的名字：冯家和。

在村办小学里，除了教课之外，他大多时间都是一个人猫在屋子里，样子神神怪怪的，很少出门……不久之后，学校的老师们惊异地发现，这个冯家和，他是在写书呢。他居然要写书！趁他不在的时候，人们偷偷地看过他写的一些草稿，那是一本他自己起名叫《上梁方言》的书……在他的草稿上，密密麻麻地记着很多"注释"，那"注释"是一条一条、一款一款的，记述的竟都是些莫名其妙的东西——

…………

天：

注释一，此字，字典上解释为天空、天气、天然之意。普通话读音一声阴平。

注释二，此字在上梁，首先在读音上被"儿化"了，它读"天儿"。这字在读音上先先就被轻慢了，因为太遥远，也因为不可知……人们对这个自然界最大的字反而不尊重了。所以，在上梁，当人们说到"天儿"的时候，反而有了一层戏谑、调侃、辱谩之意。村里一个叫黑子的就常说："你看那鸡巴天儿，热的！"

注释三，在此地，"天儿"还有钟表的意思，是时间的大约数，也叫"日月"。这里的时间是用"熬"和"磨"来表述的，是很缓的。这个"天儿"是要用宽宽的脊梁去"背"的。

注释四，在上梁，人们还是惧"天"的，那是一种不可言说的惧怕。从精神含意上说，引申为对权势、对不可预知的威力的恐惧。大权谓之"天"，小权谓之"地"，在这里，"地"是实实在在的，是眼看得见的。"天"却很遥远，很宏观，就是一个炸雷打下来，还有个"闪"的时候，让你躲避。所以，在上梁，人们是敢于戏"天"的。如村西有位二秃子，敢骂娘，也敢于日天。有一次，他红着脖子与人"抬杠"，喷着唾沫星子日骂上头的领导。那人说，你真有日天本事，告去呀！他说，屌！那人说，老天爷你也敢日吗？他说，屌个毛！那人一回头，说，咦，所长来了。他扭头就跑！

地：

注释一，此字，字典上为地球、陆地、地方、路程之意。普通话读音为重音去声。

注释二，在上梁，此字只读轻声，好像怕吓着什么似的，是极为亲切、私密的一种读法。这里边先有亲娘老子的含意，次有（自家的）床上女人的亲昵，还有破鞋底、烂席片、笤帚疙瘩儿、尿罐子、尿盆子一般的随意。

注释三，在上梁，"地"在人们眼里是很小的，叫"一亩三分地"。正因为这"小",它才充满了爱意。那爱是贴骨贴肉的,与日子有着致命的粘连。正因为爱到了极处,也蔑视到了极处,苦在里边含着,恨在里边含着,有人恨得用脚踩它,有人把它捧在手里……包容的时候,它是海;渺小的时候,它是汗;背着它,太重;放下它,太轻;离开它,太空;走近它,太苦。绵绵长长的一个"地"呀,那真是欲说还休!

注释四,在上梁,这个"地"字又有无限的延伸:它是扛在肩上的日子,当"背"字讲;它是衣食的来源,当"吃"字讲;它又是一方的守护和弹压,当"权"字讲,那叫"土地爷"。在人们的意识里,"天"是形而上的,"地"是形而下的。"天"是父亲,"地"是母亲。"天"是八竿子打不着的远,"地"是绳索一样的近,它捆人哪。对于"地",因为它太近,是人人想逃离的。生于斯,那是无奈,告老时才想起还乡,那叫做回归故里。"里"就是"地"呀,热辣辣的"地"呀!

人:

注释一,字典上说,人是能制造工具并使用工具进行劳动的高级动物。普通话的读音为二声阳平。

注释二,在上梁,这个字读"仁儿",音是定要"儿化"的。说起来,是很自甘、很轻慢的。在本地,人们最常用的口语是,屄人(仁儿),草木之人(仁儿)。所以,在这里,人与草木是平齐的,是同样低贱的。这个"仁儿"是在包裹之中的,是硬壳里的一个核儿,它的活就是一种挣扎,或者叫做"钻挤"。"钻挤"是本地的常用土语,这里边的隐藏意是"逃"!

注释三,在这里,"仁儿"还有面具的意思,那是一种"伪装","脸"就是人的面具。"仁儿"是最难看透的,它隐藏着一层层的包裹。老蔫在村里活了七十年,"面"得不能再"面"了,老实得三脚踩不出一个屁来。"文革"中,由于出身不好,上学的小孩子给他脖子上插一黑旗,他就每天插着这黑旗走来走去……可是,突然有一天,他就去省里开会去了,说是黄埔一期毕业的学生!

中:

注释一,此字原为居中意,为中间、中国之中。普通话的读音为一声阴平。

注释二,此字在上梁,应为口语化的地方应承语,也叫"点头话"。此地用两种声调,一为阳平,二为去声。如狗子说是一串"阳平";麦囤说的是一炮"去声"。

注释三,历史上,此字曾有"天下第一"、"天下之中"、"天下归心"之含意,这"中"曾有十分傲意,喊出来底气是很足,是一览众山小,很阳壮的。登封的告城观星台曾有过记载,那是天下的中心呢!后来就很心酸地"出溜"下来了,一路遭贬,几经演变(?)怎么就成了这种样子:它成了上梁的"点头话",成了实质上的"投降调",成了"臣伏句",成了狗子常挂在嘴边的无条件的服从:"中中中中中……"成了麦囤的表决心式的"中"!——为什么呢?待查。

受:

注释一,此字原为接受、遭受、承受之意。被动词。普通话读音为二声阳平。

注释二,此字在上梁,则是主动语。是很积极的词汇。是一种担当;是把土地扛在肩上行走,是"活"的同义,也是"劳作"的代名词。上梁读音略微,在地里干活的时候,村人们相互撞见了,如若不说那个"吃"字的时候,就会招呼说:"受哩?"对方的回答一准是:"受。"

注释三,在乡间,此字甚苦,这里边似乎包括着生命的全部内容。春夏秋冬,风霜雨雪,有多少个烈日,就有多少个"受",那就像是一种无始无终的劳作。在时光里,它还有扛、顶、支的意思,那"受"字的本身不就要一个站立的人用头来支天吗?!这个"受"是专门对"日月"来说的,它表述的是一种宽容与平和,是很大器的一种静。在上梁,这个"受"是有长度的，它以六十年为一个度量单位，那叫"花甲"。过了花甲，就到了"不中受"的年纪了，那是期望着能放一个响屁的年龄。

恶：

注释一，字典上解释为：很坏的行为，与"好"、"善"相对。读音为二声阴平。

注释二，此字在本地读为长音三声，语气是要加重的。而这个"恶"的含意却与本字恰恰相反，是极度的感叹词。如魁家的大姑娘要嫁到外地去，有人来村里打听这女子的情形，问到了罐爷。问长相时，罐爷说："——恶。"问品行，罐爷说："——恶呀。"问能力，罐爷长叹一声，"——老恶呀！"于是，生生就坏了人家一门亲事。其不知，在上梁，这是上上之意的夸奖词，是一种由衷的赞美。

注释三，此字在全国地方方言的使用中，怕也是独一无二的。"恶"是在何年何月何日演变为"好"呢？实在是无从查起。在这里，那感叹意却是十成的。那是对"才干"、"能力"、"智慧"的褒扬。在乡间，也许真正有能力的人毕竟是少数，所以这个"恶"字就是"突出"的意思了。

吃：

注释一，字典上解释为把食物放在嘴里经过咀嚼咽下去。读音为一声阳平。

注释二，在上梁，此字成了一个虚词，是一种具有问候性质的家常话，是客套，是礼仪。而"吃"的真正含意却由另一个字来代替，那叫"兑"！假如有人告诉你，"上家吃去！"你是万万不能去的，你若去了，那就大煞风景了。

注释三，在这里，这个"吃"还有"讹诈"的意思。常用的一个词叫"吃他"。村后有一叫大盛的，常年游手好闲。他娘说，盛，你就吃我呢？他说：我就是吃你呢。他娘说，我要死了呢？他说：死了吃麻斤（他媳妇叫麻斤）。他娘说，麻斤要是不中了,看你咋办?他说:不还有"小"呢。他女儿叫"小",才三岁。

日:

注释一,名词。字典上解释为一、太阳。二、日本。读音为重音四声。

注释二,在上梁,此字为名词动用,阳性的进攻性动词。读音极重,也极为昂扬。

注释三,此字含意丰富,一切即——"日!"首先它是对"天"的宣战,含意即为"日天",是在想象中把天"操"一个窟窿!它方式是"形而上"的,是精神领域的一种呐喊,是敢作敢为的代名词。

注释四,此字含有极强的"革命性"与"造反"精神,是豁出来的"作",也是"拼命"的同义语。据传,一九四六年冬天,上梁贫协主席刘大傻,被二次杀回来的"还乡团"捉住,当即在河滩里挖坑活埋。那天,被人五花大绑推进坑后,他一直骂声不绝!当沙土埋到肚脐时,一打手问他:"屌都埋了,还敢日吗?"他头一梗:"日!——"土掩到脖子时,问:"还日?"他脖儿一扬:"日!……"于是,这打手气了,捉一鬼头刀,贴地一刀横扫过去,那头斜插着飞出去,那骂声也跟着飞将出去:"我日——"一泼热血溅在了七尺开外的树干上……后来,那棵树一面发黑,被人称为"我日树"。

注释五,此字引申为男性对女性的肉体进攻,它等同于床上的"干"或"操"。在上梁,这个极具有进攻意义的字,大多时间却是停留在口头上的,是嘴上的一种享乐方式,是意淫,是口头宣泄。

跑:

注释一,字典解释为两只脚或四条腿迅速前进。普通话读音为长调上声。

注释二，此字在上梁只有一个含意，那是"求人"或"托关系"的代名词。一般是两字连读，叫做"跑跑"。村中秋人与凤仙结婚，"好儿"已定下，灶已垒好，可连去乡政府九趟没有办下"证"来。后来，他爹说："跑跑吧。"于是，就带着礼物去找了穗儿奶奶，穗儿奶奶坐"嗵嗵嗵"到县城找了万选（万选如今在县上工作），万选骑着自行车赶回来，托了他的一个当副乡长的同学，副乡长找到了乡民政助理，乡民政助理说，章不在，"证"用完了。于是，副乡长说，屄！硬是把乡民政助理拽到了酒桌上……结果，一趟就办下来了。

....

叫叫：

注释一，六十年代专用词汇，也是一个很女性的词汇。外地一般叫"皂角"，洗衣裳当肥皂用的。每到夏季，河边上一片棒槌响，那定然是在衣裳里裹了"叫叫"。

注释二，在上梁，此后又演变成房事的"代名词"，夜里，谁家媳妇房事做得好，就被称为身上长有"叫叫肉"。大凡身上长有"叫叫肉"的女人，村里女人们是最看不起的，叫做"卖尻货"，是"下贱"的同义语。

虫意：

注释一，此词囊括了人以外的、会发声的、一切弱小的生命状态。

注释二，在上梁，此词含意深远，读时音必得"儿"化才亲切，是"小"、"弱"、"柔"的代名词。有时也是"挣扎"、"顽强"、"活着"的同义语。

注释三，夜静的时候，房门外、草丛中、屋檐下，那一处处的响动，就是一个个歌唱着的"活"，很小的很热烈的"活"。"虫"也就罢了，可加了一个"意儿"，那就有了十分的境界，说的是人之不如！

注释四，村中有一老人绰号叫虫意儿。此人会学蛐蛐叫，学得极像，能把蛐蛐从草丛里勾出来。据说他祖上曾做过京城大官的门人，是专门养蟋蟀、斗蟋蟀的。传到他这一代，却只剩下这么一个名字了。

哈菜：

注释一，主要指菜瓜、脆瓜、面瓜。是瓜的同义语。

注释二，在上梁，此词引申为"窝囊"、"无能"、"懦弱"的代名词。如村中有一叫保成的小伙，虽娶了媳妇，但媳妇三年不让他上床。出来后，村里人问他：睡了吗？答曰：睡了。再问：咋睡的？答曰：蹲着睡。村里人就说：哈菜！

注释三，阳痿的别称。引申为下贱、卑劣之意。

钻挤：

注释一，对精明的注解，是能人的标志。

注释二，在上梁，"钻"和"挤"一向是连用的。人是埋在土里的，这是带"壳"生存的一种说法，要想破壳而出，没有"钻"和"挤"是很难走出去的。如村中万选，原是小学教师，常提着一罐小磨香油到县城里去送礼，礼也不多，就小磨香油、花生柿子什么的，一年一年地送……送着送着就送到公社去了；后来，送着送着，就送到县上去了。后来有人说起他，就说："这人钻挤！"

湿气：

注释一，在上梁，这个词是"馊"和"霉"的意思。一般指已开始发霉、变质、有了一些馊味但还能凑合吃的食物。

注释二，引申为陈年旧事，或许多年前的一笔旧冤、旧账，现在又被人重新提起——这叫"湿气话"。如村里东升爹和东升娘打了一辈子架。每一次吵架总是有两句话开头，东升娘说："早先，你爹赶集的时候，老丢裤腰带……"东升爹就厉声喝道："陈谷子烂芝麻的，说那湿气话干啥？！"

搬仓：

注释一，田鼠。

注释二，一九六一年，大饥，全村男女老少都去地里挖"搬仓洞"，用烟熏、用水灌、用尿浇……逮住一只，喊声四起！挖出来一捧一捧的花生、玉米粒、麦粒等都成了救命粮。此后就引申为有存粮的人家，曰之"搬仓家"。

跑反：

注释一，在上梁，这是一个历史概念，也是一个时间概念。

注释二，在历史上，平原上战乱不断，你打过来，我打过去，民不聊生……于是就有了"跑反"的概念。说到久远的过去，人们常挂在嘴上的是"跑反"那一年如何如何。上梁村炕"背饼"的技术，就是"跑反"时逼出来的。"背饼"有一脊梁那么大，日本人打来的时候就捆在背上跑，饿了就啃上两口，夜里还可以挡风，为上梁人躲灾时的一绝。

后走：

注释一，指女人再嫁。

注释二，在上梁，这个"后"是再一次的意思，"走"是"活路"的意思。但这个"走"是打了烙印的，就像一个特别的"记号"，是一生一世都要背着的"耻辱"。如长明家、国胜家、二套家……都叫做"后走"。

出川：

注释一，蚯蚓的别称。

注释二，这是一个曲词。"出川"乃土中之物，与"钻挤"有异曲同工之妙。内里隐含着一个"走"字，是曲曲弯弯、破土而出的意思。"出川"在土里为"蚓"，出土之后就是"龙"或"凤"了。比如村里花妞家男人，小名二狗，会巴结人。他原是个煤矿工人，后来跟着矿长当了通讯员，矿长喜好做一些花事，每逢干花事时，他就蹲在门口看着人……就那么一曲一曲地混上去了，居然当上了副县长。此后名字也改了，改名为刘国干（意为国家干部）。于是人们就说他是属"出川"的！

洋气：

注释一，上梁人对"时尚"、"时髦"的统称。

注释二，上梁人对外出数年、回来后仍坚持说"普通话"者，称之为"洋气"，此时已有十分的贬义了。如万有家大儿子金斗，小名"挖斗"，出外当了几年兵，复员回来后仍是满口京腔，说是改不了了。半月后，他爹做河工回来，问他啥时到家的，他操着京腔说，"昨天晚上。"他爹皱了一下眉头，又问，驴喂了吗？他仍是京腔回道："吁？吁是什么东东？"他爹抓起扎鞭就打！边打边追着骂道："王八羔子，坐爷碗上？坐你奶奶那盆上吧！你狗日的，吃羊屎蛋了？！"

…………

半掩门：

注释一，更深夜静，门儿半掩，等人之意也。

注释二，引申为有夫之妇红杏出墙，勾引男人之意。

注释三，在上梁，则专指某女，绰号"半掩门"。此女有两儿两女，一曰门墩，二曰门闩，三曰大户，四曰小卫，却没有把为娘的看住。后来才知道，院子一角的茅厕墙上做有"记号"：墙头上搭一红裤带，可进；若搭一白裤带，则不可进也。后来，儿女大了，引以为耻，皆不认母。此女垂垂老矣，拄拐杖在门口骂曰：想我一老尻，扒明起早，养四张活嘴，还要怎样？！

月亮花：

注释一，树的影儿。很诗意，很想象的一个词。

注释二，月光下，那树的影儿颤颤巍巍的，或是一钱儿一钱儿，或是一羽一羽，或是一桠一桠，或是墨墨粉粉，动也静，静也动，丫儿丫儿的，像是梦中的情景，于是就有了"月亮花"之说。

注释三，柔美。引申为好女子，狐媚女子；又引申为梦中思念之物事。

茄子棵：

注释一，指菜园地。

注释二，乡村精神词汇，引申为"思想"。

注释三，若单说"茄子"，则引申为男性生殖器。

注释四，指"思想"不走正道，想偏了。有想法下流、低级之意。

牲口屋：

注释一，喂牲口的地方。

注释二，五十年代的民间娱乐场所，也是村人"嚼舌头"或讲述"鬼故事"的地方，相当于一个村的信息发布中心。

注释三，此处也为罐爷的代名词。罐爷善讲民间"瞎话"，哪一日想吸烟了，就到牲口屋来，众人围着，递上烟卷，而后才开讲，一夜讲上一段，很解乏的。

代销点：

注释一，村里代销百货的地方。也专指经营代销点的东来，东来是村级的新闻发言人，表述方式为："代销点说。"

注释二，六十年代民间娱乐场所。村人传"闲话"的地方，也是信息交流中心。

注释三，"代销点"三字在此地又引申为"巴结"之意，也是专指东来的。

喇叭碗：

注释一，指挂在村中老槐树上的大喇叭。

注释二，引申为一个村的"钟表"，喇叭碗早上五点半，中午十二点，晚上五点半响（中央人民广播电台播音时间）。

注释三，老槐树下，七十年代的饭场。也是村人男人听戏和"抬杠"（即斗嘴）、打架的地方。

注释四，官方的代名词，也是"政策"的代名词，叫做"喇叭碗说"……

出虚恭：

注释一，古时皇家贵胄散落民间的词汇。一个乡村雅词，指放屁。

注释二，民间郎中（中医）诊病号脉时的叩问方式，一般都要问：出虚恭否？

注释三，这个词从大雅蜕变为大俗，有时代变迁之意，很苍凉的。

点心匣：

注释一，盛放糕点的包装盒。

注释二，在六七十年代，引申为一个家庭生活状况的象征。这"点心匣"是挂在正屋梁头上的，匣的多少，代表着一个家庭的富裕程度。

注释三，体面，也叫做"脸"。串亲戚时，提多少匣点心，代表着"脸面"的大小。

娘娘甜：

注释一，统指一切特别甜的东西。

注释二，泛指田间的水分多的高粱秆、玉米秆。

注释三，暗指皇家食品。应是皇家贵胄败落后，隐名埋姓流落民间时，在"吃"的方式上对民间的影响。

…………

鲤鱼穿沙：

注释一，据说，是皇家贵胄在逃难中遗失在民间的一种鱼的做法。

注释二，饥饿年代的一种乡间美味。制作方法：小米与榆树叶儿加盐加水混在锅中用小火熬，熬至九成熟，盛在碗里吃，小口吸溜，那榆树叶一游一游的，小鱼儿一样，很香。在上梁，这种"鲤鱼穿沙"，早年曾吃死过一个人。此人叫余大肚，吃"大食堂"时，余大肚与人打赌，喝了二十七碗！待放下碗时，眼已白瞪了。

…………

上边这些"乱七八糟"的东西，都是冯家和老师一张一张写在草稿上的。上梁小学的老师们看是看了，却一个个偷偷地窃笑，这能叫书吗？这不过是人们顺嘴嗑出来的"牙花子"，一些上不得台面的闲言碎语。要是这些都能写成书，还有什么不能写的？！可是，第二天，这个顺嘴说出来的"牙花子"竟然也入了他的书了……于是，人们就不再理他了，说这不过是一个半疯子，你理他做什么？！

　　就这样，他一写就写了五年。在这五年里，他除了教课之外，每天就干着这么一件事情……然而，就是这样的一本书，他居然写成功了。先是县上的文化馆有人来找他，后来，省上的出版社竟也有人来找他，说要给他正式出版……再后来，县上竟要调他到文化馆去工作了！可他却说，他哪儿也不去。一直到了这时候，人们才终于弄明白，他之所以不走，是害了邪病了，老天爷，他竟然偷偷地爱上了他的"嫂子"——现任的女村长刘汉香。

　　人们说，这不是一个花痴吗？！

第八章

一、钟声响了

阳光是日日新的。

那天早上的阳光跟往常很不一样，那天的阳光里暄着一股生豆子的气味。那气味里脉含着一丝丝将熟未熟的青气和涩苦，涩苦里蕴涵着新香。庄稼人是知道的，又是春了，那是大地上新生出来的一种气息，苗是新长的一茬。那新鲜、那生涩，是布散在空气里的，也是日光暄出来的，这就是万象的变数。

当钟声敲响的时候，刘汉香就在村中的那个大碾盘上站着。她是第一次站这么高，也是第一次成了这个有着三千口人大村的当家人。丫站在这里的时候，她已经是村长兼支书了。钟声在村街的上空荡漾着，一声声地催动着人心，也催动着上梁村的日子。

当刘汉香跨上大碾盘的那一刻，她心里的钟声就已经敲响了。那声音并不亚于挂在老槐树上的那口旧钟！站在碾盘上，望着一趟村街，她就好像看见了她曾经走过的路，看到了上梁村的日子，看到了那依旧的寒苦和瓦屋兽头的狰狞。村人们正三三两两地向她走来，在春寒料峭的时候，依旧是袖着手，依旧是慵懒而麻木。汉子们嘴上叼着手拧的毛烟，黄翻着焦苦的嘴唇，一口一口地吐着唾沫；女人们抱着或奶着孩子，衣襟散乱，也叽叽喳喳，一路尿一路屎的，狗跟在一旁,去吃那拉在半路上的屎屁屁……对于前边的路,他们大多是不想的,似乎也不愿多想。当然,他们也不是没有想过,想又怎样?那只能怪命不好,老天爷把他们托生在了乡下。若是生在了城里,或是达官贵人的家,那就又是一番景象了。也有些精明的、能算计的,也不过逃出去一户两户,把脚走在了柏油铺成的路上……那又如何?

有很久了,她一直在想着一个问题。

过去有一句老话叫:穷要穷得有骨气。现在想来,这句话是很麻醉人的。穷,还怎么能有骨气?"骨"是骨,"气"是气,骨是硬的,气是软的,怎么就"骨气"呢?可以看出,以气做骨是多么的勉强啊!"骨"要是断了,"气"还在吗?那所谓的"骨气"不过是断了骨头之后的滥竽充数罢了。况且,这"骨气"也是硬撑出来的,是"脸面",是强打精神。往好处说,那是意在改变。要是你一直穷下去,都穷到骨头缝里了,那"骨气"又从何而来?穷,往上走,那结果将是奋斗或夺取;往下走了,那结果将是痞和赖。这都是眼看得见的。其实那穷,最可能生产的是毒气和恶意……要是再不改变的话,那结果将是一窝厮咬的乱蜂!

对于刘汉香来说,这是她的一个最为重要的日子,是她一生当中做出的最重大的一次选择。她要活下去,她必须有尊严地生活。她曾经那样的爱过一个人,曾经有过美好的向往……现在,她要把这爱意播撒在这块土地上!

所以,当她站在大碾盘上的时候,她穿得非常体面,甚至可以说是无比鲜艳。她把自己呈现在村人的面前,呈现的是一个女人的美!在春寒料峭的时候,在一片黑压压的老棉袄堆堆儿里,她就像是碾盘上开出的一株鲜艳夺目的石榴花,是怒放的花。她上身穿着一件玫瑰红的毛衣,下身是一条黑色的、有裤线的凡尔丁裤子,脚上是一双带襻儿的平跟皮鞋,白线袜子,美得炫目。当然,这已经是她最好的"装备"了。要说起来,这套衣服本是她预备结婚那天才穿的……现在,她穿着她的"嫁妆"上任了,她要呈现给村民的是她的全部光彩。她静静地立在那里,玉树临风,挺然而郑重。是呀,她要从自己开始,从今天开始，告诉他们，什么是生活。

为了这一天，她是做了很多准备的。几乎是没有一个人知道，她在城里究竟经历了什么……现在，她已经看过村里的账册了，这是一块一点九八平方公里的土地。她还查了县志，按县志上说，这是一块南北交汇之地，土地酸碱的含量适度，土壤黧黑偏黄，气候适中，是有益于植物生长的。按说，这么一大块土地，东边还临着一条河，怎么就把日子过成了那种样子？！怎么一代一代的子孙都还梦想着"逃离"？！可是，如果没有那么一次痛苦的经历，没有那么一次幻灭，她也是要走的……那时候，她的最大理想不过就是一个军官太太。真的，逃离乡村，去为一个人活。这就是她——一个女人曾经有过的全部梦想！现在想来，她在心里还为自己羞愧呢。

这会儿，当她站在这里的时候，那一点九八平方公里是多么的广阔！南面是丘，北面是坡，西面是岗，东面是河，当太阳升起来的时候，那一望无际的平展，云蒸霞帔，也是气象万千哪！在这么一个时刻，她好像被什么东西托起来了，有了一种飘逸，有一种飞升的感觉！眼前的视野是那样的开阔，略微有些寒意的风是那样的清冽，远处的麦田一片油绿，鸟儿在一行行电线杆上鸣叫着，树已泛出紫青色的生意，苞芽儿一嘟一嘟地胖，挂在墙头上的玉米串一粒一粒地亮着，泛着金黄色的光芒，狗的腿下生出一旋一旋的烟尘，连房檐的滴水都平添上了几分温热——于是，她对自己说，就从这里开始吧。

她说："让我们重新认识自己。"

她说："让我们自己救自己吧。"

她说："要是心中有花，地上就会开出花来。"

她说："我身上穿的，是我的嫁妆。今天，我把自己'打发'了。"

她说："从今天起，我已经不是一个女子了。你们也不要把我看成是一个女子，职责是没有性别的，就叫我香姑吧。"

她说："在我任职期间，要是多占了村里的一分钱，多吃了一粒粮食，你们就啐我。人人都可以啐我。"

她说："其实，日子是可以过好的。我们要从自己做起，让日子开出花来。"

她说:"相信我吧。给我五年的时间。五年后,如果咱们的日子仍开不出花来,我自己会下来。"

村人们黑压压地立在那儿,依旧是茫然而又麻木。在人群中,似乎没有几个人能听懂她的话,也不大明白她话里的意思。她已经是村长了,还要怎样?不过,有一个词,他们倒是听懂了,那就是"打发"。在上梁,"打发"就是"闺女出门",也就是嫁出去的意思了。那么,她把自己嫁给谁了呢?这显然是一句反话嘛,或者说是气话。于是,人们就姑且把"打发"当做一句气话来理解了……这是她的宣言啊!可是,这时候还没有一个人明白她的心思,也没有一个人能听懂她话里的话。但是,她居高临下地站在那里,她的美丽,她的鲜艳,她的花儿一般的生动,真真是让人们看呆了!人们仰望她的时候,嘴里几乎流出了涎水……这可是上梁一枝花呀!在某种意义上说,她更胜她母亲一筹,她的母亲就曾有过那么一个绰号,叫做"十里香",那是方圆几十里有名的美人。但是,她母亲还是没有她"洋气",在上梁,人们常把"与众不同"看做是一种外来的东西,那就叫做"洋气"。她真是"洋气"呀!她什么时候让人这样看过,早些年,又有谁敢这样盯着她看?可现在,村里的男女老少都这么痴痴地望着她,那是对美的打望,这不是一个活活的仙人吗?

而后,她说:"种树去吧。"

这是她说的最后一句话,说完这句话,她就从碾盘上跳下来了。这时候,人们才看到,在碾盘的旁边,放着一把擦得锃亮的铁锨,她顺手扛上了那把铁锨,独自一人,大步朝前走去。

人群里先是有了一些骚乱,这就散会了吗?那些奶着孩子的妇女们,还有那些上了年纪的老汉,你看我、我看你,很茫然地相互打问着,说啥?她说的是啥?……是呀,人们还有很多的疑惑,很多的不明白,很多的恍惚。她说的那些话,有好多人没有听懂。那么多的人,乱哄哄的,没有听清的怕也是多数。可是,她已经朝前走了,她声音不高,也没有解释什么,话一说完,她就头前走了,扛着一张锨。

然而，年轻人跟上去了。最先跟上的，竟是那些整天里日日骂骂的壮小伙！一二十个虎势势的壮小伙，一拥而上，大声叫着："走啊，走！"虽然，从城里回来后，她跟父亲谈了整整一天一夜，她终于把父亲给说服了……并且，按着父亲的经验，在私下里，她也曾找过一些人，跟他们聊过她的想法。但是，她站在碾盘上说的那些话，他们也还是不全懂，可他们竟然激动了，激动得有些莫名……美的确是可以征服人的，他们是为她的美丽而折服。他们就信她。也许，心中还揣着一个一个的小想头，万一呢，是不是？

姑娘们也跟上去了。姑娘们是一群一群地跟着走，她们心里突然就有一丝羡慕，也还有一丝隐隐的嫉妒。看哪，她多么洒脱，多么干脆！她往那里一站，就站出了一个女人的楷模。是呀，已经不能比了，也没法相比，也只有学的份儿了。就很想学一学她的样子，学一学她那样的一种姿态，学一学她的打扮……乡下姑娘，模仿能力都是很强的，她们是在心里悄悄地仿。更别说那些有心思、要面子、想把日月过好的——就更是提气，那心性就跟着调起来了，走就走！

后面的就是"跟着走"了。后边那些中、老年，那些女人们，那些耳背的，那些扯闲篇、拉家常的，几乎没有听见她到底说了些什么。可是，见人家走，也都跟着走，像羊群一样的，一漫一漫的，头抵着头，边走边问："说的啥？"有人就说："树。"再问："树吗？"就说："树。"树是怎么来的，没有人问；种了又会有什么样的结果，仍然没有人问。他们一旦信了这个人，能做的，也就是跟着走。

只有一个人没动，那是她的父亲。

原本，刘国豆还有些不放心，作为一个卸了任的支书，他曾担心女儿压不住阵。他想，要是万一有个"愣头青"什么的，跳出来撂个什么"炮儿"，那么，他还是要站出来说话的。凭他的声望，凭他几十年的经验，是可以帮女儿镇一镇的。可是，女儿就那么往碾盘上一站，他立时就明白了，他的担心是多余的。他甚至有了一些失落和嫉妒！他突然发现，一个人的能量其实是很有限的。人一旦离开了权力，你就什么也不是了，你不过是一个蹲在墙根处晒暖的小老头……一想到这里,他就更加的痛苦。阳光照在他的眼皮上,眼前刺刺的,一片金花,他什么也看不清了。他喃喃地说:"老了,老了。"

可是,他不明白,女儿怎么能这样说话呢?她说的有些话,连他这个见过很多世面的人听着都有些吃力,可她竟然就这么说了,人们也信?!……到了后来,他不是不想站起来,他是站不起来了,他身上一点力气也没有了。他突然害怕了。是女儿把他吓住了。女儿太胆大了,女儿把他吓得站不起来了!女儿是不是气疯了?不然,一个祖祖辈辈种粮食的村子,她却说,种树去吧。种树就能养活全村人吗?!
…………

二、礼仪树

又是秋天的时候,上梁村有了很多烂头的人。

——他们的头是被人打烂的。

三年后,在果子成熟的季节里,村人开始打架了,张家跟王家,刘家跟孙家,一户一户的,头都打烂了,包上头再接着打;亲一窝也不行,妯娌间是相互的骂,你骂我的爹,我骂你的祖宗,骂得淋淋漓漓,五光十色!骂着骂着就厮打起来,挖得脸上一道儿一道儿的,净是布鳞……派出所的人也来抓过两次,关一阵子,又放了,主要是没有打死人。

——有人说,也快了。

那当然是因为树。

种树种到了第四年,人们才知道,粮食不值钱了。辛辛苦苦种一亩地,到了收获的时候,粮食却卖不出去了。到粮所去卖粮,还要托上熟人,排一天的队,被人吆来喝去的,最后一算,除了公家的,竟不够买化肥的钱。到了这时候,人们才发现,说是种树,其实是种金子呢!老天爷,他们种的是"红富士"呀。他们怎么也想不到,刘汉香从省园艺场赊来的两万棵树苗,一下子就让他们富起来了。那挂在树上的，都是钱哪！

开初是争"地边"，你多了一沟儿，我少了一垄；后来是争"阳光"，你承包的树枝蔓出来了，超过了地界，遮挡我的树；再后是连"风向"也争，特别是果树授粉的那几天……待果子长起来的时候，偷窃竟成了一种风气。先是外村人来偷，后来就是本村人自己相互偷了。小孩儿偷，大人也偷，你偷我的，我偷你的……偷不动就毁。操，他家的树怎么就挂果多呢，心里气呀！于是，就天天有人找着打"官司"。

有那么一天，香姑突然哭了。她站在那里，一下子泪流满面……其实事情是很简单的，也不过是铁锤家女人和二水家女人互拽着头发，嚷着骂着来到了她的面前，要她给断一桩"官司"。

"官司"是一个苹果。

铁锤家女人昂昂地说："……小孩拉泡屎，你不让小孩拉屎？！"二水家女人说："你家的屎好，你家的屎烙馍卷着吃？！"铁锤家女人反口说："放屁！谁家没有吃屎孩子？你家的屎在牌位上供着呢？！"二水家女人说："你放屁！你家的屎长翅膀了，会飞？！"铁锤家女人说："屎？！小孩屎还入药呢，你想吃还吃不上呢！"二水家女人说："你家屙的是金蛋子，你咋不用头顶着呢？！"铁锤家女人说："你害屎？你要是害屎了言一声！"二水家女人说："你害树，你看见树眼黑，你那眼用老鼠药喂过？！"铁锤家女人跳将起来，说："你屁股白，你那屁股让白水的男人排着操！"白水是个镇，也是二水家女人的娘家。二水家女人就说："你家都是喝金尿银的主儿！回王象吧，王象卖'龙肉'的多，你不就是'龙墩'上坐出来的！"地方上有一说法，天上龙肉，王象驴肉。王象也是个镇，是铁锤家女人的娘家，王象的"龙墩"（即驴鞭）很有名。铁锤家女人说："蚂蚱斗蛐蛐，你算哪块地里的野虫儿，也敢说王象？！"二水家女人说："可不，王象是屙龙屎的地方，日一个就是金屁股！"……就这么骂来骂去的，还是因为苹果。铁锤家与二水家承包的果树是挨着的，大约是铁锤家女人看二水家的果结得大些，嫉妒了，刚好她的小孩拉屎，手上没有纸，趁人不备，一溜小跑，窜将起来，狠狠地在二水家的果树上拧了一个大苹果，顺手给孩子擦了屁股……这时候，刚好被二水家女人当场发现了。

香姑很伤心。她一句话也没有说，突然之间就泪如雨下！这倒把两个詈骂中的女人吓住了，她们不明白她怎么一下子就哭了……顿时，两人都闭了嘴，傻傻地望着她。最后，香姑默默地说："苹果呢？"

二水家女人说，"在树下呢，你去看看。"

傍晚的时候，钟声再一次敲响了。在那棵老槐树下，在那个大碾盘上，摆着一张四四方方的木桌，木桌上放着一个苹果——就是那个曾经用来给孩子揩屁股的大苹果……香姑站在碾盘的旁边，十分悲怆地说：

"我现在告诉你们什么叫穷……"

她用手指着那个摆放在木桌上的苹果："这就是穷。咱们很穷。咱们是心里穷。咱们穷到了用苹果擦屁股的地步！"

说着，望着一村人，她满脸都是泪水……她心里很疼，她甚至有些迷茫。她用了那么多的心，她受了那么多的累，可是，她要唤醒的，还是没有唤醒。她怎能不伤心呢？

人们望着她，人们很沉默。人们甚至觉得有些可笑。是呀，那个娘们儿也实在是不像话，竟然用苹果给孩子擦屁股，作孽呀！……可是，要说起来，多大个事呀？要想收拾那娘们儿还不容易？罚她就是了。这就值得香姑下泪吗？

突然之间，人群里有人跳出来，这人叫保国，保国头上是带伤的，他刚刚为苹果跟人打了一架……保国高声喊道："有种的站出来，让大家看看！看看你那屁股是金的还是银的？！"

立时，众人也跟着喊："揪出来！把她揪出来！……"

也有人喊："民兵呢？绳她！捆几绳她就老实了……"

可是，就在人心将乱的时候，就在"斗争"将要开始的时候，人们看到了她的眼睛。那是一双水汪汪的眼睛，她是那样的忧伤！眼睛里充满着悲怆和绝望。她站在那里，心中的凄凉透过目光漫散出来，就像是一只受了惊吓的小母羊……她的声音哑哑的，声音里带有一种月光般的凉意。她从人们的喊声里又听到了那种含有"毒气"和"恶意"的东西,这样的行为一旦开始,是很难控制的。她不让人们这样,她的目光制止了人们的骚动。她说:"保国,你站住,人心是捆不住的。"

保国站住了,那捋了袖子的手痒痒地、怏怏地缩了回去。

她说:"不要偷,不要再偷了,人会越偷越穷。"

她说:"头烂了,苹果烂了,人心也会烂。种得这么辛苦,为什么要让它烂?"

她说:"阳光还用争吗?风向还用争吗?那是天赐的。"

她说:"苹果就是苹果。苹果是种出来的,不是偷来的,不要让它心凉。"

她说:"想一想,在这个地界上,没有一个偷儿可以成为富人。"

她说:"如果真想偷,如果改不了,就去偷我的吧。我那里有二十棵苹果树……"

她说:"一个村子不能没有礼仪。我承包的那二十棵果树,就叫'礼仪树'。村里来了客人,就领他们去尝尝。要是谁动了偷心,就去摘吧。要摘那大的、好的,不要摘那青的、小的,它疼。"

突然,人群里有了"嘎嘎"的笑声。没有人知道笑声是从哪个角落里传出来的,但还是有人笑了……不过,那笑声也遭到了一些人的白眼,讪讪的,戛然而止。是啊,人们都觉得香姑在变……她的目光很凉。她的声音也像月光一样,凉凉的。她说的话,越来越叫人听不懂了。可是,村人们还是原谅了她。人们都知道,她是受过刺激的人,也许,她精神上已出了些毛病……但是,她善良,她待人没有恶意。自当村长以来,她没有沾过人们一分钱的光,这都是人们眼看得见的。如今,哪里还有这样的村长?这样的村长实在太少太少了。她有病,她一定是有病!不然,怎么会这样呢?可是,她却有着超常的预见力,那树苗,不是她弄来的吗……况且,她也只是爱说些疯话罢了,那就让她说。

可是,到了最后,她说的话还是让人心疼了。

她说:"如果苹果让人仇恨,我们还种它干什么?如果苹果让人偷窃，我们还种它干什么呢？不管怎么说，我是村长，我有责任，我必须承担责任。要是惩罚的话，那就惩罚我好了。如果苹果有罪，是我引进了苹果，我也必当受到羞辱。那就罚我在这里站着吧。让我与抹了屎的苹果站在一起吧。"

人心都是肉长的，人们也有羞愧的时候……村人们望着她，就像望着天上的月亮一样。她静，她凉，她让人思。她站在那里，虽然她已经说过"散会"，可村人们都没有走，一时竟愧得不好意思走了。他们相互看着，就像是有什么东西被唤醒了。

在此后的日子里，人们看见乡里的领导来了。乡里的领导披着一件西装，叉着腰，在果园里走来走去，说："苹果很好啊，品种很好啊，很好！"香姑是村长，香姑就陪着他们一处一处看。看了，乡里的领导还是那句话："苹果很好啊，品种很好啊，很好！"这个"很好"就让承包果园的人心揪着，也战战兢兢的……可是，香姑又把那领导带走了，领着领着就领到了她名下的那片园子里，苹果是嘴上的东西，你怎能不让人尝尝呢？这时候，香姑就说："尝尝吧，摘那大的，尝尝。"于是，领导就说："好，品品，大家品品！"领导说了，自己并不动手，就由着秘书和司机去摘，一摘就摘很多，放在篓子里，"呜"的一声带走了。往下，她承包的那片林子就真的成了"礼仪树"了。乡里的人来了，县里的领导跟着也来，县里领导倒是更随意些，也是在果园里走来走去，只是不叉腰，就问："是红富士吗？"她说："是。"就问："销路咋样？"她说："销路不错。"就说："红鲜鲜的，好品种啊！"县里的领导一边看一边很郑重地抽烟，他的烟灰很长，那烟灰成了思考的长度，久久，他指示说："好啊，气魄大一点嘛，气魄要大一点。啊，搞个千亩苹果园！"于是，就再一次领到那个园子里，一篓一篓地摘了，"品品"。而后是税务局、电业局、工商局……嘴上的东西呀！于是就品吧，一次一次地品，那些果树，就一次一次地被"礼仪"了……二十棵呀，那是村里最好的园子。

人们看着那片树的时候，就像是看到了自己的"小"，看到了自己心里的"穷"，嘴上虽然不说什么，但心里是有愧的。人们开始心疼她了，一天到晚辛辛苦苦的，她比谁都忙啊……一个秋天就这样过去了，那片园子不断地被上边来的人"礼仪"。可是，本村，却没有人去那园里摘过一个苹果。那枝头上的每一个苹果，都成了一种写照，成了一种阳光下的明亮。要是少了，人们很快就会发现，那些果儿是哪一天被"礼仪"的。那树仿佛是用来照人心的，那剩下的苹果就在枝头一日日鲜艳着，让人去想。到了冬天的时候，人们发现，在那棵朝阳的树上，还挂着最后一个苹果，那苹果高高地挑在枝头，终于有一天，它"噗"的一声，落下来了。这时候，人们才松了一口气……自此,没有人再去摘别人家的苹果了。自然,村人们的头也就不再烂了。

在一个冬日的午后，人们又惊讶地发现，村中那棵老槐树突然变得漂亮了。树身上拴着一条圈绳，绳子上结着一些小小的飘旗儿。老人们一个个上前看了，那不是旗，那是红色的手帕。手帕一共三条，就在那棵老树上拴着，风来的时候，就旗一样地飘起来。老人们往后退着身子，嘴里嘟哝说："这是干什么用的呢？"有些学问的"眼镜爹"说："是幡吗？许是幡？"

——没人知道。

一时间，人们对这棵老树就有了些敬畏，再看它的时候，那树也仿佛陡然之间有了某种神性。而后，一连三天，当人们从村中走过的时候，都不由得要停下来，看一看这棵树，树也没什么，树好好的，只是树身上干干净净的，还拴了"旗"。后来，人们先是围着看，而后就一路猜下去，当他们猜了一些日子后，就四下里打听，这到底是干什么用的，是谁家的孩子病了，倘或是需要愿吁？……可是，传来的话却如此的简单，简单得就像是一个儿戏：那是擦鼻涕用的。人们还是不大相信，就这样简单吗？不对吧。可是，就是这样简单，他们问来问去，问到了香姑那里，她说，那就是让人擦鼻涕用的。

到了这时候，人们不由得笑了……是呀，很久了，这棵树几乎成了人们的"鼻涕树"。在一年一年的时光里，当老人们蹲在树下晒暖的时候，当汉子们圪蹴在树下吃饭的时候，就常常"哼"的一声，顺手把鼻涕抹在树上。不知有多少年了，这已经成了一种习惯，村街里时常会响起那"哼——咻"声,那声音是如此的响亮,那就是往树上甩鼻涕的声音!就这样,天长日久,那树就成了一棵抹鼻涕的树,树身上总是黑乎乎油腻腻的,就像是用黑漆浆过一样。这样的事情是很小的,从没有谁站出来说过什么。可是,手帕一旦挂在了树上,那就成了一种约束,成了一种条件反射……从此,再没人往树上抹鼻涕了。不久,当老人们再一次从家里走出来的时候,前胸上竟然挂上了一块手帕。也不知从谁开始,一个学一个……那是媳妇们的杰作。

对香姑,人们是越来越尊重了,那是对善良、对公平的一种尊重。村里有那样多的事情,她是那样的忙……可是,每当她走出来的时候,头发总是一丝不乱,也总是穿得整整齐齐的。看见什么人的时候,她会说些莫名其妙的话,叫人去猜。那一日,在村口,她突然对铁锤家说:"李梅兰,你头上有根草。"隔上一天,她会对买官媳妇说:"姜瑞英,我想送你把梳子。"碰上麦囤家的,她会说:"胡树芬,女人是水洗出来的呀。"还有磨家,她说:"春花嫂,豆腐白,手也要白。"……这些话,总是让人费思量。最初的时候,铁锤家见人就问,李梅兰是谁呀?人们都说不知道,谁也不知道村里有没有一个叫"李梅兰"的……这是什么意思呢?铁锤家意意嗳嗳的,想了好久好久,三天之后,她一觉醒来,忽听见树上雀儿叫,她"吞儿"的一声,笑了满床:老天爷,她就叫李梅兰!你看这日子过的,她怎么把自己的名字给忘了呢?!于是,这天早上起来,她就去照了照镜子,她已经好久不照镜子了……至于买官媳妇,那也是一样的,有很长时间,她一直在"卸"香姑说的那句话,也一直没有"卸"透,很费思量啊!也是有那么一天,她去照了镜子。自此,女人们一个跟一个学,出门的时候,都先照一照镜子……渐渐地,每当香姑走出来的时候,女人们不由得要看看她,看她穿了什么,看她梳了什么发式,看她走路的姿态,看她的行为举止,而后暗暗地跟着仿。这也怪了,不知怎么的,站在村街里骂人的事就越来越少了。

可是,人们还是觉得,她有病。她病得不轻哪!

三、美是一种希望

……那是一盘大绳，很长很粗的一条绳，那绳是好麻拧的，很结实。那绳子的每一结她都检查过，是根好绳。她已戴好了肩垫，把绳子的一头挂在肩上，另一头就拴在村中的那棵老槐树上。她想，她得把土地捆得更牢实一些，拴一个死扣，不然，她是拉不动的，这是一块一点九八平方公里的土地呀！而后，她就拉着这块土地抵力往前走。可是，地太死了。绳又太新，那是一条新绳，绳子很快就磨破了肩垫，勒在了肉里，她觉得肩膀很疼，那不是一般的疼痛，那痛是沁入骨髓的！她就觉得肩上湿了，肩头上有热热的流动，她知道那是血……可她已经顾不上这些了，她的身子拼命地往前探着，挣扎着，几乎使出了吃奶的气力，慢慢地，她觉得地动了，地终于动了，土地在缓慢地、一丝一丝地裂动，她感觉到了那动！这时候，老德突然跑来了，老德拦在了她的前面，慌慌地说："进城吗？"她说："哎。"老德有些不信，就问："就是你说那城，新城？"她很认真地点了点头，再一次说："哎。"老德说："你说的，人人能上户口？"她说："我说过这话。"这时候，老德看了看她的肩头，老德看见了她肩头上的血，老德说："香啊，你肩上红了。"她说："有血吗？"可老德又躲躲闪闪地说："有一点红，也不老红。"就在她肩着绳子继续往前走的时候，老德却说："香，你等等，你得等等。我还有个猪圈呢，你得把猪圈捎上。"她问："德叔，猪圈吗？"他说："猪圈。"她想了想，说："那就捎上吧。"可是，过了一会儿，老德又慌慌张张地跑来说："大侄女，等等吧，你得再等等。"她说："又怎么了？"老德不好意思地说："大侄女，你看，还有个鸡窝呢，你就一并捎上吧。"这时，她就有些勉强了，说："德叔啊，鸡窝就算了吧。"老德就连连作揖说："大侄女，这鸡窝可是你婶子的命，你还是捎上吧！求你了。"她叹了口气，这时候，她只有叹气的份儿了。老德是村里最老实的人，一个老实人的要求是很难拒绝的。她说："那就快点。"可是,一语未了,众人就围上来了,人们乱哄哄地围着她,一片敲锅底的声音!人们说,既然老德家可以添一个猪圈,又带一鸡窝!那么,他们为什么就不能捎带点东西呢?!还有人大声嚷嚷说:"我这里还有一匹虱子!你说过,只要是性(读'秀')命,都可以入户口。虱子也是个性命,我得带上……"于是,在一片嚷嚷声中,人们又放上了许多不该放的东西……

然而,就在这时,她突然醒了,是敲门声把她惊醒了。醒来之后,她才发现,她做了一场梦。在梦里,她竟然出了通身大汗!

天还没亮呢,夜仍然很黑。门外,她听见有人在小声说话。那是家和,她知道那是冯家和。家和说的仍然是那样一句话:"让香姑歇吧,她累了。"不知道有多少个夜晚了,他一直在外边为她守夜,有时候就躺在麦秸窝里……不管她说什么,不管怎样劝,他都不走。有他在,后来敲门的人就少了。

这个家和,村里人都骂他是"花痴",说他是得了"癔病"。可只有她知道,他只是太忧郁、太偏执罢了。也许,他是觉得他们家欠了她……有那么一段时间,他总是偷偷地跟着她,有时候,就显得很慌乱,贼一样。那会儿,她觉得,要是不帮他一下,他就真会闹出病来,说不定人就毁了。一天夜里,她把他叫到了烟炕房,她仍然按习惯叫他老四,她说:"老四,你不能再这样了,你到学校教书去吧。"他勾着头,吞吞吐吐地说:"嫂,我们一家都对不起你……"她说:"不要再说这话,再不要说了。"他叹了一声,说:"这心里缺着一块,疼啊。"她说:"这和你没有关系,教书去吧。等将来,好好成个家。"他说:"你呢?"她笑了,说:"我好好的。"他突然说:"日子里有很多刺。"她说:"心一硬,那刺就软了。"他说:"好人,为什么总掉进刺窝里呢?"她说:"阳光也有刺,你怕阳光吗?"他忽然改了口,说:"你恨他吗?你该恨他。"她决绝地说:"不说他了,不说他。"他说:"……他们走的时候,你为什么不拦呢?你要是一拦,他们就走不了了。"她说:"各人有各人的路。该走的,想走的,早晚要走。我为什么要拦?"他说:

"你是村长，你要是不盖章，他们就走不了了。"她说："家和。"这时候，她开始叫他家和了，"你把我想偏了。"就这么沉默了一会儿，他哭了，他呜咽着说："嫂啊，让我再叫你一声嫂。我从小没娘，我是把你……我没有别的要求，也没敢多想……我只是想、能天天见到你……行吗？"屋子里静了一会儿，她说："家和，别瞎想了。你要是不愿走，就好好写你的书吧。过去的，就让它过去吧。"

此后，他就开始为她守夜了。一晚一晚地蹲在那里……她多次劝过他，说："家和，回去吧。"他说："我没有守你，我守的是月光。"她还能说什么呢？

可是，麻烦还是有的。连父亲刘国豆都以为她是受了刺激了。是呀，自从她当了村长，就从来没有为自己家办一件事情，也没有给冯家上过一点"眼药"。冯家的那些王八羔子，竟是她一个个放走的……那么，她当这个村长有什么用呢？对此，前任支书刘国豆是很失望的。他想，与其让你这样，还不如我当呢！于是，在一些日子里，她的父亲、前任支书刘国豆曾在一些老辈人中做过一些试探，想把她换下来……可是，当他蹲在背阴处说这些话的时候，他发现，人们竟然很冷漠，没有人再把他的话当做一回事了。

后来，刘国豆还是想把女儿尽快地嫁出去。他觉得女儿是有病，但这病一般情况下是看不出来的，就急着想把她"打发"出去。为了给女儿寻一个婆家，也为了应有的体面，父亲刘国豆托了很多人。为了争一口气，他开出的条件是很苛刻的：军人或转了业的军人，必须是营职以上的干部，可以带家属的。一时，亲戚们全都动员起来了，先后曾有十二个军人或转了业的干部从各地赶来看她……他们都听说上梁有一枝花，他们是看"花"来了。凡是见了她的，先是怔怔的，而后就许愿说，可以带家属，可以上户口，可以找工作，可以……可是，她的回答只有一句话，她说："我正在种一种花，我正试着种一种花。"这是什么意思呢？说得来人都怔怔的。

只有她自己知道，这几乎是一句谜语。

她也曾希望有人能破解它。可是，没有……他们匆匆而来，又匆匆而去。一个个很遗憾地说，她精神不大正常啊！

只有一个人跟她的想法接近，也只是接近，那就是家和。这个乡村小学的语文老师，在月亮升起的时候，常常在她的门前四处游荡，那神情迟疑着，怯怯的。他从场院的一角走到另一角，而后停下身来，远远地望着烟炕房。当她出门的时候，他会壮起胆子，突然走上前来，拦住她，问一些莫名其妙的问题。在没有外人在场的时候，他仍然叫她"嫂"。他邪邪乎乎地说："嫂啊，你看那月亮，弯了。"

她笑了，也不揭穿他，就说："我看见了。"

家和就啰啰嗦嗦地说："有很多东西都是弯的。那树，那庄稼，那水，风一来，它就弯了，人心也会弯。"

她说："也有圆的时候。家和呀，你……"

他说："嫂啊，你一走，我就没有家了。"

她说："赶明儿，我给你介绍一个？"

他却神神道道地说："我知道，来了很多'四个兜'的军人……"接着，他又说："——可他们没有枪。"

她笑了。

过一会儿，他又会小声说："嫂啊，你这又何必呢？"

她说："怎么了？"

他说："你拉得动吗？"

她说："什么？"

他说："地——你是在赌气。"

她有些吃惊地望着他，"地还用赌吗？"那么，有没有赌气的成分呢，如果剖开心来说，是有那么一点。可她，也不仅仅是赌气……

他突然说："日子是种出来的吗？"

她说："日子是种出来的。"

他说："希望是种出来的吗？"

她说："希望是种出来的。"

他说："人心呢？"

她说："我告诉你了，我在种花。"

他说:"花能改变什么?"

她说:"人心。"

他说:"真的吗?"

她说:"地是养人的,花也是养人的。只要你种,日子就会开出花来。"

他说:"人家都说你有病。"

她说:"我知道。"

他说:"人家也说我有病。"

她说:"我知道。"

他说:"都有病啊。"

她笑了,他也笑了。

而后,她说:"真的,我正在种一种花。我给它起了一个名字:月亮花。"

他喃喃地重复着:"噢,月亮花。这名字多好。"突然,他说:"那么,照你的话,美就是一种希望。我有希望吗?"

往下,她不说了,她什么也不说。其实,她很想告诉他,你那个嫂,已经死了,村子还活着。可她不能说。在内心深处,对老四,她一直是把他当做弟弟来看待的,在离开冯家之后,她仍然是这样。这老四是那样善良,他甚至还有些傻呆呆的痴意⋯⋯由此看来,在同样的环境里,那"毒气"和"恶意"并不是在每一个人身上都会发作的。也许,每个人眼中的世界都是不一样的,生活有很多个面,在时光中,纵是一母同胞,人的熏染也是不一样的,在老四身上,的确有她所喜欢的东西,但是⋯⋯她虽然看出了老四眼中的渴望,却没有故意去冷落他。夜里,当他执意要守在那里的时候,她也就不再去赶他了。

于是,在烟炕房不远的场地上,时常有箫声响起⋯⋯她知道,那是吹给她听的。那箫声时断时续,就像在云中游弋的月儿,又像是风的絮语,还像是颍河的流水⋯⋯把日子吹得湿润。这个老四啊,只有他知道,她眼里有梦。

夜里，她又做梦了。

……仍然是肩着那盘大绳，拖着这块土地，坚忍地、吃力地往前走。当她走过一个路口，突然有一个戴袖章的人拦住她，说："进城吗？"她就说："进城。"那人就说："证呢？"这时候，她就赶忙把心掏出来，那心红鲜鲜的，她说："这就是证。"那人把心接过去看了一眼，说："不行。尺寸不够。"她焦急地说："怎么会不够呢？你量量，你再量量吧。"那人说："量什么量？我这眼就是尺子，还用量吗？"她说："那你说怎么办？"那人冷笑一声，"好办，回去！"路已走了这么远了，她是回不去了，也不能就这么回去。于是，她说："你要什么，你说。"那人看了看她，突然笑了，说："你的眼很好啊！你长了一双好眼。"她吃惊地望着他，"你要眼？"那人说："你放心，我不是一个贪婪的人。我也是没有办法，我老婆没眼，你借我一只眼吧。"她说："别的不行吗？"那人说："不行。要不你就回去吧。"于是，她就把自己的一只眼挖了出来，交给了那个人。那人接过来，说："不是假的吧？"她说："眼还有假？"那人说："也有假的，我见过假的，假的没泪。"那人按了一下，果然有泪。待那人验过了，这才挥了挥手说："放行！"

来到第二个路口的时候，她又被人拦住了。这人多一个字都不说，那人小旗一挥："证？！"她说："已经验过了。"这人横了她一眼，说："验过也不行！——证！"她说："你要什么证？我有证的。"她只得再一次把心掏出来，让人验。这人接过来，放在了一个杯里，刚好放下，可他嘴里却嘟哝着说："这个，这个，不够圆哪，也不符合卫生条件……"这时候，她已经明白了，她很干脆地说："你要什么，你说。"这人竟然与第一个人一样，说："你既然是个痛快人，我就说了，我老婆没眼，你借我一只眼。"她说："我就剩下这一只眼了，我还要看路呢，你能不能要点别的？"这人说："我其实是按规定办事。你也不用讨价还价，你不愿就算了。回去回去！"她回头看了看，村里的人谁也不吭声，人们低着头，没有一个人吭声……于是，她只好把第二只眼也挖出来，递了过去。这么一来，她就什么也看不见了！她心里说，只要有风就好了，只要有风，她就能找到那个地方，有花的地方。

第三个路口……

醒来的时候,她觉得眼很疼。

四、月亮花

香姑的确是在种花。

她悄悄地在试种一种花,这是一种奇异无比的花,她已经种了四年了。四年里,她试验了无数次……她觉得她已经接近成功了,那花就快要培育出来了。

在种花之前,她翻看了大量的图书资料和历史典籍,突然发现这居然是一块非常适于种花的土地。这里的土壤酸碱适度,气候适中,早在明代以前,这里曾经是南花北移的集散地。那时候,所有在南国生长的花木,只有在这里过渡性地生长一段时间之后,才可以北迁……在明代最为兴盛的一个时期,这里曾有"花驿"之称,是花的驿站!这个发现使她大吃一惊,也无比的兴奋。尤其是,当她在典籍上发现了"花驿之冠"之后,就更为欣喜。所谓的"花驿之冠",其实只是一种花的说法。在县志上,也只有短短的几行字的介绍。那是在南花北迁的过程中,由一位花官在当地采用嫁接的方法培育出来的一种花,这种花的俗名叫"蓝烟儿",也叫"仙人脱衣"。史书上说,此花系青蒿嫁接而得,白日似青烟一缕,妙在蓝中含紫,幽里藏香,初睹则清淡,再看则飘逸,美似天国奇葩;夜来蓝色渐褪,紫中泛银,银中蕴白,至午夜时分则紫蓝褪尽,晶莹如雪,灿若仙人脱衣……此花极为名贵,曾在南洋花市上名噪一时!

是呀,遥想当年,花车一路飘香,滚滚而来……那么,又是何年何月,这花的驿站在千年故道上消失了呢?它消失得是那样的彻底,在时光中居然连一点痕迹没有留下。是战争?是瘟疫?是洪水?还是别的什么?没有人知道。

然而,就是这故纸上的寥寥数语,吸住了香姑的眼睛。于是,在长达数年的时间里，她先后以青蒿为单株母本，做起了嫁接试验……她知道她是在种植梦想。她想，人得有梦，人若是没有梦，还怎么活呢？

青蒿是野生的，可以说遍地都是。青蒿也是她喜欢的一种植物，她喜欢它的清淡与平和，它的柔韧与挺拔。再说，它也是单株成本最低的一种植物。她在田野里选取最好的青蒿做单株母本，以插接的方式，精选二十四种花进行嫁接：有玉兰花，有鸢尾花，有玫瑰花，有小苍兰，有三色堇，有风铃草，有紫薇花，有木芙蓉，有半枝莲，有紫茉莉……在与花接触的那些日子里，她的心一下子就静下来了，花使她宁静。夜里，她常常从床上爬起来，去看那一株株生长中的小芽儿，她会长时间地趴在地上，去看那梦一样的生长，无比神奇的生长。一个芽儿，一点点地小芽儿，竟然可以生长美，生长出一个奇妙无比的花的世界，这真让人惊叹！有时候，她就醉了，沉醉在那神奇的孕育之中。在一天天的观察中，她的心甚至体味到了花的感受，她知道花会疼，在她切去一片小芽的时候，在嫁接的时候，她感觉到了花的疼痛，她真能感觉到。花也会落泪，植物也是生命，它也有掉泪的时候，那疼是一脉一脉的，她感觉到了。她说："不哭，我是让你美丽呢。"

嫁接是新的诞生，那将意味着又一种生命形式的孕育。在她的观察日记中，常有一些出乎意料的发现：

三月十六日

刀伤不了花。

嫁接的时候，刀要净，那一刀必须净，不能迟疑，你要是略一迟疑，花就哭了。这时候，伤花的不是刀，是手，是笨手把花伤了。刀太硬，太硬的东西伤不了花。相反，水却能伤花。水太软，水比花软，花的心脏是硬的，花也有骨，花的骨储存在它的遗传信号里，只有刀可以点醒它。在某种意义上说，花是爱刀的。

花也是最有骨头的。

三月二十七日

土是有心的。

土是最柔软的东西。土在"拾掇"中柔软。土最知冷热。土要人亲,你亲它,它就热了。你暖它,它就热了。你护它,它也护你。土是有爱意的,土是很想护花的,土使花滋润。可土是俗的,花是雅的。土必须俗,土生五谷,它怎能不俗呢?土里也有寒气,太干的时候,太湿的时候,土就伤花了。书上说,南花北移,硫酸亚铁必须跟上。虽然这里的土质酸碱适度,但含碱量还是略高了一点,得靠硫酸亚铁中和。不然,土就伤花了。土对花的伤害要慢一些,它让花慢慢地萎,但那又是致命的。奇怪的是,土竟然也会出汗?真的,土出汗的时候,就是变天的时候,这是一个信号。你把土抓在手里攥一攥,就会知道天上的事情,这真是奇迹!

四月八日

花是在梦里生长的。

真的,花是在夜里养精蓄锐,在梦里生长。白日里它吮吸天地之光气,却在夜里吐纳。它的形变主要是在夜里完成的。白日里你看不出什么,白日里它静着。到了夜里,你盯着它看,就会发现花在一点点地收,很缓慢地收;而后,在接近黎明时分,它又会一点点地放,它在收放中悄悄地完成了变异。花的身体是从来不睡的,花不睡,它为灿烂而活。

四月十七日

花也会尖叫。

有一天早晨,我真的听到了花的尖叫声。

花也有情感,花是有"磁场"的。在感情上,你不能捆绑它。嫁接的时候,你得让它们相互间试一试,看是否能"亲"上。要是排斥的话,就不能硬把它们嫁接在一起,不然的话,它立马就死。一天早上，我刚走进花棚，就听到了花的尖叫声。这株花是头天夜里嫁接的，也只是让它们待了一个晚上，可是，当我走进去的时候，就在那一刹那间，"嘶"的一声，它的所有叶片全落了，是死了心的干枯！

五月二日
花渴了，反而会出汗。

花的香气就是从"汗"里挥发出来的，花以血当汗。旱的时候，花的气味最浓。花也有性格，大凡香气浓郁的花都是些烈花，就像女人一样。

浇水的时候，你会听到花在吮吸，那声音很细微，一"吱儿"一"吱儿"的，等它不"吱儿"的时候，就是够了。花以水而肥，但花又是怕水的。水既不能过大，也不能过小，它要的是润，而不是淹。花最怕淹根，花根经水一泡，就腐烂了。书上说，湿要湿透，干要干透，就是这个意思。

南花北嫁，它有一个改良期，也有一个适应期，在特定的地域里，还有水质的问题。这里的井水偏硬、偏寒，得把深井里的水改在池里晒一晒，去去寒气，再浇……

五月十四日
对于花来说，低头就是死亡。

……花太娇了。也许，花就是让人娇的，它的品格决定了它的娇贵。美是滋养出来的，你得用心去养它。在花棚里，我最怕的是花低头，花是从不低头的。花一低头，它的死期就临近了。

鹤望兰，产于万里之外的南非，也是草本植物。应该说，它是一种迁徙之花，也是飞翔之花，是适于改造的一种花。我真喜欢它欲飞的姿态，那姿态真好。我曾拿它做过母体试验，一共试了十二次，最后我不得不放弃……因为，每次嫁接之后,不到一个钟头,它的头就垂下去了。那昂着的头一旦勾下去,就再也直不起来了。

于是,我明白,花是不能低头的。花宁死不低头。

六月二十一日

叶永远是花的陪衬。

叶是扶花的。但叶瘦则花瘦,叶肥则花肥。叶与花又是什么关系呢?

植物的底色是绿,但绿可以化为红,化为蓝,化为黄,化为紫……这多么奇妙!小小的一株,就是一个世界。大约,花也有它内在的信号,有内在的"诉说"方式?这变异,又是谁赐予的?叶儿就是一种生命的准备,它为花而准备,为花而凝聚,就等着有那么一天……花的开放。叶是花的母亲吗?叶为花而荣,为花而枯,在花开放的日子里,叶也努力地峥嵘,衬得很辛苦。"一荣俱荣,一损俱损。"这样的句子,大约就是从花木(?)中来的。它们一定是说过话的。它们之间,都说了些什么?

六月二十五日

在花期里,你要让它吃得好一些。

花也有胃吗?花的胃是多么细腻。花也要配餐,它在不同的时期里,要吃不同的东西。豆饼、芝麻饼,都是花的"上等食品"。豆饼和芝麻饼都得事先用水泡一泡,发酵之后才能施……发酵的时间,以七天为宜,等酵出水泡儿的时候就行了。草木灰是花的胃药,它是可以起消毒作用。这些"食品"必须事先配出来,氮、磷、钾缺一不可。这些都要做成"营养钵",让花慢慢消受。

…………

二月八日

花也有相互矛盾的地方。

嫁接的时候，有的要接在"皮"上，有的却必须接在"肉"上。有时候，是"皮"相互排斥，有时候是"肉"……有一点不对，就接不上了。按照书上说的，"门字接"、"十字接"、"劈接"、"靠接"……都用过。可花有自己的语码，你必须按花的语码去做，你得了解花的性情，在摸索中寻找最好的嫁接方式。这就跟人一样，脾气、性格都要相投。花比人更挑剔，那性情的对接，不能有一丝一毫的差池，真难！

花的泪很重。下刀的时候，那疼让你颤抖。

三月十七日

是不是该放弃青蒿？

典籍上有，文字记载的东西，难道就该相信它吗？

你已做过很多次嫁接试验了……有时候，长着长着，那花就萎了、死了，死得莫名其妙。你长时间地看着那死去的花，心里很疼。一次次地嫁接，一次次地失败……每当嫁接失败的时候，你就心疼。你心疼地看着那花，不知道究竟错在哪里。你真想问问它：你怎么还不出现呢？你还要我等多久呢？

可你不想就这么认了。你说，重新来。

换一个父本，换一株母本，重新再来……

五月八日

花是有灵性的。

花与大自然融合得是那样的密切，花在时光中绚丽的那一刹那，就像生命中的密码对接一样，突然之间一下子就灿烂了，就辉煌了。那舒展看似不动声色，可在张开的一瞬间，仿佛已有了千年万年的信号储备！

你离花越来越近了，你一天天地与花相伴，你觉得你已经离不开花了。夜里，提着一盏马灯，蹲在花棚里，看花的生长，感觉真好！

……花也跟人一样，需要对环境的适应，那生命的孕育也是需要过程的，过程是不可超越的，你不能急，你得一步一步来。

五月二十一日

又一次失败……

花是讲品的。花的品格，一要选，二要养。

晚上，家和到花棚里来了。家和是第一次到花棚里来，家和说，一进来，我就不敢呼吸了，人太浊。他又说，我真想用手摸一摸，可我不敢摸，我一摸，花就脏了。家和就那么一盆一盆地看过去，待看了那些嫁接品种后，他突然问："花有父亲吗？谁是花的父亲？"这话说得很愣。过一会儿，他又说："花得有个好父亲。"

我说，你出去吧。他说，好。而后，他就蹑手蹑脚地走出去了。

可家和的话，要是慢慢品，也是有些意思的。想一想，也许是父本出了问题？

…………

三月五日

又是春了。

我决定更新父本。把鸢尾花、紫薇花、风铃草、木芙蓉四种花的杂交父本与集三代品质杂合而成的青蒿母本再次嫁接……但愿能够成功。

家和又来了，他端来了一盆热豆腐。他轻声说，豆腐是热的。

我知道，夜里，他就守在花棚的外边……

五月七日

它们结合了！

真的，我看见它们结合了。

家和在花棚外说，我听见你笑了。真的，你的脚步声笑了。那么，是有希望了？

家和这句话，真让人感动。我心里说，看吧。在试验中，已经失败了那么多次，你再也不敢抱什么幻想了……夜，多么静啊！

我说，家和，你进来吧。家和就进来了，坐在花棚的门口处。我们在等，我们就这么整整地等了一夜！

六月八日

开花了。

二号盆是最先开花的，可它没有变；三号盆，也没有变；今夜，就看一号、四号、五号盆了……

一号盆上午十点开花，四号盆是午后开花的，开得真好，蓝中带紫，似青烟一缕，缥缥缈缈的，这是一个好兆头。

家和说，你把豆腐吃了吧。我说，不吃。他说，吃了花就开了。我还是没有吃。我想，等成功了再吃吧。

可是，在午夜时分，那花的颜色却只褪到了灰白……一盆一盆都是这样，它们再也不褪了。这算什么呢？又失败了。

黎明时分，鸡叫了，我觉得一点希望也没有了。当我决意要放弃的时候，望着那一株株嫁接失败的花，忍不住抱起一盆，用手绢蘸了一些水，一点一点地去擦那花的每一片花瓣……然而，想不到的是，奇迹却在意料不到的时候出现了。第二天晚上，午夜时分，当我再一次走进花棚的时候，简直让人难以相信，那盆用水擦过的花却怒放了，它已完全褪尽了紫灰色，雪白娇嫩，与古书上说的一模一样！我一下子扑上去，趴在地上，长久地望着那株花，我看见花笑了，家和也笑了，是含泪的笑。我说："我终于把你等来了。"

家和说："你是说我吗？"

六月十七日

昨天上午，我如法炮制，飞快地跑去打了一桶清水，小心翼翼地，把所有的花一株一株地都给擦了一遍……可是，一夜过去了，奇迹没有出现；又一夜过去了，奇迹仍然没有出现。就这样，一连三个晚上，奇迹再也没有出现过，一次也没有。无论用水擦多少遍，这个品种的花就再也没有像我期望的那样开放……一时间，我真是束手无策了，一点办法也没有了。这是怎么回事呢？问题究竟出在哪里？难道是花神为了可怜我，特意为之？不然，为什么只有那一株"脱衣"了呢？

六月二十四日

奇迹出现了，是家和救了我的花。

这天，当家和从村中走过的时候，远远地，他听见豆腐嫂喊了一声，豆腐嫂说："盆呢？我的盆。"家和迷迷瞪瞪地说："盆？啥盆？"豆腐嫂站在门前叉着腰高声喊道："盆！那盛豆腐的盆。"这句话犹如电石火花一般，一下子激醒了家和，家和喃喃地说："盆？噢，盆——就是那盆！"于是，家和二话不说，扭头就跑，飞跑！豆腐嫂吃惊地望着他，不知道出了什么事，她就说了个"盆"，也不过就随口问了一句，这神经蛋怎么就跑起来了？！豆腐嫂就追着喊："狗撵兔子呢？你跑个啥？——那是个破盆。"

家和飞快地跑来，气喘吁吁地告诉我说："盆！"我望着他，说："盆？啥盆？盆怎么了？"家和喘着粗气说："那盆，就是那盆、盆里的水，是盛豆腐的水！"

听他这么一说，我一屁股坐在了地上！明白了，我终于弄明白了，老天哪！那天夜里，我随手给花擦的水并不是清水，那是煮了豆腐的水。那是家和给我端的一小盆热豆腐……那株花，用的是煮豆腐的水！这时候，我看见了那个盆，那盆还在花棚架上放着呢，是个空盆——也是一个破盆。

　　于是，"蓝烟儿"——"仙人脱衣"——月亮花，在它重生的那天起，就有了一个外人永远也不会知道的秘密……这真是石破天惊！

五、告示牌

　　上梁村换邮递员了。

　　原来是个老的，姓秦，进村推车走，话也不多，见人就笑一笑。一般情况下，他把信放在代销点前边的"告示牌"下，就去了。凡挂号信、汇款单什么的，也只是找代销点的东来盖上章，说是谁谁家的，由东来代收代转，这也省却了很多的麻烦。

　　新来的就不一样了。这新来的是个毛头小伙，骑辆新邮车，进村车也不下，就那么一路摇着铃，满街吆喝："刘汉香，拿章！谁是刘汉香——刘老太，拿章拿章！……"吆喝了几声，不见动静，这年轻人就站在当街里，咋咋呼呼、焦焦躁躁地喊："谁是刘汉香啊？——耳朵聋了？！快快快，拿章！"

　　这时候，东来从代销点里跑出来了，说："来了，来了，给我吧。"那年轻的邮差扎住车子，疑疑惑惑地望着他说："你就是刘汉香？"

　　东来就说："我不是。我这儿是个'点'。信都放在我这里，我代收代发，也代你们卖些邮票。老秦他退了？"

　　那年轻人"嗯"了一声，从邮包里拿出了一个夹子，从里边取出一个本子来，一边往上写着什么，一边问："这刘老太多大岁数了？好福气呀，养了四个好儿子，一下子就寄来了四张汇款单！"

　　东来说："你说谁？"

那年轻人说:"刘汉香啊,刘老太……你们村没有这个人吗?"

东来笑了,说:"有是有,不是老太,是村长。"

那年轻人又"噢"了一声,仿佛明白了似的,说:"村长啊,怪不得呢,到底是有权有势,一下子送出去四个儿子!"

东来说:"不是她儿子,她、她没有儿子……"就这么说着,他接过那几张汇款单一一看了,说:"我知道是谁寄的了。"

那年轻人诧异地望着东来:"不是她儿子?"

东来说:"不是。"

他说:"那是谁?"

东来就不知道该怎么说了,他支支吾吾地说:"屄,就算是儿子吧,就算儿子……"

"是养子?"那年轻人一脸很明白的样子,也就不再问了,只说,"你签上名,盖上章,收好。"

东来笑了,就按他的吩咐一一办了……而后,按照村里的规矩,他把那四张汇款单放在了"告示牌"上。临往上放的时候,他又拿起来重新看了一遍,那四张汇款单是从不同的地方汇来的,有三张是两百元的,有一张是五百元的。汇款人分别是冯家昌、冯家兴、冯家运、冯家福……东来就骂了一句:呸,王八羔子!

也就是一顿饭的工夫,全村人都看到了那四张汇款单……凡看了的,就上去"呸"一口,嘴里骂骂咧咧的,说,看烧的?一群白眼狼!

也有的说,该!就让他寄。他不是趁钱吗?给他好好算算……鸡巴,让他寄!

后来东来就专门去找了香姑,问那汇款单怎么办。香姑很平静,香姑说,问问家和,看他收不收,他要是不收,就退回去吧。再问家和,家和自然不收。家和说,那是给我"嫂"寄的,我不能收。东来什么也不说,"呸"朝地上吐了一口,扭头就走。

东来也没有马上退,他就让那四张汇款单在"告示牌"上放着,那就像是展览一样,让每一个路过的村人看……看了,就有人吐一口唾沫:"呸!"于是,这"告示牌"就成了村里的一个耻辱牌。谁都知道,那是冯家的人做下了亏心的事，还债来了。可这债，还得了吗？！

此后，一连几个月，那个年轻的邮差总是在同一时间里，按着车铃来到东来的代销点门前，高声喊道："刘汉香——拿章！"那寄钱的数目也不断地增加，由两百到五百，由五百到一千……最高的有一笔也寄过五千，到了五千的时候，东来就再一次拿着汇款单去问香姑，香姑还是那句话，退。可东来这人也邪，他就照常收下来，代香姑签名、盖章。而后，过上一段，再把上一次寄的汇款单退回去……这邮差就说，这村人真邪门！还有不要钱的？

当钱数越来越大的时候，人们嘴里的唾沫就少了，都瞪着两眼看那"告示牌"，看香姑有什么表示……到了最后，人们不由得在心里暗暗地佩服她。人们都知道，香姑没有钱，香姑身上的衣裳虽也干干净净的，但都是些旧衣服，她好几年都没添过新衣服了，她的钱都花到种花上了。香姑是个人物啊！

展览如常……那汇款单就成了一种象征，或者说是一种心力的较量。你不收不是？我还是照旧月月寄，这是一种承诺的兑现，也是一种居高临下的补偿。可是，对于村人来说，那就像是炼人的油锅，是活炸人呢！于是，看见了就再骂，再呸！连声的：呸呸呸！……不过，日子一长，也就见怪不怪，没人再去看了。

可是，过了些日子，那"告示牌"前就又热闹起来了。因为那上边写了一个告示：

本村人，凡愿意种月亮花的，可以所承包的土地入股；
不愿入股的，若想单独干，可购买花种，花种五元钱一粒。

这个告示是香姑写上去的。人们围着看了很久，也议论了很久，就觉得这种花可不是种果树，要是以承包的土地入股，万一砸了呢？也有人从上边看出了点什么，就说，怪不得香姑不稀罕那钱，她是不是想卖花种啊？那花种，就是再好，能是金豆子么，她就敢要五块钱一粒？！人们说，这年月，人都会变，香姑她是不是……于是，想来想去，也就罢了，没人愿种。

待又过了一些日子，那"告示"被人擦去了。"告示牌"上却又重新改写了一个新的告示，告示上说：

　　　本村人，凡愿种月亮花的，可免费赠送花种，免费指导种花技术。

这一次，又有很多人围着看。看了，就越发的不信了。既然上次还要五元钱一粒，金豆子样的贵！这一次，怎么就不收钱了呢？那不是白送吗？一说"白送"，人们就更加的猜疑了……可是，一些年轻人信了，死信！就跟家里人闹着要种，说着说着就吵起来了！可香姑又不许了，她见村里人又要打架，就说，算了，我另想办法吧。

在一个溅着露水的早晨，有人看见香姑背着几盆花和一兜子烙馍走出了村庄，没有人知道她到什么地方去了……过了有七八天的样子，就见她又空着两手回来了。有人问她："那金豆子样的花，卖了吗？"她只是笑了笑，什么也没有说。

突然有一天，几辆轿车风驰电掣地开进了村子。从车上下来的都是些很光鲜的人物。只见先是一个半光着上身的艳女子（也是穿着衣服的，那衣服闪闪灿灿，这里一檾，那里一褡，丝丝光光的亮……就让人眼花得说不出那高级衣服的名堂了）"橐、橐"地下了车，而后小跑着开车门去了，紧着是一个穿西装的胖老头油光光地从车的另一边走下来……人们就想，老天，那花一样的漂亮女子原是给人开车门的呀！接下去，更让人吃惊的事出现了，只见后边的车上也有人走下来了，那人竟是县长（这是后来知道的）！堂堂的县长啊，就像跑堂的一样紧着凑上前来，满脸堆笑地陪着……转过脸来，就见那县长命令道："村长哪？快去叫村长来！"

一阵忙乱之后，香姑被人叫来了。这时候，只见那穿西装的胖老头，长伸着手快步上前，抓住香姑的手说："刘小姐呀，我是奔你来的呀！……"

站在一旁的漂亮女子赶忙介绍说："这是我们公司的裘董事长，是专程从广州赶来见你的。"

香姑就说："欢迎，欢迎。"

这时候，县长插话说："裘董事长是香港大公司的老板，是大财神，能来我们内地小县，可以说是大喜事啊！快去安排一下嘛。"

香姑点点头，就让人去找豆腐嫂端热豆浆去了……待客人们在村办公室坐下之后，那裘董事长脸上的笑容就不见了，他点上一支烟慢慢地吸着，一下子变得既沉稳又老练，他望着香姑，很平静地说："刘小姐，在广州，你怎么说走就走呢？生意是可以谈的嘛。"

香姑坐在那里，默默地笑了笑，说："我已经说过了，这花我不卖。"

裘董事长慢声细语地说："培育这种名贵的花卉的确不容易，我也十分理解你的心情。这样好不好，我专程赶来，就是为了表达我的诚意。我是有诚意的啦。现在，我再出一个价格。这个价格，你肯定能接受啦，五十万！怎么样？"

香姑摇了摇头，竟还是那句话："不卖。"

县长看了看香姑，着急地吧嗒了一下嘴……可他毕竟是县长，就暗示说："我看，裘董事长这次来，的确是有诚意的。再考虑考虑嘛。有些事，啊，也不要那么死板，都是可以谈的嘛。"

裘董事长再一次恳切地说："刘小姐，你不要听'广交会'上那些人乱讲啦。我承认，这是一种很名贵的花卉，是罕见的稀世珍品。不然，我也不会出这个价格啦，这可是五十万哪。我要说，这个价是没人出得起的。你再考虑考虑嘛。另外，不客气地说，在这方面，我也算是一个内行啦……"

这时，坐在裘董事长身边的那位女秘书马上介绍说："裘董是国际上有名的花卉专家，也是一位有硕士学位的植物学家。"

香姑笑着点了点头，什么也没有说。

县长就跟着说："知道，知道。裘董事长大名如雷贯耳！"

裘董事长并不看县长，他直直地望着香姑，沉吟了片刻，说："这样啦,刘小姐,这样好不好,你出一个价格啦,你说个价?"

香姑说:"在广州的时候,我就说过了……"

裘董事长听了,无奈地摇摇头,把眼闭上了,他慢慢地揉着眼圈,揉了一圈又一圈……突然之间,他睁开眼睛,郑重地说:"我爱花,我太喜欢这个花了。我再报一次价,这是我的最后价格。花、种、技术、专利我一块儿买了啦,全买,一口价——五百万!"

屋子里静了,五百万是一个巨大的数字,它一下子就把人镇了!只见县长直直地望着香姑,像要把她吃了似的!过了一会儿,只见香姑叹了口气,轻声地喃喃自语着,她这话就像是说给自己听的:"无论多少钱,无论多少,无论多少……我都不卖。"

此时此刻,县长坐不住了,县长拍案而起,县长厉声呵斥道:"——胡闹!你你你,你有病吧?!你是不是有病?!"

谁也没有想到,香姑竟应承下来了,她说:"他们都这样说。"

屋子里闷了一会儿,裘董事长突然笑了,放声大笑!人们也都跟着笑了……而后,裘董事长站起身来,说:"刘小姐,我服了你了。这样好不好,让我再看看花,这行吗?"

香姑就说:"行。看看可以。"

于是,一行人站起身来,就往花棚走。在路上,县长附在裘董事长耳边说:"裘董事长,你不要着急,我再做做工作,这个工作我可以做。再谈,再谈谈,我看还是可以谈的。"

裘董事长摇着头说:"这已经是天价了!我搞不懂啦……"

在那个简陋的、很不像样的花棚里,裘董事长盯着那花看了很久很久……而后,他突然问:"你们这里曾是南花北迁的集散地?"

香姑说:"是,史书上有记载。"

"这花俗名叫'蓝烟儿'?"

"是。史书上有记载。"

"又叫'仙人脱衣'?"

"是。史书上有记载。"

"你起名为月亮花?"

"是，这名是我起的。"

裘董不再问了，就喃喃地说："好，好啊。"片刻，他把香姑叫到一旁，又一次说："我出五百万，你都不卖啦？"

香姑就再一次说："不卖。"

裘董盯了她一眼，就说："好，有气魄！"

……到了最后，那姓裘的香港商人摆摆手，有点丧气地说："走，走了啦。"于是，他们一行人就上了车。县长黑着脸，一句话也不说，"啪"地就把车门关上了！就把香姑一个人撇在了花棚的门口。

车队绝尘而去，缓缓地开出了村口。裘董事长坐在车上，两手捧着头，一直沉默不语。在车上，那女秘书善解人意地劝解说："裘董，算啦，这些人也太……"裘董事长先是不说话，过了片刻，他却突然叫道："停车！"司机回头看了他一眼，立时就刹了车，只见裘董事长闭着眼又沉默了一会儿，轻声说："给我开回去。"

于是，一行人又重新坐下来。裘董事长就开门见山地说："刘小姐，我再问一遍，你坚持要合作开发？"

香姑说："是。"

"你是要重建花镇？"

"是啊。"

"如果我没有理解错的话，你是要以技术专利和承包的土地入股，我们出全部资金，共同开发，五五分成？"

"对。"

"那么，你个人呢？"

"在广州的时候，我就说过了，我个人一分钱不要。"

裘董事长说："我再冒昧地问一句，这样做，你图什么呢？"

他这么一问，香姑心里一酸，差一点掉下泪来，她沉吟了一会儿，说："其实，我是很想卖给你的。别说五百万，就是你给五万，我也卖。只是，有些事情，你们这样的人是很难理解的……那就是理想。理想，我不能卖。"

裘董事长挠了挠头，说："那好，我不问了。不过，我算了一笔账，要是合作的话，我们光前期投资，包括道路、水、电及花棚的改造,至少得两千万!也许两千万都不够啦……不过,我还是被你说服了。好吧,我决心已下,答应你了。"可他心里清楚,他这次来,是志在必得!他当然是要赚钱的。一个商人,不赚钱的事情他是不做的。他知道,在这里建一个基地,搞南花北销,成本会很低很低……再说,这样的名贵花卉,如果销往欧洲,至少两百美元一株!

香姑什么也没有说,香姑眼里的泪下来了,那泪水一串一串地落下来……香姑喃喃地说:"如果没人合作,我们就自己干。"

县长毕竟是县长,县长一下子就明白了这里边的利害关系!也许,这里会出现一座新的城,那就是花城。要是真能实现的话,没有比这更大的政绩了!县长激动地站起身来,说:"刘村长,裘董事长,我代表县委、县府全力支持你们!从今天起,我郑重表态,在重建花镇的问题上,你们要我干什么,我就干什么。在本县范围内,无论出现什么问题,都由我出面协调!"

裘董事长先是谢了县长,而后笑着说:"刘小姐,要是没有什么的话,我们是不是可以签合同了?"

可县长却说:"吃饭,先吃饭。"

香姑说:"我给你们擀面条,炒鸡蛋。行吗?"

县长说:"不!这次,不让你们村里掏一分钱,县里请客!"

…………

夜半时分,当香姑被县长的专车送回上梁村的时候,一下车,她就看见了黑压压的人群,一村人都在村口默立着。没有话,没有人说一句话。只是那眼,一层一层的眼,一眨一眨一眨……像灯一样的亮!

六、六头小兽

这是一个没有星星也没有月光的夜晚。

夜很黑,黑得就像锅底。那夜气一重一重地浓着,浓得化不开,要是在路上,那咳嗽声就成了行人的路标。你要是不咳嗽,就是走碰头,也看不清人的脸。夜真墨呀!

就是这么一个夜晚,有六头小兽窜进了上梁村。说起来,他们都是邻村的孩子,最大的也只有十七岁,小的十四岁。他们六个,在林子里已经伏了很久了。凭着一个小火头,他们趴在那里,传来传去的,已吸了好几支劣质香烟。到了夜半时刻,他们才一个个蹑手蹑脚地爬起来,陡然地来到了花棚的门前。

坐在花棚门口的冯家和刚刚打了一个盹儿,做了一个很甜美的好梦……可突然间,就觉得有些透不过气来,他动了一下,觉得身子被压着,很紧!等他拼命挣扎的时候,就发现自己被人抬着飞跑……头上套着一个塑料袋!

而后,这六头小兽就大摇大摆地进了花棚。那领头的,脸上有块疤的,叫做豹子。紧跟着的,叫老猫。后边依次是二狗、小兔子、三骡,走在最后的那个叫斑鸠……这时候,香姑还什么也不知道,她正在花棚里蹲着,手里提着一盏马灯。等她听到脚步声,转过身来,那六头小兽已围在了她的身前。

开初的时候,豹子还是很讲礼貌的。豹子说:"大姐,听说你发财了?"

香姑吃了一惊,香姑说:"你们,想干什么?"

豹子很狞地一笑,说:"也不干什么。把那个箱子交出来吧!"

香姑说:"箱子,啥箱子?"

豹子说:"大姐,你也别装了,交出来吧——"说着,豹子还用手比画了一下:"那个装钱的黑皮箱子,香港商人交给你的,四四方方的,有这么大,交出来吧。"

香姑看着他们,想了想,说:"我这里没有箱子,真的没有。你们还小,都还这么年轻,我劝你们一句,别干这样的事情。我也实话告诉你们,确实有香港商人来过这里,可他们真没有留下什么箱子……你们快回去吧。"

豹子说:"方圆百里,谁都知道,你一下子挣了几百万,一个黑皮箱子装着,你还说没有?!老老实实把箱子交出来,难道说还让我们动手不成?!"

香姑说:"我再劝你们一次,不要做犯法的事情。我不骗你们,真没有箱子。快回去吧,不要让家里人操心。"

这时,老猫说:"我看她是不见兔子不撒鹰!也别跟她啰嗦了。交不交吧?!"

香姑看着他们,一片绿莹莹的眼!只有一个孩子的眼弱一些,香姑叹了口气,就说:"那个孩儿,那小孩儿,你走,你快走。别跟着他们犯法了,赶快走吧。"

兔子什么也没有说,可兔子把头低下去了……

豹子说:"操,捆,把她捆起来!"

于是,老猫,二狗,三骡,冲上来,就用绳子把香姑捆了……这时刻,豹子从腰里掏出了一把杀猪用的牛耳尖刀,他把刀顶在了香姑的脖子上,说:"大姐,要是识相的,就把箱子交出来!"

那刀刃划在脖子上,有一线血淌下来了,香姑两眼一闭,喃喃地说:"天哪,谁来救救他们吧?!"

豹子笑了,豹子说:"救?谁来救你?!你喊吧,深更半夜的,看谁能来救你?!操,蹲在门口的那个家伙,早就被我们做了。痛快点,把钱交出来!"

香姑仍是喃喃地说:"救救他们,谁来救救他们……"

豹子看她嘴里仍在不停地嘟哝……那刀就顶得更重了一些,咬着牙说:"说吧,要钱还是要命?!"

可香姑嘴里说的还是那话:"救救他们,谁来救救他们……"

豹子竟然有些哭笑不得,豹子说:"操,还迷呢。救?谁能救你?!你就是喊破大天来,也没人救你!痛快点——老老实实把钱交出来,钱能救你!"

这时候,兔子黄着小脸凑上来,对豹子说:"她,她说的不是那意思……"

豹子扫了他一眼,说:"啥意思?!"

兔子说:"她说的是……咱,咱们。"

豹子怔了一下,不相信地望着小兔子说:"说谁——咱?!"

兔子说："她是说——救咱。"

"谁？救谁？——咱？！"豹子"吞儿"地就笑了，他笑得差点背过气去！几个孩子也都跟着笑了……豹子收了刀，就用那操刀的手端着香姑的下巴，另一只手"啪、啪"地拍着香姑的脸，说："你有病吧？你是不是有病？！操，都到这般时候了，你还救谁呢？你这不是说疯话吗？你还是先救救你自己吧！"

不料，就在这时，兔子突然在香姑面前跪下了，他语无伦次地说："大姐，我听见你说'救'，那你就救救我们吧。我们六个是结拜兄弟，也是穷得没有办法了。豹子他欠了一屁股的赌债，老猫他……我们主要是为了斑鸠。斑鸠正在县中上学呢，他学习成绩很好，是能上大学的料，可他家里塌窟窿了，缴不上学费……"

小兔子正啰啰嗦嗦地说着，可豹子一脚就把他踢翻了！豹子说："滚鸡巴蛋吧！谁让你求她的？狗日的，你坏规矩了。滚！给我滚得远远的！这是用刀说话的时候——"说着，他转过脸来，横横地盯着香姑，那牛耳尖刀再一次对准了香姑的脖子，恶狠狠地说："你谁也别救，你先救你自己，拿钱来，拿钱换命！"

又是一道血线淌下来了……可香姑还是那句话："救救他们，救救他们……"

小兔子忍不住，捂着半边脸又跑上来说："大姐，你要那么多钱干什么？你富了，让我们也沾一点腥不行吗？哪怕给个十万八万的……你给个十万八万的，就把斑鸠给救了。他能考出去的，他要是考上大学，将来做了大官，会还报你的……你说是不是斑鸠？"

斑鸠嘴里嘟哝了两声，也不知说了些什么。

豹子一下子就火了，他揪着兔子连扇了他几个耳光！喝道："狗日的，你胡日白什么？再敢胡说，我剁了你！我说了，一百万，至少一百万，少一分都不中！"

那一百万，虽然是嘴上喊出来的，虽然只是个数字，还是让人兴奋！几个年轻人捋了袖子，摩拳擦掌的，眼里都冒着一片绿光……此时此刻，老猫说话了，老猫说："你们知道女人最怕啥？"

豹子说："怕啥？"

老猫有些得意地小声说："女人怕日！咱们把她剥光，日了她！到了那时候，叫她干啥她干啥……"

在他们结拜兄弟中，老猫主意最多，也是最阴的一个。老猫从小没爹，老猫的娘就是被老猫活活气死的。平日里，老猫最爱玩的游戏就是逮一只活老鼠，而后把它在油桶里蘸湿了，用手提着尾巴，划根火柴"噌"一下点着，那着了火的老鼠就"吱吱"叫着，疼得满街乱跑……这是老猫最高兴的时候！所以，在他们六人中间，老猫就有些"军师"的味道了。听老猫这么一说，他们几人这才打量起香姑来，几个"生瓜蛋子"就这么一看，那眼一个个就像烧红的烙铁一样——疯了！

老猫的话刚一落，豹子的气就喘不匀了。他大口地喘着粗气，操起那把牛耳尖刀，开始一层一层地去剥香姑的衣裳。那刀是很锋利的，刀子挑在布上，那布"嘶嘶、咝咝"地响着；刀子挑在扣子上，扣子就一个个"嘣、嘣"地炸出去……他就这么从上到下，从外到里，一片一片地把香姑身上穿的全挑去了，一个布片也不留！

花棚里一下子就静下来了，那静是很瘆人的！——在他们眼前，是一个半透明的胴体，那胴体在马灯的辉映下，放射出钢蓝色的幽幽白光，那光圣洁、肃穆、晶莹似雪，就像是一座浑然天成的冰雕！那两只挺挺的乳房，就像是泛着蓝光的玉葫芦，那圆润的弧线仿佛也是由蓝冰雕刻而成的，一抹天然的曲线上陡地就塑着两粒放着神光的紫葡萄！而那妙曼的玉体自上而下，更是一处一处燃烧着幽蓝色的光芒……这是人吗？！

六头小兽，就那么呆呆地望着……他们是被那美镇住了！有那么一刻，他们一个个像是吓傻了一般，大气都不敢出！过了一会儿，豹子喃喃地说："玻璃人儿。妈呀，这就像是个玻璃人儿。"就这么说着，他伸出了一个指头，怯怯地点了一下那胴体，"咝"地一下又缩回来了，他说："咝，我操，烫，还挺烫！"而后，他又一次伸出指头，点了一下，立马像触电似的缩了回来，说："乖乖，又滑又烫！"

站在一旁的老猫说："烫吗？"

豹子说:"你摸摸,真的,烫手。"

老猫说:"我试试。"说着,他回过身来,对斑鸠说:"斑鸠,你的烟呢,给我一支。"

斑鸠像是没听见似的,就傻愣愣地在那儿站着,腿有些抖……老猫上去朝他脸上拍了一掌,"看你那尿胆儿,比门鼻儿还小!"而后,他掏了斑鸠的兜,从他兜里摸出了一个半空的烟盒,那烟盒里就剩下一支烟了,他把那烟点着,吸了两口,大步走上前去,狞笑了一声,猛地把那烟头按在了玉一样的胴体上,只听得"嗞——呀"的一声,那胴体就抖起来……老猫兴奋地说:"看,快看,这才叫烫哪!"

三骡兴奋了,手一指说:"奶,你敢烫那奶?!"

……只听得"哧!"的一声,花棚里立时弥漫着一股烧葡萄的气味!

这时候,斑鸠突然哭了,斑鸠哭着说:"不是说弄钱的吗?不是说光弄钱吗?我走我走,我不干了……"

豹子恼了,豹子说:"狗日的,你看你那熊样!你哭个鸟啊?滚,滚鸡巴蛋!"

可是,老猫却说:"不能走。谁也不能走。都到这一步了,谁也不能出这个门!咱可是磕过头,烧过香的。有福同享,有难同当!想富,不豁出来,你富个屌啊?今儿个,咱可是豁出来了,一个一个来,排着日!你要不来硬的,她会给钱吗?!"

兔子低着头,喃喃地说:"要是……还不给呢?"

老猫咬牙切齿地说:"不给?不给就灭了她,反正不能留活口!"

豹子在袖子上擦了一下刀,说:"就是。听猫的,谁敢出这个门,我剁了他!"

这时,香姑动了一下,陡地,嘴里连着喷出了几口鲜血!在昏迷中,她嘴里仍在喃喃地说:"谁来救救他们……"

黎明时分,那绑在树上的冯家和,终于把捆在身上的绳子磨断了!他取下了套在头上的塑料袋,踉踉跄跄地朝村里跑去,一边跑一边狂喊着……不久,村里的钟声响了,那钟声急煎煎地划过了黎明前的黑暗!

第九章

一、香姑坟

香姑死了。

香姑的死激醒了全村人的良心……也激起了全村人的愤怒。就在第二天的下午，上梁村老老少少三千多口人一齐拥进了县城，把县政府围了！他们一个个用白孝布包着头，打着用白绫子做成的横幅，似六月飞雪一般，聚集在县政府的大门口，强烈要求尽快破案，严惩凶手！

这事一下子惊动了县长，县长赵广春推开了办公室的窗户，一眼就看见了飘动着的白幡……而后他就问秘书，查一查，看是哪村的？秘书说已经问过了，是上梁村的。秘书又说，上梁村的女村长被人害了。县长吃了一惊，说："谁？！"秘书又详细地汇报了一遍。县长听了，立时就明白了事情的严重性。且不说社会治安问题，前些日子，在他的直接参与下，上梁村刚刚跟港商签订了重建花镇的合同书，由港商出资的第一笔款已打进了银行……这可是一件事关"政绩"的大事！于是，县长立时就拨通了县公安局长的电话，他在电话上命令说："你马上过来一下。"

二十分钟后，县长和公安局长一同出现在县政府的大门口。县长手里拿着一个电喇叭，对围在门前的百姓说："乡亲们，我是本县县长赵广春。关于你们村长被害的事，县委、县府都很沉痛！站在我身边的这位，就是县公安局的孙局长。我已责令县公安局立即成立专案组,由局长亲自带队,限期破案!破案之日,我也将亲自参加刘汉香同志的追悼会……"

县长的话音刚落,只见门前黑压压跪倒一片……这一下子又感动了县长!县长亲自上前一个个把他们扶了起来,说:"回去吧,我说话是算数的。"

由于是县长亲自督办的案件,县公安局调集了刑警队全班人马,当天下午就赶到了上梁村,就地设了专案组。孙局长亲临指挥,展开了广泛的调查……当晚,孙局长亲自询问了目击者冯家和。可冯家和一直傻呆呆地在花棚里坐着,无论问他什么,无论问多少遍,他都是一个字:"兽。"后来看实在是问不出什么,就不再理他了。

后来,公安人员经过搜查,在花棚里找到了一些劣质香烟的烟头。他们在烟头上提取了指纹,由此判断是多人所为。既然是多人所为,那就很有可能是当地人……于是,孙局长又重新调整部署,调集人员,在方圆二十里以内的村庄里撒大网普查。三天后,兔子首先落网。兔子到底是兔子,看有人来问,扭头就跑,在玉米田里当场被人按住,一审就屙了,屙得很净。而后是二狗、三骡、斑鸠……豹子和老猫听到风声就跑了。两人先是跑到了繁城,后来又窜到了东阳,躲在一家烩面馆里给人烧火……最终还是被抓了回来。

在审讯他们的时候,豹子们说了实话,他们也不过是想找一个致富的"门路"……在他们六人中,只有老猫拒不认罪。抓到老猫的时候,老猫竟然恶狠狠地说:"——祸害!"讯问人员就说:"慢,慢,说谁呢?谁是祸害?"老猫说:"她,就她!"讯问人员不解地问:"她,祸害谁了?"老猫说:"祸害我的眼!"审讯员就说:"说说,怎么祸害你的眼了?"老猫说:"她,她上高中的时候就从俺那达走,老从村子里走,挎着个书包,洋气气的……我,我眼疼。"审讯员说:"这么说,你认识她?"老猫恨恨地说:"我六岁的时候,就认识她了,她嘴里有糖!"

县长是亲自看过审讯记录的。那份上报的审讯记录让县长看得毛骨悚然!那都还是些孩子,从十四岁到十七岁不等……可作案的手段之残忍,让人心惊!案卷中,有几个字是很烫眼的,那是香姑临死前说的:"救救他们……"看着看着,县长摇了摇头,忍不住潸然泪下。不知怎的,县长就想起了自己的童年,那也是苦难的童年哪!

捉住凶手的第二天,是安葬香姑的日子。作为一县之长,赵广春的确没有食言,他陪着港商裘先生专程赶来参加了追悼会。

那应是本地最为隆重的一个葬礼了。七月天,晴空下,三千百姓,老老少少,全都披麻戴孝,拄着哀杖,哭声震天!那雪片一样的纸钱,一把一把地撒向蓝天,又飞飞扬扬地飘落下来,天泪一般!下葬的时候,三千百姓在一声"送香姑"喊声中齐齐地跪下,仰天长叩,一叩,二叩,再叩……而后,百姓们排着长队,一个个手捧黄土,依次给香姑添坟。女人们每次走到坟前,都哭得死去活来……此时此刻,她们想起了香姑的多少好处啊!

这天,港商裘先生也被这隆重的葬礼镇住了。他忍不住流下了热泪,喃喃地说:"县长啦,我搞不懂了。按理说,我给的价格也不低了,五百万啦。她要是搬到城里去,怎么也够了。那样的话,就不会发生这样的事了啦……"

县长沉吟片刻,脱口说:"裘先生,我能理解。这么说吧,我们都曾经有过真正的理想和信念。只是,做着,做着……我们把它做假了。"当县长说完这句话的时候,连他自己也吃惊了。此时此刻,他没有想到他会这样说,他怎么会这样说呢?一个县长,说话是要负责任的。而后,他一连吸了三支烟,再没有说一句话。

裘先生没有再问什么,也许他没有听懂。他只是重复说:"好人哪,好人。就冲这一点,我要对得起她,我不会变的。"

那世上最为名贵的花——月亮花,全都搬出来了。这些花是香姑一手培育的,就一盆一盆地摆在了香姑坟的周围,一时就引来了许多蝴蝶!……当晚,午夜时分,月亮花倏尔就变了,刹那间,香姑坟前一片亮白,那花晶莹如雪,欲飞欲舞,美如天仙下凡!那冰清玉洁的月亮花就像天灯一般吸引了过往的车辆,路人们都纷纷停下来观看……而后一传十,十传百,成为当地的一大奇闻!

四年后,县长荣升了,县长赵广春一跃而升为一个地级市的市长。

在这四年里，县长的政绩有目共睹。人们都说，他是干出来的。当然，县长的主要政绩是在本地区建起了一个"南花北迁"的花卉基地。如今，这个花卉基地已培育、经销上千种花卉，产值上亿，名扬中外。昔日的上梁村，按照香姑的遗愿，也经过一次次地申报，已经国务院批准，破格升级为月亮镇——也就是人们俗称的"花镇"。如今，村民们已获得了正式的城镇户口，由农民变成了花工。坦白地说，县长在申报"花镇"的过程中也是给人送过礼的，一级一级地往上给人送礼，但他没有让上梁村出过一分钱，那些花费都让县财政报销了。

临走时，县长——如今已成了市长了，专门去了一趟月亮镇。他独自一人悄悄地开着车在镇街上遛了一趟，这个小城镇如今已初具规模，一街两行，到处都是花店，镇民们都住上了两层的小楼。另外，对月亮镇的卫生状况他也十分满意，尤其是在镇街上打扫卫生的那些老人们，个个胸前都挂着一方手绢……叫人忍俊不禁！而后，他又来到香姑坟前，撮土为香，在坟前点了三支烟，默默地坐了很久很久……坐在坟前的时候，谁也不知道他究竟想了些什么。而后，他开着车绝尘而去，再也没有回来过。

如今的香姑坟是越来越大了。

每到祭日的时候，镇民们仍沿着旧习每人捧一抔土为香姑添坟。当今的花镇也是南来北往的花卉集散地，人口逾万，一人一抔土，年年如此，那坟冢自然就越添越大，成了当地的一大景观了！另外，每每来月亮镇参观的人，也必要看一看香姑坟……那传说，经过民间的一次次口头加工，就很有些神秘色彩了。

也许，若干年后，香姑坟就成了一个神话了。

二、五个蛋儿

冯家昌大功告成了。

经过长时期的运筹谋划，又经过殚精竭虑的不懈努力，冯氏一门终于完成了从乡村走向城市的大迁徙！冯家的四个蛋儿及他们的后代们，现已拥有了正宗的城市（是大城市）户口，也有了很"冠冕"、很体面的城市名称，从外到内地完成了从食草族到食肉族的宏伟进程（他们的孩子从小就是喝牛奶的），已成为了真正的、地地道道的城市人。

冯家的"蛋儿们"（除了老四），说起来都是很"争气"的。他们在老大冯家昌的运筹中，先是一个个从乡村走向部队，而后又借机一个个从部队转业到了地方（这中间花费的心血和智慧决不是一句话两句话可以说清的）……并先后占有了一定的、可以遥相呼应的生存资源：老大冯家昌现在是副厅级干部，主管着一个相当有权势的部门；老二冯家兴现已成为一个地级市的公安局长，正处级待遇，据说很快就要副厅了；老三冯家运仍为驻外武官，已是上校军衔；老五冯家福现为上海一家民营公司的董事长，资产上亿。冯家现在是政府有人，经商有人，出国有人……已经是要风得风，要雨有雨了！

这样的辉煌，如此的成功，是不是该喝一点酒呢？

于是，在冯家昌四十五岁生日那一天，冯家兄弟从四面八方乘飞机相约而来，齐聚在老大所在的省城。这天，老大早已在省城的五星级宾馆包了房，订了餐。人到了这一步，至于吃什么已不重要了。傍晚时分，在那个极为豪华的包间里，一向低调的老大冯家昌却出人意料地宣布说："今天可以喝酒了，一醉方休！"

弟兄们自然都是感念哥的，不是哥，就没有他们的今天……所以就轮番地上来给他敬酒。哥今天也喝得格外痛快，敬一杯就喝一杯，不推不让。老二说："哥，那一年，你去炮团看我，我还正给人洗裤衩呢！要不是你给连长递了话，我就完了……哥，喝一杯！"哥也不说话，端起就喝了。老三说："哥呀，我考军校的时候，你一直在考场外面站着，整整站了一天。出来的时候，你塞给我一小袋葡萄干，那葡萄干你都攥出汗了……哥呀，干了！"哥就又干了。老五说："哥哎，我当兵那几年，你猜猜你一共给我打了多少次电话？一共四十七次！我记得不错吧？你把我弄到上海，这地方，我是去对了……碰、碰、碰了！"这些话说得老大心里暖洋洋的，那酒就下得快了。

不过，摆在一旁桌上的五瓶茅台也仅才喝了三瓶半，弟兄们就有些不胜酒力了……不知为什么，酒量最好的老大却是最先喝醉的。已有了醉意的老大摇摇地站起身来，往外走了几步，忽地又折了回来，兄弟们谁也不知道他要干什么，就问他："哥，你没事吧？"只见他微微含笑，两眼熠熠放光，说："没事没事。"接着，他突然大声说："你们想不想听狗叫？我，我给各位学几声狗叫吧。"听他这么一说，兄弟们怔怔的。就见他转过脸去，忽地又转过脸来，那脸已然是一张很生动的"狗脸"了，"狗"说："我先学公狗叫，汪汪！汪汪！汪汪汪汪——汪！而后是母狗叫，嘶——呜，嘶——呜，嘶呜呜呜——呜！再后是小狗叫，娃儿，娃！娃儿，娃！娃儿娃儿娃儿——弯儿！……"刚刚学过了狗叫，还没等兄弟们回过神来，就见他趋身走上前来，竟是给兄弟们送牙签来了！

那小小的牙签，他居然两手捧着，先是小心翼翼地送到老二的面前，恭恭敬敬地说："首长，你剔剔牙。"老二傻了，老二慌忙站起身来，说："哥，你这是干啥呢？"他微微地笑着说："剔剔牙，你剔剔牙。"老二不敢不接，老二就接过来，说："哥，你坐。"哥却不坐，哥又捧着那牙签晃晃地走到老三跟前，鞠下身子，小声说："首长，你剔剔牙。"这么一来，吓得老三也站起来了，老三说："哥，我自己来，我自己来。"到了老五跟前，他仍是微笑着捧着那支小小的牙签往上送……老五已喝到了八成以上，说话的时候，舌头自然就大了些，老五喝道："哥，你喝高了吧？！"就这么一声，竟把他唤回来了，他怔了一会儿，猛地拍了拍头，喃喃地说："哦，忘了，忘了……习惯了。"

这时候，兄弟们忙把他扶回到座位上，看哥的头发，才四十五岁，已经花白了，就劝道："哥，你还是少喝些吧，身体要紧哪。"

这时候，哥突然哭了，哥趴在桌上，泪流满面地说："多少年，多少年哪，我都没看过家乡的月亮了！……"

听他这么一说，呜的，哇的，桌上桌下一片哭声！几个蛋儿，几个兄弟,不约而同地,刻骨铭心地,丝丝缕缕地,绞肠扯肺地,披肝沥胆地,全都想起了"嫂子",他们的"嫂啊"!那多少往事,一齐涌上心头……弟兄们一齐抱头痛哭。

他们这么一哭,倒把老大哭愣了。老大怔怔地望着他们,似想听他们说些什么,可谁也不敢说,况且,也不知道该怎么说……只有老五敢说,老五也喝得差不多了,老五一拍桌子,就说:"哥哎,咱回去吧,回去看月亮!"

听老五这么一说,兄弟们眼里含着泪,就都拿眼去"邪"老五,这是哥心里的硬伤啊!……在往日里,这话是不能提的。只要一提"回去",哥脸就黑了。

不料,这一次,哥却喃喃地说:"唉……家乡的月亮。多想啊,多想回去看看……那、那草垛上的月亮。"

老二就试探着说:"哥,那还不……容易吗?"

老五冲口就说:"走,说走就走,现在就走!"

老三看了看表,迟疑着说:"天已晚了,是不是……"

老五就说:"咱去看看老四,正好看月亮嘛。"

这时,众人都看着哥,哥没有反对,哥居然没有反对……于是,一行四人,开了两辆车,就回家乡去了。

省城离家乡二百多公里,也就是两个多小时的路程,到了夜半时分,听见水声的时候……哥突然说:"停车!"

车停了,哥说:"是颍河吧?"

老二说:"是。"

哥喃喃地说:"只有三里路了……"就这么说着,哥掏出烟来,默默地吸了一支,而后吩咐说:"把鞋脱了,下车吧。"

哥既然说了,就不能不听。于是,弟兄几个都把鞋脱了,光着脚下了车,跟着哥走。那脚,踩在家乡土地上的时候,一凉一凉的,真是舒服啊!走着,走着,他们像是一下子回到了童年,还原成了一个一个的蛋儿……这时候,老大醉醺醺地说:"我还会翻跟头呢,我给你们翻一个看看。"就这么说着,还没等人拦哪,他就在地上滚了一个!

哥也是四十大几的人了，抱着头就地滚了那么一下，弟弟们忙把他扶起来……哥说："没事没事，我没事。知道什么是'屎壳郎滚蛋儿'吗？"听他这么一说，弟弟们就笑了。哥说："我就是那推蛋儿的屎壳郎啊！"走着走着，就看见前边一片灯火辉煌……这时，哥站住了，哥吐了一口气，摇摇晃晃地说："这，这是官镇吧？"哥说是"官镇"，那自然就是"官镇"了，于是就知道走错了。这么熟的路，闭着眼都能走的路，竟然走错了？！就返回身来，勾头往西走，他们都知道的，官镇离村子也只有三里路……再走，再走，又看见了一片灯光！哥就说："咦，怎么还是官镇？"于是，又勾头往北……向南……向东……又走，又走，又走……走来走去，眼前还是一片绚丽的灯火，就像是海市蜃楼一般，灿若白昼！

再一次勾回头的时候，哥嘴里嘟哝说："……八成是遇上'鬼打墙'了！"

正是七月天，兄弟几个走得汗津津的，也想尿。已是城里人了，不好随便尿的……这时，眼尖的老五突然看见不远处的地里就有一个麦垛，就高兴地说："那边有个垛，咱去歇会儿吧？"

老大也说："好，大月亮，歇会儿！"

然而，当他们走过去，一个个解了裤子，正要撒尿的时候……就听见有人喝道："——干尿啥呢？！"

兄弟们就慌忙提起裤子……老五就说："过路的，过路的。"

那黑影却说："走，快走，场上不准吸烟！"

几个人一边提裤子，一边慌忙把烟掐了。老大很客气地说："就看看月亮……"

不料，那黑影说话很冲。也不知生了谁的气，就横横地说："不中！"

老五说："操，给你钱，一百块钱！"

那黑影仍说："屌！"

老五说："操，给你二百！这行了吧？"

不料，那黑影却说："屌个毛——不卖！"

于是，兄弟几个都愣住了……就在这一刹那间，他们心里突兀地冒出了一个念头：今生今世，他们是无家可归了！

　　一直转到了第二天的早上……他们才知道，其实，那亮着灯的地方，就是昔日的上梁村，现在叫月亮镇，也叫花镇。

　　天大亮的时候，他们终于找到了老四。这时候，老四已有了一个绰号，叫冯疯子。冯家的老四，冯疯子，如今就在香姑坟后边盖的一所房子里住着。见了面，这老四二话不说，就把他们领到了一个巨大的、像小山一样的坟头前……

　　倏尔，他们看到了那碑！……

　　于是，五兄弟，腿一软，一个个都跪下了。

图书在版编目（CIP）数据

城的灯：新版 / 李佩甫 著． -- 北京：作家出版社，2016.4（2025.2重印）

ISBN 978-7-5063-8918-1

Ⅰ．①城… Ⅱ．①李… Ⅲ．①长篇小说 - 中国 - 当代 Ⅳ．①I247.5

中国版本图书馆CIP数据核字（2016）第091618号

城的灯（新版）

作　　者：	李佩甫
出　　品：	语可书坊
策　　划：	张亚丽
责任编辑：	桑良勇　姬小琴
装帧设计：	古涧千溪
出版发行：	作家出版社有限公司
社　　址：	北京农展馆南里10号　　邮　编：100125
电话传真：	86-10-65067186（发行中心及邮购部）
	86-10-65004079（总编室）
E-mail:	zuojia@zuojia.net.cn
http://www.zuojiachubanshe.com	
印　　刷：	三河市北燕印装有限公司
成品尺寸：	152×230
字　　数：	294千
印　　张：	21.75
版　　次：	2016年7月第1版
印　　次：	2025年2月第13次印刷
ISBN　　978-7-5063-8918-1	
定　　价：	45.00元

作家版图书，版权所有，侵权必究。
作家版图书，印装错误可随时退换。